JN319823

研究叢書56

第二次世界大戦後のイギリス小説

ベケットからウィンターソンまで

中央大学人文科学研究所 編

中央大学出版部

まえがき

この叢書のテーマは第二次世界大戦後のイギリス小説である。だが、はたして第二次世界大戦はイギリス小説にとって歴史上意味ある区分となりうるのだろうか。第二次世界大戦は、イギリス文学にとって第一次世界大戦ほど大きな分水嶺にはなっていないように思える。第一次世界大戦後にはT・S・エリオット（T. S. Eliot, 1888–1965）の『荒地』（*The Waste Land*, 1922）、ジェイムズ・ジョイス（James Joyce, 1882–1941）の『ユリシーズ』（*Ulysses*, 1922）、そしてヴァージニア・ウルフ（Virginia Woolf, 1882–1941）の『ダロウェイ夫人』（*Mrs Dalloway*, 1926）という形式も内容も革新的な作品が生み出されたが、第二次世界大戦後にはそれらに匹敵するような時代を画する作品は生み出されていない。それでも第二次世界大戦という区分をこの叢書で用いた理由は、大戦後のイギリスにおいてかつて例をみないほど多様な作家が多様な方法を用いて多様な主題について作品を書いたことは否定しがたい事実であるからだ。その要因として、一つには、戦後の高等教育の普及がより広い社会階層から小説家が生まれる可能性を高め、同時に読者層の多層化と拡大ももたらしたことが考えられるだろう。また、五〇年代から始まった労働力としての移民の受け入れや九〇年代以降急速に進んだグローバリゼーションによってイギリス社会が多民族化していき、それに応じてさまざまな民族的な出自をもった小説家が登場することになったことも、戦後イギリス小説の多様性に寄与しているだろう。さらに言えば、前例がないほど多くの女性小説家が小説執筆によって生活に十分な収入を得らえるようになったのも、本格的な大衆社会が到来した第二次世界大戦後であった。その結果、関心もスタイルも多種多様な女性小説家が登場して、イギリス小説史上に残る数々の名作を著すことになったのである。

一九四五年以降のイギリス小説の流れについてここで簡単に述べておきたい。一九二〇年代にはモダニズムが最盛期を迎えたが、三〇年代にはそれに対する反動として伝統的なリアリズムへの回帰がみられた。イーヴリン・ウォー（Evelyn Waugh, 1903–66）やグレアム・グリーン（Graham Greene, 1904–91）らが三〇年代から四〇年代にかけて発表した作品は、扱うテーマは異なっていても、使われている手法は伝統的なものだ。堅実なリアリズムの手法を用いて同時代のイギリス社会を描く伝統は戦後も途切れることはなく、アンガス・ウィルソン（Angus Wilson, 1913–91）、バーバラ・ピム（Barbara Pym, 1913–80）、キングズリー・エイミス（Kingsley Amis, 1922–95）、デイヴィッド・ロッジ（David Lodge, 1935– ）、マーガレット・ドラブル（Margaret Drabble, 1939– ）、スーザン・ヒル（Susan Hill, 1942– ）、イアン・マキューアン（Ian McEwan, 1948– ）、グレアム・スウィフト（Graham Swift, 1949– ）、ウィリアム・ボイド（William Boyd, 1952– ）らによって現在にいたるまで引き継がれている。彼らが用いている基本的な手法はリアリズムだが、小説のテーマや設定は戦後イギリス社会の変容を映し出すようにきわめて多岐にわたっている。五〇年代に登場したアラン・シリトー（Alan Sillitoe, 1928–2010）、ジョン・ブレイン（John Braine, 1922–1986）らいわゆる「怒れる若者たち」の小説も、労働者階級の生活をテーマにしたリアリズム小説ととらえてよいだろう。「怒れる若者たち」よりも少しあとに現れたデイヴィッド・ストーリー（David Storey, 1933– ）も、主として労働者階級の生活をリアリスティックに描く小説家である。詩人フィリップ・ラーキン（Philip Larkin, 1922–85）が若くして書いた小説作品でも、鋭敏な観察力に裏打ちされたリアリズムが基調をなしている。アイリス・マードック（Iris Murdoch, 1919–99）やA・S・バイアット（A. S. Byatt, 1936– ）

の小説もリアリズム的ではあるが、創作行為に対する批評的な意識がときに前面に出る点がほかのリアリズム小説と異なっていると言えよう。

モダニズム的な方法意識をもちながら戦後も実験的小説を書き続けたサミュエル・ベケット（Samuel Beckett, 1906–89）をはじめ、リアリズムにとらわれない自由自在な手法で小説を創作する作家たちもまたつねに存在していることも忘れてはならないだろう。英国統治時代のインドで生まれたコスモポリタンの作家ロレンス・ダレル（Lawrence Durrell, 1912–90）、フランスのヌーヴォー・ロマンの影響を受けたジョン・ファウルズ（John Fowles, 1926–2005）、あるいはジュリアン・バーンズ（Julian Barnes, 1946– ）やマーティン・エイミス（Martin Amis, 1949– ）らの小説では実験的な語りの手法がしばしば用いられている。アンジェラ・カーター（Angela Carter, 1940–92）、サルマン・ラシュディ（Salman Rushdie, 1947– ）、ジャネット・ウィンターソン（Jeanette Winterson, 1959– ）らの作品もリアリズム小説という枠にはおさまらない特質を備えており、そこにみられるファンタジー的な要素とリアリズム的な要素の混在は「魔術的リアリズム」の好例である。一九八三年にノーベル文学賞を受賞したウィリアム・ゴールディング（William Golding, 1911–93）が晦渋な文体で描き出した寓話的な世界も、リアリズム小説とは異なる方向性を示している。イギリスの小説家による創作上の実験はおおむね穏健なものだが、六〇年代から七〇年代にかけて過激な実験小説を次々と発表したB・S・ジョンソン（B. S. Johnson, 1933–73）という例外的な存在もいる。

今まで触れてこなかった女性小説家としては、ブラックユーモアに満ちた作品で知られるミュリエル・スパーク（Muriel Spark, 1918–2006）、自在な語り口で多様な状況を小説に描いたドリス・レッシング（Doris Lessing, 1919– ）（二〇〇七年ノーベル文学賞受賞）、孤独な人間の心理を精緻に描き出すアニータ・ブルックナー（Anita Brookner, 1928– ）、フェミニズムの立場から精力的に作品を発表しているフェイ・ウェルドン（Fay Weldon, 1931– ）、日常生活に潜む死や暴力を描くベリル・ベインブリッジ（Beryl Bainbridge, 1934–2010）、ファミニズムとファンタジーを融合させた独自の小説世界を作り上げたエマ・テナント（Emma Tennant, 1937– ）などがいるが、これだけの名前を挙げるだけで、第二次世界大戦後に登場した女性小説家の多彩さがあらためて浮き彫りになるだろう。

最後に、イギリス社会の多民族化が小説家の多様化に寄与していることも忘れてはならない。クレオールを母にもつドミニカ出身のジーン・リース（Jean Rhys, 1890–1979）は、途中沈黙の時期はあったものの二〇年代から七〇年代まで創作を続け、トリニダード出身のサミュエル・セルヴォン（Samuel Selvon, 1923–94）は五〇年代にロンドンにおける移民の生活をテーマに小説を書き、同じトリニダード生まれのV・S・ナイポール（V. S. Naipaul, 1932– ）も五〇年代から充実した作品をコンスタントに発表し、二〇〇一年にはノーベル文学賞を授与された。一九八一年にはインド出身のサルマン・ラシュディが『真夜中の子供たち』（*Midnight Children*）でブッカー賞をとり、八〇年代の末には日本からイギリスに帰化したカズオ・イシグロ（Kazuo Ishiguro, 1954– ）が『日の名残り』（*The Remains of the Day*）でブッカー賞を授与された。近年ではジャマイカ系の母をもつ移民二世のゼイディー・スミス（Zadie Smith, 1975– ）の評価も高い。

この叢書で取り上げられている作家たちはみな戦後イギリス小説において重要な地位を占めているが、これまで述べてきたような多様性のごく一部でしかないことも確かだ。しかし、ここで論じられているベケットからウィンターソンまで一二人の小説家は、戦後のイギリスが小説という分野でどれほど多彩な才能を輩出したかを示す十分な証拠になるだろう。

中央大学人文科学研究所に「二〇世紀英文学の思想と方法」チームが発足したのは二〇〇一年四月で、二〇〇七年には叢書『モダニズム時代再考』を出版して、同年三月にチームは第一期の研究期間を終えた。二〇〇七年四月からは第二期の研究期間に入り、新たなメンバーを加えながらその後一〇回の研究会を重ね、今回その成果をふたたび叢書にまとめることになった。前回の叢書が二〇世紀前半のモダニズムの時期を扱っていたので、この叢書では第二次世界大戦後のイギリス小説に焦点を当てることにしたが、その豊かなヴァラエティの一端でも読者に伝えることができたとすれば幸せである。論文は取り上げている作者の誕生年の順にしたがって掲載してあることをここに申し添えておきたい。

「二〇世紀英文学の思想と方法」チームは、二〇一三年三月に解散する。第二期の責任者として何とか叢書出版までこぎつけることができたのは、チームの発足に尽力し、中央大学を退職されたあとも客員研究員としてチームの活動を支えてくださった深澤俊先生の力添えがあったおかげである。ここであらためて先生に感謝の意を表したいと思う。

二〇一三年一月

研究会チーム「二〇世紀英文学の思想と方法」

責任者　丹　治　竜　郎

目　次

第二次世界大戦後のイギリス小説

『モロイ』に潜むホロコーストの足音
——サミュエル・ベケットの戦争の記憶——

鈴木邦成

一　はじめに

第二次世界大戦終了の翌年にあたる一九四六年にパリに戻ったサミュエル・ベケット（Samuel Beckett）は翌年からフランス語で小説を書き始め、いわゆる三部作の最初の作品である『モロイ』（*Molloy*）のフランス語版を発表し、一九五五年には、ベケット自身の手によって英訳され、英語版が発表された。

アイルランドのベケットの生家「クールドライナ」は、ダブリン市郊外のフォックスロックで高級住宅地として知られる地区にある。ベケット家は一六八五年のナントの勅令以降、アイルランドに移住したフランス系ユグノーとも言われており、ベケット自身も幼少よりフランス語を勉強していた。当時のアイルランドのユグノー系プロテスタントの上流階級はフランス語を話すことが重要な意味をもっていた。ベケットは九歳からフランス語を始めている。(1) したがって、フランス語で小説を書くことはベケットにとって、大きな挑戦であったことは間違いないが、躊躇をともなうものではなかった。

一九四二年にパリでレジスタンス運動を行っていたベケットのアパルトマンにドイツのゲシュタポが踏み込み、間一髪で逮捕されるという危機に直面した彼はパリを脱出し、南仏のアビニオンに避難した。ベケットが身を寄せたアビニオン地方の小村ルションには、当時多くのユダヤ人やレジスタンス運動家が疎開していた。そしてこのゲシュタポの追跡からの逃避の体験が『モロイ』には色濃く見受けられる。本論では、その点について、『モロイ』の内容を詳細に分析、考察しつつ、明らかにしていくこととする。

『モロイ』は二部構成となっている。第一部はモロイ自身による母探しの旅についての手記となっていて、改行のまったくない読みにくい一人称の文章で書かれている。モランの精神状態は正常とは思えず、モロイは自分のこと、母のこと、家族のことなどについて正確な記憶を有しない。第二部はモロイを捜索するモランの手記となっており、モロイとは一見、対照的で理路整然と物を考えるモランによる、比較的、読みやすい手記となっている。モロイはその旅の途中で犬を殺すが飼い主であるルースの配慮により、彼女の屋敷に長期滞在することになる。しかし、ある日、その屋敷から出て、再び母探しの旅に出る途中で第一部は終わる。第二部はモランがモロイ捜索の報告書を書き出す場面から始まる。モロイの捜索を謎の人物であるゲイバーに依頼されたモランは旅に出るが、その旅の途中で殺人を犯す。その後、ゲイバーの命令でモロイ捜索の旅を終えたモランが自宅に戻り、報告書を書き始めるところで第二部は終わる。

本論ではまずはモロイ、モランのそれぞれの旅を分析し、ついで両者の関係を考察し、さらにベケットのゲシュタポからの逃避体験の影響をそれぞれの手記から読み取ることにする。それによって、本作品の全体像がみえてくるのである。

二　モロイの旅

先述したように『モロイ』の第一部は、モロイの母探しの旅の手記となっている。手記は改行のまったくない読みにくい文章で書かれているが、その冒頭で、モロイは自分が母の部屋にいることを告げる。まずモロイはみずからの所在を明らかにするのである。

I am in my mother's room. It's I who live there now. I don't know how I got there. Perhaps in an ambulance, certainly a vehicle of some kind. I was helped. I'd never have got there alone.（1）（2）

（今、母の部屋にいる。ここにいるのは、僕だ。どうやってここに来たのかはわからない。たぶん、救急車か、きっとその類のクルマで連れて来られたのだろう。助けられたんだ。一人では来られなかった。）

モロイは自分が母の部屋にいることはどうにか理解できたが、どうやって母の部屋に来たのかはまったくわからないという。ただし、モロイのもとに毎週、おそらく日曜日ごとに一人の男がやって来て、どうやらその男の手助けで母の部屋に来たのではないかと推測している。しかもその男はモロイが著す文書と引き替えにいくらかの金銭を与えるという。文書が多ければそれだけもらえる金額も多くなる。この男が何者かということは後述するが、第二部でモランにモロイの捜索を命じた謎の男、ゲイバーの行動と重なる点が多い。

モロイはその男の世話になっているものの、その男がなぜモロイを助けたのか、何を書かせているのか、どうしてその文書と引き替えに金銭をモロイに与えるのか、といったことはモロイ自身にもわからない。また、モロイは母の部屋にいて、母が死亡したということは把握しているが、母の死亡の原因については知らない。モロイは自分の置かれている状況について正確に理解することはできないが、母からの何らかの影響を受けていると感じている。母の部屋にいるモロイは母のベッドで寝て、母の便器で用を足す。そして自分が段々と母に似てくると感じている。それがモロイが母探しの旅に出る動機になっているとも言える。モロイは母を探す旅に出ることを話し始める。

I resolved to go and see my mother. I needed, before I could resolve to go and see that woman, reasons of an urgent nature, and with such reasons, since I did not know what to do, or where to go, it was child's play for me, the play of an only child, to fill my mind until it was rid of all other preoccupation and I seized with a trembling at the mere idea of being hindered from going there, I mean to my mother, there and then. So I got up, adjusted my crutches and went down to the road, where I found my bicycle (I didn't know I had one) in the same place I must have left it. (15–16)

（母に会いに行くと決心した。その女に会いに行くためには急を要する理由が必要だったが、何をしたらいいか、どこへ行ったらいいか、わからなかった。他のあらゆる関心事を取っ払うまで自分の心をそれで満たすのは僕にとっては子供の遊び、つまりは一人っ子の遊びみたいなもので、そこへ行く、すなわち母の所にこれから行くということを妨げられると考えると、身震いがするのだった。だから立ち上がって、松葉杖をついて、道に出て、以前に乗り捨てた場所にあった自転車（自分が持っているとは知らなかったが）を目にした。）

そうしてモロイは母を探す旅に出るのだが、その道中は平易ではない。というのはモロイは足が悪く、自転車に乗っていないときは松葉杖をついて歩かなければならないからである。やがて彼は母の住むという町の城壁の下に着くが、松葉杖をつきながら自転車を押して歩くという奇妙な姿を警官に見咎められ、職務質問を受ける。だが、彼は自分の名前さえも思い出せない。しかし問答を続けるうちにようやく自分の名前を思い出す。

And suddenly I remembered my name. Molly. My name is Molly, I cried, all of a sudden, now I remember. Nothing compelled me to give this information, but I gave it, hoping to please I suppose. (22–23)
(それから突然、ぼくは自分の名前を思い出した。モロイだ。自分の名前はモロイだ。ぼくは叫んだ。自然に思い出したんだ。で、ぼくは喜ばせようと思って、教えてやったんだ。)

もっとも、モロイは自分の名前を思い出すことはできたものの、母の名前を思い出すことはできない。そのため、警衛所(guardroom)に連行される。しかし、結局、警告処分を受けただけで釈放される。挙動不審ゆえに警官から尋問を受ける光景は当時としては不自然ではなかったかもしれないが、ベケットのゲシュタポに追われた体験も踏まえて考えると、第二次世界大戦中の厳戒体制に置かれた社会状況が自らの記憶さえ曖昧なモロイの行動の背後から感じられるとも言えよう。

モロイの旅の目的は「母探し」であるが、肝心の母の名前も母の住む場所の名前もモロイにはわからない。しかしそうなるとモロイの旅の目的さえも、はたして「母探し」でよいのかどうか、曖昧に思えてくる。足が不自由であるにもかかわらず、自転車や松葉杖に頼ってまで名前さえ思い出せないという母に会う目的についても、モロイにはわからない。

もっともモロイの母探しの旅は彼が自転車を操っているということから意外な展開をみせる。すなわち、翌日、町を徘徊しているときに犬を自転車で轢殺してしまうのである。犬はテディという名でリューマチにかかっており、飼い主のルース（Lousse）夫人が獣医に処分を頼む途中であった。奇妙な成り行きであるが、そのためモロイは犬を轢殺したことを警官に咎められるが、処分の手間が省けたルースに気に入られる。ベケットのシニカルなユーモアの感じられる描写ともなっている。

For I had hardly perfected my plan, in my head, when my bicycle ran over a dog, as subsequently appeared, (...) He has killed Teddy, (...) For Teddy was old, blind, deaf, crippled with rheumatism and perpetually incontinent, night and day, indoors and out of doors. (...) Ah, yes, I too need her, it seemed. She needed me to help her get rid of her dog and I needed her, I've forgotten for what.　(32–34)

〔自分の計画を頭の中で立てると、すぐさま、あとでわかったのだが自分の自転車で犬を撥ねていた。〔中略〕彼はテディを殺してしまった。だがテディは年老いていて、目が見えなくて、耳が聞こえなくて、昼夜、屋内外を問わず、失禁してしまう。〔中略〕ぼくも彼女を必要としているようだった。その理由は忘れたが、彼女は犬を処分するのにぼくが必要で、ぼくは彼女を必要としていた。〕

ルースは警官に事情を説明し、モロイを弁護し、彼を自分の屋敷に連れていく。そしてモロイは彼の言葉によると「数ヶ月か、もしかすると一年の間」、ルースの屋敷に滞在する。

ただし異様なのはそのルースの屋敷である。ルースの屋敷の庭は高い壁で取り巻かれていて、その塀の上にはガラスの破片が有刺鉄線を連想させるように切り立っていた。しかもその壁には格子付きの木戸がはめられていて、外部と必要以上に明確に隔てられているのである。

The garden was surrounded with a high wall, its top bristling with broken glass like fins. But what must have been absolutely unexpected was this, that this wall was broken by a wicketgate giving free access to the road, for it was never locked, of that I was all but convinced, having opened and closed it without the least trouble on more than one occasion, both by day and by night, and seen it used by others than myself, for the purpose as well of entrance as of exit.（52）

（その庭は高い壁で囲まれていて、そのてっぺんにはヒレのような形のガラスの破片が切り立っていた。だがまったく予想に反してのことだが、この壁には格子付きの木戸があり、通りまで通れるようになっていた。その木戸は閉じられてはおらず、間違いなく、昼夜を問わず、いくらでも開閉できたし、ぼく以外の人たちがそこを出入りするのを見かけもした。）

くわえて、屋敷とその周辺にはルースを除いては女性は見当たらず、男性ばかりであった。ルースはほとんど二階にいて、一階にいるモロイとはほとんど顔を合わせない。ただし、モロイはなんとなく彼女に監視されているように感じる。こうした屋敷の描写は、後述するが、たんなる屋敷というよりも、まるで強制収容所を連想させる。

また、モロイがルースの屋敷に滞在する描写は前作『ワット』（*Watt*）において、ワットがノット氏邸に滞在する描写を連想させる。ワットも、ノット氏邸に滞在中も、ノット氏の姿を見かけるということはほとんどない。さらにノット氏もルースと同じように犬を飼っている。ただし、ルースの犬を轢き殺したことがモロイが彼女の屋敷にくるきっかけになるのとは異なり、『ワット』では犬は存命で、その世話をワットがしなければならないという設定となっている。

もっとも、クローニンはノット氏邸の仕組み、構造がベケットの生家に似ているということを指摘している[3]が、『モロイ』におけるルースの屋敷は、ベケットの生家というよりも強制収容所を連想させる。

ちなみに『ワット』では主人公のワットがノット氏邸を離れたあとの別の避難所に行きつくが、その描写は強制収容所の概観に酷似している。避難所がどこであるのかは不明であり、多くの英米系研究者はその避難所を「精神病棟」と理解しているが[4]、避難所の概観に有刺鉄線が張り巡らされていることなど[5]から判断すると強制収容所と考えることが自然と思われる[6]。

モロイは、数ヶ月、もしかしたら一年の間、彼女の屋敷に滞在するが、暖かい風のないある日にモロイは突然、ルースの屋敷から出て行くことを決める。

But I left Lousse at last, one warm airless night, without saying goodbye, as I might at least have done, and without her trying to hold me back, except perhaps by spells. But she must have seen me go, get up, take my crutches and go away, springing on them through the air. And she must have seen the wicket close behind me, for it closed by itself, with the help of a spring, and known me gone, for ever.　(59)

(しかし、風のないある夜、ぼくはついにルースのもとを去ることになった。さよならも言わないで引きとめることもなくだったが。たぶん呪文をとなえるということを除いてだが。ぼくが立ち上って、松葉杖を持ってそれに寄りかかり風の中を去っていくのを見たに違いないのだ。ぼくの背後で木戸が閉まるのをきっと見ていたはずだ。と言うのはバネの力で自然に閉まったから。そしてぼくが永久にその場を去ることを知ったに違いないのだ。)

モロイはルースの屋敷を自転車を置いたままあとにして、町の外に出て、しばらく海岸の近くの洞窟の中で過ごす。だがやがて、母を再び探したいという衝動が強くなり、内陸に向かって旅を再開する。しかし旅を再開し森の中を進んでいると、それまで不自由だった片足に加え、もう片方の足も硬直を始め、やがて立っては歩けなくなり、松葉杖を鉤のように利用して、なんとか前進していく。そしてあるとき、突然、森が終わり、明るい日差しの中にいる自分をモロイは見出す。

I looked at the plain rolling away as far as the eye could see. No, not quite so far as that. For my eyes having got used to the light I fancied I saw, faintly outlined against the horizon, the towers and steeples of a town, which of course I could not assume was mine, on such slight evidence. (91)

(ぼくは可能な限り、広がる平原をみつめていた。いや、そうではない。なぜなら目が光りに慣れるにつれて、ぼくは地平線に、町の高層塔や尖塔を目にしたから。そんなわずかな証拠では確信はもてなかったけど。)

そして「モロイは、彼のいるところに留まっていてよかったのだ」と言う(それまではまったく登場しなかった)語り手の声が突然に入り、第一部は終了するのである。

『ワット』でも主人公ワットは目的地に到達できなかったが、『モロイ』においても、モロイは母探しという目標を達成できずに話は終わっている。しかし第一部の終わりに突然現れた語り手は、それでよいという。だがその理由は明らかにされない。

『モロイ』の第一部では、ベケット文学の特徴とも言える、「アイロニー」、「狂気」、「ユーモア」といったモチーフ、あるいは自転車、老人、犬などのベケットが作品の中で頻繁に用いる小道具が出てくる。しかしながら、はたして、モロイがどこに行きついたのかという問いの答えは見当たらないのである。ただし、モロイが滞在したルースの屋敷が、どうもたんなる屋敷ではなく、強制収容所などの別の存在の可能性があることが指摘できる。いったいモロイは本当はどこに行ったのであろうか。

その疑問を解決するためには第二部のモランの手記を分析していかなければならない。次章では第二部について詳細に考察する。

三　モランの手記

『モロイ』の第二部は、モランの報告書となっている。モランはモロイを捜索する捜査員で、彼がモロイの捜索に出かけるまでの話と捜索を行ったものの、モロイを発見できずに自宅に戻ってきて報告書を書き始めるまでの話となっている。なぜ、モランがモロイの捜索を行うのかは謎である。ただし、モロイとモランの置かれている状況はまさに対照的である。自分の家がなく、母のものを借りていたモロイとは異なり、モランには自宅があり、家族がいて、安定した生活を送っている。モランは体系的な精神（methodical mind）の持ち主で十分に熟考してからでないと決して行動を始めるようなことはなかった(7)。

モランはさまざまな木々の茂り、花壇、芝生が美しく、小鳥がさえずる自然豊な村に小さな二階建ての家を構えて、モロイとは対照的な恵まれた生活を送っている。息子のジャックとお手伝いのマーサと三人で暮らし、隣にはエルスナー姉妹とその姉妹の飼う犬が住んでいる。彼はまた、敬虔なクリスチャンで日曜日には必ずミサに出かけ、アンブローズ神父から聖体を拝している。モランの生活は何不自由ない裕福な生活である。

そのように不自由なく、物質的にも精神的にも満たされているモランの置かれている立場は、モロイ捜索にかかわることで、やがて崩れていく。

ある夏の日曜日、モランはモロイの捜索を行うようにゲイバーという人物から依頼を受ける。[8] モランもゲイバーもユーディという人物を長とする、どことなくゲシュタポを連想させる、大きな組織の一員でゲイバーは連絡員、モランは調査員という位置づけになる。モロイを追うモランの役回りとその背後にある組織の存在を考えると、追われるモロイは、第二次世界大戦中にナチス・ドイツの手を逃れ、南仏の隠れ家に身を潜めていたベケット自身のイメージとも重なるかもしれない。モロイを追うモランの役回りはゲシュタポの調査員にも思える。そして追う立場のモランは繰り返すが追われる立場のモロイとは対照的に、経済的にも家庭環境にも家族にも、そして物質的にも恵まれている。

その豊かさの差を象徴するように、モロイが自転車で出かけたのと、あたかも対比させるかのように、モランはオートバイで出発することを決心する。

> I liked leaving on my autocycle, I was partial to this way of getting about. And in my ignorance of the reasons against it I decided to leave on my autocycle. Thus was inscribed, on the threshold of the Molly affair, the fatal pleasure principle. (99)
>
> （私はオートバイで出発するのが好きだった。このやり方が気に入っている。それに反対する理由もわからずにオートバイで出発することを決めた。こうしたモロイ事件の冒頭に致命的な快楽の原則が記録されたのだ。）

しかし、結局はモランは徒歩で息子と一緒にモロイ探しの旅に出ることになる。オートバイで出発すると決めておきながら、徒歩に変更される。そして、モランは嫌がる息子を連れて、モロイ探しの旅に出かける。二人は数日のあいだ、野宿しながら徒歩で旅を続ける。モランはなかなかモロイを発見することはできないが、やがて、モランはモロイが住むと思われる地方にたどり着く。モランによれば、モロイの地方はモランの住む地方の北方にあり、とても町とは言えないような小さな集落とそれに隣接する野原から成り立っているという。

By the Molly country I mean that narrow region whose administrative limits he had never crossed and presumably never would, either because he was forbidden to, or because he had no wish to, or of course because of some extraordinary fortuitous conjunction of circumstances. （133）

（モロイの地方、その意味は彼が決してその行政的な境界を超えたことがなくて、たぶんこれからも決して超えないだろうと言うことだが、彼がその境界を超えなかったのはそのことを禁じられていたからなのか、それとも彼がそうしたくなかったからなのか、あるいは何かただならぬ偶然の産物なのかどれかだったのだろう。）

モロイの地方にたどり着いてからもモランは懸命にモロイの捜索を行う。しかし、モランがモロイを発見することはできない。そうこうするうちに、モランは片膝に刺すような痛みを感じることになる。

One night, having finally succeeded in falling asleep beside my son as usual, I work with a start, feeling as if I had just been dealt a violent blow. It's all right, I am not going to tell you a dream properly so called. It was pitch dark in the shelter. I listened atentively without moving. I heard nothing save the snoring and gasping of my son. I was about to conclude as usual that it was just another bad dream when a fulgurating pain went through my knee. （138）

（ある夜、いつものように息子のそばでどうにか眠りについてから、ひどく殴られたような感じがして急に目を覚ました。大丈夫だ。私はいわゆる夢に話をするのではない。隠れ家の中はとても暗く、私は動かないで注意深く耳を傾けた。息子のいびき、息切れのほかには何も聞こえなかった。だから私の膝に鋭い痛みが走ったときにそれは悪夢にすぎないと考えようとしたのだった。）

モランの膝の痛みは彼の考えとは異なり悪夢ではなく、事実で、激痛が走ったあとは、膝を曲げることはできなくなる。そのため、隠れ家に数日間の足止めをされることになる。モランはこうもり傘を松葉杖のように操り、なんとか歩こうとする。

ところが、隠れ家の二日目の夜、隠れ家に来た男を殺してしまうのである。モランは男を殺した翌朝、死体を始末するために男を雑木林まで引きずっていく。それから隠れ家を壊して得た木の枝で死体を覆い隠す。第一部のモロイの旅で殺されたのは犬であったが、第二部のモランの旅では人が殺されてしまうのである。しかし、モランによる殺人は淡々と行われ、それが重大事であることを読者は感じにくい。もっとも殺人が日常的に発生していてもおかしくない、第二次世界大戦下の異常な状況がこの小説の設定の中に組み込まれているならば、それはむしろ自然なことなのかもしれない。

I dragged him into the copse, with frequent rests on the way, but without letting go his legs, so as not to have to stoop again to pick them up.　(152)

（私は彼を雑木林にまで引きずっていった。頻繁に途中で休息を取ったが、両足は押さえていて、何度も身をかがめなくてもいいようにしていた。）

それからモランは近辺の丘に登り、息子の帰りを待つ。息子が自転車に乗って戻ってくると、モランはその荷台に乗り、旅を再開する。そして数ヶ月後に目的地であるバリバに到着するが、息子とけんか別れをしてしまう。息子は自転車、外套、リュックサック、現金を持ち去ってモランのもとを去る。モランは途方に暮れるが、そのときにゲイバーが突然現れ、至急帰宅するように命令される。ただしゲイバーがなぜ突然現れたのか、そして彼がどのような意図からモランに帰宅を命じたのかは明らかにされない。

He (Gaber) had already been there for some time. He was sitting on a tree-stump, half asleep. Well Moran, he said. You recognize me? I said. He took out and opened his notebook, licked his finger, turned over the pages till he came to the right page, raised it towards his eyes which at the same time he lowered towards it. I can see nothing, he said. He was dressed as when I had last seen him. My strictures on his Sunday clothes had therefore been unjustified. Unless it was Sunday again. But had I not always seen him dressed in this way? Would you have a match? he said. I did not recognize this far-off voice. Or a torch, he said. He must have seen from my face that I possessed nothing of a luminous nature. He took a small electric torch from his pocket and shone it on his page. He read. Moran, Jacques, home, instanter. He put out his torch, closed his notebook on his finger and looked at me. (163)

（彼はしばらく前からすでにそこにいたのだった。切り株に座って眠りかけていたようだった。「やあ、モラン」と彼は声をかけてきたので「私がわかるのかい」と答えた。彼はノートを取り出して開き、指をなめてページをめくり、目指すページをみつけ出すと、そこに目を寄せ、身をかがめた。「何も見えないな」と彼はいった。彼は私が最後に会ったときと同じ服装をしていた。だから彼の一張羅に対して非難をしたのは理にかなっていなかったのだ。もっとも今日も日曜日でないとしての話だが。しかし彼がこのような格好をしていないのをみたことがあったろうか。「マッチはないかな」と彼はいった。おぼつかない声でわかりにくかった。「あるいはトーチでもいい」と彼はいった。「私の顔をみて、何も灯りになるようなものがないとわかったに違いない。彼はポケットから小さな懐中電灯を取り出しページを照らし、それからそのページを声を出して読んだ。「モラン、ジャック、すぐ家に戻れ」と。彼は懐中電灯を消して指でノートを閉じ、それから私をみつめた。）

モランは、これは第一部のモロイと重なることだが、足を悪くしていて、十分に歩くことができない。しかしゲイバーはモランになんとしても家に戻るように命じて立ち去ってしまう。しかたなくモランは傘を杖のように使い、なんとか歩いて帰路につく。モランが帰宅するのは翌春のことになる。

That night I set out for home. I did not get far. But it was a start. It is the first step that counts. The second counts less. Each day saw me advance a little further. (...) It was in August, in September at the latest, that I was ordered home. It was spring when I got there, I will not be more precise. I had therefore been all winter on the way. (165)

（その夜、私は帰宅することにしたが、遠くまでは行けなかった。しかしそれは開始時点のことであった。最初の一歩であった。二歩目は一歩目よりも大切ではない。毎日、少しずつ前進していった。〔中略〕私は八月に、いや遅くとも九月には帰宅するように命令されていたが家に到着したのは春だった。精一杯、正確にいうとそうなる。つまり冬の間中、歩いていたわけだった。）

モランが家に入ろうとすると、戸に鍵がかかっていた。彼は戸を突き破り家に入るが誰もいない。モランは自宅での生活を再開するが、ある日ゲイバーがやってきて、報告書の提出を求める。そしてモランが報告書を書き始めた冒頭に戻り、この小説は終わるのである。

One day I received a visit from Gaber. He wanted the report. (...) Then I went back into the house and wrote, It is midnight. The rain is beating on the windows. It was not midnight. It was not raining. (175–176)

（ある日、ゲイバーが訪問してきた。〔中略〕彼は報告書を求めた。私は家に戻り、書きとめた。「真夜中だ。雨が窓を打ち付けている。いや、真夜中ではない。雨も降っていない」と。）

以上がモランのモロイ捜索の旅のあらましである。ゲシュタポを連想させる組織の使者であるゲイバーの命を受けて、モロイ捜索の旅に出るモランは旅の途中で殺人を犯す。その後も旅を続けるが、まもなくゲイバーが突然現れ、帰宅し、それまでの報告書を仕上げるようにモランに命じる。第二部は確かにモランによるモロイ捜索の旅の手記であるが、それは同時に、モランがゲシュタポの調査員で組織の命によって、手配中の人物を追いかけていると読んでも無理がないように思える。

四　モロイとモランの関係

ただし、第一部と第二部を別々に読み分けることはできず、それぞれの手記を重ね合わせて考えることで、本作品の中にあるベケットの狙いが明らかにされてくるように思われる。

第一部のモロイの母親探しの旅と、第二部のモランのモロイ捜索の旅は、書かれている文体には大きな相違が

表1　モロイとモランの比較

モロイ	モラン
母探しの旅（母を発見できない。家に戻ることなく、旅先で路頭に迷っているところで第一部は終わっている）	モロイ捜索の旅（モロイの捜索に失敗するが報告書は書き始める）
自分の置かれている状況がよくわからない。自分が誰なのか、母の正確な名前が何なのかもわからない。	体系的な思考回路の持ち主で、周囲の状況をよく把握していると確信している。
一人で旅に出る。家族などはいない。	息子と旅に出る。自分の家にお手伝いもいるし、立派な庭もある。
足を痛めて松葉杖を使っている。旅を通して悪化する。	旅の途中で足が悪くなり、傘を松葉杖の代りに用いる。
旅の途中で犬を自転車で轢き殺す。	旅の途中で人を殺してしまう。
「毎週日曜日にやってくる男」がモロイの書き物を毎週回収し、モロイに報酬を払っている。	ゲイバーという男からモロイ捜索を行い、その報告書を書くように命じられる。

認められるが、モロイとモランの二人が対比的に描かれていることは疑う余地がなく、モロイとモランのイメージには重なる部分も多い。

まず、二人ともその旅の目的は人探しであり、その目的を達成することなく旅を終えている。二人はともに足を悪くしているし、自転車を用いて旅をしている。また、モロイは犬を轢き殺しているが、モランは人を殺し、ともに生命を奪うという行為を行っている。

ただし、モランはモロイを捜索するという立場にあり、モロイが支離滅裂な思考しかできないのに比べて、彼が言うところの体系的な思考回路の持ち主である。以上をまとめると、表1のようになる。

『モロイ』ではモランがモロイを追い求めるが、結局、モランにはモロイのことが何もわからない。ただし、表1のように性格や立場が、互いに補完しあう存在として描かれていることをもとに考えると、モロイとモランには表裏一体と言ってもよい関係が読み取れる。そしてさらに両者の置かれている状況はモランの手記である第二部から読み解くことでつながっていく。その鍵となるのは、ゲイバーの存在である。すなわちモランに報告書を求めるゲイバーはモロイのもとに毎日曜日に書き物を取りに来る謎の男と同一のようにも読めるのである。

もしそうならば、「モランはモロイ捜索を行ったが、モロイをみつけることができず、家に戻り、報告書を書き始めるが、その後、何らかの事情、あるいは病気などで記憶力が衰えたために自分が誰だがわからなくなる。しかし報告書を書くという職務だけは継続的にこなし、もはや見分けがつかなくなったがゲイバーに毎日曜日に報告書を渡し、報酬を得る。さらにみずからの母探しの旅に出かけるが途中で挫折する」と考えることで、ストーリーを矛盾なく把握することが可能になる。そう読むならば、モランとモロイは同一人物であり、ともに足が悪いという共通点も納得がいくわけである。

五　モロイは何処に行くのか

モロイが母探しの旅の途中に長期滞在することになるルースの屋敷については、強制収容所ではなく、前作『ワット』の場合と同様に、精神病棟を暗示しているのではないかという見方も考えられる。ルースの庭と外部の境の塀には「ヒレのような形のガラスの破片」が切り立っていた。あたかも有刺鉄線が張り巡らされているようであり、それは精神病棟のイメージにつながるようにも思える。ただし、ベケットと親交のあったベトナーをはじめ、「精神病院説」に異議を唱える研究者も少なくない。(9)

すなわち、『ワット』でも『モロイ』でも、庭には有刺鉄線のようなものが張り巡らされているが、ナチス・ドイツがユダヤ人を強制収容したアウシュビッツ収容所、ビルケナウ収容所、べゥジェッツ収容所などの写真をみると、同様に有刺鉄線が四方に張り巡らされていることがわかる。(10)マイケル・ベーレンバウムはアウシュビッツ

について次のように書いている。(11)

一九四一年の夏にはすでに、アウシュビッツに課せられた任務は、収容所の能力を超えたものになっていた。そのため、第二収容所（ビルナケウ）が、美しいカバの木に囲まれた農村に建てられた。ビルナケウは九ヶ所に分かれ、それぞれ電流の通った有刺鉄線で区切られていた。

そして強制収容所の光景は『モロイ』における庭の描写と重なる点も多い。庭に張り巡らされた有刺鉄線は精神病棟よりも強制収容所を連想させる。

ベケットは、ヒトラーが政権を掌握していたその全盛期にあたる一九三六年から三七年にかけてドイツを訪れている。また『わが闘争』も読み、そのユダヤ差別的な発想に大きなショックを受けている。そしてヒトラーの危険性についてジョイスにも話している。しかし、ジョイスはユダヤ人への迫害には否定的であったものの、ヒトラーの存在をある程度認める態度を示していたという。ベケットの多くのユダヤ人の友人たちはナチスに捕らえられ、ベケット自身もみずからのユダヤ起源を考え、つねに恐怖を感じていたのである。(12) 彼が同様な立場にあったカフカに深く共感したことも当然としてうなずけることである。

こうした点も踏まえて考えると、モロイが滞在することになる屋敷がナチス時代の「強制収容所」を連想させるのも当然のことのように思える。くわえて言えば、ベケットの親友のアルフレッド・ペロンはスイスの強制収容所に収容され、戦後、そこで起こした体調不良が原因で死亡している。(13) さらに言えばベケットは、一九四二年から四五年までのドイツ軍占領下の南フランスに滞在し、戦後にその生々しい体験を強く記憶に残しながら『モロイ』を執筆した。ゲシュタポに追われ、南仏アビニオン地方の小村ルションの一軒家での滞在の経験をもとに

『ワット』、『モロイ』などの構想を固めたことは間違いない。ベケットが置かれた環境はそのまま、彼に強制収容所への連行という恐怖を喚起させるに十分の条件を備えていたと言える。

『モロイ』においては、どうしてモロイは母探しの旅に出たのか、また犬殺しのあとにルースのもとにどうして長期滞在するようになったのか、また、モロイを捜索するモランが誰のためにどうして報告書を書かなければならないのか、またそれを依頼したゲイバーの正体は何なのか、といった疑問は最後まで明らかにされていない。ベケットが考える小説の背後設定は読者にとって謎だらけと言えよう。その謎を容易に解きほぐすことはできないだろう。しかしながら、ベケットが経験したホロコーストの恐怖とあわせて『モロイ』を読むことでこうした謎はその解の一部をみせてくるのである。主人公モロイはホロコーストに直面したユダヤ人のように所持品をすべて持たず、放浪の旅に出るのである。旅の途中では警官からの尋問を受けるし、有刺鉄線があるような高い塀で覆われた庭のある屋敷に滞在する。またモロイを捜索するモランはその報告書をゲイバーに提出することが求められている。

モロイがどこへ行ったのかは小説の中では明らかにされていない。ただし、繰り返すが、モロイとは実はモランであり、モロイの旅はモランの旅の続きであり、そして、第一部の終わりに森を抜け、溝に落ちて意識を失ったモロイの旅は、この小説の冒頭でモロイ自身が述べるように母親の部屋に戻り、循環しながら終わると考えられるのである。

六　むすび

本論では『モロイ』の構成と内容をベケットがその構想を固めるにあたって、強い影響を受けたと考えられるナチス・ドイツのホロコーストの記憶に重ね合わせながら分析、考察してきた。本論の考察をまとめると以下のようになる。

『モロイ』は二部構成で、第一部はモロイ自身が語り手となり、その母探しの旅の一部始終について語られている。その中で、モロイは自分自身が何者であるかということも含め、自分の置かれている状況がまったくわからない。また彼自身の持ち物はほとんどない。旅の途中で彼はルースの犬を轢殺したが、逆にそれに感謝され、ルースの屋敷に長期滞在する。しかし、再び、母探しの旅に出ることを決意し、屋敷を出る。だが、足を悪くし、その母探しの旅は途中で終わる。第二部は体系的な思考回路の持ち主というモランによるモロイ捜索の旅について、モランの手記によって書かれている。モランは自宅、家族、お手伝い、ペットなどを有し、恵まれた環境にある。モランはゲイバーという男にモロイ捜索の旅に出るように要請される。しかしながらモロイの捜索はうまく進まない。一緒に旅に出た息子とはけんかしてしまう。また、旅の途中では人を殺してしまう。だが、旅の途中でゲイバーが現れ、家に戻るように指示される。そして自宅に戻り、報告書を書き始めるところで彼の手記は終わる。

二部構成になっている内容は、その第二部のモランの手記から読み始め、時間の流れをそれに合わせて整理すると、モランはモロイと同一人物であり、二つの手記の話の流れが繋がっていること可能性があることが読み取れる。ジェイムズ・ジョイスの『フィネガンズ・ウエイク』のように小説の終わりは始まりにつながり、螺旋状に循環していくようにも読める。

また、『モロイ』における旅で彷徨よい、有刺鉄線のある屋敷で長期滞在するモロイとそれを追うモランの姿はベケットが第二次世界大戦中に経験したナチス・ドイツによるホロコーストからの逃亡の記憶を感じさせる。『モロイ』の前作、『ワット』においても、ナチス・ドイツのユダヤ人虐殺の代名詞とも言える強制収容所のイメージが、ワットが最終的に到達した有刺鉄線に囲まれた避難所の描写に現れているが、『モロイ』においては、『ワット』同様に有刺鉄線を有する庭の存在にくわえて、モロイとそれを追うモランによるモロイ捜索の旅が、ユダヤ人虐殺における逃亡者と追跡者の一連の行動も連想させられる。前作『ワット』にみられるホロコーストのイメージが『モロイ』においては、よりいっそう、強められたとも言えるだろう。

(1) Anthony Cronin, *Samuel Beckett The Last Modernist* (Da Capo Press, 1997) 1–38.
(2) テクストは、Samuel Beckett, *Three Novels by Samuel Beckett : Molloy, Malone Dies, The Unnamable* (New York : Grove Press, 1965) を使用した。
(3) Anthony Cronin, *Samuel Beckett The Last Modernist* (Da Capo Press, 1997) 34.
(4) たとえば、Gottfried Büttner, *Samuel Beckett's Novel Watt* (Philadelphia : University of Pennsylvania Press, 1984, 58–59.
(5) Samuel Beckett, *Watt* (John Calder, 1963) 156.
(6) 鈴木邦成「ワットは何処へ行くのか」中央大学人文科学研究所編『モダニズム時代再考』中央大学出版部、二〇〇七年、二五〇―二五五頁。
(7) Samuel Beckett, *Three Novels by Samuel Beckett : Molloy, Malone Dies, The Unnamable*, 98.
(8) Samuel Beckett, *Three Novels by Samuel Beckett : Molloy, Malone Dies, The Unnamable*, 92.
(9) Gottfried Büttner, *Samuel Beckett's Novel Watt*, 58–59.
(10) マイケル・ベーレンバウム『ホロコースト全史』芝健介訳、創元社、一九九六年、二六八―二六九頁。
(11) マイケル・ベーレンバウム『ホロコースト全史』芝健介訳、創元社、一九九六年、二八六頁。
(12) Anthony Cronin, *Samuel Beckett The Last Modernist*, 304-305.
(13) Anthony Cronin, *Samuel Beckett The Last Modernist*, 301-305.

ウィリアム・ゴールディング『尖塔』におけるヴィジョンの変容

丹治竜郎

一九五四年に『蝿の王』(*Lord of the Flies*) で小説家として鮮烈なデビューをはたしたウィリアム・ゴールディング (William Golding) は、その翌年には、原始時代を舞台にして柔和なネアンデルタール人の主人公の目をとおしてホモ・サピエンスの残忍性を描き出した『後継者たち』(*The Inheritors*) を、次の年には、撃沈された駆逐艦から海に落ちた海軍士官が死の瞬間に人生を回想する物語『ピンチャー・マーティン』(*Pincher Martin*) を続けて発表し、小説家としての地歩を固めた。これら初期の三作は、撃墜された飛行機からかろうじて脱出した少年たちが孤島に漂着するという設定の『蝿の王』に典型的にみられるように、例外的な状況に置かれた人物をとおして人間の本質を探る物語になっている。前作から三年のブランクを経た一九五九年の作品『自由な転落』(*Free Fall*) は、成功した画家が人生を振り返り、自由意志を失って惰性的に生きるようになった決定的な時期を確定しようとする物語で、回想という形式において『ピンチャー・マーティン』と類似しているが、『自由な転落』においてゴールディングははじめて一人称の語りを採用している点が注目に値する。ゴールディングの初期の三作は三人称の語り手を用いているものの、その語りは特定の登場人物に焦点化する度合いが高く、語りの視点も登場人物のそれにきわめて近接している。では、なぜ一人称を採用せずに三人称を採用しているのかと言えば、それは初期のゴールディングが愛用した物語の最後における視点の過激な転換を行うためには三人称が適していたからだろう。『蝿の王』の結末における少年たちの視点から救援に来た海軍士官の視点への転換、『後継者たち』におけるネアンデルタール人からホモ・サピエンスへの視点の移動は、三人称の語りであったからこそ自然に感じられるのである。かりに一人称の語りであったとすれば、視点の変更には語り手の変更が必要であるがゆえに、三人称の語りによって可能になる瞬間的な視点の移動は難しいだろう。『ピンチャー・マーティン』の最後では、ピンチャー・マーティンから彼の死体を引き取りにきた別の士官に視点が移り、実はピンチャー・マーティンが駆逐艦から落ちてすぐに死んだらしいことが読者に明らかにされ、それまでの物語が描いてきたような長い回想をする時間はなかったことがわかるのである。結局マーティンの長い回想と思えた物語の主要部分は、死ぬ間際のマーティンの瞬間的なフラッシュバックを語り手が引き伸ばしたものと解釈せざるをえなくなる。小説刊行時に物議を醸したこの視点の急転回も三人称ゆえに可能であったとみるべきである。

『自由な転落』から五年という期間をおいて発表された長編小説が『尖塔』（*The Spire*）である。前作が「転落」の物語であったのに対し、『尖塔』はそのタイトルからして「上昇」のイメージを喚起するが、そのイメージの意味合いについてはこの論文の別の場所で議論することになるだろう。ここではまず『尖塔』の語りの構造について考えたい。『自由な転落』では一人称による回想という形式が取られていたことはすでに述べた。『尖塔』においてゴールディングはふたたび三人称の語りを用いており、初期の三作と同様に主人公の主任司祭兼聖堂参事会長ジョスリン（**Jocelin**）に近接した視点から物語を展開している。(1) 語り手はジョスリンが知らないことは読者に対して何一つ知らせないし、ジョスリンの意識の流れを描くことはあっても抑圧された内面は描写の対象とならないため、読者はしばしばジョスリンが経験していることがどのような意味をもつのかわからず、とまどうことになる。そのもっとも顕著な例が、大聖堂の中でジョスリンが目にする小枝である。その小枝がもつ意味をジョスリンは徐々に認識していくのだが、それが意味していること、すなわち聖堂番パンガル（Pangall）が建築職人たちによって人柱として殺されたという事実があまりにもショッキングであるので、ジョスリンはその認識を意識下に抑圧し続ける。語り手は、ジョスリンの抑圧が続くかぎり小枝の意味を読者に伝えないのだ。物語の終わり近くになって、ジョスリンが尖塔の建築を途中で放棄して今では宿屋で酒浸りになっている親方ロジャー・メイスン（Roger Mason）を訪ね、十分な基礎がないにもかかわらずいまだに尖塔が倒れないのは、肋骨のあいだにヤドリギの小枝を刺されて埋められたパンガルのおかげかもしれないと口にしたときはじめて、読者は小枝の意味を知るのである。この語り手と主人公ジョスリンとの関係は、語り手が物語の世界に介入することなく超越した立場から主人公ジョスリンの行動、認識、内省を描いている点で、ジェイムズ・ジョイス（James Joyce）の『若い芸術家の肖像』（*A Portrait of the Artist as a Young Man*）における語り手と主人公スティーヴン・ディーダラス（Stephen Dedalus）の関係と似ている。F・K・シュタンツェル（F. K. Stanzel）は『若い芸術家の肖像』において主人公を代名詞で言及する頻度の高さが語り手の超越性を示すと述べているが（Stanzel 189–90）、『尖塔』においても冒頭部からしばらくのあいだは主人公がただ「彼」としか呼ばれないのである。超越した語り手はきわめて不親切で、余計なコメントはしないし、余計な情報もあたえないのだ。

超越した語り手によるジョスリンへの焦点化によって、読者はジョスリンが経験することのみを同時進行的に経験することになる。ジョスリンが生きている世界、それはきわめて狭い閉じられた世界だ。大聖堂という世間から隔絶した世界に生きているからだけではなく、尖塔を建設することが使命であるという啓示を受けて、そのためにはどんな犠牲も惜しまないという姿勢をかたくなに守っているがゆえに、彼の世界は閉塞している。語り手がジョスリンの経験する世界の外部を描かないために、読者もジョスリンの閉じられた世界に閉じ込められることになる。ゴールディングがこの小説で用いている手法は、主人公の自足した内的世界をあるがままに描くことに適しているのと同時に、三人称の使用によって語りの視点をジョスリンの外部においているために、彼の閉じられた世界の外にある世界をつねに読者に意識させておくという効果ももっている。ただし、読者は超越した外部からジョスリンを眺めることはできない。語り手はジョスリンが意識していないことは描かず、それゆえ読者にとって外の世界はあくまでも存在が意識されるだけのものにとどまるのだ。「読者は内部と外部のあいだにとらわれて、何らかの判断をくだすことができない」とヴァージニア・タイガー（Virginia Tiger）は指摘しているが（164–65）[2]、より正確に言えば、読者は内部にいながらも外部に対する意識から自由になれない立場に置かれているということになるだろう。

『尖塔』の語りの構造がもたらす効果について議論を始める前に、同じように中世における大聖堂建築を扱ったケン・フォレット（Ken Follett）の超ベストセラー小説『大聖堂』（*The Pillars of the Earth*, 1989）の語りの構造を考えてみたい。『大聖堂』では、聖職者、建築職人、領主などの多数の登場人物に次々と焦点化していく三人称の語りが用いられている。この手法によって、フォレットは大聖堂という自足した世界とその外部の世界（職人たちの辛苦、聖職者同士の権力闘争、領主による干渉など）との相互的な影響関係を描き出す。『大聖堂』の主人公フィリップ（Philip）はある修道院の院長で、放火によって焼け落ちた大聖堂の改築に着手する。彼は経済的あるいは政治的な要因でしばしば挫折を経験しながらも、そのつど外部との巧みな交渉によって困難を克服していく。フィリップは幼いときに兵士によって両親を殺され、修道院に引きとられたという経験をもっているため、聖なる世界の外に暴力と欲望にあふれた世界があることは当然の前提として行動する。フィリップは啓示を受けたヴィジョナリーではなく、ジョスリンのようにヴィジョンによって拘束された内面をもっていない。フィリップはきわめて合理的な戦略家で、大聖堂と外部の世界を行き来しながら、大聖堂建築になるべく有利な条件を確保しようと奮闘する。もちろん彼もさまざまな困難に直面し、苦悩にさいなまれるのだが、それらはすべて意識化されているため、彼の内面は抑圧や抑圧されたものの回帰といった心的現象とは無縁である。ところどころでフィリップが性欲を感じる場面が描かれてはいるものの、それも明確に意識化され機械的に抑圧されて終わるだけだ。簡単に言えば、フィリップの内面は無意識のレヴェルが不在の平板な内面だ。すべての葛藤が意識化されている彼の内面は、修道院という内部空間とそれ以外の外部空間が同一平面上でせめぎ合う物語構造とパラレルな関係にある。

では、ゴールディングの『尖塔』に戻ろう。『尖塔』では、大聖堂という内部空間はジョスリンの意識をとしてのみ描かれるため、外部の世界から超越した自律空間であるという印象を読者にあたえる。それはもちろん、ジョスリンの内面がありとあらゆる外部的なものを排除することによって存立しているからである。ジョスリンは大聖堂に同一化しているので、大聖堂も彼の内面と同様に外部から遮断された空間として表象される。もちろん外部が存在しないということではない。ただ外部の世界はジョスリンの意識に侵入してこないかぎり、描かれることはないのだ。言い方を変えれば、外部を排除しようとするジョスリンの意識とそこに侵入してこようとする外部とのあいだの争いが、物語に強い緊張感をあたえることになる。『大聖堂』の修道院長フィリップの内面には外部がない、正確に言えば外部はすべて意識化されて内部に取り込まれている。それに対して『尖塔』のジョスリンの内面は外部の抑圧の上に成り立っている。そして物語はジョスリンの内部が外部によって侵食されていく苦痛に満ちた過程を描くことになるのである。

ジョスリンの内面の自律性を支えているのは、彼がかつてみた「幻視」(vision)である。ジョスリン自身が書いた手記によれば、あるとき彼は大聖堂がみずからの祈る姿そのものだという直感を得るのだが、そのあと大聖堂が彼に向かって「われらは勤労なり」「われらは祈りなり」(192)[3]と言っているのをはっきりと聞き、すぐさま大聖堂の中に駆け込んで交差部に身を投げ出すと、そこで彼は幻視にとらわれ、最終的にはその幻視が神に対する究極の祈りとしての尖塔という形をとることになったのである。このあとジョスリンにとっては幻視が現実となり、現実世界は幻視空間の外部に排斥されることになる。「幻視の瞬間、目は何もみていないものだ」(24)とジョスリンが考えるとおり、幻視にとらわれた瞬間から彼の目は現実をみなくなるのだ。

外部を排除して閉じられた空間をみずからの周囲に作りあげるのには視覚が大きくかかわっている。小説の冒頭部でジョスリンが大聖堂内に射しこむ光をみている場面を検討してみよう。身廊の端から大聖堂内を見渡しているジョスリンは、もっとも実体を感じさせるものは窓から斜めに射している光だと思う。それから彼はアベルの柱と呼ばれる本当の柱をみて、こう考えるのである。

> あのアベルの柱がなかったら、光が示す重みを本当の質量と勘違いしてしまい、わが石造りの船が座礁して船腹を下に横倒しになっているのかと思い込んでしまうところだ。そこまで考えてジョスリンはかすかに微笑んだ。人間の心というやつは、どんなものにも定まった法則の色合いをあたえるくせに、あるときには子どものようにたやすくみずからを欺くものだ。(10)

ジョスリンの目は光を実体としてみてしまうのだが、彼は自分の目がみていることを否定する。光の斜めの線と柱の垂直の線のどちらがより実体的なのかを目は決めることができない。目には両方とも同じように実体的にみえるからだ。では、ジョスリンに光の実体性を欺瞞であると判断させたものは何か。それは重力の法則ということになるだろう。ここでのジョスリンは一見したところ重力の法則を事物に適用して斜行する光の実体性を否定しているようである。だが、彼は十分な基礎土台がないにもかかわらず四〇〇フィートもの高さの尖塔を建てようとしているのだから、その点では法則を無視してみずからを欺いていると言ってもよいだろう。基礎土台は神が備えてくれるだろうという信仰のみにもとづいて、彼は建築を推し進めようとしているのだ。ジョスリンが重力の法則を真実とみなすのも、それが地上から垂直に上昇する尖塔というヴィジョンに合致しているからにすぎない。このヴィジョンに矛盾する法則であれば、彼はすぐにそれを否定するだろう。つまり、ジョスリンの目は彼が信じるヴィジョンに合うものだけを実体としてとらえ、それ以外のものの実体性を否定しているのである。このような視覚の欺瞞性によってヴィジョンに合わないものはすべて外部に排斥され、その結果彼の世界は閉じられたものになるのだ。

ヴィジョンによって支配されたジョスリンが生きている閉じられた世界、それはもちろん大聖堂の内部の世界である。ヴィジョンを実現するために彼は尖塔建設に着手するのだが、皮肉なことにそれが彼の閉じられた世界に外部の侵入をもたらすことになる。北袖廊の壁に建築資材を運び込むための大きな穴が開けられたのである。

> 何年も何年も私はここを通り過ぎたものだ、とジョスリンは考えた。以前は内と外とがはっきりと、まるで昨日と今日とが峻別されているのと同じくらいはっきりと、とこしえに、必然的に分かたれていたものだ。塗料で模様と文様を施した、なめらかな内側の石材。そして、地衣に覆われ、ごつごつした外側の石材。昨日までは、いや、さきほど天使祝詞を一度唱えたあの前までは、二種類の石はたがいに四分の一マイルほども隔たっていた。しかし今では同じ風が両者のあいだを吹き抜けている。内と外とが触れ合っているのだ。(12–13)

ジョスリンのヴィジョンによって内閉していた大聖堂が、ヴィジョンの実現である尖塔建築のために外部に開かれてしまう。これは、ジョスリンの閉じられた内面が開かれていくことを暗示している。そもそもジョスリンの内面はヴィジョンによって外部から守られているのだが、そのヴィジョンは大聖堂を人の祈る姿としてとらえていたのだから、ジョスリンと大聖堂の一体化をともなうものだった。それゆえ、大聖堂の内部空間に外部が侵入してくることによってその秩序が乱されることは、当然ジョスリンの内面にも影響をあたえるのである。物語は大聖堂の内部とジョスリンの内部がそれぞれ排除してきたものに侵食されていく過程を相互に関連させながら描いていくのである。

大聖堂を人の祈る姿としてみたことが契機となってジョスリンは啓示を授けられることになったことはすでに述べた。だが、彼の手記を読んでも、どのようにみたら大聖堂が人の祈る姿に重なるのかについては判然としない。ただ、小説の冒頭部でジョスリンが尖塔の付けられた大聖堂の模型をみながら、それを人間の体と重ね合わせていることは注目に値する。

> 模型は仰向けに横たわっている男の姿を思わせた。身廊は揃えてのばした両足で、南北にのびる両側の袖廊は広げた両腕にあたる。胴体は聖歌隊席で、ちょうど今ごろ礼拝が執り行われているはずの聖母礼拝堂は頭だ。そしてまた今、体の中心部から突き出し、せり出し、張り出し、噴き出しているのが、この大聖堂の頂点にあって権威の象徴である新しい尖塔なのだ。ジョスリンは思った。あの者たちにはわからない、この私に訪れた幻視を伝えてやるまではわかるはずもないのだ。(8)

「あの者たち」と言われているのは、参事会で尖塔建築に反対した聖職者たちを指しており、彼らに幻視を伝えれば理解が得られるとジョスリンは考えている。では、なぜ幻視を伝えないのか。それはおそらくヴィジョンがぼやけてきているからなのだ。ここでジョスリンが思い描いている大聖堂と対応する男の姿は、彼が幻視の中でみた人の祈る姿ではないことに注意しなければならない。ここでの大聖堂と男の姿の対応関係がセクシャルなイメージを喚起することは明白であり、祈りのイメージにはそぐわない。彼はまだ気づいていないのだが、彼のヴィジョンはどこかで変容してしまっているのである。これは大聖堂の内部空間が尖塔建築の始まりとともに変容していく過程と対応し、両者の変容は相互に影響し合いながら進行することになる。もちろんジョスリンはこうした変容を認めようとはせず、大聖堂もヴィジョンも以前のままだと思い込もうとする。だから彼はみずからがいだいたイメージの性的な意味合いに気づかないのだ。

外部はさまざまな方向から内部に侵入してくる。尖塔建築の初日を描いた冒頭の章から大聖堂はすでに外部の脅威にさらされている。袖廊の壁に穴が開けられただけではなく、袖廊と身廊の交差部には基礎土台の状況を調べるための竪穴が今まさに掘られようとしているところなのだ。ジョスリンの内面という点からみると、尖塔建設に反対している聖堂番パンガルが外部にいながら内部に侵入しようとする存在となっている。パンガルは尖塔建設のために大聖堂が破壊されていることに反発を感じている。また、彼は足が悪く歩き方がおかしいために建築職人たちに小突きまわされていて、いつかは殺されるのではないかと恐れてもいる。パンガル家は何代にもわたって聖堂番を務めてきた家系で、その小屋は回廊と南側廊のあいだの中庭にあるのだが、そこは今や建築資材の置き場になっていて、パンガルの言葉を借りれば、「自分の家の入り口さえみつけられない」(17)ような状態になってしまっている。「パンガルの王国」(Pangall's Kingdom)とジョスリンが呼んでいる中庭へと無理やり連れてこられた彼は、パンガルの小屋をはじめてまざまざとみて、「内と外とが出会うもう一つの実例」(17)だと感じる。小屋は大聖堂の壁に寄りかかるように建っていて、小屋の壁には大聖堂に使われた石材とともにローマ人の遺跡から掘り出した煉瓦も使われており、その他の部分も含めて継ぎ足し継ぎ足し建てられたものだ。この内部と外部の中間に位置するパンガルの小屋はパンガルの置かれている立場を象徴している。彼はまさに内部であると同時に外部でもある存在なのだ。彼の存在が媒介となって外部が大聖堂内部に、そしてジョスリンの内面に侵入してくるのである。それについてはまた別の場所で論じることにしたい。とりあえずここでは、ジョスリンの閉じられた内面が外部から脅かされていることを確認しておこう。パンガルの小屋をみたあとでジョスリンは聖母礼拝堂に行き、祈りを捧げる。そこで彼は背中に熱を感じ、それを天使の存在と感じるのであるが、背中の熱は病気のせいであることが最後にわかるので、このことは彼がヴィジョンの中で大聖堂に重ね合わせた人の祈る姿に欠陥があることを示し、それはまた建築のために大聖堂が破壊されていることと対応するのである。[4] 祈りを終えたあとのジョスリンが、尖塔の基部となる塔の四隅に据えつけられるジョスリンの頭像を掘っている唖の若者に声をかけ、頭像をじっくりと観察すると、その鼻は鷲のくちばしのようにとがり、口は大きく開き、頬にはしわが寄って、頬骨の下がへこみ、目は深く落ちくぼんでいる（23）。どうみても病者の顔つきのように思えるものの、若者の身振り手振りを使った説明から、ジョスリンは自分が天使に仕立てられているのだと納得することになる。ここでもまた視覚とヴィジョンのせめぎ合いがみられる。視覚がとらえた頭像の外見は明らかに病の徴候をはらんだジョスリン自身の姿を示しているにもかかわらず、彼の内なるヴィジョンはそれを天使の顔とみなすのである。このあとジョスリンはもう一度頭像を見直す。目に映るのは「やせ衰えてつきだした頬骨や開いた口、鉤鼻をもちあげんばかりに翼のように広がった鼻孔、そしてかっと見開いた視力のない目」（24）だ。ここで先に引用した「幻視の瞬間、目は何もみていないのだ」というジョスリンの内的独白が聞かれる。頭像の目と同様にヴィジョンにとらわれたジョスリンの目は盲目なのである。ジョスリンはそれに気づいているが、視覚よりもヴィジョンのほうが重要だと考えているのだ。

第一章でのジョスリンは、彼の閉じられた幻視空間の外部にある存在を無視しようとしている。彼が一時間以上祈っているあいだ、彼宛の手紙をもってずっと立って待っていた礼拝堂付き司祭のアダム神父（Father Adam）も、ヴィジョンの外に追いやられている存在だ。アダムは表情には出さないが尖塔建設に明らかに反対しており、それゆえジョスリンによって、洗濯ばさみの頭みたいに表情のない人間とみなされる。ジョスリンは彼を「名無し神父」（Father Anonymous）と呼ぶのである。アダムがもってきた手紙の送り主であるジョスリンの叔母アリスン（Alison）は前国王の愛人だった女で、ウィンチェスター大聖堂に墓を作ってもらえることになっていたのだが、国王の死によってその約束が反故にされたため、甥のジョスリンの大聖堂に墓を作ってもらおうと望んでしきりに手紙で訴えてきているのだ。尖塔建設のための資金援助を彼女から受けたにもかかわらず、彼女が王の愛人だったということを理由に、ジョスリンはアリスンの頼みを拒み続けている。今回も手紙への返事は出さないと決めたジョスリンの頭の中では、「交差部の上に広がる青空に、計画を知るものの目にはもうすでにしっかりととらえられた尖塔が描く、見えない輪郭線」が思い浮かんでいるのである。このときジョスリンがアダムに言う「女などいなくても十分やっていけるだろう」（28）という言葉を考慮に入れれば、尖塔の男根的なイメージと女性排除の結びつきが読みとれるだろう。ジョスリンにとっては女もまたヴィジョンの外部に排除されるべき存在なのだ。

このあとも外部的な存在は次々と登場してくる。聖具保管役で参事会員でもあるアンセルム神父（Father Anselm）はジョスリンから工事のあいだ聖堂の見張り番を任されていたが、初日からその義務を怠っている。下品な歌を口ずさみながら仕事をしている職人たちをみたジョスリンが抗議に行くと、アンセルムは埃のひどさを訴える。アンセルムは参事会で尖塔建設に対して明確に反対の意向を示したのだが、アンセルムとジョスリンは同じ修道院で青年時代をいっしょに過ごした旧友なので、アンセルムの反対はジョスリンにとって大きなショックなのである。アンセルムの離反に直面したジョスリンはここでもまた「目にみえない幾何学的な線」が尖塔を描き出すのを想像し、「どんな犠牲を払ってもかまわない」（cost what you like）（35）と決断する。「犠牲」という言葉をジョスリンが使うのはこのときがはじめてであることは、物語の中で重要な意味をもっている。なぜなら、ジョスリンのこの決断がなされたあと、尖塔建設が進むにつれて多くの犠牲者が出てくるという事態が実際に生じるからだ。ジョスリンがこの時点で考えていた「犠牲」は友情の破綻程度のものだったのであり、彼にはこのあとどのような「犠牲」を払わなければいけないかはわかっていないのである。さらに、重大な「犠牲」が生じたときも、ジョスリンはそれに対して目をつぶってしまうので、「犠牲」に気づくのは物語の終わり近くになってからなのだ。

建築職人の親方ロジャー・メイスンもジョスリンがヴィジョンの内部に取り込めない存在である。彼は交差部に竪穴を掘って大聖堂の基礎土台の状態を調べ、尖塔を増築するには不十分であることを知り、それをジョスリンに伝える。しかしジョスリンは、建物が筏に乗って浮かんでいると考えればよいと主張する。ロジャーが柱の脆弱さを教えても、ジョスリンは決心を変えることはなく、逆にロジャーに向かってどうしてパンガルをいじめるのかと尋ねる。ロジャーは「悪運を払うための自分たちのやり方だ」(42)と答える。ジョスリンはパンガルいじめをやめさせるつもりで話を始めたのだが、ここでロジャーのおしゃべりな妻レイチェル(Rachel)が通りかかり、ロジャーの親方だった人から「尖塔というものは上に伸びれば伸びただけ、下にも伸びるものだ」(a spire goes down as far as it goes up)(43)と聞かされたことがあるなどと言い出したものだから、ジョスリンは最後まで話をすることができない。レイチェルの言葉は暗喩として暗示的であるが、ジョスリンはそれを文字どおりにすら受け取らず、ロジャーに建設を強要するのだ。「この男には幻視がみえない。盲目なのだ」(44)とジョスリンはロジャーについて考える。一般的な意味で言えば、もちろんジョスリンのほうが盲目である。しかし彼にとっては、ヴィジョンを理解せず外的な現実しかみていないロジャーのような人たちのほうが盲目なのである。ロジャーだけではなく、アダムもアンセルムもパンガルもみな盲目だということになるだろう。

秋から冬にかけての季節に雨が降り続けると、地面に浸透した水が大聖堂内の偉人たちの墓にまで達したらしく、交差部に掘った竪穴からは異臭が漂い始める。職人の一人が足場から落ちて死に、老尚書院長は痴呆状態になる。クリスマスが過ぎ、ようやく長雨がやんだあるとき、ジョスリンが大聖堂の模型から尖塔を外し、それを赤子のように腕に抱いて撫でながら実際に大聖堂の上に立つ尖塔の姿を想像して歓喜にひたっていると、パンガルの妻グッディ（Goody）が南袖廊の扉から大聖堂に入ってきて、たまたまそのそばにいたロジャーと見つめ合って話をするところを目撃する。「他の者たちを閉め出すテントか何かの中に二人はいて、二人ともそのテントを恐れているのだが、どうあがいても逃れられないでいる」（57）ということを、ジョスリンはみてとる。彼は「心の竪穴」（58）から怒りを感じて、尖塔の模型をかかえたまま北袖廊の工事用の穴から外に飛び出すものの、職人たちがそこにいてみずからの滑稽な姿を自覚した彼はすぐに大聖堂内に戻る。すると今度はそこにレイチェルがいて、何を言い出すのかと思えば、自分はロジャーとセックスをしていると途中で笑い出してしまい、つられてロジャーも笑い出すので、二人のあいだにはいまだに子どもができないのだと言うのである。このときのジョスリンは「ロジャーとグッディ・パンガルの光景《ヴィジョン》によって盲目になっていた」（59）と描写されている。ジョスリンにとっての盲目とはみずからの内なるヴィジョンが失われることを意味しているのだから、グッディがもたらしたヴィジョンが尖塔のヴィジョンを押しのけてしまったということになる。そこにレイチェルの露骨なおしゃべりがおそいかかり、次にはパンガルがやってきて不平不満を述べ立てる。ジョスリンは聖母礼拝堂で祈るが、天使の存在を感じることはできない。それから彼の頭に悪魔的な考えが浮かぶ。「あの娘があの男をここへ繋ぎとめるだろう」（64）と考えた彼は、グッディとロジャーを別れさせるのではなく、二人の関係を見逃そうと決めるのである。その夜、参事会長の役宅でひざまずいて祈っていると天使の訪れを感じるのだが、眠りについたあと「意味も希望もない夢」（64）をみる。こんな夢だ。

ジョスリンは寝床に仰向けで寝ているつもりだったが、ふと気づくと沼地に磔になって仰向けに寝ており、両腕は袖廊と化して、左の脇腹にはパンガルの王国が寄り添っていた。人々が彼を嘲りさいなむためにやってきた、レイチェルがいる、ロジャーもいる、パンガルの姿もみえる。みなその教会には尖塔がないし、今後も尖塔は建てられないと知っていた。ただ、西のほうから身を起こした悪魔だけが、ジョスリンの身廊の上に立ち、燃え上がる髪以外のものは一糸まとわぬまま、建物に手出しをしてさいなんだので、ジョスリンは沼地の上、なま暖かい水の中で身悶えし、大声で叫んだ。(64–65)

燃え上がる髪をもつこの悪魔の正体はこの時点では読者にははっきりとわからない。しかし、物語を読み進めていくと、悪魔はグッディであることがわかるのだ。ジョスリンはグッディの赤髪に取りつかれているのである。ジョスリンはなぜこんな夢をみたのか。あとから明らかになることなのだが、ジョスリンはグッディにずっと性的な欲望をいだいていたのだ。だが彼は聖職者であり結婚はできないので、不能者だと知っていたパンガルをグッディと結婚させたのである。尖塔建設の情熱に駆られたジョスリンはグッディとロジャーの関係を利用することを思いつく。それは彼自身のグッディに対する抑圧された性的な欲望と矛盾するので、その欲望がグッディの姿をした悪魔としてジョスリンを苦しめ、夢精を招いたと考えられるだろう。彼がみずからを重ね合わせている尖塔のない大聖堂は、彼が聖職者であるがゆえにグッディと性的な関係をもつことが不可能であることを暗示するイメージとなる。目を覚ましたジョスリンは鞭で腰を七回打擲するのである。ジョスリンは自分の内部にある無意識という「竪穴」を意識せざるをえなくなっている。

グッディに対する抑圧された愛情を犠牲にしてでも尖塔建設を進めるという決断は、ジョスリンにとってきわめて重大な決断だったのだが、この時点ではその重大性に彼は気づいていない。それはもちろん、グッディに対する欲望が抑圧されているからだ。この抑圧によって支えられたジョスリンの意志の力によって尖塔建設は進められていく。次の年の六月になり、あるときジョスリンはロジャーから交差部の竪穴の底をみてほしいと頼まれる。そこでジョスリンがみたものは、地虫のようにうごめいている大地だった。「何らかの生命体、本来みることも触れることも許されぬもの、大地の下に息づく暗黒」(79)ではないかと、彼は考える。職人たちは「大地が這いずりまわっているぞ」と金切り声をあげ、「穴をふさげ」(81)と叫ぶ。それでもジョスリンは、ヴィジョンは手と口のあいだよりも、考えとそれを考える心よりも人間にとって近しいものだと主張して、ロジャーからの尖塔建設の中止要求を拒絶する。それを知った職人たちは暴徒と化し、パンガル、グッディ、そしてジョスリンまでもが襲われる。パンガルは狼のような叫び声をあげて必死に逃げる。グッディは、服を剥がれてむき出しになった乳房の上に赤髪を垂らしてロジャーのほうをみつめている。唖の若者によって暴徒から守られていたジョスリンの目には、赤髪を垂らしたグッディの姿が永遠に焼き付けられるのだ。

職人たちに襲われたジョスリンは気絶して、気がつくと自室に戻っている。彼がふたたび大聖堂に戻ると、職人たちは以前と変わらず仕事に精を出しているものの、パンガルは姿を消し、竪穴は埋められている。いらだって「パンガルはどこへ行ったのだ」(94)と考えた直後に、交差部の柱の根本で例の小枝を発見する。しかし、小枝が暗示するパンガルの運命にジョスリンはまだ気づかないのである。グッディを慰めるために、「おまえは私にとってずっととても愛しい存在だったのだ」と声をかけたとき、彼女から「あなたまでがそんなことを言わないでください」(100)と言われても、あるいはロジャーから「あんたは自分のしたことがわからないのか」(103)と言われても、ジョスリンにはどういうことかわからないのだ。さらに彼はレイチェルからグッディの妊娠を教えられる。そのとき彼が感じたのは激しい怒りであったが、それはグッディに対する抑圧された欲望によって引き起こされたものである。そしてその怒りの要因はいまだに意識外に追いやられているため、読者には伝えられないのだ。

建築開始から一年以上がたった一二月、尖塔がすでに高さ二五〇フィートに達したとき、大聖堂の柱が耳障りな音を立てて歌い始める。ロジャーはまた建設中止を願い出る。しかしジョスリンは今度もその願いをはねつける。彼とロジャーは一日しか生きないため一瞬一瞬がすべて新しい経験になるウスバカゲロウのような存在であり、他の人間とは異なる選ばれた人間なのだとジョスリンはロジャーを諭すのである。ジョスリンは続けて言う。尖塔は「最高の祈りの図式」(a diagram of the highest prayer of all)(120)であるという啓示を実現するために選ばれた彼ら二人は、いわば神の網をかけられており、そこから逃げることはできない。神はときに不合理な要求をする無情な存在であるとしても、「道具ができないことを道具にやらせたりしない」(122)。このようにロジャーの説得を試みたジョスリンは、自分自身を説得しているのだと考える。彼はいまだにヴィジョンの内部に生きているものの、排除された外部からの圧力が強まっているため、自分自身に対してヴィジョンの意味を言い聞かせなければならない状態になっているのだ。以前はヴィジョンのことを口にするとき歓喜を感じたが、今では心の安らぎを求める気持ちしかないともジョスリンは思う。外部に対して閉じられた状態で自足していた彼の内面は、今や尖塔以外のイメージによってかき乱されているので、ヴィジョンのことを語ることによってかつての内面的な安定を取り戻そうとしているのである。ロジャーが尖塔の強度を増すために鋼を巻きつけるという工法を提案すると、ジョスリンは金のかかるその提案を受け入れ、参事会で議題にするが激しい反対を受ける。彼は議論を打ち切り、個人の権限で必要書類に印章を押す。ジョスリンの尖塔建設への熱意はまったく衰えていないようにみえる。だが、彼の内面にはグッディの乱れた赤髪と職人たちから逃げるパンガルの狼のような叫び声がいつの間にか入り込んでくるようになっている。ジョスリンは「あらゆる混乱から解放される」(104)場所である塔に登る。塔の基部に作られている彼が「燕の巣」と呼ぶ小屋からうめき声が聞こえてきたので立ち止まると、明かり取りの隙間から赤褐色の手と白い手が絡まり合うのが見え、それから「でも私は笑ったりしなかったでしょう」（125）という声が聞こえてくる。ロジャーとグッディの逢引きの場面に遭遇してしまったのである。グッディはセックスの途中で笑ってしまうロジャーの妻レイチェルと自分を比較して、その言葉を口にしたのだ。グッディの妊娠を知ったときにジョスリンも当然予期していたことだと思われるが、それにもかかわらず彼は大きな衝撃を受ける。なぜか。もちろん抑圧されていたグッディへの欲望が意識されるようになったからだ。このとき幼いころから知っていたグッディの思い出が次々とジョスリンに押し寄せてくるのは、抑圧が弱まったことの証拠である。

ジョスリンはとうとう自分の中に「慈しむ愛と好色の入り交じった感情」（127）を認めるようになる。誘惑を断ち切るために、彼はグッディを引き取ってくれるように近くの修道院と交渉する。ジョスリンの内面的な動揺に呼応して、大聖堂の柱は歌い続け、尖塔は風を受けて揺れ始める。彼が修道院のことをグッディに告げに「パンガルの王国」に行くと、彼の目の前でレイチェル・メイスンがパンガルの小屋に押し入り、中からは悲鳴や怒号が聞こえてくる。やがてロジャーが小屋から出てきて、そのあとにレイチェルが続き、レイチェルが金切り声をあげて箒でロジャーを叩きながら、二人は立ち去る。残されたジョスリンが小屋の中をのぞくと、彼の姿をみたグッディは悲鳴をあげ、突然お産が始まる。結局子どもは死産で、グッディもその日のうちに死んでしまう。「これが、私の真実の愛ゆえにしたこと」（*This have I done for my true love*）（137）という復活祭のときに聖歌隊の少年たちが歌う文句が、ジョスリンの頭の中にわきあがる。「これ」とはグッディの死を指しているが、「真実の愛」は神に対する愛、尖塔に対する愛、そしてグッディに対する愛をすべて含んでいるとみるべきだろう。つまり、神への愛を表現する尖塔のヴィジョン以外のものをすべて排除してきたジョスリンの内面は、今では信仰と性的な欲望という異質な要素が混在する場となっているのだ。グッディに対する性的な欲望に駆られたジョスリンは、彼女を不能の男パンガルと結婚させた。また彼は、究極の信仰の図式である尖塔建設のためにロジャーがグッディにいだいていた欲望を利用した。その結果ロジャーとグッディの性的な関係が生じ、グッディの妊娠と死を招くこととなったのである。信仰と性的な欲望が絡み合い、悲劇をもたらしたのだ。

グッディのイメージに取りつかれたジョスリンは、かつて彼女が大聖堂を歩き回っていたときの足跡を「黄金の迷路」(143)として思い描くようになる。その迷路から逃れるために彼は毎日尖塔に登って職人たちとともに多くの時間を過ごすことになる。風が吹くと尖塔は大きく揺れ動く。職人の一人が突然仕事をやめ、無言で工事現場から立ち去るというできごとがあり、さらに柱が曲がっていることを聞かされたロジャーもとうとう仕事を放棄してしまう。残った職人たちはそれでも工事を続けるが、夏至の日に彼らは仕事を早めに切りあげ、どこかに行ってしまう。尖塔に一人で登ったジョスリンは、ストーンヘンジで行われている異教的な儀式のための火をみて、職人たちがその儀式に加わるために仕事を早めに切りあげたのだということを知る。キリスト教の信仰を表す尖塔を立てるために働いている異教徒たち、これもまたヴィジョンの内部への外部の侵入である。ジョスリンが彼らにヴィジョンについて話したとき、彼らがまったく理解を示さなかったのも当然だろう。このときジョスリンの頭の中にさまざまな記憶がよみがえり、つながって、一つの物語を形作ることになる。そして、その物語の結節点となるのが交差部で自分がみつけた「褐色のいやらしい実のついた小枝」(156)であり、さらにそれがヤドリギであったことの認識なのである。ようやく彼は、異教徒である職人たちによってパンガルが尖塔建設のための生贄として殺されたことを知るのだが、この衝撃的な事実は意識下に抑圧され、読者に伝えられることはない。

パンガルを生贄にした異教徒の職人たちはその効力を信じて工事を続ける。九月になり、尖塔はほぼ完成し、あとはローマからの使節がもってくる聖なる釘(キリストを十字架に磔にするために使われたと考えられている聖遺物)

を頂点の十字架の基底部に打ちつけるだけとなる。使節団は尖塔建設をめぐる複数の告発について調査を行うという役目も担っており、ジョスリンを尋問する。内面的な抑圧ゆえにジョスリンの言葉は謎めいたものになる。彼は尋問者に対して三種類の人間、すなわち逃げ去った者たち、踏みとどまった者たち、そして建物の中に組み込まれた者たちがいたと言い、グッディのことを話し始める。

「彼女は、建物じゅう至るところに織り込まれているのです。死んだのですが、私の頭の中で生き返ったのです。今もそこにおります。ことあるごとに、私の前に立ち現れるのです。以前は生きていなかった、今みたいな形では生きていなかったのですが。それから、あの男のことも、私には前からわかっていたはずでした、おわかりのように、地下納体堂で、私の心の地下室で、私にはきっとわかっていたのです。でも、もちろんすべて必要なことでした。資金調達と同じように」（166）

これがこの時点でジョスリンができる最善の説明だったのである。重要なことは、彼が「心の地下室」の存在に気づいていることだ。神への愛を表すために尖塔をできるだけ高くすることを願ったジョスリンは、その過程で自分の心の深層に下り、隠された欲望をみいだしたのである。だが、その欲望はまだ明確に表現できるものにはなっていない。尋問者が「建物の中に組み込まれた」というのはどういう意味かと尋ねても、ジョスリンは説明できず、ただ複雑な事情があるのだとしか答えない。彼はそのあとヴィジョンについて語る。最初は明確なヴィジョンがあったのだが、それがやがて複雑にこんがらがり始めたのだと彼は言う。

「初めは、緑の若芽がたった一本、それがまとわりつく巻きひげとなり、いくつも枝をのばし、そしてしまいには絡まり合う混乱へと育っていったのです——私はわが身を捧げましたが、そのときですら私に何が求められているのか、わかっておりませんでした」(168)

ジョスリンの内面の混乱状態は、尖塔が象徴している神への愛と黄金の迷路が象徴するグッディへの愛のどちらが自分にとって重要なのかがいまだにわからないことに由来している。彼は「知っているのに同時に知らないという苦痛をわかってくださるといいのですが」(169)と尋問者に訴える。知っているのに知らないとは、今では真実を知ってはいるけれども、それを認めたくないし、そもそもどうして今のような事態になってしまったのかがわからないということだろう。ジョスリンが尋問から解放されると、嵐がやってくる。尖塔を守るために、彼は聖なる釘をもって尖塔に登り、釘を十字架の根本に打ち込む。最後は這いながら地上に降りてきたジョスリンは、人生で二度目のヴィジョンをみる。踊りながら歌っているグッディと思しき少女が現れ、赤い髪以外は何もまとわずに笑みを浮かべ、言葉の出ない口で何かもぐもぐと言いながら近づいてくる。そして甘美な感覚とともに贖罪が訪れるのである。言葉の出ない口でもぐもぐと言うという描写はジョスリンに最後まで忠実だった唖の若者に対して使われていたことを考慮に入れれば、この少女はジョスリンに対する忠誠を示していると解釈できるだろう。ジョスリンは尖塔建設のためにグッディを死なせてしまったが、ヴィジョンの中に現れたグッディはそれでも彼を許そうとしているのだ。贖罪(atonement)とはグッディと一体化(at-one-ment)したということを意味する。(5) 甘美な感覚は想像上の性的な結合によってもたらされたと考えられる。聖なる釘を打ち込んで尖塔を完成させたあとにジョスリンに訪れたヴィジョンは、愛するグッディと一体化するというヴィジョンだった。尖塔の建設は神への愛の表現ではなく、グッディに対する抑圧された欲望の表現だったのであり、その欲望が想像の中で実現されたのである。

ジョスリンにこの新しいヴィジョンが訪れたあと、彼の叔母アリスンがやってくる。彼が自分は尖塔建設のために神に選ばれた人間なのだという話をすると、彼女は選んだのは自分だと主張する。彼が参事会長にまでなれたのは自分が愛人である王にお願いしたからだと言うのだ。またアリスンは聖なる釘についても、ローマの司教が金を出す代わりに送ったものにすぎないと身も蓋もないことを言う。奇妙なことにジョスリンはアリスンに反論せず、グッディに取りつかれていることを訴えるだけだ。ジョスリンはすでに信仰を失っているから、聖なるものが実は権力と金によって支えられていることを暴露するアリスンの言葉をそのまま受け入れてしまうのである。唖の若者に交差部の柱の内部には脆い瓦礫しか詰まっていないことを知ったときに彼が大きな衝撃を受けるのも、彼がもはや神の奇跡を信じず、尖塔が崩壊する可能性を実感したからだろう。使節団によって参事会長の職を解かれ、背中の病気も悪化したジョスリンは、ほとんどベッドに寝たきりの状態になる。彼はしきりに付き添い役のアダム神父に尖塔がまだ立っているかどうか尋ねる。だが、信仰を失ったジョスリンはなぜ尖塔のことをそこまで気にかけるのか。彼にとって尖塔は今や植物のイメージでとらえられるようになっている。「その錯雑ぶりを根本まで目で辿ることはできず、葉と花のあいだから叫び声をあげる苦悶する人々の顔を一つ一つ切り離すのが不可能」(194)な植物。これが意味していることは、グッディに対する欲望と神への信仰が絡まり合ったものが根本にあり、そこからパンガル、グッディ、ロジャー、レイチェルを巻き込み犠牲にして尖塔は作られていったということである。かつてのジョスリンは尖塔が重要だから人間の犠牲はやむをえないと考えていたが、今では自分にとって重要な人間が犠牲になったのだからこそ尖塔が大切なものになっているのだろう。だから彼は尖塔が倒れることを恐れるのだ。尖塔が倒れたら犠牲が無意味なものになってしまうだろう。

アンセルム神父やアダム神父から理解と宥恕を得ることはかなわないと知ったジョスリンは、アダムの目を盗んで町の宿屋で酒浸りになっているロジャーに会いに出かける。アダム神父には理解できないことだが、「キリスト者にあらざる人からでも赦しをもらうことがどれほど必要か」(203)が、ジョスリンにはわかっていたのである。彼はロジャーに言う。

「前におまえは私が悪魔そのものだと言ったね。それは違う。私は愚か者なんだ。また、こうも考えるんだ——私は建物で、その中に巨大な地下室があり、鼠がうようよ生きている。それに私の手は、少しばかり胴枯病に罹っている。触れる人に危害をあたえてしまうんだよ。特に自分が愛している人たちにね。だから今、痛くて苦しいし、恥ずかしさでいっぱいだが、ここにやって来たのも、君に許してくれとお願いしたいからだ」(210–11)

このあとジョスリンはグッディの魔術について話す。すでに述べたように、パンガルが不能であることを知っていたのでグッディと結婚させたこと、そして職人たちが暴動を起こしたとき柱のそばでロジャーをみつめていたときのグッディの姿が目に焼き付いてしまったことを話すのだ。ジョスリンがもっとも知りたいことは、グッディが夫の無残な死を知りながらも、それでもかまわないと同意してロジャーと関係をもったのかどうかだが、ロジャーは答えない。最後にジョスリンはグッディを愛していたことを認め、グッディがあの日自分の姿をみて罪を咎められると思ったことが結局は彼女の死を招いたのだから、自分が彼女を殺したのだと言う。ジョスリンは宿屋を出ると暴徒に襲われる。尖塔建設のために礼拝を中止させたことで町の人々の怒りを買っていたのか。それともロジャーを廃人同然にしてしまったことに対する仲間の復讐なのか。ジョスリンは気を失い、参事会長役宅のベッドに連れ戻されるのである。

ジョスリンの死が近づいている。ロジャーからまだ赦しをもらっていないことを思い出し、ジョスリンは彼を呼ぶ。しかしやって来たのはレイチェルで、ロジャーが自殺未遂を犯したと騒ぎ立てるのだ。ロジャーの赦しを得られない以上、ジョスリンはグッディの魔術から逃れることはできない。死ぬ間際になっても彼の目には、縺れ合った髪が星たちのあいだで赤々と燃え、大きな棍棒のような尖塔がその方向に上昇しているのがみえるのである。アダム神父はジョスリンが天国に行けるように彼にニカイア信経を唱えさせようとする。しかし、ジョスリンは「地獄の存在を望むとは何と傲慢なのだ。穢れなき仕事などない。神がおられるかもしれぬ場所は神のみぞ知る」（222）と考えるようになっており、もはや信経を唱えるつもりはないのである。彼が最後に考えることは、自分が尖塔と四人の人を交換してしまったということだ。そのあと劇的な視覚空間の変化が生じる。ジョスリンは二つの目が自分をみつめていることに気づく。

二つの目はいっしょに滑るように動いた。それはあの窓になり、明るく、開け放たれていた。何かがそれを分けていた。その仕切のまわりには空の青さが広がっていた。仕切りは静止し、沈黙していたが、空の果ての点に向かって急上昇し、声なき叫び声をあげていた。それは少女のようにほっそりとしていて、半透明だった。それは薔薇色の物質でできた種から成長し、滝のように、上昇する滝のように輝いていた。その物質は歓喜の滝となり無限に向かってどこまでも上昇し、何ものも拘束することはできなかった。（223）

「仕切り」や「物質」という言葉で表現されているのは尖塔のことである。ここには、かつてみた尖塔のヴィジョンから自由になったジョスリンがいる。外部から自分をみている視線に導かれて、彼は尖塔を尖塔としてみることをやめ、何か別のものとしてみるようになっている。ジョスリンの頭の中には、ロジャーのところに行く途中でみた林檎の木とカワセミの姿が浮かんでくる。一瞬サファイア色のひらめきを放って飛び去り、二度と戻ってこなかったカワセミは、死に対する恐怖と新たな視覚がもたらした歓喜が混じり合ったこの瞬間のまさに瞬間性をジョスリンに思い起こさせる。そしてこの瞬間に彼の頭にひらめくのは、尖塔は林檎の木にそっくりだということなのだ。小説の冒頭部でジョスリンは光を実体としてとらえることをみずからに禁じていた。そこでは尖塔のヴィジョンにそぐわない視覚的なイメージは排斥されていたのである。だが、最後の場面で彼は尖塔を尖塔として認識せず、それを林檎の木として見るのだ。内的なヴィジョンによって拘束されていた視覚が自由を取り戻したのである。

林檎の木のイメージは何を意味しているのか。それはやはりジョスリンがいだいていた植物のイメージと重なるだろう。つまり、尖塔のように一つの意志によって直線的に上昇するのではなく、種、茎、葉、花などの部分が相互に連関し、多方向的に成長するというイメージ、「すべてがそれぞれたがいの一部である」(186) というイメージであると解釈できるだろう。以前にジョスリンがいだいていた植物のイメージは抑圧された欲望や人々の犠牲を暗示していたが、最後に彼が思い浮かべる林檎の木のイメージにはネガティヴなところがない。リチャード・S・カマロータ (Richard S. Cammarota) が指摘しているように (173)、ジョスリンが「あれは林檎の木にそっくりだ」(223) と考えるとき、「あれ」は尖塔だけを意味しているのではなく、人間や人生を含めた多様な意味を含んでいるのである。確かに尖塔は欲望と犠牲の上に建てられたものだ。それはジョスリンにもわかっている。しかし、最後にジョスリンがみるヴィジョンは、彼に人間や人生についての真実を教えてくれるものだったのだ。そしてそれは彼が狭隘なヴィジョンから解放されて、新たな視覚を獲得したから可能になったのである。

アダム神父はニカイア信経をジョスリンに唱えさせようしたができなかったため、せめて同意の仕草をするように求める。ジョスリンは「あれは林檎の木にそっくりだ」と考えたあと、最後に唇を震わせる。アダム神父は

「ゴッド」と言っていると解釈して、死んだ男の舌に聖餅を載せるのである。ジョスリンは本当に「ゴッド」と言ったのだろうか。私としては、林檎の木が表している肯定的な生のイメージに促されてジョスリンはみずからのグッディに対する欲望を認め、彼女の名前を最後に口にしたのだと考えたい。アダムはグッディをゴッドと聞き間違えたのである。(6) ジョスリンはキリスト教的な意味での天国には行けないだろうが、死の瞬間に生についての肯定的なヴィジョンをもつことができたのだとすれば、救われたのではないだろうか。

アリスンは甥のジョスリンを偏狭な(provincial)人間だと言った。そう言われたとき彼は「偏狭。偏りと狭さ。物事の中心から外れていて、度量や視野が狭いこと」(181)と考える。確かに彼は狭いヴィジョンを周囲の世界に押しつけてきた。ヴァージニア・タイガー(146)やマーク・キンケッド＝ウィークスとイアン・グレガー(Mark Kinkead-Weekes and Ian Gregor)(205)が指摘するように、彼は一種の鋳型製作者(patternmaker)なのである。鋳型に合わないものはすべて意識から排除してしまうのだ。キンケッド＝ウィークスとグレガーは、この小説は小説を書くことについての小説だと述べている(225)。ジョスリンは直接的な経験を解釈して特定のパターンにはめ込んで物語化しようとしていたという意味で、小説家に似ているかもしれない。もう少し正確に言おう。ジョスリンは狭い世界の中で悪戦苦闘して最後に広い視点を手に入れた。それは、きわめて限定された世界を描きながら、そこに普遍的な人間の本質をみいだすゴールディングの創作活動に類似しているのではないだろうか。

(1) ヴァージニア・タイガー(164)、E・C・バフキン(E. C. Bufkin)(137)、デイヴィッド・スキルトン(David Skilton)(158)らが、この小説における限定された視点の効果について論じている。

(2) この小説における外部と内部の境界の曖昧性についてはフィリップ・レッドパス(Philip Redpath)も指摘している

(137)。

（3） *The Spire* からの引用には William Golding, *The Spire*（London : Faber and Faber, 1964）の頁数を示し、原則として日本語訳のみを記した。日本語訳は宮原一成・吉田徹夫の訳を参照したが、適宜変更を加えた。

（4） キンケッド＝ウィークスとグレガー（223）、ドン・クロンプトン（Don Crompton）（51）、バフキン（146）はそれぞれジョスリンの病に侵された脊椎（spine）といつ倒れるかわからない不安定な尖塔（spire）の類似関係を指摘している。

（5） M・E・ディクソン（M. E. Dixon）（66）および宮原一成と吉田徹夫（三一六―一七頁）の指摘を参照。

（6） 宮原一成と吉田徹夫（三一六頁）の指摘を参照。

参考文献

Bufkin, E. C. "*The Spire* : The Image of the Book." *William Golding : Some Critical Considerations*. Ed. Jack I. Biles and Robert O. Evans. Lexington : University Press of Kentucky, 1978.

Cammarota, Richard S. "*The Spire* : A Symbolic Analysis." *William Golding : Some Critical Considerations*. Ed. Jack I. Biles and Robert O. Evans. Lexington : University Press of Kentucky, 1978.

Crompton, Don. *A View from the Spire : William Golding's Later Novels*. Ed. Julia Briggs. Oxford : Blackwell, 1985.

Dixon, M. E. *Brodie's Notes on William Golding's "The Spire"*. London : Pan, 1978.

Follett, Ken. *The Pillars of the Earth*. 1989 ; London : Pan, 2007.

Golding, William. *The Spire*. London : Faber and Faber, 1964.

Kinkead-Weekes, Mark and Gregor, Ian. *William Golding : A Critical Study*. London : Faber and Faber, 1984.

Redpath, Philip. *William Golding : A Structural Reading of His Fiction*. London : Vision, 1986.

Skilton, David. "On *The Spire*." *William Golding : Novels, 1954–67*. Ed. Norman Page. Houndsmills, England : Macmillan, 1985.

Stanzel, F. K. *A Theory of Narrative*. Trans. Charlotte Goedsche. Cambridge : Cambridge University Press, 1984.
Tiger, Virigina. *William Golding : The Unmoved Target*. New York : Marion Boyars, 2003.
宮原一成・吉田徹夫「あとがき　ウィリアム・ゴールディング―人と作品」ウィリアム・ゴールディング『尖塔―ザ・スパイア―』（宮原一成・吉田徹夫訳）開文社出版、二〇〇六年。

バーバラ・ピムと「古き良き」イギリス

新井潤美

バーバラ・ピム（Barbara Pym, 1913–80）とその作品について書かれた文章で必ず挙げられる点が二つある。一つは彼女の作風が一九世紀初頭に活躍した小説家ジェイン・オースティン（Jane Austen, 1775–1817）と似ているということだ。そしてもう一つは、一九五〇年に『馴れたガゼル』を出版して好評を得た後、次々と作品を発表していたピムが、一九六三年に七作目の作品を書き上げたが出版社がみつからず、その後一四年もの間作品が出版されなかった。しかし一九七七年にあることがきっかけで、作家として復帰したということである。

ピムの作品がオースティンの作品と比較されるのには不思議はない。「田舎の村の三つか四つの家族というのは格好の題材です」(1)と、作家志望の姪に書き送ったオースティンは、自分の知らない世界をいっさい書くことはせず、自分の所属する、今ならばアッパー・ミドル・クラスと呼ばれる階級の男女の人間関係や感情のもつれ、虚栄心や階級意識を、独特の、アイロニーを交えた淡々とした文体で描いた小説家である。オースティンの小説にはメロドラマの要素はほとんど無く、あくまでもある社会の、ある階級の人々の日常をそのまま描いたと思われがちである。たとえばシャーロット・ブロンテ（Charlotte Brontë, 1816–55）がオースティンの作品を「ある平凡な顔を、正確にかつ忠実に写した肖像画」(2)だと批判し、「彼女の描く淑女と紳士方とともに、優雅な、しかし窮屈な彼らの家に住みたいとはとても思えません」と、評論家のG・H・ルイス（G. H. Lewis）に書き送った話は有名だが、実はオースティンの作品には十分にドラマがある。駆け落ち、「堕ちた女」、決闘、秘密の婚約、財産をだまし取られた未亡人など、いわゆるメロドラマの要素はけっして少なくないのだが、オースティンの文体によって、それらがさらりと書かれてしまうと、読者はそれを特別なドラマと思わずに、登場人物の「日常」として受け止めてしまうのである。

こうしてその後の時代、特に二〇世紀における女性の作家で、ある小さな社会の人間模様を喜劇的に描くいわゆる「ソーシャル・コメディ」を得意とする小説家には「オースティン的」という形容詞があてはめられるようになる。アニータ・ブルックナー（Anita Brookner, 1928– ）、マーガレット・ドラブル（Margaret Drabble, 1939– ）、ジョアンナ・トロロープ（Joanna Trollope, 1943– ）といった名前が挙げられる中、もっとも「オースティン的」と繰り返し称されるのはバーバラ・ピムかもしれない。彼女の作品の登場人物の多くは、ロンドンの郊外、あるいは田舎の村に暮らす、アッパー・ミドルやミドル・ミドル・クラスの人々である。その主人公は未婚の中年女性であることが多く、他人の生活や人間関係について、多大な好奇心をもっている。自分の周りの人々がどのような場所に住み、どのような装飾品を置き、どのような本を読み、どのようなものを食べるのか。生活のすみずみにまでつねに注意を向け、その意味を考え、分析する。そういう意味では、オースティンの小説にみられる「ドラマ」の要素はあまりみられないかもしれない。ピムの友人であり、文芸著作権代理人でもあるヘイゼル・ホルト（Hazel Holt）は、一九九〇年に出版されたピムの伝記『多くの要求――バーバラ・ピムの生涯――』（*A Lot to Ask: A Life of Barbara Pym*）の序文の中でピムの小説を「いつか社会史研究者にとって、貴重な資料になるだろう」と書いているが(3)、この細々とした観察は、実にマス・オブザヴェーションの参加者の日記や手記のように、「普通の人々」の「日常」を垣間みせてくれるのである(4)。

ベストセラーにはならなかったが、おおむね好評を博した『馴れたガゼル』（*Some Tame Gazelle*）の二年後の一九五二年に『立派なご婦人がた』（*Excellent Women*）、一九五三年に『ジェインとプリューデンス』（*Jane and Prudence*）、一九五五年に『天使に及ばざる者たち』（*Less Than Angels*）、一九五八年に『恩恵の盃』（*A Glass of Blessings*）、一九六一年に『愛は返されず』（*No Fond Return of Love*）と、ピムは着々と作品を発表し続けた。しかし、一九六三年に『不適切な恋愛』（*An Unsuitable Attachment*）の原稿を提出した際に、それまでピムの作品を出版していたジョナサン・ケイプ社が、出版を断ったのであった。それまでは特に批判や注文も無く自分の本を次々と出版してくれた馴染みの出版社から突然出版を拒否されたピムは動揺したが、いくつかの別の出版社に原稿を送った。しかし結果はジョナサン・ケイプの場合と同じだった。そして拒絶の理由は、ピムの作品が「現代の風潮と合わない」ことだったらしい。

確かに一九五〇年代のイギリスの文壇では、「怒れる若者たち」のような、ワーキング・クラスやロウワー・ミドル・クラス出身の作家が現われ、また別の現実を生々しく、ミドル・クラスの読者につきつけた時代である。ピムの作品にワーキング・クラスやロウワー・ミドル・クラスの人物が出て来ないわけではないし、西インド諸島からの黒人の移民への言及も何度かされているが、彼女の作品はあくまでもアッパー・ミドル・クラス、あるいはミドル・ミドル・クラスの主人公の目をとおして見た世界が描かれているだけでなく、読者も当然その観点と価値基準を共有しているという前提のもとで書かれているのである。しかもその主人公が目を向ける対象は非常に細かい事柄であり、その細かさから、きわめて繊細で巧緻な喜劇的効果が醸し出されると同時に、それは読者に一種の閉塞感をももたらすのだ。

たとえばピムのデビュー作『馴れたガゼル』は、未婚の中年の姉妹と、二人がそれぞれ思いを寄せる聖職者をめぐる喜劇である。「新しい牧師補は感じの良い青年のようだったが、コンビネーション〔アンダーシャツとズボン下がつながった、男性用の下着〕を無造作に靴下にたくし込んでいるので、座ったときにみえてしまうのが残念な点だった」(5)で始まるこの小説の喜劇的要素の一つは、牧師補（curate）という存在が、英国国教会の教区においてどのような存在であり、どのようなイメージをもたれるのかという理解が前提となっている。牧師補とは言わば牧師の助手であり、たいていはまだ聖職に入ったばかりで若くておどおどしていて、未熟である。そればかりでなく、その教区の未婚の年配の女性たちに目をかけられ、つきまとわれる滑稽な存在として、演劇や小説に登場する。このステレオタイプのとおり、この作品では二人の姉妹のうち、妹のハリエットが、新しく来た牧師補にあれこれ目をかけるが、その牧師補はその教区の牧師の妻の親戚で、オックスフォード大学で英文学を学ぶ才媛の女性と婚約してしまう。その女性自身、ハリエットほどではないが、牧師補よりは年上で、すべてにおいて主導権を握っていて、「牧師補と年上の女性」のステレオタイプのとおりの関係がここで築かれるのである。一方姉のベリンダは牧師のヘンリーとは大学時代からの友人で、彼にずっと思いを寄せているが、彼が他の女性アガサと結婚してしまったので、その思いを口に出さずに、ただみているしかない。アガサが一人でドイツに旅行に行っているあいだに、ヘンリーの靴下の穴を繕ってやるのがせいぜいである。夫の靴下にあいた穴を放っておくアガサを、牧師の妻としていたらないと心の中で批判しても、それ以上の行動を起こさない。本質的には善良で分別のあるミドル・クラスの登場人物を扱ったピムの作品には、細かい感情のもつれや行き違いはあっても、大きなドラマは起こらないのである。

『立派なご婦人がた』も同様に、教会の牧師と、彼と親しい未婚の女性が登場するが、主人公の「立派な婦人」であるミルドレッドが思いを馳せるのは牧師ではなく、同じ建物に引っ越してきた海軍士官のロッキンガム・ネイピエであり、さらに、文化人類学者であるその妻ヘレナの同僚のエヴェラード・ボーンである。ピムはオックスフォード大学で英文学を学んだ後、第二次世界大戦では海軍婦人部隊に入隊してナポリに派遣された。終戦後はロンドンの国際アフリカ協会に就職して、そこの機関誌の編集に携わった。彼女の小説に登場する海軍士官や文化人類学者はその経験から生まれたものである。

特に、「文化人類学者」という、それまでのイギリスのステレオタイプにはなかった新しい人々を、ピムはこの作品の語り手である「立派なご婦人」、つまり未婚のアッパー・ミドル・クラスの女性で、慈善事業のような仕事にかかわりながら、教会の行事に積極的に参加するミルドレッドの目をとおして喜劇的に描写する。そしてこの鮮やかな描写は、ピムが実際にかかわりを持った、イギリスの文化人類学者たちの肖像であるとともに、その人類学者たちを観察し、とまどいながらも彼らを理解しようとする、語り手自身の姿をも表すものなのである。

たとえばあるエピソードでは、ミルドレッドは、社交的でそつのないロッキンガムに惹かれながらも、文化人類学者のエヴェラードに誘われてパブに出かける。そこでエヴェラードは、ロッキンガムの妻のヘレナが、自分のアパートに夜に押しかけて長居をした上に、夜中過ぎにようやく彼女が帰ろうとしたので、タクシーがつかまるところまで送りに行ったら、同業者にばったり会ってしまい、このことが噂になってしまう、と嘆く。彼をなだめようと、ミルドレッドは次のような感想をもらす。

「あの方たちに会ってしまったからと言って、そんなに心配することはないでしょう。何とも思っていらっしゃらないと思いますよ。文化人類学者なんて、原始的な社会で随分奇妙な振る舞いをみているでしょうから、ここで私たちがやっていることなんて、とても大人しいと思っているでしょう。」

「いや、そんなことはないよ。タイレル・トッドはちまちましたゴシップが大好きなんだから。」

ここで私は、タイレル・トッドが人間が小さくてちまちましているのは、ピグミー族を研究しているからではないかと冗談を言いたいのを抑えて、さらに彼をなだめようとした。(6)

「原始的な社会」の「奇妙な振る舞い」や、ピグミー族に関する冗談など、現在では眉をひそめられるような発言ではあるが、ミルドレッドがそれまでの自分には無縁だったこのようなエキゾチックな要素を受け入れ、寛容であろうとするこの態度は、いかにも一九五〇年代、六〇年代のイギリスの「善良な」ミドル・クラスの人々の態度を反映しているのである。

日本における「昭和ノスタルジー」のように、現在のイギリスでも第二次世界大戦後の、いわゆる「質素なイギリス（austerity Britain）」へのノスタルジアが起こっている。ものや情報が氾濫し、グローバル化、多文化社会化の中で「イギリスらしさ」が失われつつあるという嘆きの声が上がる中、終戦後の、配給制度が続き、物資が不足した中での禁欲的な生活の記憶さえもが懐かしさを帯びるのである。ジャーナリストで作家のジェシカ・マン（Jessica Mann, 1937– ）はその著書『五〇年代という神秘』（*The Fifties Mystique*, 2010）中で、そのような理想化を危険なものとして批判する。

その時代には差別があり、強い階級意識が存在し、人種差別があり、宗教に関する偏見があった。そしてこれらの要素はたんに受け入れられ、その対象となる人々からも深刻に受け止められないことも多かったのだ。(7)

マン自身の論点は主に女性の社会的地位と権利という立場から、「女性が勝ち取ったものの大きさを再認識するべきだ」というものだが、彼女がみずからの体験をもとに語るイギリスの一九五〇年代とはまさに、階級や人種、ジェンダーや性的嗜好に関して偏狭で不寛容な見解がはびこっていた時代であった。言い換えると、終戦後にイギリスの旧植民地から大量に入ってきた移民、女性解放運動、新たな階級意識や性に関する意識といった事柄にどう対応すべきか、人々が試行錯誤の状態にあった時代なのである。ピムはその小説の中で、戦後のこの新しいイギリスにおいて、英国国教会の信者であり、礼儀をわきまえ、伝統的な道徳感を身につけたミドル・クラスの「善良な」人々がどのようにこうした新しい動きを受け止めていこうとしたかを鋭く、かつ共感的に描いていく。彼女の視線は生活の極めて細かいところに向けられ、なおかつ彼女が語りかける読者も彼女と同じ階級の、同じ立場のミドル・クラスの人々を想定しているので、前にも述べたように、どこか狭い世界の細部にこだわっているような閉塞感を感じさせるところがある。しかしここにも、新しい時代を迎えて戸惑うイギリスのミドル・クラスの日常が描かれており、大きな出来事は起こらなくても、ある種のドラマが展開されているのである。

たとえば『不適切な恋愛』においては、「差別が無いことを示すために」、大衆食堂において、わざわざ黒人が座っているテーブルを選んで同席する中年の女性が登場する。また、『天使に及ばざる者たち』では、ロンドンの郊外の小さな庭付きの家に暮らし、日曜日は義務感にかられて教会に行き、ニンニクをエキゾチックな食材とみなして敬遠するミドル・ミドル・クラスの姉妹の生活が描かれる。姉のローダは独身だが妹のメイベルは未亡人で二人の子供がいる。長男のマルコムはもう働いているが、長女のデアードラは大学で文化人類学という、姉妹にとって謎の学問を専攻している。郊外のミドル・クラスの産物であるデアードラにとっても、自分がほとんど思いつきで選んだこの学問はなじめないものであるが、自分の育って来た郊外のミドル・クラスの背景から抜け出したい一心で、辛抱しているのである。この平穏な郊外の教会にも時代の波は押し寄せる。場所柄、有色人種の信者はまだみられないが、ある日、従来の賛美歌とは違う、エキゾチックな音楽が教会に流れる。

「聖餐式のとき、僕たちが祭壇に並んだときにオルガニストが弾いていた曲はなんだったんだろう」とマルコムが尋ねた。「なかなか良い曲だったよね。」

「どうも『ハイアワサの婚礼』のように聞こえたのよ」とローダが当惑した調子で答えた。「ほら、コルリッジ・テイラーの。でもまさか違うわよね。」

「ルイスさんは即興で弾いていたんでしょう」とスワン夫人が言った。「百人近くもの人が聖体拝領のために祭壇に行ったみたいだから、ルイスさんも注意力が散漫になったんじゃないかしら。それにあの音楽もそんなにあの場にそぐわなくもないんじゃない。インディアン〔インド人〕の多くはキリスト教徒なんでしょう?」

「でもハイアワサの場合はレッド・インディアン〔アメリカン・インディアン〕だろう」とマルコムが言った。

話がいささか複雑になりかかったので、メイベルは一一時の礼拝の時に行進があるようだわと言って話題を変えた。(8)

この姉妹はハイアワサという名前を聞いたことはあるが、インド人とアメリカン・インディアンの区別がつかないし、それ以上この話題を追求すると、人種問題等の深みにはまってしまいそうなので、避けようとする。しかしそれでもこれらの「異教徒」の多くが今ではキリスト教徒であることが喜ばしいとの態度を示すのが、キリスト教徒として自分たちの義務だと思っている。ここでまたさらなるアイロニーとして、「ハイアワサの婚礼」の作曲者のサミュエル・コルリッジ＝テイラー(Samuel Coleridge-Taylor, 1875–1912)が、一九世紀イギリスで活躍した黒人の作曲家だということがある。

サミュエル・コルリッジ＝テイラーはロンドンで、イギリス人の母親と、アフリカのシエラリオーネ出身のクリオール人の父親の間に生まれた。コルリッジというミドル・ネームは、詩人のサミュエル・テイラー・コルリッジ(Samuel Taylor Coleridge, 1772–1834)にちなんで親がつけたものだが、のちにサミュエルはそのミドル・ネームを名字に組み込んで、サミュエル・コルリッジ＝テイラーと名乗るようになった。作曲家として人気も名声も得ていたが、有色人種であるがために、道を歩くと子供にはやし立てられ、そのような経験に深く傷ついていたことが伝えられている。アフリカ系イギリス人が、アメリカ人ロングフェローの書いた、ネイティヴ・アメリカンについての詩に曲をつけて、それが英国国教会の聖餐式の際に演奏されるという多文化主義的現象に、郊外のミドル・クラスの中年女性が困惑する様子が滑稽に描かれているのである。

教会はまた、さまざまな階級の人々が集まるところでもある。信者として一緒に礼拝に加わるだけでなく、教区の管理組織の役員として、あるいは平信徒の読師や、礼拝の侍者、聖歌隊のメンバーとして、異なった階級の人々と接する機会が多くなる。このこと自体は戦後に始まったことではないが、ピムは信仰で結ばれている筈の人々の間の階級意識やスノバリーが、戦後の、より平等である筈の社会の中でどのように細かくかつ微妙に表れてくるかを描くのである。

『恩恵の盃』では特に、教会のこのような人間模様が、ウィルメット・フォーサイスという、アッパー・ミドル・クラスの、経済的にも恵まれた有閑夫人の一人称の語りによって展開されることによって、ウィルメット本人の階級意識や偏見とともに読者に提示される。

牧師館には司祭が二人住んでいた。食事に招待されるのはいつもテムズ司祭のほうで、穏やかでずんぐりしていて小柄なボード司祭ではないのだろうか。ボード司祭は丸顔に眼鏡をかけていて、少々品の無い話し方をして、大ミサではいつも副助祭でしかなくて、キャロルサービスで一度間違った「日課」を読んでしまったことがある人だ。ボード司祭だって、昼食に呼ばれて、スモークサーモンやライチョウか何かを食べるに十分値する人に違いない。と考えながらも、彼はそれよりも缶詰のサーモンの方が好きなんだろうと思っている自分に気づき、自分を恥じた。彼は立派な人間だということを知っているから。(9)

これは小説の冒頭で、教会の礼拝の最中に電話が鳴る音を聞いて驚いたウィルメットが礼拝の後にテムズ司祭にそれとなく尋ねたところ、「電話はしょっちゅう鳴っていますよ。親切な方々が昼食に招いたりしてくれるのです」と言うのを聞いて、あれこれ思いを馳せる場面である。休暇にはイタリアに行き、自分の部屋にはファベルジェの金細工の卵を飾り、美食家で、アッパー・ミドル・クラスの、伝統的な英国国教会司祭であるテムズ司祭と違って、ボード司祭は明らかにロウワー・ミドル・クラス出身であり、話し方も趣味も食べ物の好みも、その階級のステレオタイプに即している。ボード司祭はどんな時間であっても濃い紅茶にたっぷり砂糖を入れて飲むのに対して、テムズ司祭は紅茶が嫌いで、お茶は中国茶しか飲まない。四旬節〔聖灰水曜日から復活祭前日までの四〇日間〕には肉を食べない司祭たちに、新しく彼らのもとに来た料理人のベイソン氏はタコのフライを振舞うが、このエキゾチックな料理を喜んで食べるのは当然、テムズ司祭である。食事の好みにも二人の司祭の階級の差がはっきりと表れている。ウィルメットが罪悪感を覚えながらも共感するのは、テムズ司祭のほうなのだが、逆に、贅沢で洗練された趣味を持った裕福なテムズ司祭はキリスト教徒として、ボード司祭に比べてどこか劣っているのではないかとも思う。しかし、盗癖のあるベイソン氏がテムズ司祭の書斎に飾ってあるファベルジェの卵を盗んだ際、彼が自分で返すのを何も言わずに待っていたと聞いて、この「キリスト教徒的な」対処の仕方に感銘を受け、階級と信心に関する、自分の浅はかな考え方を恥じる。ボード司祭の階級をどこか意識して、下にみてしまうことに罪悪感を抱くあまり、貧しい牧師のほうが、富める牧師よりも信心深いという、また一つのステレオタイプにしがみつこうとしていた自分の間違いを悟るのである。

こうして、ウィルメットの意識と語りをとおして、ピムは戦後の、階級差別が無くなった筈の社会におけるアッパー・ミドルあるいはミドル・ミドル・クラスの階級意識と、それにまつわる罪悪感を描いてみせる。この作品は、主人公が何不自由ない、恵まれた立場にあるゆえに、未熟で世間知らずのところがあり、そのヒロインが、さまざまな現実に直面して、自分の固定観念を変えざるをえなくなり、それによって成長するという意味で、オースティンの『エマ』(*Emma*, 1815) と比較されることが多い。『恩恵の盃』でウィルメットはさらに、恋愛に関する自分の意識の狭さを悟ることになる。親友の、独身の兄のピアーズが自分に好意を持っていると思って、自分も軽い遊びのつもりで応じようとするが、相手にかわされる。自分に魅力を感じていないわけはないので、わざとじらしているのかと思おうとするが、実はピアーズは若い男性と一緒に暮らしていることが判明するのである。男性どうしの性行為がまだ違法だったこの時代に書かれた作品であるだけに、ピアーズと同居人のキースが実際にどのような関係にあるかは明らかにされておらず、同居しながらも二人は寝室は別であることが明記されている。ピアーズに同居人がいることを本人から聞かされたウィルメットは最初は彼が同僚と住んでいるのだと勝手に思い込むが、電話に出たキースの話し方が、ボード司祭と同じく「少々品の無い」ものであり(一三章)、「自分たちと違う」(一四章) ことに困惑する。その後ピアーズによってキースに引き合わされたウィルメットは、大きな衝撃を受ける。

> 「お会いするのははじめてですが、お話はいつも伺っていますよ、フォーサイスさん」と彼は礼儀正しく言った。「以前電話でお話ししましたよね」と私は答えた。ピアーズに電話しようとしたあの晩に電話をとったあの抑揚のない、いささか品の無い話し方を思い出したからだ。私もお話は伺っていますと答えることはできなかった。彼のことはまったく聞いていなかったので。それどころか、私はあまりにもあっけにとられて混乱していたので、何を言うべきか、何を考えるべきかさえわからなかった。ぎこちなく立ちつくし、レンズ豆の袋の上で寝ていた大きな黒と白の猫を機械的になでていた。これが「同僚」だったのか。(10)

自分やピアーズと明らかに階級の違うこの男性がピアーズと同居しているのであれば、二人の関係は「同僚」

でも「友人」でもなく、性的なものであるという結論に達するのが当時は自然であった。キースはカスタードを作るのにカスタード・パウダーを使い、清潔と整理整頓にこだわり、家を「ホーム」と呼ぶ、「典型的な」ロウワー・ミドル・クラスの青年である。ピアーズとキースが出会ったのも、ピアーズが語学学校で教えているフランス語の授業で、キースがそこの生徒だったことも、キースの階級を表している。実はウィルメットは夫の母親と一緒に、そこの語学学校で、ピアーズの教えるポルトガル語のクラスに出ているのだが、フランス語ができないのと、ポルトガル語ができないのではイギリスでは社会的意味合いが異なるのである。

「考えてもみてごらん、ウィルメット。フランス語を知らない人間がいるなんて、なんて哀れなことか。まったく知らないんだよ。」

「確かに不思議よね」と私は同意した。「そう、あなたの生徒だったの。本当に見当もつかなかったわ。」

「そりゃそうだろう。」

「でもピアーズ、なんでよりによってあの人を選んだの？　何にも共通点がなさそうじゃないの。」

「共通点ね、」とピアーズはいら立った調子で言った。「重要視されすぎなんじゃないか。長々とつまらない知的な会話をして、互いに引用をし合って——疲れるよ。家に帰ってきて、その日一日中聞かされていたようなこととはまったく違うことを聞かされるほうがよっぽどいい。(11)」

恋愛の相手に「共通点」のある人間、つまり同じ階級の人間を選ばないピアーズを不思議に思うウィルメットの世界は狭いかもしれないが、一方で、キースが同じ階級に所属せず、知性も教養も欠けているからこそパートナーに選んだピアーズの態度も、自分の階級に馴染めないために、あえてワーキング・クラスの恋人や配偶者を求めるようなヴィクトリア朝のミドル・クラスの紳士（その数は決して多くはないが）と変わらないものである。ピアーズは男性のパートナーと同居するという、当時としては思い切った行動に出ながらも、その階級意識や価値観は特に新しいわけではない。

「この世界には君の知らない種類の人たちもいるんだよ。ウィルメットの小さな世界を作っている、狭くて、選ばれた者だけからなる小さな世界の外には何百万人の人たちがいるんだ」（199）とウィルメットに言い放つピアーズだが、彼もその狭い世界の外に出ているわけではない。ウィルメットもピアーズも、ウィルメットが語りかける読者も、この狭い世界の中から、キースのような人間を眺め、観察し、場合によっては接触するのみである。

一九四四年の教育法によって、ワーキング・クラスやロウワー・ミドル・クラスの人間に高等教育を受ける機会が与えられ、ワーキング・クラス出身で大学に進学した作家たちが、階級社会に対する不満を演劇や小説、映画で表現していた時代に、ピムの描く世界が「時代の風潮に合わない」と出版社が判断したのも、無理もないことかもしれない。『恩恵の盃』が出版された四年後に『愛は返されず』が出版された。主人公はロンドンの郊外に暮らす独身女性ダルシーである。彼女は地味な、めだたない女性であり、他人の本の索引を作ったり、ちょっとした調査をするのが仕事であり、「人生の問題の多くはあったかくてミルクがたっぷり入った飲み物で解決できるのに」(12)と考えるような人物である。年下の婚約者がいたが相手に婚約を解消され、失恋を癒やすために学会に出席するが、そこで講演をした、学会誌の編集者エイルウィン・フォーブズに惹かれ、彼の生活をあれこれ調べ始める。エイルウィンが若い妻と別居しているのが判明すると、その家まで行ってみたり、エイルウィンの弟が牧師だと知ると、英国国教会聖職者名簿でその教会を調べ、礼拝に出たりする。挙げ句の果てには、エイルウィンの母親が経営するホテルを探し当てて、学会で知り合った、やはりエイルウィンに惹かれているヴァイオラとともに、そのホテルの宿泊客となる。そこへエイルウィンが偶然やってきて、さらに別居中の妻と母親も泊まりにきてしまう。相手が不在だと思ってその家を訪ねるが、偶然にそこで出くわしてしまって慌てるというくだりはオースティンの『高慢と偏見』(*Pride and Prejudice*, 1813)を思わせる。しかし『高慢と偏見』の場合は、エリザベスがダーシーの実家であるペンバリーを見に行くのは、大きな屋敷を見物するのが当時はこの階級の人々の慣習であったことを考えるとなんら不思議なことではないのに対し、ダルシーの行為は現代ならば「ストーカー」の範疇に入るものだろう。彼女は他人の人生を「調査」することによって、自分の平穏な人生にささやかな興奮とスリルをもたらし、他人の経験をとおして生きるような人物である。最終的にエイルウィンは、妻が新たな恋愛の相手をみつけたために離婚し、ヴァイオラは、階級も文化的背景も異なる、オーストリアからの移民の、洋服のバイヤーと結婚する。新たに独身となったエイルウィンがダルシーに好意を抱き始めることが示唆されるところで小説は終わる。既婚の男性に好意を抱くが、相手を「調査」することのみに満足し、自分の愛が返されることも望まないでいるうちに、相手は偶然自由の身になって、自分からダルシーに近づいてくる。倫理的な問題も解消され、ダルシーはこうして受け身のまま、無事に幸せを得ることができる展開となるのである。

こうして『馴れたガゼル』から『愛は返されず』まで、ピムは戦後のイギリスのミドル・ミドルおよびアッパー・ミドル・クラスの世界を、その中にいる女性の視点から描いて来た。階級、人種問題や性的嗜好を取り上げて、戦後の変わりゆく社会に対応しようとする人々の戸惑いを表したものもあれば、昔ながらのイギリスのミドル・クラスの世界を細かく描写することによって、喜劇的効果を上げるものもあった。『愛は返されず』が出版された二年後、一九六三年に書かれた『不適切な恋愛』は、『恩恵の盃』と同様に、階級の違う人間どうしの恋愛を扱っている。しかもこの作品では主人公の一人、アイアンシというアッパー・ミドル・クラスの女性が、同じ図書館で働くロウワー・ミドル・クラスの年下の男性ジョンと恋に落ち、最後にはまわりの反対を押し切って結婚するという、それまでのピムの作品からみると大胆な展開になっている。とは言え、ジョンの階級が下であることも、彼の履く靴が「いささか不適切」であるという言及にとどまっていて、アイアンシの所属する教会の牧師の妻をはじめとする、まわりの人間がなぜそこまで反対するのか、理由ははっきりと書かれていない。ただ漠然と、「私たちの階級とは違うから」ということだけで結婚に反対する、アッパー・ミドル、ミドル・ミドル・クラスの人々の偏狭さの風刺であるわけだが、最終的に主人公と結婚するジョンを、ピムは「階級の違う人間」として書ききることができなかった。『恩恵の盃』のキースのような、カリカチュアとして書くこともできず、かと言って、「階級を超えて」アイオランシのようなアッパー・ミドル・クラスのヒロインに愛され、結ばれるロウワー・ミドル・クラスの男性はどういう人物か、ピムの想像を絶していたのかもしれない。この作品では、アイオランシの所属する教会の牧師夫妻とその家族や教区の人々が何人かでローマを訪れ、ローマに着いたらまず紅茶の飲めるところを探して「英国ティールーム」に直行することに始まる一連の「異国に来たイギリスのミドル・クラス」の言動が実に滑稽に描かれている。しかし、一部の登場人物の描写の弱さと、このようなミドル・クラスの風習劇を出版社が敬遠し始めたこともあってか、ジョナサン・ケイプ社がこの作品の出版を拒否したのは前に書いたとおりである。ピムはその後、原稿に手を加えて次々と出版社に送り続けたが拒絶された。このことで大きな精神的打撃を受けていたピムは一九七一年に乳癌の手術を受け、さらに七四年に軽い脳卒中に見舞われ、国際アフリカ協会から引退した。その間も小説を書き続けていて、一九七六年に『秋の四重奏』(*Quartet in Autumn*) の原稿をジョナサン・ケイプに送ったが、その原稿も出版されずに送り返された。

「時代の風潮に合わない」という出版社の言葉を意識してか、『秋の四重奏』はそれまでのピムの作品よりは暗く、テーマも老い、孤独、死を扱っている。これにはピム自身の健康や境遇の変化が影響していたこともちろんで、主人公の一人であるマーシャは実際に乳房切除手術を受けた設定になっている。さらに、登場人物に「ファック・オフ」と言わせたり（第二章）、移民や人種問題がより深刻に扱われているなど、「時代の風潮」に合わせようとするピムの努力がみられる。と言っても、たとえば冒頭近くの次のような描写にはピムのそれまでの小説にみられるような、「ミドル・クラスの罪悪感」をめぐる滑稽なタッチがみられる。

事務所に戻ると甘いもの好きのエドウィンは黒いジェリー・ベイビーの頭を噛み切った。この行為や色の選択は人種差別とは関係ない。彼はたんに、より大人しいオレンジやレモンやラズベリー「的」な味よりも、黒いジェリー・ベイビーの刺激的な、甘草の味が好きだったからである。(13)

この小説の主人公はマーシャ、エドウィン、レティ、ノーマンという四人の男女で、彼らは同じ勤め先の仲間だが、その仕事が何であるのかははっきりしない。二人の女性マーシャとレティのほうが二人の男性よりも年配で、小説が始まってまもなく、二人は定年を迎える。引退後、もともと少し奇妙なところのあるマーシャは、その奇抜さがますます増大し、缶詰の食料を買い込んでしまい込むが自分ではほとんど食事をとろうとせず、最後には病死する。彼らの階級への言及や、それを示唆する記述は、他の作品に比べるとあまりみられず、ピムは全員が独り身のこれらの登場人物の老い方、孤独や死への向き合い方に焦点を当てている。と言っても、たとえばエドウィンが職場でアール・グレーのティーバッグで紅茶を入れ、ミルクではなくて、家から持参したレモンの薄切りを入れて飲むといった情報から、エドウィンがミドル・クラスの上層に所属こそしていないにせよ、そのような趣味や洗練度を目指していることがうかがわれる。また、異人種に対する態度にも彼らの微妙な階級の違いが表れる。

ノーマンが「黒人」の悪口を言い始めるとマーシャは疲れた様子で目を閉じた。レティは話題を変えようとした。彼女はユラーリア〔同じ職場で働く若い黒人の女性〕を批判したり、有色人種に辛くあたっているように思われることはしたくなかったからだ。とは言えあの娘は腹立たしい存在であり、厳しく指導する必要があった。同時に、彼女のあふれるばかりの生命力が心地の良いものでないことも事実だった。特に自分のように、弱いイギリスの太陽のもとで押しつぶされ、ひからびて、彼女に比べるといよいよ灰色にみえて来る老人にとってはなおさらだった。(14)

人種偏見をあらわにするノーマンとは違って、レティはピムがそれまでの小説に書いていたような、「善良な」ミドル・クラスである。人種偏見はいけないと教えられて育ってきているが、異人種を前にして、彼らを特殊な存在としてみなさざるをえない。実際、レティの住んでいる建物の家主が変わり、新しい家主がナイジェリア出身だと知ると、レティは動揺する。しかもその新しい家主オラトゥンデ氏は、ナイジェリアで生まれたキリスト教の一派アラデューラの司祭だということが判明する。

一九一四年にマルヴァーンでミドル・クラスの両親から生まれたイギリス女性である自分が、今ロンドンのある部屋で、情熱的で大声を上げ、賛美歌を歌うナイジェリア人に囲まれているのはどうしたことだろう？　自分が結婚していないからに違いない。どこかの安心な郊外の住宅地、賛美歌を歌うのは日曜日に限られていて、誰も情熱などもたないところに連れて行って閉じ込めてくれる男性がいなかったからだ。(15)

ピムはレティを脅かすナイジェリア人たちを情熱的で信心深い存在として肯定的なイメージで書き上げている。しかしたとえキリスト教徒、しかもアラデューラのような、基本的には英国国教会派であるキリスト教徒に対してでさえ、彼らの信仰の深さと熱心さをみると当惑し、警戒する、こうした「ミドル・クラス」の女性が共感の対象であり、読者もその思いを共有していることを前提として、ピムはレティの姿を描いている。人種差別は否定するが、終戦後急速に進んで行ったイギリスの多民族化への対応に困惑する「善良な」ミドル・クラスへのピムの視点は前に書いたとおりだが、『秋の四重奏』ではピムはそれを以前よりは深刻に、一つの社会問題として取り上げているのである。

このような「時代の風潮」に合わせる試みにもかかわらず、『秋の四重奏』がジョナサン・ケイプに拒否されたのは、そもそもこのように、読者をも共犯者とするようなミドル・クラスの視点が、この出版社の出版顧問たちに受け入れられなかったのだろう。この原稿は別の出版社からも拒絶され、ピムはもはや新しい作品を発表することができないかのように思われた。しかし一九七七年に転機が訪れた。その年の『タイムズ文芸サプリメント』の一月二一日号で「今世紀において最も過小評価されている作家」特集が組まれたが、その際に詩人フィリップ・ラーキン（Philip Larkin, 1922–85）と文学者デイヴィッド・セシル（David Cecil, 1902–86）がそれぞれバーバラ・ピムの名前を挙げたのである。

これを契機に『秋の四重奏』をマクミラン社が出版し、その年のブッカー賞の候補作として挙げられた。そして翌年には『優しいハトは死んだ』（*The Sweet Dove Died*）が出版された。この作品は『秋の四重奏』の前、一九六三年から六九年にかけて書かれた原稿に手を入れて発表したものだが、ここでピムは得意とするミドル・クラスの風習劇に戻っている。主人公のリオノーラという、年配の魅力的なアッパー・ミドル・クラスの有閑夫人をめぐる二人の男性の物語が中心であり、その若い方の男性ジェイムズはリオノーラに惹かれながらも、若い女性と若い男性とそれぞれ性的関係をもつ、バイセクシュアルである。ここでも「時代に合わせた」解放的な性的関係を扱いながらも、話の中心はやはり伝統的なイギリスのミドル・クラスの価値観を崩すことができないリオノーラである。彼女は息子ほども年の違う男性と「交際」をしながらも、その関係は頬へのキス以上のものではなく、ジェイムズの若い女性の恋人や、同性愛の相手さえをも、『秋の四重奏』のレティがナイジェリア人に接するときのように、偏見を表さず、努めて平静を装って対応しようとする。

この二作に続いて、ピムの初期の作品も「再発見」され、作家としての名声も高まるが、一九七九年に癌が再発し、翌年『数枚の緑の葉』(*A Few Green Leaves*)を書き終えたのちにピムは死去する。その二年後に、『不適切な恋愛』がようやく出版され、一九八六年には地方の町の大学を舞台にした『アカデミックな問題』(*An Academic Question*)(一九七〇—七二年頃執筆)が出版された。『アカデミックな問題』は、一九五〇年代から七〇年代にかけて人気のあった「キャンパス・ノベル」に触発されて書かれたもののようだが、ピム自身が、文化人類学者に関して知識はあるものの、地方の大学町に関する経験がないこともあり、あまり成功した作品とは言えないというのが、多くの批評家の見方である。この小説にも西インド諸島からの引揚者、ホモセクシュアルの男性、夫の不貞と離婚の危機といった「現代的」な要素が盛り込まれているのも、ピムがなんとか時代の要求に答えようとしていた証であろう。最後の作品となった『数枚の緑の葉』ではピムは舞台を小さな田舎の村に設定して、そこに暮らす人々の階級意識や人間関係といったお得意のテーマに戻っている。それはあたかも「オースティン的」として再発見されたピムが、それを自分の「作風」として、堂々と取り上げたようでもある。

ピムの小説は一九八〇年代にペンギンやグラナダなどの出版社からペーパーバック版が出版されたが、二〇一〇年代にもまた新たにヴィラーゴ・プレスという、女性作家を中心に出版する会社から、色鮮やかで目を惹く表紙のついた版でその作品が次々と再版されている。一九五〇年代から八〇年代にかけて、イギリスに経済、社会、文化の新しい波が押し寄せ、その中で存続しようとする「善良な」ミドル・クラスの人々を描いたピムのヒューマン・コメディは、ある「イギリスらしさ」の資料として、あるいはノスタルジアをもって読まれ続けるのであろう。

（1） アンナ・オースティンへの手紙、一八一四年九月九日〜一八日。
（2） 一八四八年一月一二日付け書簡、Southam, B. C. *Jane Austen : The Critical Heritage I : 181 –70*, London : Routledge, 1968.
（3） Hazel Holt, *A Lot to Ask*, London : Cardinal, 1992. ix.
（4） マス・オブザヴェーションとは、一九三七年に文化人類学者トム・ハリソンらによって立ち上げられた世論調査機関であり、全国から募った五〇〇人あまりの「観察者（オブザーヴァー）」に日記をつけたり、アンケートに答えてもらったりして、イギリスの大衆の生活や考えに関する資料を集めてまとめた。一九六〇年代半ばにいったん活動は打ち切られたが、一九八一年に、あらたな組織となって、活動を再開した。
（5） Barbara Pym, *Some Tame Gazelle*, Kingston : Moyer Bell, 2005, 7.
（6） Barbara Pym, *Excellent Women*, London : Jonathan Cape, 1952, 144.
（7） Jessica Mann, *The Fifties Mystique*, London : Quartet Books, 2102, 74.
（8） Barbara Pym, *Less Than Angels*, London : Virago Press, 75.
（9） Barbara Pym, *A Glass of Blessings*, London : Jonathan Cape, 1958, 7.
（10） Barbara Pym, *A Glass of Blessings*, London : Jonathan Cape, 1958, 192.
（11） Barbara Pym, *A Glass of Blessings*, London : Jonathan Cape, 1958, 199.
（12） Barbara Pym, *No Fond Return of Love*, London : Moyer Bell, 2002, 23.
（13） Barbara Pym, *A Quartet in Autumn*, Bath : Cedric Chivers, 1979, 6.
（14） Barbara Pym, *A Quartet in Autumn*, Bath : Cedric Chivers, 1979, 11.
（15） Barbara Pym, *A Quartet in Autumn*, Bath : Cedric Chivers, 1979, 85–86.

アイリス・マードックの小説における同性愛者[1]

大道千穂

一　はじめに

シビル・パートナーシップ法二〇〇四が施行されてから八年が経った。二〇一二年七月三一日のイギリス国家統計局の発表によれば、過去一年間のあいだにイギリス国内でシビル・パートナーシップに登録したカップルは六、七九五組、これで二〇〇五年一二月の施行当初からの累計登録カップル数は、およそ五二、五〇〇組となった。[2] 人数にすると、法の施行から最初の五年間のあいだに一一、〇〇〇人から二二、〇〇〇人が登録するであろうとした当局の当初の予想を大きく上回る、[3] およそ一〇万五、〇〇〇人である。名前こそ「結婚」ではないが、[4] 彼らには婚姻関係にある異性愛カップルと法律上同等の権利（相続権、財産権、税制上の優遇措置相手が死亡したときに年金を受け取る権利、社会保障に関する権利、最近親者の権利など）が保障され、養子縁組もできる。同性愛者への偏見は今でも決してなくなってはいないが、成人間の男性同性愛行為の非犯罪化が実現したのが一九六七年であったことを思えば、この半世紀の彼らの社会的立場の向上はめざましい。

ジーン・アイリス・マードック（Jean Iris Murdoch, 1919–1999）は全二六作の小説のうち二〇作近い作品に男性の同性愛者を描いた。女性同性愛者、あるいは同性愛的傾向をみせる登場人物も、『ついてない男』（*An Accidental Man*）（一九七一）のミッツィ・リカルドをはじめ何人か指摘されるが、[5] はっきりとレズビアンを自称する登場人物はほとんどいない。シビル・パートナーシップは男女の同性愛者に与えられた権利だが、歴史的に刑罰の対象とされてきたのは男性の同性愛者だけであった。それが原因なのか結果なのかはわからないが、同性愛者の歴史にあっては、女性に比べはるかに大きな迫害と偏見を、男性同性愛者は背負ってきた。マードックが女性よりも圧倒的に多い男性の同性愛者を描いたのも、このためと想像される。本論においては特に男性の同性愛者に注目することとし、今後「同性愛者」と表記したときには男性の同性愛者を指すこととする。

マードックが処女作『網の中』（*Under the Net*）を発表した一九五四年は、イギリスにおける同性愛者狩りが最高潮に達していた頃でもあり、同時に、やがて一九六七年の性犯罪法改正への大きな一歩となるウォルフェンデン報告書を作成することになるウォルフェンデン委員会が結成された年でもあった。第二次世界大戦が終結して冷戦が始まるまでは、同性愛は犯罪ではあったがいくつかの特定の機関において危険視されていたにすぎず、一般に同性愛犯罪の起訴は社会の水面下で進められていた。しかし一九五一年三月に起きた、二人のイギリス人エリート官僚、ガイ・バージェス（**Guy Burgess**）とドナルド・マクリーン（**Donald Maclean**）の行方不明事件を契機に、同性愛者と共産主義を結びつける国際世論が形成された。ともに同性愛者であった二人が、戦時中にソ連のスパイとして活動したことが判明したからである。同性愛者は一挙に国家にとっての危険人物とみなされるようになった。[6] こうしてイギリス社会の中でも、これまでにない大々的な同性愛者狩りが始まった。一九三八年と一九五二年を比較すると、イングランドおよびウェールズでソドミーあるいはバガリーの罪に問われた事例は一三八件から五倍近い六七〇件に、強制猥褻を含む風俗犯罪の検挙数は八二二件から三、〇八七件に、男性間の品位に欠ける淫らな行為《グロス・インディセンシー》の検挙数は三二〇件から一、六八六件に、それぞれはねあがったのである。[7]

しかし過激な摘発は同性愛法改正への動きを促進することにもつながった。一九五七年、当時レディング大学の副学長であったジョン・ウォルフェンデン（John Wolfenden）を中心とする一五名から成る委員会が、三年間の討議の末に成人間における私的な同性愛行為の非犯罪化を勧告する報告書を提出した[8]。マードックが創作活動を開始したのはこのような時代であったことを、まず確認しておきたい。

同性愛が刑罰によって禁じられていた頃から、そして世論が同性愛に対して非常に厳しかった頃から、マードックは一貫して同性愛者に対して共感に満ちた立場をとってきた。シェリル・ボウヴによれば、マードックは「小説の中で同性愛者を正常な人間とみる、あるいは彼らの関係を（当時の考え方に即して不幸な結末を迎えるべくして迎える関係としてより）建設的な関係とみる、同時代の作家の中でほぼ唯一の小説家だった」[9]。なぜマードックは同性愛者に対してそんなにも深い共感を寄せたのだろうか。

マードックの小説における同性愛者に言及した研究者はこれまでにも多数存在するが、マードックがさまざまなキャラクターの中でも同性愛者をとりわけ多く描くことの意味を追及した研究は、早期にはほとんどみられない。マードックの死後に出版された数冊の伝記が明らかにした彼女自身の両性愛的傾向が[10]、マードックの描く同性愛人物の理解に不可欠であったからだろうか。二〇〇〇年を過ぎて、マードックにおける同性愛者に関する研究が本格的になされるようになってきている。特にタミー・グリムショーの『アイリス・マードックの小説におけるセクシュアリティ・ジェンダー、そして権力』[11]は、マードックの同性愛者たちの愛がマードックのプラトニズムの思想と深く結びついていることを証明した刺激的な分析である。グリムショーの分析を出発点に、本論では現実社会における同性愛者への社会の敵意がとりわけ強かった前期と、同性愛者に対して徐々に寛容になってきた後期では、マードックの同性愛者の描き方が異なっていることを論証したい。グリムショーの分析は前者について深い洞察を与えてくれるが、後者に関しては「同性愛は彼女〔マードック〕が個人の自由と社会的責任の間の緊張関係を探求するための適切なフォーラムであった」と述べるにとどめている[12]。本論では一九七〇年代後半あたりを境に、マードックが現実社会に対して同性愛者を擁護する責任感から解放され、描き方のうえではより自由に、よりみずからの理想に近い同性愛者を描くことができるようになったのではないか、という立場で議論をしていきたい。そしてそれは、彼女の中でキリスト教の影響力が弱まったあとの宗教の可能性に対する彼女なりの明確な思想が形成されたことと密接にかかわると思われる。

二　性を聖に——前期作品における性愛に生きる同性愛者たち

1. マイケル

ウォルフェンデン報告が提出された一年後の一九五八年に出版された『鐘』(*The Bell*)には[13]、同性愛の性癖のために人生に行き詰まっている人物が二人登場する。俗人の信仰会インバー・コートのリーダー、マイケル・ミードと、彼のかつての教え子であったニック・フォーリーである。もうすぐ四〇歳になろうとするマイケルは、二五歳のときに教え子の美少年、ニックを愛した。自身の同性愛的性癖にはパブリックスクール時代からとうに気づいており、すでに複数の男性との肉体関係を経験していたマイケルであったが、ニックを愛したほどに愛した男性は(もちろん女性も)それまでにはいなかった。かつては同性愛でありながら聖餐台に近づく自分を疑問視し、「同性愛のために自分の神への愛が源から汚されている」(100)と感じたこともあったが、ニックへの愛は、あまりに「強烈で輝かしく、とても深いところから湧き上がってくるものであり」、マイケルには「善そのものの本性をそなえているように」しか思われなかった。そこに「何か本質的に悪なるものがあるとは信じられず」、マイケルは彼のニックへの情熱は彼の信仰との近さによって浄化され純化されているに違いないとすら思ったのである（105）。深淵な愛と引き換えに、彼は宗教を捨てる。

しかし双方向の愛であると信じたのもつかの間、マイケルに性的誘惑を受けたというニックの校長への告げ口によりマイケルはニックを失い、同時に教職の道も、将来の目標であった聖職の道も断たれる。未成年との同性愛行為は一九六七年性犯罪法の確立以降も違法であり続けた行為であり、マイケルがニックの告げ口によって失った社会的地位、そして自尊心は計り知れない。失意のうちに、マイケルは「悪徳である」と自認した性欲を捨てることによって神に近づこうとする。同性愛者であり、かつ信仰者であるという選択肢は彼にはないのである。

一三年後、性欲を抑制しているとはいえ同性愛者である彼が、神に近づける場所として、マイケルは俗人の信仰会をたちあげた。そこにまずはニックの妹のキャサリンが、続いてすっかり身を持ち崩したニックがやってくる。自分の性癖を隠して信仰会のリーダーの役割を担っているマイケルは、ニックを無視することで、ようやく手に入れた疑似聖職を保持しようとする。インバー・コートの精神的支柱の役割をはたし、皆に聖人視されている冷静で紳士的なジェイムズは、ニックのことを一目みるなり毛嫌いし、彼はホモ《パンジー》にみえると軽蔑的に言い放った。「あの手の奴らには何か破壊的なところがあるんだよ。社会への悪意っていうのかな」（116）、と彼が一括するように、インバー・コートには同性愛者を許容する場はない。自己の性癖をひた隠しにしているがゆえに、マイケルが一番よくそのことを理解しているのである。彼はニックがときたまマイケルに何かを話したそうにしている事には気づいていたが、マイケルはその訴えかけに応えようとはしなかった（117）。とうとうニックが自殺するまで、二人が再び語り合うことはない。

ニックの死後、マイケルは自分がいまだにニックを深く愛していることを自覚する。同時に、ニックがマイケルの行く手行く手に立ちふさがり、暴言を吐き、マイケルの行動の邪魔をしたのは、彼なりの愛の表現、あるいは愛の要求の表現であったことを確信する。マイケルに突然キスをされたあとの一八歳のトビーの困惑ぶりをみても、一四歳の少年であったニックにとって、社会に容認されないどころか刑罰の対象となる同性愛の性癖を自分の中に認めることは、大きな不安と葛藤を要したことは想像にかたくない。グリムショーは、一九五〇年代に発表されたチャールズ・バーグの研究を引照し、当時の同性愛者たちがしばしば刑罰の恐怖と脅威から深い罪意識と不安を抱いたことを明らかにしている[14]。自分の性癖を認めたくないがために不本意にマイケルを陥れたのであったとすれば、ニックがその後酒におぼれたのもよくわかる。そして、インバー・コートにはマイケルに謝るためにやってきたのではないか、という推測も成り立つ。しかしマイケルは「自分の手を汚さないために、自分自身の将来を安泰にするために」(307)、ニックを無視した。マイケルは深い悔恨の念に襲われた。

しかしニックの死により永遠に失われたはずの愛は、マイケルの中で日増しに大きくなり、それとともに肉体性をも帯びていく。

ニックへの愛はほとんど悪魔的なまでに、巨大な大きさにまでつのっていくようだった。その愛はときどき彼の中から育つ巨大な木のようにマイケルには感じられ、彼は癌のように成長していく奇怪な夢に苦しめられた。ニックのイメージは彼の眼前にいつも浮かんできた。彼の目の前にいるのはまだ少年で、マイケルの視線を意識しながらテニスコートじゅうを機敏に、力強く、敏捷にとびまわっていた。〔中略〕こうした幻影とともに肉体的欲望の苦悶が押し寄せた。その苦悶にひきつづいてやってくるのはニックを腕のなかに再び抱きしめたいという渇望だった。その渇望はあまりにも完全で、自分の存在のすべての次元からあふれ出てきているようだった。(306)

青年トビーとの出会いの中で多少の綻びはあったが、マイケルがニックとの別離の後みずからの肉体的欲望を懸命に抑圧してきた。しかしニックの死によって、マイケルはその抑圧から解放されたのだ。そしてこの肉欲の解放は、やがて、新たな祈りに結びついていくのである。

> ニックの死後、彼は長い間祈ることができなかった。神への信仰が一撃のもとに壊れてしまったかのように彼は感じていた。あるいは、これまで一度も信じてなどいなかったかのように。彼はニックへの思いに完全に、絶望的に、みずからを没頭させた。神について考えることすら侵入であり不条理であるように感じられた。〔中略〕宗教は何か遠くにあるもの、これまで一度として彼がその中に入ったことがないものに思えた。〔中略〕そこに神はいる。しかし私は神を信じない。
>
> やがてある種の静けさが彼を包んだ。〔中略〕心の中で永遠に彼に語りかけているようになるまで、彼は絶えずニックのことを考えた。それは言葉のないスピーチによる不断の訴えかけ、祈りのようなものだった。(308–09, 傍線は筆者による)

ニックの肉体の消滅により、マイケルはニックをみずからの内にとりこみ、その肉体的欲求と情熱を、新たな信仰へと昇華させたのである。

マイケルは長年にわたって自分の性癖に罪悪感を覚えながら聖職につくことを望んできたが、そもそも、なぜ自分が許容できないような人間を神が創ったのか、という点において、神をどう理解したらよいのかわからずにいた。

> 神は男性と女性をさまざまな傾向で創られた。それらの傾向は人間のとても深いところを流れるように創られたため、多くの場合人格の核を形成する。〔中略〕自分をこのように創られたのは神であり、神が自分を怪物として創られたとは

考えられなかった。(205)

これは秩序正しい軍人の家系に育った異性愛者のジェイムズには浮かびようのない疑問である。マードックは一九五七年、エッセイ「形而上学と倫理学」の中で次のように述べている。

> 道を歩いている普通の人は、そしてこれはほとんどの普通の非哲学的なキリスト教徒に通じることであるが、しばしば一種の非形而上学的な客観主義者だ。というのは、彼らは道徳的価値観は客観的で固定されたものと信じているのだ。〔中略〕そして彼らにはその本質に関しても、どのようにしてそれらの価値観が形成されたかを説明する歴史に関しても、明確な視野をもたないのである。[15]

ジェイムズはまさしく、このような普通のキリスト教徒の一人である。それに対してマイケルは、同性愛者であるがゆえに普通のキリスト教徒でいることを許されない存在、神の存在すらも否定しなければ信仰を保てない存在だ。人間に個性などないのだと言い(131)、人間は神と神の掟にのみ注意を注げばよいのであり、何が自分にとって喜ばしく何が嫌悪を催すかといったことを考えるのではなく、神は自分に何を要求していて何を禁じているかだけを考えればよいとするジェームズにしてみれば、同性愛の問題も単純明快、「ソドミーは嘆かわしいのではない、ただ禁じられている」(132)のだ。この言葉にマイケルは密かに反発する。「自分にとっての関心は、どのように、なぜ、ソドミーが嘆かわしいのかということだけである」(205)と。

マードックが現代の人間にとって大切であると考えるのは、まさしくマイケルが経験する信仰の再構築のプロセスである。神にかわって信仰の対象になったのは、彼がみずからの精神的エネルギーの源と考える彼の性愛に他ならない。マードックが『火と太陽』(一九七六)で述べるように、プラトンのエロスが「もっとも平凡な人間の欲望を最高の道徳性と、宇宙の神聖な創造力の型とに結びつける原理である」であるとするならば[16]、マイケルという平凡な人間の欲望が昇華された彼の新たな信仰の本質がみえてくる。

最愛のニックを失うという大きな犠牲によって普通のキリスト教徒が形成してきた非寛容なキリスト教世界から一歩脱したかにみえるマイケルであるが、彼の今後は不透明である。一九五〇年代には、まだ同性愛を病気と考える風潮は色濃く残っていた[17]。「いつかまた〔中略〕私は経験することになるだろう。自分の心にこたえて、ひとりの人間がまた別の人間に対してするあの無限にひろがる要求を。彼はそれをおぼろげに知っていた。そしてその時がきたら、私はもっとうまく、やれるだろうか」(309)、というマイケルの内省、そして再び教職に戻ろうという彼の決意は、彼がまた、少年と恋に落ちる可能性を示唆する。そのときの社会は、彼らにもう少し寛容になっているのだろうか。一九五〇年代にこの小説を読んだ読者たちは、マイケルの再出発を、そんな不安とともに見送ったに違いない。

マードックは当時の同性愛者たちが直面した刑罰への恐怖や、自分は神から見放されているのではないかという不安をそのまま小説に写し取り、行き過ぎの自己防衛衝動が引き起こしうる悲劇の可能性と、同性愛者としての肯定的なアイデンティティ構築と信仰の可能性を描いた。そして、ウォルフェンデン報告の初版五、〇〇〇部が数時間で売り切れてしまうような当時の社会状況にあっては[18]、マイケルに向けるマードックの温かな視線は、そのまま彼女の政治的メッセージとしても響いたであろう[19]。ウォルフェンデン報告は、その前提として、他人に危害を加えないかぎり法は個人の自由を侵害すべきではないという立場を明らかにした。はたして同性愛者は社会にとって害悪であるのかという道徳的な問いに、読者たちはマイケルへの共感をとおして答えていったのではないだろうか。

「同性愛の問題は、基本的に共同体全体が直面しなければならない道徳的な問題である」[20]、という宣言に始まるエッセイ「同性愛に関する道徳的判断」（一九六四）において、マードックは次のように述べている。

もっと情報がほしいという多くの善意の人が、同性愛をいまだに「科学的事実」が治癒を助けることができる社会的な病気として扱っていることは残念だ。もしここに何らかの病気がはびこっているとするならば、偏見に満ちている、あるいは道徳的に盲目である、という意味において病気にかかっているのは社会全体のほうである。[21]

確かに『鐘』を読んでいると、同性愛者であることによりマイケルが社会に及ぼした害よりも、同性愛者を理由もなく排除しようとする社会がマイケル、ニックに及ぼした害のほうがはるかに大きく思われるのである。

2. アクセルとサイモン

『かなり名誉ある敗北』（*A Fairly Honourable Defeat*）[22]は、一九六七年性犯罪法によって、同意のある二一歳以上の男性成人間の私的な同性愛が非犯罪化してから三年後に出版された。イギリスの一九六〇年代は、一般に若者の反抗と急速な社会変化の時代と言われ、比較的リベラルな空気が支配した時代であった。[23]しかしだからといって、法改正によってにわかに社会の偏見がなくなったわけではない。多くの同性愛者たちは依然として社会の冷たい風にさらされていた。[24]マードックがこの時代にアクセル・ニールセンとサイモン・フォースターのような幸せな同性愛者たちを描き得たことは、「イギリス小説史上前例をみない成功」であり、[25]「一九七〇年に小説のジャンルに起こった並外れた業績」であると、[26]複数の批評家が賛辞を送った。

アクセルとサイモンは次の二つの点において前節で扱ったマイケルと大きく異なる。まず、二人はともに二一歳を超える成人であり、合意のうえで生活をともにしている点だ。つまり一九六七年の法改正を経て、二人は刑罰の恐れから自由な同性愛者になったということになる。そして第二に、二人の関係は一部の親しい人々に対してはオープンであるという点である。二人はサイモンの兄でありアクセルの友人であるルパート・フォースターとその妻ヒルダ、ヒルダの妹モーガンとその家族と親しくつきあっている。もっとも信頼している尼僧院長にすら自分の性癖をなかなか打ち明けることができず、社会の冷たい風を恐れるあまりニックとも関係を結ぶことができなかったマイケルとは異なり、同性愛の性癖を抱えたがゆえのさまざまな葛藤や苦しみはあったとしても、アクセルとサイモンは孤独ではない。二人の関係は、少なくとも身近な人々には温かく受け入れられているのである。

小説冒頭部におけるルパートとヒルダの会話からは、同性愛者に対する二者の異なった視線が明らかにされる。


「〔前略〕あなたはあの同棲《メナージュ》〔アクセルとサイモン〕は続くと思う？」

「続かない理由でもあるのかい？　もう三年以上続いているんだ。このまま続いていかない理由が僕にはないように思えるが」

「ああいう同性愛者《クィア》の・友情《フレンドシップ》はとても不安定なものよ」

「それはただ単に、彼らが社会制度の外にいる種類の人々である分、より大きな危険を冒しているからだよ、ヒルダ。異性愛の関係だって、もし結婚という制度がなくて、子供を生むということもできなければ、まったく同じように不安定さ。二人が合っているなら、一緒にいていいじゃないか」(18)

ヒルダの見解は、同性愛は不自然であり病気の一種であるとする当時の一般的な見方を代表する。「でもあなた、サイモンはほんとうに同性愛者だと思う？」（15）とルパートに聞くヒルダからは、できれば親戚に同性愛者がいるという事実を認めたくないという彼女の言外の心情が伝わってくる。その心情はサイモンとアクセルの関係を、あえて「友情《フレンドシップ》」と呼ぶことからも明らかである。彼女にとって同性愛は、不自然であり異常なのである。ヒルダはチェルシー保存協会など複数のチャリティ団体に属して熱心に活動し、家のしつらえなどもきちんと整える、よくできた妻である。イギリスの伝統的社会の中にしっかりと自分の居場所を築き、周囲から評価されている点においても、同性愛に対する立場も、ヒルダはジェイムズと似ている。いかに身近に同性愛者がいようとも、彼らを個人としてしっかりみることはせず、世の中の一般的な考え方から判断してしまうのである。

一方ルパートは公務員であり、アマチュアの哲学者でもある。結婚二〇年の節目の年を迎え、妻との関係も良好、八年間にわたり書き続けた徳と道徳に関する大著も完成間近である。大学を中退した息子のことが気がかりである他は、概して人生はうまくいっている。哲学を志す者として善く生きようとする気持ちは強く、それが彼の同性愛観を形成している。そして彼の同性愛者への視線は、作家マードックのそれとよく似ている。「同性愛に関する道徳的判断」において、マードックは述べる。

> 異性愛者が長期にわたって安定して同棲《メナージュ》をうまくいかせるよりも、同性愛者が長期にわたって安定して同棲《メナージュ》をうまくいかせることのほうが難しいというのはおそらく本当だろう。その理由は明白であり、そのなかには取り除くことができる理由もあれば、それではないものもある。秘密主義を社会が強要することは、明らかに関係の崩壊をより容易にしてしまう。もし二人が「結婚」していることが知られていなければ、離婚という公の惨めさを味わわずにひっそりと別れることができる。これはありがたいことでもあるかもしれないが、〔同性愛者のカップルの〕不安定性の原因にもなって

いるだろう。また、同性愛者は子供を生むことができないということも挙げられる。〔中略〕同棲《メナージュ》している男女に子供が生まれると、それは即座に関係の維持へのもっとも力強い道徳的理由になる。同性同志の同棲《メナージュ》は、この特定の動機を欠いているのだ。(27)

まさしくルパートと同じ見解である。「同性愛者であるということがその人の全人格を決めてしまうわけではない」と述べ「僕はアクセルのことも長いこと知っているんだ。学生として、その後は同じ省の同僚としてね。あの二人は大丈夫だよ」(15–16)、と判断するルパートは、社会の理由のない偏見に惑わされることなく、個人としての二人をしっかりとみていると言える。

しかしそのルパートも、友人ジュリアスの計略にはすっかりはまってしまう。ベルゼン強制収容所を生き抜いたユダヤ人としての過酷な経験がこのような人格を形成したのだろうか、ジュリアスは人間の愛や絆を信じない、冷たく悪意に満ちた人物である。「容易に壊すことができない人間関係などない」(233)という自論を証明するだけのために、彼は幸せに暮らしているカップルの関係を壊す計画を立てる。標的に選ばれたのが彼のかつての学友であったルパートとアクセルである。

一組目のルパートとヒルダは、手紙を使ったジュリアスの計略にはまった。ジュリアスはヒルダの妹のモーガンがかつて自分に宛てて書いたラブレターを次々とルパートに送り、かつてルパートが妻ヒルダに送ったラブレターを盗んできてそれを次々とモーガンに送った。ジュリアスいわく、ラブレターというものはたいがい個性がないものであり、相手の呼称も固有名詞を用いない「ダーリン」や「エンジェル」といった表現が多いので、ほんの少し手を加えるだけで、誰にでも使いまわしがきくというのである(405)。愛など幻想にすぎない、ある人間が別のある人間を、その人であるからこそ愛するということはないという、ジュリアスの痛烈なメッセージである。

ルパートとモーガンは、互いに相手が自分のことを熱烈に愛していると信じ込み、相手への思いやりという偽善的仮面をかぶせた虚栄心からジュリアスの罠にはまっていく。少しとはいえジュリアスの修正や加筆が入っている手紙をよくみさえすれば、そして互いに誤解しあったままに密会をしていることから生じる会話のずれや態度のずれをよくみさえすれば、容易に気づきえたはずの手紙のトリックに、彼らは気づかなかった。ジュリアスは言う。「人間は自分が高く評価されていると信じることにはいつだって積極的さ。ごく普通で自然な虚栄心が、二人をこの迷路に追いやったというわけだ」(415)。

相手の言葉を聞こうとしなかったのはルパートとモーガンだけではない。実際には数回の密会でまったくかみ合わない会話を交わしただけのルパートとモーガンであったが、ジュリアスに導かれて二人の浮気を確信すると、ヒルダはルパートの話を聞こうともせずに家を出てしまう。ルパートはヒルダに状況を説明することもできないままに、自殺とも事故死ともはっきりしない突然の水死をとげるのだ。真実を知ったあとのヒルダは、マイケルと同じように、自分がルパートをきちんとみて、耳を傾けようとしなかったことを深く反省する。

一方アクセルとサイモンは、オープンな関係でないがゆえに極度に強いアクセルの嫉妬心と、社会制度に守られない関係であるがゆえに極度に強い、関係が続くことに対するサイモンの不安を利用される。気の弱いサイモンを言葉による脅しにより自分の意のままに動く人形に仕立てたジュリアスは、恋人とのあいだに秘密をもつことを何よりも嫌うアクセルを知ってか、サイモンに無理やりいくつもの秘密をもたせる。そしてそれは、巧みにジュリアスとの浮気を確信させるよう組み立てられていた。アクセルとサイモンも、あともう一歩で関係が壊れるところまで追いつめられるが、サイモンの必死の食らいつきと懇願にこたえ、最後にはアクセルが彼の話を聞く。アクセルはその話にじっくりと心を傾け、サイモンの説明と、彼自身が実際にみて経験した事実の断片を慎重に重ね合わせていく。するとジュリアスによって信じ込まされた一連のストーリーとはまったく異なるストーリーが再構築された。そこにはサイモンの背信行為はなく、愛があった。「わかった。私は君を信じる」(394)、とアクセルは言う。二人はジュリアスに勝利したのだ。

マードックは社会的弱者であるからといってアクセルとサイモンを感傷的に理想化して描いたわけではない。二人はそれぞれに問題を抱えている。アクセルは無口で表情に乏しい一見陰鬱な人物である。自尊心の強さから自身の性癖について何も言われまいという保身願望が強く、行き過ぎの秘密主義と人間不信に陥っている。異性愛者との交流を避け、「彼自身が『くそ秘密結社』と呼ぶところの同性愛者だけの特別な世界に属することを拒否」(36–37, 傍点部は原文ではイタリック)するアクセルは、サイモンと、サイモンの兄弟夫婦しかいない小さな世界に閉じこもっている。サイモンを信じることができなくなり、関係を解消しようとしたときにも、その事実を周囲の人々から隠そうとする。「同棲《メナージュ》の崩壊に毎日毎日の見物人などごめんだからね」(370)、という彼の言葉からは、同性愛者であるがゆえに、彼が他者からの好奇の目にさらされることを極度に恐れて生きてきたことが想像できる。他人にみられることがないように、彼はいつも、自分を隠してきたのである。「私はいつもちょっとばかり自分を抑えすぎていたよ。君はそれを感じていた。そしてそれが君を怖がらせてしまっていたんだ」(434)、と危機を乗り越えた後に彼が自分自身でサイモンに言うように、アクセルは過度の保身願望から最愛の人間まで不安にさせていたのである。

片やサイモンは洋服やインテリアに興味があり、料理が得意でおしゃべりな、いわゆる同性愛者の「女役」である。感情表現に富み、優しいが、単純で意志薄弱でサイモンは、自分に対する自信をまったくもっていない不安定な人物である。同性愛者が集う「あの世界」(434)に心地よく属すことができるサイモンは仲間も多かったが、アクセルと交際を始めてからは、彼が同性愛者の集団を毛嫌いするのでなんとなく交際を慎んでいる。「アクセルは僕をばかだと思ったかな？　彼は僕をちょっと薄っぺらだと思ったかな？　少しばかり堕落していると？　それとも最悪だけどちょっと低俗だと？」（37）、「ジュリアスは僕をちゃちで女々しい気取り屋と思っただろうか？」（159、傍点部は原文ではイタリック）、といったような不安が、彼には絶えずつきまとっている。しかしジュリアスの操り人形にされ、彼の悪意によって大切なすべてを壊されそうになったとき、彼の眠っていた力が引き出され、それがアクセルとの関係をつなぐきっかけとなるのである。レストランで集団から暴力を受けていたジャマイカ人を救うために立ち上がったこと（240）、ジュリアスをプールに突き落としたこと（373）、そしてアクセルにジュリアスとのあいだに起きたことを説明する勇気をもったこと（一七章）のすべてが、サイモンに自信を与えた。試練を乗り越えた二人は、アクセルは自制《リザーブ》をやめること、サイモンは勇気と自信をもつことを互いに勧告しあう。そして最後には、アクセルはこのように言う。「これからはもっとたくさんの人に会おう。そしてもっと社会の中で生きよう。私たちは自分たちの中の世界に閉じこもりすぎていた」（432）。

二人の関係が犯罪ではなくなっているということが、二人のこのような結末を可能にしている。今後の二人の関係は、シビル・パートナーシップのような法的権利は欠くものの、生活のうえでは現在の同性愛者たちときわめて近いものになるだろう。それは異性愛者たちともおおいに交わりのある、普通の生活である。二人が小説中最後にみせる姿は、その第一歩にみえる。二人は大陸旅行をしている。戸口で「痛めつけられたキリストが疲れ果ててその長い両腕と両手を広げ、受け入れ、審判している」（436）ロマネスク教会がある小さな村で、行き当たりばったりの宿をとり、沈みかけている太陽の光と、徐々に広がりゆく星の光が空を明るく照らす夕刻の庭で飲むために、主人にワインを運んでくれるよう頼むアクセルには、もはや人目をはばかる様子はみられない。「〔ぶどうの木の葉とつるが放つ〕この南の地方の緑色の光の中でアクセルを待ちながら座っている彼〔サイモン〕は、新しい幸福に対する温かな期待が、血潮の中に流れるのを感ぜずにはいられなかった」（437）という最後の文章からは、何の迷いもないサイモンの純粋な幸福感が溢れている。

この小説の読者たちは、現実世界よりもはるかに楽観的なこの結末に、いささかの不満を覚えただろうか。そういう人も、いたかもしれない。しかし最初に挙げた複数の研究者の賛辞からは、この小説を肯定的に受け止めた人も多くいたことが想像される。イギリス普通法《コモンロー》においてはじめて同性愛に対する刑罰が言及された一二九〇年から七〇〇年近い年月を経て同性愛がようやく非犯罪化したことの喜びを、読者は二人をとおしてあらためて実感したのではないだろうか。

付け加えるならば、本論で扱う他の作品群とは異なり、アクセルとサイモンはいずれも、キリスト教信仰と同性愛の性癖の狭間で葛藤することはない。マードックが描く多くの異性愛の主人公たち同様、宗教は彼らの生活を色濃く支配してはいない。『かなり名誉ある敗北』の批評において、レナード、タリス、ジュリアスに神、キリスト、悪魔《サタン》のアレゴリーを読み込むことはごく一般的であり、彼らとの関係をアレゴリカルに読み込むことによってアクセル、サイモンとキリスト教との関係を読み込むことは可能かもしれない。このうえない悪意に満ちた計略ではあるが、結果的にはジュリアスに助けられて関係をより強固なものにした二人は、ある意味、いずれ綻びが来たに違いなかった二人の関係を、荒々しくではあるが、事前にジュリアスに前よりもきつく結びなおしてもらったとも言える。神に許されなかった苦しみを知るサタンであり、同時にキリスト教世界において迫害され続けてきたユダヤ人であるジュリアスが、同じ苦しみを背負う同性愛者に救いの手を差し伸べたのだろうか。

また、彼らが社会に出ていくことを決意した後に最初に行くのがロマネスク教会であり、やがて葡萄酒となるぶどうの木の下でキリストの血である葡萄酒を飲んだあとで二人の寝室に入ろうとしていることに、同性愛者がついに神の許しを得た、という意味を読み込むことも可能であろう。

しかし、この物語ではアクセルとサイモンが直接神や信仰を語ることはないのである。この小説におけるマードックの同性愛者に関する関心は、彼らと宗教の問題よりも、同性愛が合法化されたあとの彼らの社会生活の可能性の探究であったように思われる。マードックは一九六四年には同性愛の道徳的判断に関する熱のこもったエッセイを発表し、一九六七年、イギリスにおける合法化の実現の後には、デイヴィッド・ノリスが主導する、アイルランドにおける同性愛に関する法改正のための運動を支持した。[28] 六〇年代のマードックの同性愛に対する関心は、彼女の長年の関心事である宗教の問題を少し背景に引っ込ませてしまうほどに、現実的、政治的だったのかもしれない。次章では、マードックの一九八〇年以降の作品を二作とりあげ、後期作品群における同性愛者をみていくことにする。

三　性は聖であり聖は性である——後期作品における貞節《チェイスト》な同性愛者たち

1．バーナード司祭

一九七〇年代には同性愛者のための新聞『ゲイ・ニュース』の創刊が始まったり、はじめてのゲイ・プライド・マーチとカーニバルがロンドンで執り行われたり、はじめてのナショナル・ゲイ・ライツ・カンファレンスが開かれたりと、同性愛者たちが社会に本格的な進出を始めた、イギリス同性愛史においては比較的明るい時代にみえる。そのような時代を映してのことであろうか。一九七〇年代以降も引き続き同性愛者はマードックの作品に姿を現し続けたが、自分の性癖に悩み、苦しむキャラクターは『ヘンリーとケイトー』(*Henry and Cato*)(一九七六)に登場するケイトーだけである。[29] そのケイトーにしても、神父の立場を捨てて俗人に戻りさえすれば、同性愛者として幸せに生きていけると信じている。救いのみあたらない孤独の中で悶々と苦しみ続けたマイケルと比べればかなり楽観的だ。これは社会が少しずつ同性愛者に寛容になってきた証拠なのだろうか。

しかし一九八〇年代に入ると、再び宗教の間のジレンマに苦しむ同性愛たちが登場してくる。本節では一九八三年に出版された『哲学者の教え子』（*The Philosopher's Pupil*）に登場する異端の司祭[30]、バーナード・ジャコビーをとりあげることにする。マードックの全作品の中でも、普通の人間からの逸脱ぶりがとりわけ目を引く興味深い人物の一人である。

小説の舞台は架空の温泉町エニストン。バーナード司祭は比較的新参の者だ。風変わりな司祭の着任に、司教も町の住人もずっと困惑している。

> 教区司祭は改宗したユダヤ人のバーナード・ジャコビー司祭である。〔中略〕多くの人間が彼を疑いの目でみたが、とりわけ司教は、ジャコビーは「司祭ではない。シャーマンだ」、と言っているのを聞いた者があるほどだ。中には彼が一つのラテン語のミサを何回にもわたり挙げすぎるときがやがてくるのではないかと陰鬱に考える者もいた。彼の教会には香のにおいがたちこめていた。〔中略〕彼の過去は〔中略〕ほとんど知られていない。彼は同性愛者であると考えられている。さまざまな小さな疑惑がうずまく中で、彼はここにずっと住んでいる。（51、傍線は筆者による）

アクセルとサイモンは、同性愛者であるというただ一つの事実において、他者の好奇の目にさらされ、社会をおそれていた。しかしバーナード司祭は事情が違う。まるで彼のさまざまな奇行や奇癖、奇妙な噂の中では同性愛者であることなど取るに足らないことだとでも言わんばかりに、語り手は、彼が同性愛者である可能性を最後に簡潔に付け加えるにすぎない。

それでは本人にとってはどうだろうか。エニストンに住む老哲学者が司祭にこう聞く場面がある。「あなたは同性愛者なのですか?」すると彼は即座に答える。「ええ、そうです、でも私は貞節《チェイストリー》に生きていますよ」

(189)。ロバートはそれを聞いて思わず笑うが、彼にとっては、貞節《チェイスト》であるということこそが、重要なのである。というのも、

バーナード司祭はもうずっと前に、自分に孤独《ソリチュード》を命じた。そこには禁欲《セリバシー》も含まれていた。同性愛を非としたからではない。結果的にそうではなかったが、たとえ異性愛者であったとしても、彼は同じ決断をしただろう。いくつかの人間との性愛の冒険を経て、彼は決めたのだ。自分の愛を、それは性愛なのだが、神に捧げようと。(156)

この説明から、バーナード司祭はマイケルが最後にたどり着く境地にすでにいたっていることがわかる。彼は性愛を神への愛に昇華させる道をすでに見出しているのだ。

司祭もマイケル同様少年に恋をする傾向がある。エニストンにやって来たのちにも、自分の教会の聖歌隊の少年に恋をしておおいに心の平安をかき乱された経験があるようだ。「突然に、説明もなく針路を転換したことで少年を傷つけてしまった」(157) ことを思い起こすところから、彼の貞節《チェイスト》の誓いが、この少年とのかかわりあいの最中に立てられたことが予想されるが、何があったのかは触れられない。おそらく何か大きなできごとがあったのだろう。若者となった現在のその少年は教会に行っておらず、司祭と道で会えばわざと知らぬふりをする。そして今では、司祭は青年を抱きしめたい衝動に駆られることがあっても、意識的に目を伏せ自制するのである(157)。代わりに彼は部屋の中に香をたきしめ、「まるでポルノグラフィであるかのように」、神学の本を「不信心な興奮をもってなめるように熟読する」のであった (157)。まさしく、性愛が彼の信仰のエネルギーなのである。同性愛の性癖は、司祭本人にとっては、決して取るに足らないことではない。

しかし、神を捨て、宗教を捨てることで信仰だけを残したマイケルとは違い、彼は宗教に固執した。ユダヤ人

であり、同性愛者でありながらキリスト教徒でいることは、「反逆ではないのですか？　神に背いているようには思わないのですか？」と聞いた哲学者に、感情をみせることの少ない司祭が珍しく気色ばむ。「私は敬虔な人間だ！　とにかく宗教は私をそうさせてくれるのだ！」(190)。なぜ、彼は宗教にしがみつくのだろうか。

自分が同性愛者であることよりも、ユダヤ教を捨ててキリスト教徒になったことによって、父親を苦しめ死にいたらしめてしまったこと（少なくとも彼はそう思っている）のほうが、バーナード司祭にとってははるかに重い罪意識として心にのしかかっている。それは「彼が自分自身の内に、誰に話すこともなく抱え続けている癒えることのない傷（罪）なのである」(156, 括弧は原文のまま)、と彼が述べるように。だからこそ、何かあったに違いない聖歌隊の少年とのできごとも、語られることがないのだ。司祭の心は、いつも父親への罪意識に占められていると言ってもいいだろう。バーナード司祭は父親を死にいたらしめてまで献身したかったキリスト教にしがみつくことでしか自身のもつ罪意識を持ちこたえることができなかったのだ。

> 神が彼の人生から去ってしまうと、彼はキリストを愛した。キリストが、とても奇妙な具合に、彼から去っていき始め、変わってしまったときには彼はただ座った、あるいはひざまずいた。そして何かの存在の前で、あるいは何も存在していないところで、呼吸をした。(157)

ユダヤ教、キリスト教、シャーマニズム、仏教と、自分の宗教を探して遍歴を続けたバーナード司祭の行き着いた先は、宗教と言う名のない宗教であった。聖職とエニストンを去ったのち、彼はギリシアの海辺にある岩につくられた洞窟で、つまり究極の孤独《ソリチユード》に、身を落ち着ける。そこで、彼の話を聞きにやってくる村人たちや、ときには海鳥たちに、彼が見出した新しい宗教を説くのだ。

宗教は今後、〔中略〕生き延びてゆけるだろうか。〔中略〕必要なのは神の絶対的な否定である。神という言葉すら、名前すら、消えてなくならなくてはならない。そうしたら何が残るのか？　すべてである。キリストもだ。しかし完全に形を変え、最終的にして絶対的に、むきだしの簡素さにまで、原子にまで、電子にまで、陽子にまで分解した形で残るのである。そこにあっては内が外であり、外が内なのだ。〔中略〕私が何を説くかって？　神はいないということ、キリストの美すら、罠であり偽りであるということを説くのだ。〔中略〕救いの力は限りなくありふれたものであり、限りなく近くにあるのだ。（552–53，傍点部は原文ではイタリック、傍線は筆者による）

『道徳への指針としての形而上学』（一九九三）において、マードックはバーナード司祭と同じことを述べている。

人の形をした神や復活するキリストを取り払い、天国や死後の復活など超自然的な場所やできごとへの信仰をなくし、ブッダに似た地位を占める神秘的存在としてのキリスト、すなわち慰め救うことはできるが、超自然的などこかにいるのではなく、人間一人一人の魂に宿る生きた力としてのキリストを残すのであれば、キリスト教は存続しうるかもしれない（と私は信じる）。〔中略〕多くの敬虔な信者たちと彼らの同胞たちのうちに、そろそろ古い、文字どおり人格をもった「どこかよそにいる」神にさよならを言う時期だという感情が、芽生えている。[31]

司祭が同性愛者であること、そしてさらにユダヤ人であることは、彼がキリスト教だけでなく、既存のいかなる宗教を自分のものとするのも難しくした。しかし旅路が困難であっただけに、バーナード司祭はマードックが必要と考える、これまでのキリスト教から不必要な神話を徹底的に外側をはぎとり、重要な核だけを取り出すという大きな成果にいたった。彼が行き着いたのは、どんなマイノリティをも信仰することが許される、究極の宗教である。傍線部のように、あまりに丸裸になった小さな神の種は、内も外もない。性は聖であり、聖は性である。二つは一体化した。もう、聖をとるために性を捨てる必要はないのである。

マイケル、アクセル、サイモンの誰とも違い、バーナード司祭は今後もずっと、貞節《チェイスト》であることが予想できる。マードックの関心は、後期作品になるにつれいよいよキリスト教離れを起こしている西欧世界の今後の宗教の問題へと集中していく。貞節《チェイスト》な同性愛者たちは、それにともなってマードックの小説に登場するように感じられる。

2. ベラミー

一九八一年一二月、イギリス史上初のエイズ患者が出た[32]。以後一九八〇年代イギリスは、他の欧米各国同様、エイズ蔓延の脅威の下におかれることになった。初期の感染者の多くが同性愛者や両性愛者であったため、少しずつ彼らに心を開いていきていたかのようにみえた社会は、再びその扉を閉ざした。一九八八年にセクション二八が制定されたのは[33]、極端な保守志向を批判されることも多いマーガレット・サッチャー首相一人の功績ではない。社会全体が、こうした法の制定を後押ししたのだ。一九八〇年代後半になるにつれ、同性愛者は再び、社会の周縁へと追いやられたのである。一九九三年に出版された『緑の騎士』(*The Green Knight*)には[34]、これまでにマードックが描いてきた同性愛者の傾向をすべて併せもつような、存在感の大きい同性愛者が登場する。本論の結びとして、本節では『緑の騎士』に登場するベラミー・ジェイムズをみていくこととする。

これまでの同性愛者たちとは異なり、ベラミーには彼の性癖を知っていながら彼を一人の友人として対等に扱ってくれる仲間たちがいる。マイケルとバーナード司祭は孤立しており、アクセルとサイモンは同世代の血縁者とのみ親しくつきあっていた。それに対してベラミーは、大学時代の二人の学友たち（ともに異性愛者である）、クレメント・グラーフとテディ・アンダーソンと卒業後も親しく付き合い続けている。いまでは二人それぞれの家族とも親しい。テディの早逝後も、彼が残した家族との付き合いは続けている。面と向かってはもちろんのこと、ベラミーのいない場面においても、彼の友人たちは彼の性癖について肯定もしなければ否定もしない。つまりまったく気にしていないのである。この友人サークルには実際、また別の同性愛者もいる。裕福なもと絵画ディーラーで、美術史の本も出版したこともあるイギリス在住のドイツ人エミールと、教師のクライヴの二人だ。ここには、現実世界においては実現しかけて後退してしまった同性愛者に寛容な社会が、確かに存在する。

　しかしそのような社会の中にも、ベラミーは自分の居場所をみつけることができない。彼はケイトーと同じくカトリック教への改宗者であり、バーナード司祭と同じく、いくつかの男性との恋愛を経て、「同性を愛するのはいい。でも彼の場合それは貞節《チェイストリィ》になされなければならない」(44) という結論にいたった禁欲主義者《セリベイト》だ。そしてその自分自身への誓いは、それ以後破られていない。若い少年のことを考えることはあるが、自制心のほうがずっと強いのだ。そしていよいよ聖職への願望が強くなると、「なんらかの種の宗教的な人間」になるためには、「酒や犬の所有などの世俗的な快楽を断つこと」(1–2) が必要であると言い、彼は次々と大切なものを手放していく。まずは愛犬エイナックスを手放した。カムデンタウンの大きなフラットも家財も、まとめて売り払った。服装も、そのうちキャセックを纏う日が来るのに備え、黒と白の洋服しか着ないことにしている (44–45)。こうした行為の一つ一つが、「帰り道のない霊的な道《スピリチュアル・ロード》」(45) の歩みを進めてくれると彼は信じたのである。

　しかしベラミーが心酔し、助言を求める手紙を送り続けるデイミアン神父は、彼のこうした行動をほめるどころか、警告を与え続ける。「あなたが自分自身に課しているらしい孤独《ソリチュード》は懸命ではないということを繰り返して言わせてください。自分自身に課す長期にわたる孤独《ソリチュード》は、ある規律正しい精神的修練のコンテクストにおいてのみ望ましい状態なのであり、そうでない場合には、放縦な幻想に陥ってしまいがちなのです。そこを出て隣人のために尽くすことを、今一度あなたにお勧めします」(113)。「もっとも力強い誘惑の一つは、他人の魂の救い主になりたいという、自分を慰めるための願望です。救い主はただ一人しかいないのです。あなた自身の幸せを考えなさい。そして隣人を助けることでいかに自分が幸せになれるかを考えなさい。あなたには社会と、ごく普通の友達との交わりが必要なのです」(221)。さまざまな表現を用いながら、神父は繰り返し、ベラミーに彼自身が作り上げた聖職に対する幻想を捨て、目の前にある現実をきちんとみるように助言をする。

神父の思いはなかなか届かないが、神父自身の俗世間への帰還や、ときに恐ろしくときに慈悲深い不思議な男、ピーター・ミアとの出会い、そして彼の魂に寄り添うエミールの愛が、最後にはベラミーを頑なな思い込みから解放する。ホワイトチャペルに身をおかなくても隣人を助けることはできるということ、自分が幸福を求めていない人間が他人を幸福にすることはできないこと、こうしたことすべてが、彼にもようやくはっきりとわかるのである。小説の最終場面では、すでにエイナックスを取り戻したベラミーが、これから始まるエミールとの共同生活を明るく思い描いている。そこには、彼の魂がさまよっているあいだ、ずっとエイナックスの面倒をみてくれていたアンダーソン家の末娘、モイも含む、三人家族のビジョンすらあった。ベネットとエミール、それにモイという家族は、マードックがみることがなかったシビル・パートナーシップ法成立以後の現在であれば、（養子縁組も認められるので）決して夢物語ではない。マードックの同性愛者の描き方の楽観性を批判した研究者もいるが、彼女は現実社会に十年先んじて、彼らをみていたのである。

ところで、バーナード司祭は最後に崇高な孤独《ソリチュード》と、現代にふさわしい新宗教に行き着いた。グリムショーいわく、性的禁欲はプラトニズムの観点に照らすと、威徳、節制、克己の獲得を助ける価値の高い行為である[35]。低次のエロスを高次のエロスに転換する、まさに霊的な道《スピリチュアル・ロード》である。背信の司教はいまや、もっとも崇高な聖域にのぼりつめたと言えよう。しかし、である。彼が体現する同性愛者たちは、本当にこれで救われるのだろうか。

マードック作品の異性愛者たちはことさらにベッドに飛び込むのが好きであり、多くの女性たちが子供を授かって幸せな結びつきを築いていく中、なぜ同性愛者だけは孤独《ソリチュード》に最高の幸せを感じ取らなくてはいけないのだろうか。たとえ異性愛者たちの愛の形が哲学的にみて多少低次なものであったとしても、彼らのほうがやはり、現実に生きる人間として幸せなのではないか。バーナード司祭をみていると、このようなことを考えずにはいられない。この点が、『緑の騎士』では見事に解消されていることを最後に指摘したい。

エミールはベラミーに愛を告白するとき、彼の主義を尊重して貞節《チェイスト》な関係を築いてもまったく構わないと言う。

二つの質問がある。君は貞節《チェイスト》でいたいのか？　君は一人で暮らしたいのか？　君は貞節《チェイスト》でいたいようだ。そうか、わかった。しかしそのことが、誰かと一緒に住むことを妨げる必要はないじゃないか。そう、今まではそうしたくなかったんだね。それはおそらく君が自分にふさわしい人間をみつけられなかったからだ。ここに僕が、僕自身を差し出そうじゃないか。〔中略〕僕には君が必要なんだ。そして、君も僕を必要としていることがわかったと思うんだ。考えてみてくれベラミー。ここでなら、君は幸せになれるんだよ」

「幸せなんて、どうでもいいんだ」

「君は自分を欺いているよ。生きとし生けるすべての存在が、幸せをつかむために必死で努力しているんだ」（426）

ここからは、エミールにとってもまた、禁欲はなんら二人の愛を妨げる理由にはならないことがわかる。今後二人は貞節《チェイスト》なままに、同じ屋根の下で、互いの魂をみつめ、寄り添いながら生きていくことが想像される。孤独の中に身を置かずとも、性愛を信仰に昇華することは可能なのだ。むしろ、この物語からは、孤独の中にいないからこそ、それが可能だというように読むことができる。

しかしこうなると、たとえいつの日にか二人の気持ちが変わり、貞節《チェイスト》であることをやめたからといって、二人の関係は、あるいは二人が生み出す愛は、なんら変りがないように思われる。二人は禁欲しているのではなく、肉を超えたのだ。バーナードが言うように、彼らにかぎらず、真の愛において内は外であり外は内、精神は肉体であり、肉体は精神なのだ。そこに実際に性行為があるかないかは、もはや問題ではないのである。そして、このように解釈するならば、異性愛者も同じように、低次のエロスと高次のエロスを一体化できるということになる。

一九七八年一月、フランスでマードックの作品に関するシンポジウムが開かれた際にはマードック自身もそのシンポジウムに参加し、多くの質疑応答が交わされた。「小説家の性別は大事だと思うか」という質問に対し、マードックは、（二流三流の小説家であれば作品に男性作家の特徴、女性作家の特徴が出てきがちであるが）偉大な小説家に関して性別は関係ないと回答した。というのも、彼女によれば、「高い次元においては――すなわちより霊《スピリチュアル》的な次元では――、［男女の］違いなど消えてしまう」(36)のである。マードックは人間の愛についても、同じように解答したのではないだろうか。同性愛者という特定の人々の姿を借りて、マードックは普遍的な人間の愛の本質を描いたのである。

四　むすび

マードックの作品を前期、後期に分け、各期二作品ずつ、計四作品に登場する同性愛者たちを駆け足でみてきた。マードックが執筆活動を開始してから亡くなるまでのおよそ四〇年間は、異性愛者と同性愛者、双方の尽力のもとで、社会における長きにわたる同性愛者への激しい偏見が、徐々に薄らいでいった時代であった。欧米諸国におけるエイズの流行が同性愛者の地位を再び後退させたのは事実であるが、それでも大きな目でみれば、二〇世紀後半は明らかに、同性愛者を解放へと向けた時代であったと言えよう。マードックもその筆の限りを尽くして、同性愛者への共感と理解を公言した人物であった。一九九一年のジェフリー・メイヤーズとの対談でも、彼女は自分の立場をこのようにはっきりと表明している。

私は同性愛者たちをたくさん知っています。同性愛者の友人もたくさんいます。私はゲイ解放運動におおいに賛成していますし、同性愛者に対するいかなる類の差別もあるべきではないと、強く感じています。同性愛が不自然である、あるいは悪であるといういかなる示唆に関しても同じです。このような見方が社会から消えていく傾向に今あることを、望んでやみません。[37]

このように述べている一方で、自分の両性愛志向に関しては最後まで公言をさけたことに矛盾を指摘する者もあるが[38]、それでも文学をとおして彼女が同性愛者解放の運動に精一杯加担したことを否定することはできない。マードックの描く同性愛者は一切性行為を行わないため非同性愛化されている、「マードックのテキストは同性愛という存在を本当には信じていない」、「セックスがかかわらない（同）性的関係などとうてい共感しがたい。それどころかこのような表現は（同）性愛を無効にしてしまっている」と、マードックの描く同性愛者像を厳しく批判したのはW・S・ハンプルであった[39]。グリムショーは彼のこのような見方を批判し、ハンプルはプラトニズムの視点からマードックの小説をみる視野を欠いているために、禁欲《セリバシー》のもつ意味を理解し損ねていると述べている[40]。筆者は基本的にはグリムショーの見解に賛成だが、マードックの同性愛者たちが禁欲《セリバシー》を重視するのは後期作品になってからであるという議論を付け加えたい。

同性愛の合法化をするべきか否かという議論がさかんであった頃に書かれた前期作品においては、マードックは彼らの性愛の正当性を世に示したかったのだろうか、性愛にこだわりの強い同性愛者を描いている。ニックを失った失意から立ちあがったマイケルは正式に宗教に見切りをつけ、いよいよカミング・アウトしそうである。恋愛の相手が少年でないことを読者は祈らなければならないが、たとえ小説中に性行為の描写がなくとも、彼が貞節《チェイスト》に生きていくことはないであろうことははっきりと読み取ることができるのである。そしてアクセルとサイモンは、比喩的にではあるが、最後に異性愛者と同様、教会で結婚した。ヨーロッパの小さなホテルの庭でキリストの血に預かったあと、彼らは神に受け入れられた同性愛カップルとしての初夜を迎えるであろうことは明らかなのである。性的描写があるなしにかかわらず、彼らは明らかに、セクシュアルな同性愛者なのだ。小説がそのまま彼女の政治的メッセージとなりえたこの頃にあっては、あるがままの同性愛者の姿を肯定することが必要だったのではないだろうか。

貞節《チェイスト》な同性愛者は八〇年代になって現れ、マードックの小説の常連になる。本論ではバーナード司祭とベラミーをとりあげたが、たとえば『哲学者の教え子』にはトムとエマというもう一組の貞節《チェイスト》な同性愛者（正確には両性愛者）も誕生する。二人の関係を、本人たちは「安定した恋のような友情《アミティ・アムルージュ》」(557) と表現する。マードックの最終作である『ジャクソンのジレンマ』(*Jackson's Dilemma*)（一九九五）にも[41]、ベネットがもと召使いのジャクソンに、こう懇願するシーンがある。「聞いてくれ、お願いだ。〔中略〕帰ってきてくれないか。私と一緒にいるために―友達として。お願いだ、ジャクソン」(243、傍点部は原文ではイタリック)。ベネットが同性愛者であるという記述も、ジャクソンがそうであるという記述もまったくないが、マードック作品の一連の流れからみると、彼らもあるいは、貞節《ていせつ》な同性愛者の一人なのかもしれないと、想像してしまうのである。

九〇年代にもなお、同性愛者への冷風はいまだ吹き続けていた。しかしその一方でベラミーのコミュニティが描かれ得たように、同性愛者への理解も進んできた。その中で、マードックは自身の作品を政治的なメッセージにしなくてもよくなったのではないだろうか。プラトニズムの思想に裏打ちされた、どこかロマンチックで現実味に欠ける、性愛の次元を超えた崇高な後期の同性愛者たちは、少し寛容になった社会に後押しされて生まれたのだ。

「女性としている存在するよりも男性として存在するほうが、世界はより自由です。〔中略〕黒人が白人よりも自意識的であるのとちょうど同じように、女性は男性よりもずっと自意識的であるものです」[42]。一九七八年に、マードックはこんな発言をした。それならば、同性愛者と異性愛者についても彼女はおそらく同じように考えていたであろう。外から押しつけられた価値観をそのまま、何も考えずに受け入れてしまいがちな異性愛者よりも、外から与えられた価値観を自分をみつめながら再構築する才能により恵まれた同性愛者たちに、その中でも男性の同性愛者たちに、マードックの一番大切なメッセージが託されたのだ。神は人間が手を伸ばしても届かない高みにはない。もっとも人間らしい、あるいはもっとも俗なるところにもっとも聖なるものがある、こういう理解があれば、宗教はこれからも人間をすくい続けるだろうというメッセージである。

(1) 本論は慶應義塾大学の河内恵子教授の指導のもと、一九九六年度に執筆した修士論文 'Breaking Boundaries: Homosexuals and Jews in Iris Murdoch's Novels' の一部を大幅に加筆、改稿したものである。執筆にあたっては国際アイリス・マードック学会のシェリル・ボウヴ博士、フランシス・ホワイト博士に貴重なご助言を頂いたことをここに記し、感謝したい。なお、本論におけるマードックの小説からの引用は、括弧内にページ数を示す形でテキスト内に引照することとする。訳はすべて拙訳であるが、訳書があるものについてはそれを参考にし、なるべく近い表現を用いた。

（2）データはイギリス国家統計局ウェブページを参照した（http://www.ons.gov.uk/ons/rel/vsob2/civil-partnership-statistics--united-kingdom/index.html）。

（3）Travis, Alan, 'Civil Partnerships are Five Times More Popular than Expected, Figures Show', *Guardian*, 31 July 2012.

（4）この点に大きなこだわりをもつ同性愛者もいる。たとえば二〇〇六年には、二〇〇三年にカナダのヴァンクーバーで結婚した女性同性愛者のカップルが、イギリスにおいても二人の関係をシビル・パートナーではなく結婚と認めるよう裁判を起こし、敗訴するという一件があった（'Lesbians Lose Legal Marriage Bid', BBC News, 31 July 2006）。

（5）Murdoch, Iris, *An Accidental Man*, 1971, Harmondsworth：Penguin, 1988.

（6）Sinfield, Alan, *Literature, Politics and Culture in Postwar Britain*, London：Athlone, 1997, 77.

（7）Hyde, H.Montgomery, *The Other Love：A Historical and Contemporary Survey of Homosexuality in Britain*, London：Heinemann, 1970, 212–13.

（8）詳しくは児玉聡「ハート・デブリン論争再考」（『社会と倫理』二四、二〇一〇年）一八一―九一頁を参照せよ。

（9）シェリル・ボウヴから筆者へのEメール（二〇一二年六月一六日）からの引用。

（10）Conradi, Peter, *Iris Murdoch：A Life*, London：Harper Collins, 2001；Wilson, A.N., *Iris Murdoch：As I Knew Her*, 2003；London：Arrow, 2004など。

（11）Grimshaw, Tammy, *Sexuality, Gender, and Power in Iris Murdoch's Fiction*, Cranbury, NJ：Associated UPs, 2005.

（12）Grimshaw, *Sexuality*, 70.

（13）Murdoch, Iris, *The Bell*, 1958, Harmondsworth：Penguin, 1962. 丸谷才一訳『鐘』（集英社、一九七七年）。

（14）Grimshaw, *Sexuality*, 28.

（15）Murdoch, Iris, 'Metaphysics and Ethics', *Existentialists and Mystics：Writings on Philosophy and Literature*, ed. by Peter Conradi, 1997, Harmondsworth：Penguin, 1999, 59–75, 70.

(16) Murdoch, Iris, *The Fire and the Sun: Why Plato Banished the Artists, Existentialists and Mystics*, 386–463, 415. 川西瑛子訳『火と太陽―なぜプラトンは芸術家を追放したのか』（公論社、一九八〇年）五五頁。

(17) 児玉によれば、米国精神医学会で同性愛を精神障害のリストから削除することが決まったのは一九七三年であった（一八三頁）。

(18) 児玉、一八二頁。

(19) Purton, Valerie, *An Iris Murdoch Chronology*, Basingstoke: Palgrave Macmillan, 2007, 112. 一九六八年九月八日の項目には、マードックが『ロンドン・マガジン』の質問に答え、芸術家の第一の義務はよい作品を生み出すことだが、同時に自国の政治に積極的に働きかける義務も負っていると述べたことが挙げられている。

(20) Murdoch, Iris, 'The Moral Decision about Homosexuality', *Man and Society*, Vol. 7, 1964, 3–6, 3.

(21) Murdoch, 'Moral Decision', 6.

(22) Murdoch, Iris, *A Fairly Honourable Defeat*, 1970, Harmondsworth: Penguin, 1972.

(23) Sinfield, Alan, *Society and Literature 1945–1970*, London: Methuen, 1983, 42–45.

(24) たとえば一九六九年には、『サンデー・エクスプレス』が、ある本の広告のキャプションに「ホモセクシュアリティー」という言葉があるという理由でその広告の掲載を拒否するというできごとがあった（Hyde, 298）。

(25) Martz, Louis, 'The London Novels', *Iris Murdoch*, ed. by Harold Bloom, New York: Chelsea, 1986, 55.

(26) Gordon, David J, *Iris Murdoch's Fables of Unselfing*, Columbia: U of Missouri P, 1995, 144.

(27) Murdoch, 'Moral Decision', 5.

(28) Purton, 106. ここには 'Senator David Norris' とあるが、彼が上院議員になるのは一九八七年である。

(29) Murdoch, Iris, *Henry and Cato*, 1976, Harmondsworth: Penguin, 1977. 栗原行雄訳『勇気さえあったなら』（集英社、一九八〇年）。

(30) Murdoch, Iris, *The Philosopher's Pupil*, 1983, Harmondsworth: Penguin, 1984.

(31) Murdoch, Iris, *Metaphysics as a Guide to Morals*, 1992, Harmondsworth: Penguin, 1993, 419–20.

(32) イギリスにおけるエイズの歴史については九州大学健康科学センターの山本和彦氏が、自身も執筆者の一人である『エイズ―教職員のためのガイドブック』（国立大学保健管理施設協議会エイズ特別委員会、一九九八年）より許可をとり転載、一部を改訂して作成したウェブページ「世界のエイズ史」を参照した（http://www.design.kyushu-u.ac.jp/~hoken/Shiori/93AidsGuidebook.htm）。

(33) 地方自治法第二八条。公的な教育現場で同性愛を助長してはならないとする条文。

(34) Murdoch, Iris, *The Green Knight*, 1993, London : Penguin, 1995.

(35) Grimshaw, Tammy, 'Plato, Foucault and Beyond : Ethics, Beauty and Bisexuality in *The Good Apprentice*', *Iris Murdoch : A Reassessment*, ed. by Anne Rowe, Basingstoke : Palgrave Macmillan, 2007, 163–74, 171.

(36) Chevalier, Jean-Louis, ed., Closing Debate, 'Rencontres avec Iris Murdoch', *From a Tiny Corner in the House of Fiction : Conversations with Iris Murdoch*, ed. by Gillian Dooley, Columbia : U of South Carolina P, 2003, 70–96, 83–84.

(37) Meyers, Jeffrey, 'An Interview with Iris Murdoch', Dooley, 231–234, 233.

(38) Grimshaw, *Sexuality*, 71.

(39) Hampl, W. S. 'Desires Deferred : Homosexual and Queer Representations in the Novels of Iris Murdoch', *Modern Fiction Studies*, Vol. 47, No. 3 (Fall 2001), 657–73, 659–60.

(40) Grimshaw, 'Plato', 171.

(41) Murdoch, Iris, *Jackson's Dilemma*, Chatto & Windus, 1995. 平井杏子訳『ジャクソンのジレンマ』（彩流社、二〇〇二年）。

(42) Chevalier, 82.

ジョン・ファウルズの軌跡

深澤　俊

現代のある種、閉塞状況の中で、小説家の役割は何なのだろうか？　現在の複雑で多難な現状を前にして、政治家たちは確固たる展望をみいだせずにいるし、専門的科学の切り込みの冴えは個々に偉大な業績を挙げつつも、それによって世界の全体像に調和をもたらすほどのヴィジョンを与えてくれるわけではない。一八世紀にイギリス小説が誕生したとき、書き手たちは想像力を加えながらも、彼らがみた現実の実録なるものを提示してきたし、現実の「全体的眺望」を彼らなりに記録した。これは時代によって、また書き手個人によって修正を加えられる。その作業が、小説家の存在意義を左右する。現代は、この作業が容易ではないのだろう。「作家もしくは芸術家が『全体的眺望』を作り直すことが不可能だとしても、『不可能なんだよ』と冷やかに笑っているよりも、それでもやっぱり『全体的眺望』を作り直そうとするほうがいい。生きる態度として正しい、とでも言えばいいか。」(1)とつぶやくのは、小説家保坂和志である。

ヴァージニア・ウルフ（Virginia Woolf, 1882–1941）が有名な「現代小説論《モダン・フィクション》」（一九一九年、改訂一九二五年）の宣言を出してあらたな方法を提示したとき、時代は困難でも挑戦しやすい情況だった。文学に限らず、新技法の音楽、絵画の隆盛期であり、ディアギレフ（Sergei Diaghilev, 1872–1929）のロシア・バレエ団の活動は刺激的だった。そのモダニズム時代の中で、ウルフは新たに眺望を作り直そうという決意をし、実行をした。その文学活動は身を削るものであっても、それなりに実りは豊かだった。だがこれも、長続きするわけではない。ウルフたちも豊かな源泉を探り当てるのではなくて、少ない資源を無理して加工するような、じり貧状態に陥ってしまう。のちのアイリス・マードック（Iris Murdoch, 1919–99）やマーガレット・ドラブル（Margaret Drabble, 1939– ）たちにとって、ウルフたちの干からびたとみえる感覚を乗り切ることは、大きな使命だった。しかし行き着くところは、やはりある種の閉塞状態になる。そこであらたに生み出される文学のほかに、過去の文学の読み直しによってあらたな視野を開く試みもなされた。政治・経済的に閉塞状況が続いている中で、文学的には虐げられたものを表舞台にのせて意味のある存在に高めるヴィジョンがある。少数者、弱いとされたものに、文学的に存在意義を認めよう、問題意識をもとうという試みである。ほかに、文学には現実空間にくわえて想像力による虚構空間もあることを重要視して、その可能性の中で現代の閉塞状況にある種の隙間風を吹き込ませようという試みもある。小説家ジョン・ファウルズ（John Fowles, 1926–2005）が行った文学活動は、こうしたものであろう。

ジョン・ファウルズの最後の長編小説となった『マゴット』（*A Maggot*, 1985）のエピローグの部分で、作者は「われわれ小説家もありそうもないものへの信念、通常の現実との関連では一見不条理と思われることが多いものを要求する。われわれもまた、読者に当惑させるほどの隠喩への理解を要求してから、比喩の背後にある真実を伝え、『書く』ことができるのである」(2)と告白する。日常的な現実とは違ったところに、思い切って虚構の現実を要求すること。そこから文学ならではの現実味や真実味が、期待されるのだろう。かつてキリスト教国の人々は、文字どおりに聖書の奇跡を信じたし、シェイクスピア（William Shakespeare, 1564–1616）の森の中での出来事は日常性とは違ったものになっても不自然ではなかった。それが近代化とともに非科学的な部分は切り捨てられ、それと同時に荒唐無稽な現実らしきものも消えた。福音書執筆者は多くの神秘体験を素直に語っているのかもしれないが、結果的に聖書の奇跡の記述は日常的現実味を超えて、ある大きなものを伝える隠喩としての意味をもっていよう。これは文学的にも意味のある領域で、虚構であるという了解のもと、小説家は不条理と思われる隠喩を読者に共有してもらう。ここに「比喩の背後にある真実」を描こうとする、ファウルズの方法の原点があるようだ。

日本では映画『フランス軍中尉の女』で知られた『フランス副船長の女』(*The French Lieutenant's Woman*, 1969)は、イギリス、ドーセット州の海岸町、ライム・リジスを舞台にして始まっている。ファウルズはエセックス生まれだが、オックスフォードでフランス実存主義文学を学んだあと、フランス、ギリシア、ロンドンでの教職ののち一九六八年からライム・リジスに居を構えて、創作活動をした。彼のこの地の博物に対する興味は深く、一九七九年にはライム・リジス博物館長を委嘱され、一〇年ほど勤めているほどである。このライム・リジスはファウルズにとって人間生活の原点となるところがあって、そこに先輩小説家として確固とした現実を描写したとファウルズが考えている、トマス・ハーディ(Thomas Hardy, 1840–1928)を用意周到に引用して、『フランス副船長の女』のもう一つの原点なり、基準としている。

ライム・リジスがドーセット州の最西端にあるせいか、ハーディがちょくせつ作品に描くのはわずかだが、この地は海を望む丘陵地で景色の美しいところで、ここを訪れたジェイン・オースティン(Jane Austen, 1775–1817)は、一八〇四年九月一四日にここから姉カサンドラに手紙を書いて、楽しげな様子を描いている。一八一六年完成、一八一八年刊行の『説得』(*Persuasion*)では、ここの一つの場所がルイーザ・マスグローヴが飛び降りて意識を失う舞台として使われる。現在も残る、防波堤の壁面に自然石を差し込んだ階段での事故だったが、この階段を上って防波堤を左に先まで行ったところが、『フランス副船長の女』の冒頭で謎の女セアラ・ウドラフのたたずむ場所となる。時は一八六七年三月下旬、まだ小説家とはなっていない若いハーディが、恋人イライザ・ニコルズとの関係を解消する頃、そして従姉妹のトライフィーナとの関係が生まれる頃になる。現在からすると、この関係はかなりに謎めいてみえる。そのうえ進化論が刊行され（『種の起源』*On the Origin of Species by Natural Selection*, 1859）、論文集『エッセイズ・アンド・レヴューズ』（*Essays and Reviews*, 1860）が聖書の記述の正当性に疑問を投げかけていた時期である。ハーディにとってこのあたりの事情は大きな問題となるが、トライフィーナに言及している（三五章）ファウルズにとっても、[3] この時期に設定したことは、かなりの意味をもつように思われる。

『フランス副船長の女』の中心テーマは、セアラ・ウドラフの人物像の解明にある。そのぼんやりとした輪郭は噂話として伝えられるが、移りゆく時代の雰囲気と同じでセアラの人物像も特定しにくい。だが、ぎゃくにこの不明確な時代はいろいろと想像力を膨らませる可能性をもっていて、このような空間の中に人物を描き込むのが、ファウルズの方法でもあるようだ。プールトニー夫人に雇ってもらおうとセアラを紹介した牧師によれば、セアラは農民の娘でガヴァネスとして教育され、フランス船の副船長と親しくなっていたらしい。プールトニー夫人は典型的なヴィクトリア朝の道徳のうるさい女、セアラの父は精神に異常をきたし、施設で亡くなったとか。そこへこの地に化石集めの好きなチャールズ・スミスソンがやってきて、セアラに興味を抱く。

第一三章で作者は顔を出して、この時代、小説家は神に次いで全能だったという。そして登場人物は自分の頭の中だけのもので、チャールズはおそらく自分が姿を変えたものだという。「セアラのような現代の女はいるが、彼女たちを私は理解したことがない」[4]。そこで一九世紀の小説家の特権を使って、その時代の中でチャールズにセアラの正体を解明させようというのである。

しかしこの特権を、つまり一九世紀手法を使ったところで、これが容易ではないらしい。セアラは「世間の恥さらし《パブリック・スキャンダル》」（一九四頁）としてプールトニー夫人から解雇されるし、自由人セアラは「偽善《ヒポクリシー》」を経験した家から出て行く。これはヴィクトリア朝ではありがちなことである。この時代に生きているチャールズは、その時代の知識と感覚でセアラを知ろうとする。チャールズは婚約者との結婚という小説の最初のまとめをはみ出してセアラを求め、にせ者のセアラには嘔吐し、ロンドンでセアラと再会する。このときセアラは「新しい女《ニュー・ウーマン》」で、ラファエロ前派にかかわっていた。

ハーディをよく知るファウルズからすれば、トライフィーナとハーディのあいだにできた子どもがいたという、伝記上のいかがわしい説が広まっていた一九六〇年代の時期にこの作品は書かれており、トライフィーナが『日陰者ジュード』(*Jude the Obscure*, 1895) のスーのモデルだと盛んに言われていたことに、かなりの影響を受けて当然であろう。(5) この頃「新しい女」スー・ブライドヘッド像をめぐる解釈は、かなりの話題になっていた。スーはギリシア・ローマの彫像を所有していて、きまじめなクリスチャンの聖具販売店女主人から、異教を信じる者として店を解雇されてしまう。スーはその後教師フィロットソンと結婚、別居、ジュードとの同棲、子どもの心中事件でジュードから離れ、フィロットソンのもとへ戻るという、波乱の人生を送る。これがハーディの描き方だったが、ファウルズは社会との軋轢のあったセアラが、ラファエロ前派という芸術家集団に生活の場をみいだすことで、一応の解決を得ている。しかし、セアラに新しい可能性がみられるというだけで、その先のことはわからない。

ファウルズにとっては、新しい可能性を生むためにも、このラファエロ前派のような特別な場を作り出す必要があったようだ。中編『黒檀の塔』(*The Ebony Tower*, 1974) では、これが著名な老画家ヘンリー・ブリズリーの住むペンポン (Paimpont) の森の館、コエトミネ (Coëtminais) として描かれている。このかつてのブルターニュの森の名残をとどめた森の中へ、若き画家であり批評家であるデイヴィッド・ウィリアムズが評伝の資料収集に訪ねていく。そこにはダイアナとアン、それぞれマウスとフリークと呼ばれている若い女がいた。マウス

(Mouse) は芸術の女神であるミューズ (Muse) と女性性器Oとの合成語として名づけられていて、多才だが魔術的でもあるヘンリーに囲われた存在である。彼女は技師の父と骨董店経営の母をもち、美術学校に入ったものの、狭い場所にあまりに多くの才人がいることに一種の閉所恐怖症となって、このコエトミネにやってきたらしい。フリークはロンドン西側のアクトンの裏道に住んでいた「気まぐれ者」、低い階級でマウスとは違った存在ではある。しかし、ここでは二人にある種の調和が認められる。ヘンリーは絵画は言葉であると言い、観念を否定する。ジャクソン・ボロックのような絵は「黒檀の塔」だと否定的に述べているが、あのアクション・ペインティングの奇才ジャクソン・ポロック (Jackson Pollock, 1912–56) の絵は、画家の名前もうろ覚えだし、嫌いらしい。このコエトミネは、かならずしも自由な理想郷ではないし、それだからこそマウス＝ダイアナは、日常世界からの訪問者デイヴィッドに救済を求めることもした。しかし日常人デイヴィッドは、躊躇してしまう。マウスはここから解放されることもないし、結局デイヴィッドは目的をはたせぬまま、その地を去ることになる。

このコエトミネ体験は、デイヴィッドにとって何だったのだろうか? コエトミネは桃源郷ではないし、ダイアナにしても、そこに満足しているわけではない。しかし、日常では体験できないことを、体験させてくれる場所には違いない。コエトミネは、まさに別世界にあるのだ (Coët was in another universe)(6)。ファウルズはこの種の空間を、作品の中に取り入れる。『フランス副船長の女』のセアラにしても、ラファエロ前派は解放の場所ではなかったかもしれないが、ヴィクトリア朝の圧迫感から逃れる場所ではあった。

この世界が作者の想像力による虚構の世界である以上、ファンタジーとして遊んだり、そこで知的な遊戯を展開することもできる。入院生活も長かったファウルズは、女医さんに診察されるという日常的次元の問題を思い切り膨らませて、女医をギリシアの女神と重ね合わせ、彼女と現代の文芸批評を論じあったりもする。『マンテイッサ』（*Mantissa*, 1982）は、こうした作品である。

＊＊＊

最後の長編小説となった『マゴット』（一九八五年）は、自然科学が急速に発達した時代でありながら、まだ神の秘蹟が形式的な典礼としてではなく、現実に起きると信じられる可能性があった時代、そしてメソジストやシエーカーの信徒たちが出現した、一八世紀を舞台にしている。事件の設定は一七三六年、アメリカで成立したシエーカー教の創始者、イギリス人アン・リー（Ann Lee, 1736–84）の生まれた年になっている。アンの母親については熱心なキリスト教徒であったこと以外あまりよくわかっていないが、ファウルズはこの母親のレベッカ・リーをロンドンの著名な娼婦であったことにして、改宗者と位置づけている。聖書のマグダラのマリアに、イメージを重ねたのであろう。このレベッカ（別名ファニーやルイーズ）が、ある貴族の青年バーソロミュー氏に誘われ、青年の伯父に扮する役者（フランシス・レーシー）と、従者の聾唖者ディック、ほら吹き気味のティモシー・ファージング（役者デイヴィッド・ジョーンズ）を従えて、神秘体験の旅に出る話になっている。現実の雑誌『ジェントルマンズ・マガジン』（*The Gentleman's Magazine*）の事件記録を挟みながら、話は日常の事実の世界にのせて語られるのだが、これはダニエル・デフォー（Daniel Defoe, 1660–1731）などの一八世紀の小説家が虚構を語りながら事実にみせかける、いわば常套手段にしてきた方法である。デフォーにとって書かれた虚構は事実ほどの重みがあったのだろうし、二〇世紀のファウルズにとっても、実証科学とは違った小説の意味が見直されている。ヴァージニア・ウルフは事実の世界に対抗できるだけの、意識に残った記憶や印象の世界を強調したが、意識の強さからすれば、そこにあるものの事実や虚構の区別はあまり問題とはならない。ファウルズはオスカー・ワイルド（Oscar Wilde, 1854–1900）やヴァージニア・ウルフなどを経て、事実と虚構の混淆を意識して使っているのであり、歴史の蓄積があるだけにデフォーたち、一八世紀の作家よりもひとまわり大きな意識と構想にもとづいて作品は作られている。

そのさいに重要なのは、個々人の意識が事実なり虚構なりを、どのように意識し判断するかという問題である。現実の現象をどのように処理判断するかは、政治学なり、社会学の問題でもあろう。それにくわえて小説家の場合は、自分の作った虚構世界の意味を問いかけなければならない。作者が自分自身に対して、あるいは読者に対して暗に問いかけていることは当然として、虚構の中に組み込まれた登場人物にとっての意味、登場人物の受けとめ方も、虚構の真実性をはかるうえで大きな問題であろう。この意識はファウルズには最初からあったようで、『コレクター』(*The Collector*, 1963) が、女性を監禁した蝶のコレクターの側と、監禁された美術学校生の側の両方からべつべつに語られる形をとっているのは、この意識の結果である。

『マゴット』では神秘体験の旅の結果、ディックが自殺し、ほかの四人が行方不明になる、という事実めいたものがある。そのため、ディックが四人を殺害後に自殺したのではないかという疑いも出る。これが記事として『ジェントルマンズ・マガジン』と並べて載せられている、虚構の『ウェスターン・ガゼット』(*The Western Gazette*) の記事である。だが、バーソロミューを名乗った公爵の息子だけは所在不明のままだが、ほかの三人は発見され、公爵の命を受けた法律家ヘンリー・アイスコフの審問を受けるという形で、作品は構成されて話が進む。

問題はこの審問である。審問は事実の解明である以上、虚構として書かれたことの「事実性」を解き明かす手段としては、有効なのであろう。神秘体験の旅の一行の正体は、審問によって明らかにされる。この世の神秘を解明することに夢中になったバーソロミューは、五人連れとなってパディクーム経営の宿に一泊するが、その後の神秘体験の現場にはレベッカとディックしか同行させない。しかも、語り手が明かすのはこのパディクームの宿の夜までで、その後のことは自殺の記事があるだけである。この記事が書かれた事情はアイスコフが承知していて、読者は裁判の傍聴人のようにして、審問のやりとりで事実を知るようになる。というよりも、審問記録を報告として受け取った公爵のようにして、事実が開示されるのをみることになる。

この事実を解明する審問の方法が、神秘体験をしたあとのレベッカ・リーを相手にしたときに、通用しなくなる。神の奇跡を信じるレベッカは、日常レベルで解釈しようとするアイスコフの説明を、拒絶するからだ。途中の食事時間に、書記がレベッカに言う——

「真実って二つあるんですよ、奥さん。一人が真実だと信じていることと、間違いなく真実なことことですよ。最初のことでは信用しますけどね、わたしらが欲しいのは、二番目の方でしてね」（三四八頁）

しかしレベッカは神秘体験が現実のものであると意識している以上、そのままを伝えるしかない。洞窟に入ってみたものは、白くて巨大な「ウジ虫《マゴット》」（三五九頁）で、その中から出てきた婦人に誘われてバーソロミューとディックとレベッカが「ウジ虫」の中に入ると、そこは部屋になっていて、かぐわしい香りの中で絶妙なフルーツジュースをご馳走になる。ボタンを押せばドアは閉まり、壁の青いボタンを押すと室内は暗くなって、窓の外からみる下の景色は、明るくて「永遠の六月《ジューン・エターナル》」（三七三頁）の土地のようだ。そこは調和にみち、まさに天国の姿である。レベッカはキリストの姿をみて、聖母マリアよりも偉大な「聖　知　母《ホーリー・マザー・ウィズダム》」（三七九頁）をみる。この告白は日常の法律議論の世界をはるかに超えているし、審問の形式をも超えるものだ。審問は中断し、語り手が登場して、レベッカの身内のことを語る。レベッカを眺めていたアイスコフは部屋から出て行き、レベッカはお腹の中の子どもが女の子であるというお告げを受ける。

このレベッカの神秘体験の小道具自体は、あまり面白いものではない。舞台を一八世紀に設定しているから不思議なものとして通用するので、ファウルズの時代の目からすれば、飛行船やら電灯やら、電気スイッチなどを組み合わせた程度のものである。ヴィクトリア朝一九世紀を舞台にして四次元の未来へ移行するタイムマシーンが登場したり、SF的な面白さが描かれたりした作品とは別のものである。ファウルズの想像力にはH・G・ウェルズ（H. G. Wells, 1866–1946）や、もちろんスウィフト（Jonathan Swift, 1667–1745）ほどの奇抜さはない。これはファウルズが、この種の小道具にあまり重きを置いていないためである。ファウルズにとって重要なのは、レベッカが日常性を超えた場所で日常性を超える体験をすることであって、その場所は南英ルイス近郊の空き屋でもよいし、ギリシアのフラクソス島でも、フランスのコエトミネでもよい。決して日常性から遠い場所にあるわけではなく、それでいて日常性から隔離されたような場所でよいのだ。

しかしライム・リジスに居を構えたファウルズには、明らかに南西イングランドに対するこだわりがみられる。ストーンヘンジには言及されているし、神秘の起きる石窟はそこからさらに西にある。ストーンヘンジは世界的に有名な青銅器時代の巨石遺跡で、ウィルツシャーのソールズベリー平原に立っているが、この巨石は筏に乗せ、丸太の上を動かして、たいへんな労力をかけて南西ウェールズの山から運んできたものだと言われる。ディックの遺体が発見されたダックーム（七三頁）は保養地トーキー近くに実在する地名だが、その北西二〇キロばかりのモルトンハムステッド近くには、やはり青銅器時代の遺跡のストーンサークルやら、石器・青銅器時代の集落あとが残っている。ここにファウルズが、太古から伝わる大地性やら、ある種の永遠の連続性を感じたとしても、不思議ではない。

先輩ハーディはウェセックス地方に古代ローマの、さらには太古のケルトの遺品をみて、エグドン・ヒースという悠久の時を包含した荒野を創り出した。のちにマックス・ゲイトの自宅を建造中に、ローマ時代の遺品が掘り出されるのをみて、ハーディにはこの思いがさらに強くなったという。ファウルズにはハーディのウェセックスのような特別な故郷は存在しないが、それを補うようなものを求めていたと思われる。それだからこそ『フランス副船長の女』のチャールズは古生物学に興味をもって化石探しに夢中になり、バーソロミュー氏はこの西の地への神秘の旅に出る。ファウルズの作中人物を動かしているものは強い好奇心で、それが女性に向かえば、蝶集めのコレクターはミランダを捕獲し、チャールズはセアラを追い求める。しかしファウルズの小説は、多くの小説のように結婚してハッピー・エンディングというわけではない。

かつてファウルズは、人間生命に対する自分の興味は「本性《ネイチャー》」にあり、「機能を理解することにある」（understanding function）と言った[7]。ミランダやセアラに対する興味は、彼女たちの内面がどのように機能しているかにあったはずだ。『マゴット』のレベッカ・リーに対してのアイスコフの審問は、バーソロミュー氏失踪事件の解明から離れて、彼女の心の機能に引きずり込まれて行く。これもファウルズの小説技法の特徴で、最初はエンターテイメントのレベルの謎解きが、やがて解明の難しい精神活動、心の深遠さにまで入り込む。その心の落ち着く先が、悠久の大地の一つの表れである石窟だったのだ。石窟は、表面からは計り知れない神秘性を秘めている。そこでの精神の神秘体験は、石窟の神秘性と呼応し、石窟が文学的には精神の象徴として使われていることがわかる。

＊＊＊

『マゴット』で注目すべきことは、レベッカの信念である。ここでは「一人が真実だと信じていること」が、「間違いなく真実なこと」よりも説得性をもってしまう。ファウルズは作家活動の中で、このような説得性のある虚構を探求していたのではなかったか。精神の、あるいは人間全体としての、好奇心や欲望を展開させる場所としての虚構は、ある意味では進化して、『マンティッサ』ではファンタジーとなっていた。記憶喪失の男が患者として入院した病院で、あるいは研究所で、女医と看護師らしき二人を相手に性交渉を実験され、その後、古代ギリシアから現代まで、西洋から日本を含む東洋までとファンタジーの場を広げながら、知的な対話と議論を積み重ねる体験をする。この男性患者は、自分が何者であるのか、アイデンティティが認識できずにいるのだが、それ以外に関しては実に精緻な議論ができる能力を残している。これが精神の症状として不自然であるかどうかは問題にしないこととして、女医と看護師の二人の女性の組み合わせは、『黒檀の塔』のダイアナとアンの組み合わせのヴァリエーションとなっており、ファウルズの好きな設定と言える。この二人の女性を接点として、マイルズ・グリーンという名前で作家らしい記憶喪失の男は、病院という限定された場所で、とてつもなく大きな体験をすることになる。真実らしさに囚われない、ファンタジーの世界に入り込んだためである。女医の名はデルファイ、看護師の名はコーリー。しかし、この名前がわかったところで、グリーンにはこの二人の女を理解できているわけではない。この作品ではデルファイ医師は変容し、ナチス親衛隊の服装をして電気ギターをもった現代のロック・ミュージシャンの姿をとるかと思えば、古代ギリシアの女神にもなる。このようにして自由で体験の可能性の幅は広がっていくことにはなったのだが、この世界は結局のところ想像力で補強した仮象の姿にすぎなくて、真実なこととしての説得性をもつまでにはいたらなかった。

ここに来て、ファウルズの小説技法には一種の行き詰まり状態がみられてしまう。デルファイ医師が『黒檀の塔』の Mouse の発展であることは、きわめて明瞭である。デルファイ医師はOの部分も、Muse の部分も、グリーンとの関係では進化している。デルファイ医師はギリシアのミューズの一員であるエラートの姿となって、二〇世紀の文芸批評の議論の相手となる。ときには医師としての正体を現す形で、「ここにいるわたしの肉体はただの幻影で、あなたが本当に知りたいならですけど、病理学的には肥大した大脳右頭葉で起きている、一種の電気化学的反応から生じた付帯現象にすぎないのですよ」（一七三頁）[8]というかなり高級な議論もする。この方法を使えば、かなり深遠な問題でも小説の中に書き込むことはできるし、小説の可能性は際限なく大きくなると言える。しかし、これは哲学書なり、科学論文のたぐいに入り込むことでもあり、小説の虚構構造が堅固になることとは裏腹である危険性を秘めている。『マンティッサ』は、つねに虚構世界崩壊の危険をはらんだ小説となった。第一部がCRASH！という破壊音で終わるのも、最後にグリーンが病室にいる状態に戻っているのも、途中はグリーンの想像力ならぬ空想の、消えゆく世界だった可能性を表現している。これでは内容的に小説の可能性を大きくしたことすらも、空虚なものにしかねない。

ファウルズが求めた虚構世界は、それによって日常性とは違った真実性を表現するための方法だったはずだ。『マゴット』では、いまいちど一八世紀的な、虚構を真実らしくみせかけた小説が書かれることになる。一七三六年のイングランド南西部を、馬を使って五人の旅人が行く。これ自体は日常的事実として、何の不自然さもない描写であろう。しかしファウルズは、この五人の一行が周到に作られた虚構であり、伯父と甥とみられる紳士たちは、甥とみられる若者が役者を雇って伯父に仕立てたものであるとする。バーソロミュー氏と称して登場している公爵の息子は、この虚構の設定から、参加した人物たちにそれぞれの物語を創り出すきっかけを作ることになる。審問に答えたウェールズ人デイヴィッド・ジョーンズの調子のよい語り口は、ときどき思い違いや脚色もあるが、これがジョーンズの個性なのだろう。少し距離を置いたところで、石窟に入るバーソロミュー氏とレベッカ、ディックの様子が詳しく語られる。このジョーンズの説明は、同じ場面をちょくせつに語るレベッカの語り口とはまるで違っている。この違いもファウルズが『コレクター』で、同じ場面を加害者と被害者両方の側から語らせたことの、ヴァリエーションである。そして審問でのレベッカの語りは、虚構の中にある真実性を自信をもって表明している。

問：宝石で出来たこの美しい部屋が瞬く間に石窟から飛び出して、大きな都会の上へ行ったんですって？　わたしは子どもじゃないんですよ、奥さん。本当にそうじゃないんですからな。
答：ぺてんにかけているとしたら、わたしの喋り方ですわ。ほかのことではありません。見たままをお話ししているんです。何でそう見えるのか、分かりませんけどね。
問：こんなのは理性ある人間の耳に入れるよりも、物売りが売って歩くインチキ本にふさわしい。あなたはまだ、ずる賢い娼婦のままじゃないですか、つまらぬご託を並べたりしてですよ。
答：わたしが言っているのは、本当のことなんですよ。申しわけありませんが、信じてくれなくちゃだめですよ。（三七一頁）(9)

この自信に満ちたレベッカの語り口は、虚構の中の真実性を伝えているという自信から出ている。これはアイスコフにそれなりの説得性をもっただけではなくて、作者ファウルズが読者に対して望んでいた、虚構をとおして人間の真実性に迫ろうとする気概をも表している。ここにはマイルズ・グリーンが空想したような世界が、はかなく消えるかもしれないという不安はない。作者の設定した虚構の世界で、何でそうみえるのか、わからなくても、「みたままをお話ししているんです」と作中人物に言わせることのできる安定感が、『マゴット』を成功させている。

　これは、外面的な描写よりも個人の意識に強烈に刻まれた印象を大切にして、それを現代小説は表現すべきであるとした、モダニスト、ヴァージニア・ウルフの直感をも取り込むものだ。人間にとっての真実味は、客観的真実とは違うところがある。レベッカがマゴットなる飛行船みたいなものの中でみたもののほかに、みていないもの、意識に刻まれなかったものもあることだろう。しかし、「みたままをお話し」できる個人の意識に焦点を合わせたことが、この小説に安定感を与えることになった。

小説の最初のほうにあった、殺人事件の解決に向けた謎解きは、被害者のはずの人物たちが三人発見され、それぞれが審問に答えて語っているうちに、焦点から外れていき、結局バーソロミュー氏の行方は未解決のままで終わっている。これは結末を読者の想像力に任せるというよりも、このバーソロミュー氏の設定自体が虚構空間を作るための便法にすぎなくて、この枠組みで動いたレベッカの精神活動の様子こそが、読者に提示すべきものだったためである。

レベッカはアイスコフに言う――

あなたはすべて、この世の光で見ているのですよ。『使徒言行録』をお読みじゃないんですか？　人はまた生まれるのでなければ、神の国を見ることはできないのですよ。見えるものは一時的なもので、見えないものが永遠のものなのです。信仰こそが望むことのできる、ものの本質なんですよ。ものの証拠なんて見えないのです。そういうふうに、神がこの世を造ったんですもの。あなたはわたしがなおもずる賢い女郎、殿はなおも親不孝な息子、ディックはただのけだもの、と言うんでしょう。あなたがそう見るんなら、そうに違いませんし、それは変わりようがありませんね。いちど生まれただけなら、いやでも何でも、あなたの光で生きなければなりませんものね。（四二三頁）[10]

この発言は、ファウルズの創った虚構空間の中で輝きを放つ。ファウルズは虚構の空間を作ることによって、そこにはめ込まれた人物に真実の人間らしさ、その情況でなければ表現されない人間の真実を表現することに成功したと言ってよい。このレベッカ・リーは実在のシェーカー教団創始者アン・リーの、母親をモデルに小説化したものだったが、実在の人物であるという安心感も手伝って、小説の中で特異な実在感を放っている。小説の舞台はイギリス国教会からはみ出した形で、メソディストなど福音主義が生まれた一八世紀となっていて、『フランス副船長の女』の設定である進化論直後の時代とともに、混沌の中に新たな調和を求めたい時代だった。ファウルズがこの時代を選んだのは、この混沌の中にあって人間の真実性を印象づけるためであり、それによって調和への方向性にほんの少しの貢献ができれば、という願いにもつながるのだろう。今の時代にファウルズが彼なりの小説技法を選んだ意味は、ここにあると思われる。

（1）保坂和志『小説の誕生』新潮社、二〇〇六年、一九頁。
（2）John Fowles, *A Maggot* (Picador, 1991) 456.
（3）John Fowles, *The French Lieutenant's Woman* (Signet, 1981) 215.
（4）Modern women like Sarah exist, and I have never understood them. (80)
（5）ハーディ愛好家であったクエーカー信徒のロイス・ディーコンがトライフィーナの老娘エレーナと出会い、彼女のアルバムから謎の少年をみつけ、ハーディとトライフィーナの子どもと断定し、『日陰者ジュード』はハーディの自伝小説であるとした。のちに著書 Lois Deacon and Terry Coleman, *Providence & Mr Hardy* (Hutchinson of London, 1966) としてまとめられている。当時はセンセーションを巻き起こしたが、今ではあまり信用されていない。
（6）John Fowles, *The Ebony Tower* (Signet, 1975) 105.
（7）'Hardy and the Hag', Lance St. John Butler, ed. *Thomas Hardy After Fifty Years* (Macmilan. 1977) 29.
（8）... my physical presence here is purely illusory, a mere epiphenomenon resulting from certain electro-chemical reactions taking place in your, if you really want to know, pathologically hypertrophied right cerebral lobe.

(173)

(9) Q. This fine chamber of precious stones flew out of the cavern in an instant and above a great city? I am not your green gosling, mistress, by the heavens am I not.

A. 'Tis in my telling I deceive thee. In naught else. I tell thee what I saw, tho' how I saw it I know not.

Q. This is more fit for chapbook than any ear of reason. I believe thee a cunning whore still, with all thy talk of hammers and saws, dust and chips.

A. I tell truth. I beg thee, thee must believe. (371)

(10) Thee'd see all by this world's lights. Hast thee not read the Apostles? Except a man be born again, he cannot see the kingdom of God. Things seen are temporal ; unseen, is eternal. Faith is the substance of things hoped for, the evidence of things not seen. So did God frame this world. Thee'd keep me still cunning harlot, thee'd keep his Lordship still disobedient son, and Dick, mere beast. If so thee see, so it must be, thee cannot change. Once only born, thee must live by thy lights, willy-nilly. (423)

初期ニューレフトの労働者階級文化を超えて
――アラン・シリトー『土曜の夜と日曜の朝』――

糸多郁子

一　はじめに

アラン・シリトー（Alan Sillitoe）は、一九五〇年代中頃に文壇に登場してきた「怒れる若者たち」――第二次世界大戦後の英国において社会体制に不満を抱く下層中産階級または労働者階級の若者を描く作家たち――の一人とされる作家である。一九五八年出版のデビュー作『土曜の夜と日曜の朝』（*Saturday Night and Sunday Morning*）で戦後イギリスの文壇に登場して以来、二〇一〇年四月二五日に八二歳で亡くなるまで、五〇年あまりにわたり五〇作を超える本を出版してきた。その中には小説以外にも短編小説・児童文学・詩・旅行記などさまざまなジャンルのものが含まれており、彼のことを「いまだに『怒れる世代』のキッチン・シンク部門の一人として認識し表現することは〔中略〕怠慢で不正確である」[1]のだが、すぐに映画化もされて人気を博したこのデビュー作のおかげで、彼は生涯そのイメージを払拭することができなかったのも事実であろう。それは、彼の死を知らせる死亡記事を見ても明らかである。たとえばエコノミスト誌は、『土曜の夜と日曜の夜』について紹介し、

「戦後英国のストリート連中――すでに滅びつつあった製造業で働き、フットボールと分割払いで買ったテレビと、大量のビールを飲んで喧嘩をして冷たく硬い舗道に倒れることになる、土曜の夜のどんちゃん騒ぎとを楽しみに生きている連中――に声と個性を与えた」[2]ことが彼の功績だという。それ以外には、少年院にいる下層階級の少年を描く短編小説「長距離走者の孤独」('The Loneliness of the Long-Distance Runner', 1959)に少し触れているだけで、その他の作品にはみるべきものはないとしている。

彼がこのような評価を受けてしまうのは、この二作品それぞれを原作とする映画のヒットにより、これらだけが突出して広く知られているということも一因だが、この二作品が彼の伝記的事実とかかわっていてリアリティがある、と思われていることも大きな理由であろう。先の死亡記事でも、シリトーがすすけた赤レンガのテラス・ハウスで生まれたこと、父親は文盲で妻にたびたび暴力をふるっていたこと、家は貧しく一四歳で自転車工場の旋盤工となったこと、独学で本を読み始め、肺炎のため外出制限を受けていたときに文学の名作を多数読み、作家を目指すようになったことなどが語られている。もちろん、死亡記事の場合は、故人の伝記的事実を紹介するのが通例であるからということもあるだろうが、労働者階級出身の作家だから労働者の真の姿が書けたのだ、という、この本の出版当時からの評価がいまだ根強いことを物語っているようでもある。たとえば、この小説のハーパー・ペレニアル版(二〇〇八)の裏表紙に掲載されている、一九五八年当時のガーディアン誌の書評には、「シリトーの文章には実際の体験と、その体験の細部を失わない天性の精密さが存在している」と書かれているのである。しかし、労働者階級出身であれば、本当に労働者階級文化がわかり、労働者の真の姿が書けるのだろうか。そもそも、「労働者の真の姿」というものが存在するのかどうか、という根本的な問題も存在する。

本論の目的は、この小説で労働者階級がどのように描かれているかについて考察しながら、その描写が当時の労働者階級またはその文化を描く、とはどのようなことで、そこにどのような問題があるのか。

労働者をめぐる言説と関係しながらも、それをどう超えているかを考えることにある。そのために、小説が書かれた当時の歴史的状況や、ニューレフト（the New Left）と呼ばれる、ちょうどその頃に生まれたグループの人々がもっていた、労働者階級文化についての見方がどのようなものであったかをまず整理する。ニューレフトは、時期により考え方も異なるので、本論ではこの小説が出版された頃の初期ニューレフトの考え方を取り上げ、それがこの小説とどのように関係しているのかを考えていく。その上で、初期のニューレフト的思考には還元され得ない労働者階級像をこの小説が抱え込んでいることを指摘し、そのことのもつ意味を考えていきたい。

二　福祉国家への道のりと五〇年代の豊かな社会

『土曜の夜と日曜の朝』が出版されたのは一九五八年であるが、この小説は一九五二年から五八年までに書かれた一連の短編小説から発展させられたものであるので、(3) この小説の執筆時期は、この七年ほどのあいだということになるだろう。この時期の英国はどのような状況だったのかをまずみてみたい。

労働者階級の人間にとって、第二次世界大戦終結後から五〇年代にかけては、戦前と比べて格段に良い時代だったと言えるだろう。よく言われるように、それは戦後の労働党政権、そして保守党政権にも引き継がれる、福祉国家の実現を目指す国家的方針とそれにまつわるさまざまな政策のおかげである。

遡れば一九世紀末から、労働者階級の生活状況を改善する社会政策を実施する動きは始まってはいた。労働者の生活水準を向上させれば労働者の労働力の生産効率が上がり、また彼らの肉体が頑健になって兵力として帝国防衛にも役立つということが、他の列強の脅威の前に大英帝国の存続が危ぶまれ出した時代にさかんに議論された。「資本家層を中心とする社会・政治体制に労働者階級を取り込もうとする社会政策の実施」(4) が社会を安定・

維持するために必要とされたのである。そのため、世紀末から第一次世界大戦前にかけて労使調停法（一八九六）、労働者災害補償法（一八九七）、公立初等教育の無償化（一九〇二）、労働争議法（一九〇六）、老齢年金法（一九〇八）、国民保険法（一九一二）などの法律が制定された。また頻発するストライキの成果もあって労働者の賃金も上昇傾向にあり、以前に比べれば二〇世紀初頭の労働者の生活状況は多少良くなってはいた。とはいえ、この時点の失業保険の対象者は、定期的に失業者が出る産業に従事する二五〇万人にすぎず、老齢年金についても七〇歳以上が対象で、支給額も労働者の賃金の四分の一にしかならない週五ポンドでしかなかった。[5] このように社会福祉制度はいまだ十全であるとは言い難く、労働者の貧困問題は解決されてはいなかったのである。

第一次世界大戦直後の時期の英国では、あらたな設備への投資や民需の拡大などにより、一時的に景気が良くなったものの、一九二〇年代からは経済状況が悪化し、失業者が急激に増大した。その原因の大きな一つは戦争である。第一次世界大戦で英国は「全体のほぼ四分の一にあたる約一〇億ポンドの海外資産を失い、イギリス政府も約七億五、〇〇〇ポンドにおよぶドル債務を背負って」[6] しまったため、それが二〇年代の政府予算にとって非常な重荷であった。さらに、輸出において大きな割合を占めていたのは、いまだ石炭業や繊維業といった昔からの基幹産業であり、それらはヨーロッパやアジアなどの競争相手の安い製品に押されて斜陽化していたため、失業者を多く生んでいた。一方で自動車・電機・化学産業といった新しい産業も生まれていたものの、二〇年代をとおして失業保険対象労働者の一割以上の失業者が存在していた。[7] したがって失業者対策が大きな政治課題の一つであったが、政府のさまざまな施策も功を奏さなかったのである。そのような中、労働党は、労働組合が力を得るにしたがって広く支持を集めるようになり、ついに二四年に第一次労働党政府が成立する。しかし労働党政府は、さほど大きな改革をすることはなかった。二六年には、石炭業における労働者と、資本家や政府との対立の激化に端を発し、初のゼネラルストライキが実施されるが、結局労働者側が敗北し、それ以降は国内政策で大きな変化はなかった。

一九三〇年代は、二九年にニューヨークで始まった世界恐慌の影響を英国も受けることになる。二〇年代にはつねに一〇〇万人を超す程度の失業者数だったものが、二五〇万人超となり、失業率が五〇パーセントを超える地域もあった。(8) 三二年から三七年にかけては住宅建設ブームが起き、そのおかげで景気は徐々に上向きになり、失業率の改善や実質賃金の上昇など、労働者も景気回復の恩恵を受けられるようになったが、労働者全般が潤ったのではない。石炭などの昔からの輸出産業では、英国が恐慌を脱出したのちも失業率が高いままであり、三六年には不況地帯の失業者たちがロンドンに向かう「飢餓行進」が注目を集めるなど、社会問題化していた。しかし、政府にも有効な解決策はみつからず、ほとんど何の手も打たれることはなかった。

一九三九年から始まった第二次世界大戦で、英国は多くの人的・物的損失を被ることにはなったが、労働者階級にとっては悪いことばかりではなかったかもしれない。「勝利のために蓄え、勝利のために家庭菜園を耕し、勝利のために繕い物をする――これはすべての者が『がんばる』ことができ、『銃後』で自分なりの奉仕ができる戦争」(9)で、国民の団結力は強固なものになった。所得に対する厳しい累進課税が課されたことや、物資の不足のために、富裕層と貧困層の間での購買力の差も以前よりは目立たなくなっていたのも事実である。そして総力戦が進行する中で、より平等で貧困のない社会を求める声が広まり、新聞やラジオなどのマスコミでも左派的な主張の割合が増えていった。そのような社会的雰囲気の中、戦後の福祉社会の青写真として四二年に提出されたのが、有名なウィリアム・ベヴァリッジ（William Beveridge）の報告書『社会保険および関連サーヴィス』（*Report on Social Insurance and Allied Services*）、通称『ベヴァリッジ報告書』である。これは、それまで国民の半分以下しか対象になっていなかった健康保険、失業保険、年金などを均一拠出均一給付の原則によって国民すべてに受けさせるという案であった。この報告書は六〇万部を超えるベストセラーとなり、人々の実に二〇人に一九人が、すぐにこのベヴァリッジ・プランについて伝え聞くようになったという。[10] これが、社会改革を求める動きにさらに拍車をかけることとなった。

一九四五年七月の下院での選挙で労働党が圧勝し、その後六年間クレメント・アトリー（Clement Attlee）を首班とする内閣が、社会福祉国家の体制を整えた。具体的には、石炭・電気・運輸・ガス・鉄鋼などの主要産業の国有化と、失業保険、老齢年金、寡夫給付金、死亡給付金を含む国民全体をカバーする国民保険制度の創立、そしてすべての国民が無料で医療を受けられるようにする国民医療制度の導入である。これらによって、ウィンストン・チャーチル（Winston Churchill）が言った「ゆりかごから墓場まで、すべての階級に対するすべての用途での全国民の強制保険」[11] が実現し、二〇世紀はじめにB・S・ラウントリー（B. S. Rowntree）が『貧困―都市生活の研究』（*Poverty: A Study of Town Life*）で主張して以来、約半世紀にわたって懸案であった貧困層の救済という目標が達成された。五一年の総選挙で保守党が勝利しチャーチルが政権についても、福祉国家政策や国有化といった混合経済体制はそのまま維持された。そのような方針は、七〇年代末のサッチャー（Margaret Thatcher）政権の登場まで、政権が変わっても基本的に継続したのであった。

福祉国家の体制ができたことによって人々が貧困に陥る心配はほぼ取り除かれたが、それだけでなく、一九五〇年代は、労働者階級の相当数の人々が以前より生活水準の高い暮らしを享受できるようになったことが重要である。五一年に保守党政権が発足した頃は、朝鮮戦争への協力を目的とする軍事費の増大や輸出の不振によって国が経済的苦境に陥り、緊縮政策を採ったこともあったが、朝鮮戦争による景気回復によって経済状況は急速に改善し、所得税の減税が可能にまでなったのである。人々の賃金も上昇し、平均の週賃金は五〇年に七ポンド一〇シリング（七・五ポンド）だったものが、五五年までに一一ポンドを超えた。この間、生活費は三〇パーセントの上昇だったにもかかわらず、賃金は五〇パーセント上昇したのである。六四年まで平均賃金は週一八ポンドを超え、それは年率にして物価の二倍の上昇率であった[12]。しかも、主要産業が国有化されたことによって戦前のように大量失業が生まれることもほとんどなくなった。五〇年代の平均失業率は一・六七パーセントしかなかったことがそれを裏づけている[13]。五七年に首相ハロルド・マクミラン（Harold Macmillan）が語ったとされる「率直に言いましょう。われわれのほとんどはこんなに良い時代を経験したことはなかったのです[14]」という言葉には、戦前の大量失業を繰り返す厳しい不況の時代を乗り越え、労働者も安定した豊かな生活を営める社会を作り出したのだ、という戦後英国の政策方針に対する大きな自信と信頼がうかがえる。

一九五〇年代は、その社会の豊かさを背景に、消費主義が到来したことでも知られる。五六年の後半にスエズ戦争が起きたとき、一時経済が打撃を受けたこともあったが、政府が減税という景気刺激策を採ったおかげで経済活動が活発化し、特に耐久消費財が大量に売れた。人々は、テレビ受信機や掃除機、洗濯機、電気ヒーター、電気調理器などの家庭用電気製品や、自動車、オートバイなどを購入した。テレビは労働者階級の家庭にまで普及した。それを示すのは、公営の放送局である英国放送協会（BBC）のテレビ・ライセンスをもつ人の人数である。英国放送協会がテレビ放送を四六年に再開したとき、ライセンス保有者が一万五、〇〇〇人だったものが、五二年には約一五〇万人、五六年には五〇〇万人を超え、六四年には一、三〇〇万人近くにまで増加した[16]。

このような一九五〇年代の社会状況は、『土曜の夜と日曜の朝』のさまざまな場面にも書き込まれているが、それを検討する前に、英国では五〇年代後半から始まり七〇年代中頃まで続いていた、ニューレフトと言われる運動についてみていきたい。

三　英国におけるニューレフトの誕生

英国のニューレフトは、一九五六年から五七年のハンガリー事件とスエズ危機という、英国の左翼の人々にとって非常に衝撃的な事件が契機となって生まれた。ソビエト連邦では、五三年のスターリン（Joseph Stalin）の死後、スターリン批判が徐々に始まってはいたが、五六年二月に行われたソ連共産党第二〇回大会にて党第一書記であるフルシチョフ（Nikita Khrushchëv）が、スターリンの個人崇拝や大量粛清などに対する激しい批判を行った。それは共産主義世界を揺るがし、数々の危機を引き起こした。その一つが五六年一〇月のハンガリー事件であり、これは知識人や学生、労働者たちがスターリン主義による自由の抑圧に反発して起こした暴動であった。スエズ危機はそれとほぼ同時期の、スエズ運河の管理などをめぐって起きた紛争である。エジプトのナセル大統領（Gamal Abdel Nasser）がスエズ運河会社の国有化を宣言したことに対し、会社の二大株主でもある英仏が立腹、国連安全保障理事会に提訴したが、運河を国際管理下に置くことはソ連の拒否権によりかなわなかった。そのため一〇月二九日にイスラエル軍がエジプトへ侵入、翌日に英仏軍がエジプト爆撃を始めたのである。この英国の帝国主義的な野蛮な行動に対し、左翼は大規模な街頭デモを含む抗議行動を展開したが、左翼の人々にとってショックだったのは、国民の多くが政府の行動を支持していたという事実であった。労働党の多くの論客たちも政府の行動を非難はしたものの、それは「帝国主義反対の立場からではなく、保守党の冒険主義がアメリカとの同盟関係を危うくし、国論を二分する恐れから」だったのであり、「『帝国主義への郷愁』は保守党支配階級の独占物ではな」く、そのような郷愁が「あらゆる階層の人々によって共有されていた」ことが明らかになったのだ。ハンガリー事件とスエズ危機によって得られた教訓は、「スターリン主義と西側帝国主義を最終的に拒否しなければならない」[17]ということであり、その考え方がニューレフトの考え方の基盤となっていった。

戦前の英国では労働組合運動が他の先進諸国よりはるかに活発であったのだが、戦後はかなり力を失っていた。それは、労働党と共産党のそれぞれが勢いを失っていたからである。労働党は一九四五年に政権を得て福祉国家を作るべく改革を推進したが、英国の社会構造や生産関係をほとんど変革することはなかった。五五年の総選挙で敗北したことによって、労働党内で保守派がさらに力をもつようになり、その社会民主主義的な方針は、党の伝統的支持基盤であった急進的な人々を失望させたのである。共産党は、二〇年代から三〇年代には労働者階級の運動において非常に重要な位置を占めていたし、戦後一〇年間は引き続き組合運動に強い影響力をもっていた。しかし戦後冷戦構造が形成されていく中で、労働党政権が徐々に反ソ連の外交方針を採り始めると、共産党員は人々から「国内にいる敵」として軽蔑されるようになり、五三年までに約三万人という、四二年の半数の党員を失うにいたった[18]。その上に五六年のソ連共産党によるスターリン批判が伝えられると、英国共産党員たちに決定的な衝撃と絶望を与え、さらに大量の離党者を生んだ。

このように、従来の左翼政党が急速に支持を失っていく中で生まれたのがニューレフトである。つまり、西側帝国主義のみならず、スターリン主義や社会民主主義をも否定して新社会主義を作り出そうとするのがニューレフトの立場であった。ニューレフトと呼ばれる人々の中には、元共産党員であった人が少なくないことにもそれは表れている。ニューレフトは、独立系社会主義を標榜する『ユニバーシティーズ・アンド・レフト・レビュー』（*Universities and Left Review*）と非正統派共産主義の『ニュー・リーズナー』（*New Reasoner*）という一九五七年創刊の二つの雑誌から始まったと言われ、六〇年にこの二つが合併し、『ニューレフト・レヴュー』（*New Left Review*）が生まれた。そして、ニューレフトが六〇年代初頭まで協力関係にあったものとして忘れてはならないのは、バートランド・ラッセル（Bertrand Russell）やジュリアン・ハクスリー（Julian Huxley）などの進歩的知識人や政治家が創立メンバーだった核武装反対運動（CND）である。ニューレフトはこの平和運動の中に、たんに核兵器反対というだけにとどまらない、体制に異議申し立てをする大衆の政治行動を活性化する可能性をみていた。しかし、この平和運動の参加者は非政治的な中産階級が中心で、この運動を労働者にも広く支持される社会主義運動に転換させていこうとしたニューレフトの試みは、結局失敗した(19)。しかし、ニューレフトが、政治権力や支配的な政治的文化に反発する人々に、従来の左翼政党とは別の場所を用意しようとしたことは確かである。

労働者を社会主義に目覚めさせることを大きな目標としていたニューレフトにとって、戦後の労働者の保守化の問題を考える上で、労働者文化にどのような変化が起きているのかを考察することが大きな課題であった。よって、労働者の生活を描く『土曜の夜と日曜の朝』を考える際には、それが書かれた時代に活躍していたニューレフトの考え方をみておくことが必要であるだろう。そのために、初期ニューレフトの代表的人物である二人の著作、リチャード・ホガート（Richard Hoggart）の『読み書き能力の効能』（*The Uses of Literacy*, 1957）とレイモンド・ウィリアムズ（Raymond Williams）の『文化と社会』（*Culture and Society*, 1958）について次に考えたい。

四　ホガートとウィリアムズの大衆文化観

ホガートとウィリアムズの経歴には、労働者階級の生まれであること、大学を卒業して成人教育の教師をしていたこと、という共通点がある。戦後に福祉国家の体制が敷かれ、奨学金による教育の機会拡大や成人教育の普及が行われるにつれて、以前は高い階層の知的エリートしか存在しなかったアカデミックな世界に労働者階級の人々が徐々に進出し、それまでの閉じられた世界に対して異議申し立てをし始めていたのである。ホガートの場合は、一九一八年に英国北部の工業都市であるリーズの労働者階級の家に生まれ、リーズ大学を卒業し、四六年から五九年の間はハル大学の成人教育部門の教師をしていた。彼は『読み書き能力の効能』において、労働者階級の文化について自身の体験を交えて分析しているが、労働者階級文化に対する彼の見方には大きな特徴がある。それは、昔からの労働者階級文化を民衆文化（フォークカルチャー）として称賛し、その本が書かれた五〇年代時点の労働者階級文化を大衆文化（マスカルチャー）[20]として批判する、というものである。昔の労働者の文化は地域に根ざしており、労働者の有機的なコミュニティーが形成されていたが、戦後の福祉国家政策のおかげで経済的に豊かになって保守化した現代の労働者は、大量生産・大量消費の低俗で画一的なマスカルチャーをただ受動的に楽しむだけで堕落してしまい、コミュニティーも崩壊しつつあるというのだ。たとえば、この本の最後で、彼は次のように現代の労働者文化について書いている。

しかし現在は、より古くより狭いけれどもより純粋でもあった階級文化が、大衆的意見、大量娯楽商品、一般化された情緒的反応のほうを好むようになったために浸食されつつある。クラブでの合唱の世界は、類型的なラジオのダンスミュージック、流行歌手の感傷的な歌、テレビの舞台演芸、民間ラジオ局のバラエティーショーによって、徐々に置き換えられつつある。大衆新聞が生み出そうとしている、画一的なこの国特有の人間のタイプは、ハリウッドの映画スタジオが提供する画一的な国際的な人間のタイプにおいて、さらにより大げさに表現されているにすぎない。階級文化の古い形態は、より貧しい「階級のない」、あるいは私が前に使った表現を使えば「顔のない」文化でおきかえられるという危険にさらされている。これは嘆かわしいことだ。[21]

この一節において顕著なのは、クラブでの合唱といった昔ながらの文化形式、つまりフォークカルチャー的なものの代わりに、ラジオ、テレビ、大衆新聞、映画などの二〇世紀のテクノロジーが大量流通を可能にした文化形式が広まったことを嘆いている点である。この本では、この他にもジュークボックスのあるミルクバー、大衆雑誌、セックスや暴力を売り物にしたペーパーバックの小説などが非難されている。特にミルクバーについての記述はその辛辣さで知られている。

すぐ近くのパブと比べてさえも、これはまったく薄っぺらで活気のない形の放蕩であって、沸かしたミルクの香りの中での、一種の精神的堕落である。客の多く——彼らの服、髪型、顔の表情がすべてそれとなく示しているのだが——は、かなりの程度、彼らがアメリカの生活の要素であると考えている、少数の単純な要素が組み合わされた神話の世界に住んでいるのだ。彼らは人を憂鬱な気分にさせる集団を作っており、そしてそれは労働者階級に典型的な集団ではまったくない。たぶん彼らのほとんどはどちらかと言えば平均以下の知性をもっており、それゆえ今日の、大衆にみられる虚弱化傾向に他の人々よりもさらにさらされやすいのである。彼らには目的も、野心も、庇護も、信念もない。(22)

ここでわかることの一つ目は、ミルクバーのジュークボックスを聞いている若者たち（ホガートは彼らをジュークボックス・ボーイズと呼んでいる）が米国文化にかぶれた人々とみなされていることである。実は、この本で映画をはじめ、ポピュラーソングやテレビ番組、三文小説などが批判される時も米国の悪影響が指摘されており、マスカルチャーへの批判は米国文化の流入への警戒感と結びついていることがわかるだろう。もう一つわかるのは、「ミルクバーで米国のレコードを聴いている若者たちは知性が低いに違いない」という、堕落した労働者文化（とホガートが考えるもの）と知性の低さとの強引とも言える関係づけである。この言い方は、「これらの雑誌は平均以下の知性をもつ青年や、何らかの理由で精神的な発達をしていない、あるいは自分自身に十分な能力があると感じていない者にとって、特別な魅力をもっているように思われる」[23]という一節など、他の箇所でもみられる。つまり、現代の労働者がマスカルチャーに魅力を感じるのは労働者の知性が低いせいであって、そんな低級で有害な娯楽は排し、クラブでの合唱など労働者同士の連帯を深める娯楽を楽しむべきだ、というのがホガートの見解なのであろう。

しかし、マスカルチャーに関するこのような見解は、ホガートに特有なものではない。これによく似た考え方は、大戦間期のアカデミックな世界ですでに流通していた[24]。先に述べたように、一九世紀終わり頃から労働者の生活水準を向上させる政策が採られたおかげで、労働者に時間的・金銭的余裕が徐々に生まれるようになると、大衆新聞や大衆雑誌、大衆小説など労働者向けの娯楽が次々と売り出され、販売数をのばしていった。出版社にとっては、少数の知的エリートにしか売れない難解な書物よりも、大衆向けのそのような出版物のほうが大量に売れて利潤が大きいのであるから、知的エリート向けのものは出版されなくなっていくのではないか——という恐怖をアカデミックな世界の人々が抱いたのである。そして、教育程度の低い大衆が好むものは低俗で社会にとって害悪であり、大衆は金儲けを狙う産業資本家たちに踊らされているだけだ、という考え方が知的少数者のあいだで支配的になっていった。それと表裏一体をなす動きとして、昔の労働者同士には有機的なつながりや連帯があったという、昔の労働者階級コミュニティーへの理想化が行われたのである。

そのような考え方は、英文学批評誌である『スクルーティニー』(*Scrutiny*)にかかわっていた人々——F・R・リーヴィス(F. R. Leavis)とQ・D・リーヴィス(Q. D. Leavis)夫妻、デニス・トンプソン(Dennis Thompson)など——の中に顕著にみられる。特にQ・D・リーヴィスは、『フィクションと読者』(*Fiction and the Reading Public*, 1932)において大衆小説を分析し、低俗で社会に害悪を及ぼすものであると徹底的に非難していることで有名である。彼女は、大衆小説の作家は「嗜好においても感性においても教育されてこなかったので、示されている精神的な情熱は致命的に低俗であり」、「それに適した読者であるファンが多く増えつつある」ことを警戒し、「これらの小説家たちは大衆だけでなく支配階級にも読まれて直接的に少数者の世界に影響を与え、彼らの倫理に脅威を与える」ので、この傾向は軽視できないと主張している。[25] リーヴィスらが最初に問題にしていたのは出版物であったが、それが徐々に映画なども対象になっていく。彼らは労働者階級文化に知的少数者的な美的基準をもちこんで、労働者階級文化を劣ったものとみなしていた。

つまり、現代の労働者の文化に対するホガートの嘆きは、このリーヴィスらのマスカルチャー批判をなぞっているにすぎないと考えられるのである。ホガートは『読み書き能力の効能』の最初のほうで、中産階級の知識人たちは労働者階級の「実像」は知らず、勉学意欲のある非常に例外的な人々だけをみて労働者階級一般を理想化しているのだと言っており、労働者階級出身である自分のほうが「実像」を知っており正確に描けるのだということを言外に含ませている。しかし、ジュークボックス・ボーイズについて、彼らの外見のみから彼らの知性を平均以下だと断ずるところなどから考えれば、ホガートの中にはリーヴィスらが作り上げた、マスカルチャーに踊らされる労働者像というものがはじめからあり、それに沿うものしか「労働者の実像」として認識していないのではないかと思われる。ホガートは、労働者を理想化する知識人の言説を乗り越えようとしつつも、一方でまた別の知識人による言説にはまり込んでいるのである。リーヴィスらの文化研究はほとんど文学のテキストだけが対象だったのに対し、ホガートは音楽や新聞、雑誌、パブ、スポーツなどさまざまな文化の側面に分析を広げ、労働者の私的生活の構造を明らかにした点で画期的である。しかし、彼は結局リーヴィス的な価値基準をもち出してきており、グレアム・ターナー(Graeme Turner)も言うように、「この本は、彼自身が属していた階級に対するアンビバレントな感情と、彼が仲間入りした理論的伝統の限界を明らかにしながらも、大衆文化の社会的機能についての好意的な解釈をやめてしまい、大衆文化のテキスト的な形式に対して評価を下し批判する方向へ向か[26]」ってしまうのである。

ニューレフトのもう一人の代表的人物、レイモンド・ウィリアムズは、ウェールズの田舎に生まれ、鉄道員を父にもつ。彼は、学生時代には共産党の党員だった時期もあり、オックスフォード大学の成人教育の教師を数年した経験もある。彼は、文化が社会的・政治的闘争の中心過程および中心分野であると考えていて、リーヴィスらのように言語の文学的・哲学的用法にだけ注意を払うのではなく、言語の社会的・歴史的な側面にも注目していた。「ほとんどのリーヴィス派の批評家達が依拠していた、マスメディアや大衆文化に対するテキストを中心にしたアプローチを拒否[27]」したのである。「大衆新聞、広告や映画のような制度に具体化される感じ方や考え方は、生活のありかたに言及することなくして批評することはできない[28]」という言葉にも表れているように、彼はテキストの産出にさまざまな形で関係している経済的・社会的状況にも注意を払うべきだと考えており、大衆文化の分析により社会的・唯物論的な視点を取り入れた。

このようにリーヴィスらの大衆文化を分析する際の方法論を批判したウィリアムズではあったが、『文化と社会』の頃の彼がリーヴィスらの大衆蔑視にもとづくマスカルチャー批判を完全に乗り越えているのかどうかは、疑いが残る面もある。確かにウィリアムズは「実際にはマス（大衆）というのは存在しない。人々をマスとして見る見方があるだけだ。〔中略〕われわれの社会に特徴的なものとなってきている、他の人々に対する見方は、政治的または文化的搾取の目的で利用されてきたというのが事実なのである[29]」と言って、マスというカテゴリー自体を問題としているし、「少数者の文化と多数者の文化の差異は絶対的なものではありえない[30]」と知的少数者の文化と大衆文化を分けて後者を劣ったものとするという考え方に疑問を呈してはいる。しかし一九六一年出版の著作『長い革命』（*The Long Revolution*）において彼は、文化の新しい形態（つまりマスカルチャー）への非難が労働者や若者の劣等性を示すために用いられてきたのは事実であって、それはよくないとは言いつつも、粗悪な文化というものが厳然と存在していると言うのだ。そこで粗悪なものとして挙げられているのが、ホラー映画やレイプ小説、テレビ広告といったもののみならず、フットボール、ジャズ、ガーデニング、家政などにも及んでいることを考えてみれば、ウィリアムズが知的エリートたちの価値基準を労働者階級の文化に適用させてしまっていることがわかるだろう。[31]この発言は、『文化と社会』における発言——読書に一日の大半の時間を費やせる知識人が、読書に短時間しか使えない労働者向けの本を自分たちの基準で価値判断するのはおかしいし、ガーデニング・金属細工・大工仕事などの労働者の活動が知的で創造的なものであることを知らずにそれらを軽蔑することは、知識人の限界を示しているのだ[32]——と明らかに矛盾している。ウィリアムズも、少なくともまだこの時期においては、知的エリート的な価値判断という呪縛から逃れることは難しかったのかもしれない。それでも、リーヴィスらがもつ「普遍的な」美的基準というものが実は知的少数者のためのものでしかなく、その基準をもち出すことは既存のイデオロギー的構造を追認・正当化してしまうことにつながるのだ、ということにウィリアムズが気づきつつあったことは確かである。

五　『土曜の夜と日曜の朝』

では、『土曜の夜と日曜の朝』において労働者階級とその生活はどのように描かれ、それらはどのように分析することができるのだろうか。この小説では、アーサー・シートン（Arthur Seaton）というノッティンガムに住む二一歳の自転車製造工場に勤める男性が主人公であり、彼の視点から彼の周囲の世界が描かれている。アーサー以外の登場人物は、彼の家族、工場での同僚や上司、不倫相手であるブレンダ（Brenda）とその妹、おばであるエイダ（Ada）の大家族、軍隊にいたときの仲間など、ほぼ全員が労働者階級（または下層中産階級）と思われる人間たちであるから、この小説の世界は一九五〇年代の労働者階級の世界である、と一応言えるだろう。前の章で取り上げたニューレフトの考え方との関連性を考えつつ、この小説の世界を考察していきたい。

第二章で述べたように、戦後の社会福祉国家体制のおかげで労働者の生活水準が上昇した、というのが一九五〇年代の英国を語る上での大きな特徴である。この小説においても、アーサーが父親について語っている、第二章にある次の一節で、不況続きだった戦前と違い、労働者も豊かさを享受している様子が描かれている。

アーサーは父親のことをひどくからかったけれど、自分も居間の隅にテレビが置かれているのをみるのはちょっとうれしかった。光った板がはめ込まれた箱で、宇宙船から略奪された物みたいだ、と思う。とにかく、あの年寄りはやっと幸せになったんだし、幸せになる資格があるんだ。戦前の長い年月、失業手当をもらい、五人の子供をかかえて、金もなく金を稼ぐ手立てもない、とても惨めな暮らしをしていたのだから。そしていまや父さんは、工場で座ってできる仕事も、吸うことのできるウッドバイン(33)も、飲みたければ一パイントのビールを飲めるお金も――もっとも、父さんは毎日飲むわけではないけれど――どこかで過ごす休暇も、会社のブラックプール(34)への慰安旅行も、家で観るテレビも手に入れている。戦前と戦後の変わりようは、考えられないほど大きい。戦争はいろんな点で驚くべきものだったんだ、それが英国のすごくたくさんの人々をどんなに幸せにしたかを考えれば。俺は世の中をよく観察しているからな、とアーサーは思った。(35)

この引用では、父親個人の生活上の変化が具体的に語られているが、この箇所の少しあとの部分では、アーサーが勤める自転車工場での労働環境の変化について述べられている。

そこで働く何千もの人々は、家に高い賃金をもち帰る。戦前のような操業短縮ももはやないし、『フットボール・ポスト』を読みながら便所に一〇分立っていても首になったりもしない――もし職長に叱られたら、今はいつでも「こんな仕事なんかまっぴらだ」と言ってどこかよそに行くことだってできる。それから、パンと一緒に食べるための、一ペニーのポテトチップスを買いに昼飯時に外に走っていくこともはやない。今は――そうなってもおかしくない頃だが――出来高払いの作業で必死に働けば、よい賃金がもらえるし、工場に大きな食堂があって、そこで二シリングで温かい昼飯にありつけるようになっている。稼いだ金を貯めてオートバイや中古車までも買うことができるし、または一〇日間飲んだくれて貯金をすべて使いはたすことだってできる。(36)

この一節では、戦後に雇用状況が改善し、失業の不安がなくなったどころか、むしろ労働市場が売手市場になっていること、工場の福利厚生が充実して働きやすくなっていること、賃金が上昇したため、貯金をすればオートバイや車などの贅沢品が労働者でも買えるようになったことが示されている。

労働者階級における消費主義の浸透を示すもう一つの例として、若者のファッションがある。アーサーは仕事のあとに遊びに行くときに、家で仕事着を脱いで、お金を貯めて買ったスーツに着替えるのだが、その様子が第一二章で次のように描かれている。

自分の寝室に上がってきて、彼はずらりと並んだスーツ、ズボン、スポーツ・ジャケット、シャツを見渡した。それらは〔中略〕カラフルな布やさまざまなデザインで作られていて、良質のテーラーメイドで二〜三〇〇ポンドの価値がある、すごいワードローブだ。それらの服は非常に長時間の労働と引き換えに手に入れたものだから、彼はそれらを自慢に思っていた。ある理由で彼は黒の一番上等なスーツを選び、それに着替え、絹の白いシャツの真珠のボタンを留め、ズボンをはいた。〔中略〕つま先が四角い黒の靴にほこりがたかっていないか確かめるためにかがむと、靴にピンク色の顔が映し出された。ジャケットの上には、二一ポンドの戦利品である、厚い杉綾織りでできた七分丈のオーバーコートを着た。[37]

このように彼がファッションにかなりのお金を費やしているということは、この小説で何度か繰り返し言及されているが、それは彼がいわゆるテディーボーイ（Teddy Boy）であることを示唆しているようである。テディーボーイとは、一九五〇年代の英国でみられた不良少年たちで、ロックンロールを好み、彼ら独自のおしゃれ――カラフルなシャツや細いネクタイ、幅の狭いズボン、丈の長いジャケット、先のとがったブーツなど、エドワード七世時代風の華美な服装――をしていたと言われる。[38]この引用だけでは、アーサーの服がテディーボーイ的なものであると断定することはできないかもしれないが、第九章でアーサーが一五日間の軍事教練に行った際、特務曹長に「おまえは今は兵隊であって、テディーボーイじゃないんだ」[39]と言われるくだりがあることを考えれば、やはり少なくとも表面上は、彼にテディーボーイとしての面があることになる。

ここで興味深いのは、テディーボーイというキーワードによって、この小説とホガートの『読み書き能力の効能』とが結びつけられるという点である。デイヴィッド・ファウラー（David Fowler）も指摘しているように、ホガートが批判的に言及していたジュークボックス・ボーイズというのは、テディーボーイのことを指していると思われるからである。[40]この小説には、アーサーがミルクバーに行く場面もなく、ロックンロール好きだという記述も見当たらない。しかし、小説の第二章の途中から長々と説明されているような、アーサーが週末だけを楽しみに工場で毎日同じ仕事を我慢して行っている様子や、小説の冒頭にある、土曜の晩にフットボール・クラブへ募金をする会で労働者達が飲み騒いでいる場面での「積み重なった激情が土曜の夜に爆発させられ、工場での一週間の単調な仕事の結果積もり積もったものが善意のほとばしりとなって身体から洗い流されるのだ」[41]という記述は、ジュークボックス・ボーイズについてのホガートによる次のような説明と重なり合うのではないだろうか。

彼らのほとんどが、自分らしさを出すことを必要としない、本質的に面白くない、自分には価値があるという感覚や製作者だという感覚を促すわけでもない、そういう仕事についている。そのような仕事を来る日も来る日もしなければならず、仕事の後にあるのは気晴らし、娯楽だけなのだ。娯楽に使える時間があり、ポケットにはいくらかのお金があるのだから。〔中略〕社会は彼らにほとんど無制限に感覚の自由を与え、彼らにほとんど要求をしないのだ——週に四〇時間、手と脳みその一部を使うこと以外は。それ以外の時間は、彼らは娯楽を供給する者たちと、その効率的な大規模設備に無防備にさらされているのだ。〔中略〕これらが現代のさまざまな重要な力が作り出しつつある人間の姿——機械に従属する階級の、目的を見失って飼い慣らされた奴隷——なのである。[42]

先の場面でアーサーは、ジュークボックスではないが飲酒という刹那的な楽しみによって、単調で退屈な仕事の憂さをはらしており、酒を飲んでの喧嘩や不倫を繰り返すだけの無目的な生活をしていることを考えれば、アーサーもジュークボックス・ボーイズ的な堕落した人間として提示されているという可能性があるだろう。

事実、アーサーはホガートが嫌った、産業技術の発達により大量生産・大量消費が可能になったマスカルチャーに浸ってもいる。たとえば、第二章で彼は月曜日のことを「暗黒の月曜日」と呼んでいるが、それは「大酒を飲んで頭は重く、歌を歌って喉は痛く、あまりにたくさんの映画を観るかテレビの前に座っているかしたから眼はかすみ、またあの単調で大変な仕事が始まるから真っ暗で不快な気分」[43]だからだと言っているように、映画やテレビも彼の娯楽の一つである。テレビに関しては、父親が彼以上に夢中になっているようで「父さん、いつか目がみえなくなっちまうよ。〔中略〕テレビの前に座ってばかりいて。毎晩六時から一一時まで糊でくっつけたみたいに貼りついちゃって。そんなの身体にいいはずないよ」(44)と心配するほどである。さらに第四章においては、食料品店で一週間分の食品の代金を支払っている女性達を見てアーサーが「あいつらみんなテレビをもっているのに〔中略〕いまだに食い物をつけで買ってやがる」(45)と考えている場面があり、多少無理をしてでもテレビを手に入れようとするほど、テレビが労働者にとって不可欠な娯楽となってきており、労働者がテレビに振り回される事態も起こっていることが示されている。

テレビは戦後に労働者階級が手に入れられるようになった娯楽だが、戦前からすでに労働者にも楽しまれていた映画は、この小説ではさらに多く登場する。そして注目すべき点は、映画について書かれた部分には、しばしば米国的なものへの言及がみられることである。たとえば、アーサーは第八章で兄のフレッドとカウボーイ映画を観に行っており、(46)第一〇章でドリーン（Doreen）という、後に結婚を考えるようになる女性と知り合って映画の話をしたとき、彼はボリス・カーロフ（Boris Karloff）という米国の映画俳優の名前を出している。また、第一一章で彼が映画館でドリーンと待ち合わせている場面では、朝鮮戦争の映画と、アボットとコステロ（Abbott and Costello）が出演するどたばた喜劇の映画のスチール写真を眺めている。言うまでもなく朝鮮戦争は米国とソ連の代理戦争的な面を有する戦争であるから、それを題材にした映画においても米国は重要な要素であるし、アボットとコステロも、四〇年から五七年にかけてラジオや映画で活躍した米国のお笑いコンビである。このようにわざわざ米国に関係したものの名前が挙げられているのは、この小説において映画が、ホガートのジュークボックスと同様、米国の堕落した文化を英国に流入させるものと位置づけられていることを示すのではないだろうか。

マスカルチャーを代表するもう一つのものとして、大衆新聞があるが、それらもこの小説の最初のほうに頻繁に登場する。たとえば、一八四三年創刊の日曜大衆紙である『ニュース・オブ・ザ・ワールド』(*News of the World*)[47]は一回だが、一九〇三年創刊の日刊大衆紙『デイリー・ミラー』(*Daily Mirror*)[48]は四回も言及されている。この小説では、これらの大衆新聞をはじめ、テレビの番組や映画についても、それらの内容が詳しく書かれているわけではない。しかし、それらに頻繁に言及することで、これらのマスカルチャーと言われるものが労働者階級の日々の生活の中で大きな存在であり、彼らの文化や生活、思考の形成にかなりの程度まで関与しているであろうことが示唆されている。

ここまで論じてきたように、マスカルチャーとそれを楽しむ労働者階級の描写に、ホガート的な見方に近いものをみることは可能である。では、アーサー自身は、マスカルチャーを労働者にとって良いものだととらえているのだろうか。第九章でのアーサーの言葉をみてみたい。

> やつらは今、また別の戦争をしようとしている。今回はロシア人とだ。〔中略〕この前の戦争で俺たちに爆弾をずっと落とし続けたドイツ人と組んで、戦うことになるんだ。やつらは俺たちをなんだと思っているんだ? とんでもねえバカだと思っているんだろうが、そのうちそれは間違いだと気づくだろうよ。やつらは社会保険のカードだのテレビだので俺たちを黙らせたと思っているが、俺はやつらに刃向かって、やつらが間違っていることをわからせてやる。[49]

これは、アーサーが自分をまた戦争に参加させようとしている人間たち、つまり支配階級に属す体制側の人々に対する激しい怒りを表している一節であるが、ここで重要なのは、「やつらは社会保険のカードだのテレビだので俺たちを黙らせたと思っている」という点である。社会保険やテレビは戦後社会の豊かさを象徴するものであって、それらが労働者の生活に安定や楽しみをもたらしたのではあるが、その反面、それらのおかげで労働者は日常に満足し、さまざまな社会問題から目をそらされ、体制への怒りを忘れてしまったのだ、と指摘している。この発言は、ホガートやウィリアムズが言うようなマスカルチャー自体の内容の低俗さや画一性というより、マスカルチャーに没頭することで引き起こされる労働者の保守化を問題としている。ニューレフトは、その成立の契機として労働者の保守化の問題を含んでいたのであるから、このアーサーのマスカルチャーに対する否定的見解はやはりニューレフト的である、と言うことができよう。

その上、アーサーの政治的な考え方には、初期のニューレフトに若干似た部分がみられる。それは、第二章で同僚のジャック（Jack）に「こないだおまえは共産主義を信じるって言ってたじゃないか」となじられたときの彼の言葉に表れている。

「……俺は公平な山分け方式というのは信じないんだ、ジャック。時々、工場の外で箱の上に乗ってとうとうとまくしたてている連中を考えてみろよ。やつらがロシアについてだとか、やつらが所有している農場や発電所についてだとか話しているのを聞くのは好きだよ、面白いからだ。でもやつらが政権を取ったら皆が公平に分け合わなければならない、と言うんだったら、そりゃあ話は別だ。俺は共産主義者じゃない。共産主義者の連中は好きだけどね。やつらは議会にいるあの厚かましい保守党の野郎どもとは違うからだよ。それに労働党のたかり屋連中とも違う。労働党の連中ときたら、俺たちの賃金袋から社会保険料やら所得税やらを毎週抜き取って、「これはみんなあなた方自身のためになるんです」なんてぬかそうとしやがる。(50)」

ここからわかるのは、彼が保守党に対してのみならず、従来労働者の味方であったはずの左翼政党にもまったく信頼をおいていないということである。もちろん、アーサーが労働党や共産党に抱いている不信の理由と、ニューレフトのそれとは同じではないだろう。彼は、社会保険料や所得税を徴収するからという単純な理由で労働党を嫌っているだけで、労働党が保守化したことを嘆いているわけでもなく、また共産党についても、得たものを皆で分け合うことを嫌っているだけで、スターリン主義まで考慮に入れているわけではない。しかし重要なのは、根本的な社会構造や生産関係がまったく変化していないことにいらだちながらも、かといって既存の政党をあてにすることもできない無力感が彼とニューレフトのあいだに共通している、という点なのである。ただ、ピーター・ヒッチコック（Peter Hitchcock）も指摘するように、アーサーの場合はニューレフトと違って新しい社会主義を作ろうとはせず、すべての政治的信念を特権化しないで疑い、否定してしまうのであるが[51]。

このように、この小説には初期ニューレフトと時代認識を共有している部分があるのは確かであろう。ホガートの観点から考えれば、安逸な暮らしが可能になった労働者階級は社会への不満も忘れ、画一的で低俗なマスカルチャーに夢中になり、本来あるはずの労働者同士の有機的つながりを失ってしまった、ということになるが、その線に沿ってこの小説を読めば、確かに有機的つながりの喪失と読めてしまう箇所は多数みつかる。その例として一番目立つのは、ジャックの妻ブレンダとアーサーの不倫関係であろう。アーサーとジャックは同じ工場の同僚で仲がいいにもかかわらず、アーサーはブレンダと密かに逢瀬を楽しんでジャックを裏切っている。それだけでも労働者同士の連帯を乱す行為であると言えるが、その上ブレンダが妊娠してしまうと、アーサーもブレンダも罪悪感や良心の呵責を一切もつこともなく、ジャックに隠れて自分たちで堕胎を行うことを決める。さらに第六章では、怪しげな堕胎行為をブレンダにさせた直後、帰りがけにアーサーはブレンダの妹ウィニー（Winnie）にパブで偶然会い、やはり夫持ちである彼女と肉体関係をもってしまうのである。ウィニーも、夫にアーサーとの関係が知られることを恐れてはいても、後ろめたさを感じている様子はまったくない。このようなエピソードは、彼らに性的モラルが欠如しているということよりも、彼ら同士やそれぞれの配偶者とのあいだの精神的つながりが非常に希薄であることを示していると読めるだろう。

また第八章では、アーサーと同じ工員住宅地に住んでいる、ゴシップ好きのブル夫人（Mrs Bull）を狙って彼が空気銃を撃つという事件が起こる。しかし、近所のマクリー夫人（Mrs Mackley）は、けがをしたブル夫人の顔をみて「ブル夫人が撃たれたのを喜んでいたが同情したふりをするしかなかった」[52]のである。アーサーの仕業であるとにらんだブル夫人が夫とともに抗議に来ても、彼はしばらくしらを切り続け、しまいには空気銃をみせて開き直る。最終的には彼の家族や騒ぎをみに来た近所の人々も加わって、乱闘になってしまう。このエピソードには多少コメディー的要素もあるのだろうが、この工員住宅地というコミュニティーには、ホガートが理想としたような労働者同士の有機的なつながりはまったくうかがえないのである。

ただし、ホガートがマスカルチャーを（知的少数者の文化と比較して）低俗なものと定義し、それに浸る労働者階級は知的に劣っていると決めつけたのに対し、この小説ではマスカルチャーの質の善し悪しに特に言及してはいない。むしろ、アーサーの単調でつらい仕事を詳しく説明することによって、じっくり難解な本を読むような時間がある知的エリートと違って、労働者のライフスタイルにはマスカルチャー的なものが合っているということや、仕事の忙しさやストレスで人間関係も希薄になりがちだということが暗示されているとも考えられる。

では、この小説では、豊かさの中で保守化しマスカルチャーに溺れた労働者の姿が描かれているのだ、と解釈して終わらせてしまっていいのだろうか。この小説にみられる労働者階級像は、ホガートが批判的に描いた労働者階級の姿に一元化されてしまうのだろうか。実はこの小説の労働者像はそれほど単純ではない。ニューレフトの中心的人物の一人であり、六〇年代以降カルチュラル・スタディーズの中心人物として活躍したスチュアート・ホール（Stuart Hall）は、「純粋で、正統で、単一の共同体としての労働者階級などというものの存在[53]」など信じないと言ったが、確かにこの小説に表れる労働者階級も、よくみれば一様ではなく、非常に雑多な要素が含まれている存在なのである。

第一に、アーサーはつねに体制に反抗しようとしているが、実は体制側とそれに支配される労働者階級といった、従来ありがちな二項対立的な関係でのみ労働者階級が描かれているわけではない。労働者階級の内部でも権力関係ははっきりと存在しているのだ。第二章に職長のロボー（Robboe）という男が登場するが、彼はアーサーの仕事を監督する立場にある。二人の関係は表面上は良好であるが、「彼らの中にある敵意は眠っており、それはまるで偉い主人に頭を下げているように命じられたかのようにうなり声を押し殺している黒い獣のようである」[54]という表現からわかるとおり、彼らのあいだには支配する者とされる者として互いに対する憎悪が存在している。ロボーは、夜学で勉強していたこともある努力家の労働者で、同じ労働者階級であっても人により勉学意欲に違いがあるし、また職場の立場によってそこに上下関係も作り上げられてしまうのである。また、男女間においても上下関係があることがほのめかされている。アーサーの姉のマーガレット（Margaret）は夫に時々暴力をふるわれているようであるし、アーサーも、もし自分が結婚して妻がブレンダやウィニーのように浮気をしたら、「俺はどんな女性がくらったよりもでかいパンチをお見舞いするよ。殺してやる。俺の女房になる女は、俺の子供の面倒をみて、家を塵一つない状態にしておかなくちゃならないんだ」[55]と言っている。彼自身がブレンダやウィニーを誘惑したにもかかわらず、彼の結婚観は非常に保守的であり、時には暴力をもってでも男性は女性を支配すべきであるという考え方がうかがえる。

このように、労働者階級内部でもさまざまな権力関係があるのだが、さらに事情を複雑にするのは、一人の人間がその時々の立場によって支配者側にも被支配者側にもまわり、決して固定的ではないという点である。たとえば、ジャックは最初アーサーと同じ平工員だが、自分を支配する側の人間に敵意をもっているアーサーとは違い、ジャックは雇用者側に従順な労働者であり、その後職長に昇進する。労働者といっても雇用者側に敵意を抱く者ばかりではないし、昇進すれば自身が管理する側にまわることもある。アーサーにしても、第九章で書かれているように、戦争中は憲兵隊に入れられて不本意ながらも憲兵をさせられ、外出をする兵隊たちの外出許可証をチェックしていたのである。労働者階級内でも、そこにある権力関係は常に流動的であり、考え方もさまざまであって一枚岩ではない。

もう一つ注目すべきは、移民の存在である。ホガートやウィリアムズが労働者階級という場合、先祖代々英国人である白人労働者しか想定していないように思われるが、実際は海外から移住してきた労働者が昔から英国に存在していたという事実を思い出すべきであろう。第五章の終わりでは、アーサーが従兄のバートと歩いているとき、酔いつぶれて倒れているアイルランド人の男を発見し、その男の下宿に連れて行く場面がある。その男の名前や素性など詳しいことはなにも書かれていない。しかし寒い夜であるにもかかわらず、オーバーも靴下も身につけておらず、しかもその男の財布の中には新聞の求人欄しか入っていないという記述から、金銭的にかなり困っているであろう様子がうかがえる。戦後労働者は豊かになったと言っても、移民差別がある中でその豊かさは移民にまで等しく及んでいたわけではなく、労働者階級内でも格差が生じていたことが示唆されている。

他に第一五章で、アーサーが恋人ドリーンの家に行ったときに彼女の母親の恋人であるインド人の男が登場する。その男は英語がまったく話せないが、町の機械工場で働いており、三年間働いて貯金をしたらインドに帰る予定だという。アイルランド移民は一八五一年でも英国にすでに七二万七、〇〇〇人いたというから、ある程度珍しくない存在ではあった。(56) しかし一九五〇年代後半からは、コモンウェルス諸国の市民がイギリスに定住し就業する権利を認めた四八年のコモンウェルス国籍法のおかげもあって、西インド諸島、インド、パキスタンといったコモンウェルスの国々からやって来る有色人移民労働者が急増していた。そして、五七年から五九年頃には失業者数が増加したため、有色人移民労働者に対する風当たりが強くなり、五八年の八月から九月にかけては反黒人暴動がロンドンやノッティンガムで起きていたのである。[57] この小説ではこれらの暴動について一切触れられていないし、アーサーはそのインド人男性を好きではなく、「インド人が下を向いているときに、指を広げて鼻先につけて彼を馬鹿にした」[58] ということは書かれているが、それ以上のことは特に書かれていない。しかし、昔からいたアイルランドの移民に加えて新たな移民が増えていき、労働者の世界の構成も変化しつつあることは暗示されていると言えよう。そして、英国人労働者と有色移民労働者というあらたな対立軸が労働者階級内部に生まれているのである。

ホガートは、昔の労働者階級文化を美化し、現代の労働者階級文化を堕落したものととらえたが、以上みてきたように、労働者階級は一様ではなく、その内部にもさまざまな対立や権力関係があり、つねに変化し揺れ動いている。しかも外からの移民という力も加わって、いくつもの亀裂が何重にも走っており、一つのまとまった労働者階級というもの自体が、本当は架空の存在であるのかもしれない。労働者階級といっても、生活の仕方、考え方などもさまざまであるのに、それを一つの労働者階級文化とみようとするのは、それを知的少数者の文化の対立項として、または労働者が過去にもっていたとされる有機的文化の対立項として、劣ったものとしようとする政治的立場が前提にあるからなのだ。つまり、労働者階級文化という枠組みを作ること自体の意味が問題となってくるのである。本論第四章で言及したウィリアムズの「実際にはマス（大衆）というのは存在しない。人々をマスとしてみる見方があるだけだ」という考え方は、この小説のテクストの有り様と実は共鳴し合うものなのだと言えよう。この小説の労働者階級像は、一見ホガート的な言説にもとづいて作られているようであるが、同時にそのような労働者文化観の限界を示してもいるのである。

六　むすび

アラン・シリトーの『土曜の夜と日曜の朝』（一九五八）は、戦後英国の社会のあり方に対して異議申し立てをする労働者階級の若者の姿を描く小説として有名になった小説である。当時そのような若者を書いたのはシリトーだけではなく、ジョン・オズボーン（John Osborne）の『怒りをこめてふりかえれ』（*Look Back in Anger*, 1956）や、ジョン・ブレイン（John Braine）の『年上の女』（*Room at the Top*, 1957）などでも社会に対する若者の怒りが描かれている。

第二次世界大戦後の英国では、戦争中に提出された「ベヴァリッジ報告書」の考え方にもとづいて社会福祉国家政策が進められた。それにより、戦前の不況社会では常に失業の危険にさらされていた労働者階級は、失業保険や健康保険、さまざまな年金などを得られるようになり、一九世紀終わり頃からの課題であった貧困層に対するほぼ完全な救済が実現した。さらに五〇年代には労働者の賃金が上昇して生活水準が向上し、労働者のあいだにも消費主義が広まった。

そのような時代の労働者階級の人々やその文化を批判したのが、初期ニューレフトの人々である。ニューレフトは、労働者が戦後の安逸な暮らしに満足し、社会を改善していくという意欲もなくして保守化していくことを危惧していたのである。特にリチャード・ホガートは、三〇年代のリーヴィス夫妻のマスカルチャー論を引き継ぎ、戦後の労働者が昔ながらの労働者らしい民衆文化を捨て低俗なマスカルチャーに染まったおかげで、労働者コミュニティーの有機的なつながりが失われたと痛烈に批判したのだ。

『土曜の夜と日曜の朝』は、そのようなホガートの時代認識をかなり共有している部分があると思われる。小説の労働者たちも戦前より経済的に豊かになり、テレビや大衆新聞などのマスカルチャーを楽しみ、労働者同士の精神的つながりが非常に希薄になっているさまが描かれる。しかし、そのような観点からのみこの小説を読んだのでは、このテクストがもつ力を十分に理解したとは言えないだろう。このテクストは、労働者階級を一枚岩だととらえてその文化の価値を判断している、ホガート的思考の枠組みを突き崩す力をもっている。この小説に描かれている労働者階級は、上の階級に支配される被害者というだけでは決してなく、内にさまざまな権力関係を含んでおり、しかもその関係は流動的でもある。さらに、移民という、外部であったものが内部に入りこむことによって、それがまたあらたな揺さぶりをかけつつある。つまり、現代の労働者階級文化は決して一様ではありえないのだが、それを一つにくくって論じようとする行為自体が、知的少数者の文化や労働者階級の失われた（とされる）文化と対比しておとしめようとする意図の存在を露呈させてしまうのである。

労働者階級出身の作家なら、リアルな労働者階級文化が描き出せるだろう、というナイーヴな期待から読まれてきた小説であるが、この小説のもつ本当の意義は、労働者の生活の細部をリアリスティックに描き出すことではなく、「現代の労働者階級（文化）とは」という問い自体を解体してしまうことなのかもしれない。

（1） Bradford, Richard, *The Spectator*, September 6, 2008, 36.

（2） Anonymous, 'Obituary : Alan Sillitoe', *The Economist*, Vol. 395, No. 8680, 2010, 88. ただし、労働者階級の経済状況や生活を描くこの二作品だけをこの記事が高く評価しているのは、記事を掲載しているのが経済誌であるということも若干関係しているのかもしれない。

（3） Bradford, Richard, 'Introduction to the Fiftieth Anniversary Edition', *Saturday Night & Sunday Morning*, Harper Perennial, 2008, 5.

（4）川北稔・木畑洋一編『イギリスの歴史—帝国＝コモンウェルスのあゆみ—』有斐閣、二〇〇〇年、一四九—一五一頁。
（5）Clarke, Peter, *Hope and Glory: Britain 1900–2000*, 2nd ed., Penguin, 1997, 55–60.
（6）川北・木畑、二〇〇頁。
（7）村岡健次・木畑洋一編『イギリス史3—近現代—』（世界歴史大系）山川出版社、一九九一年、二九二頁。
（8）村岡・木畑、二九七頁。
（9）Clarke, 207.
（10）Clarke, 214.
（11）Clarke, 221.
（12）Clarke, 255.
（13）ローゼン、アンドリュー『現代イギリス社会史　一九五〇—二〇〇〇』、川北稔訳、岩波書店、二〇〇五年、一七頁。
（14）Sandbrook, Dominic, *Never Had It So Good: A History of Britain from Suez to the Beatles*, Abacus, 2005, xxvi.
（15）テレビを視聴するための権利書のこと。それを買うという形でＢＢＣの受信料を支払う。一世帯につき一枚毎年購入しなければならないので、この権利書を保有する人の人数によって、テレビを視聴している世帯数がわかるのである。
（16）Clarke, 250; Hennessy, Peter, *Having It So Good: Britain in the Fifties*, Penguin Books, 2006, 112; Turnock, Rob, *Television and Consumer Culture: Britain and the Transformation of Modernity*, I. B. Tauris, 2007, 2.
（17）リン・チュン『イギリスのニューレフト—カルチュラル・スタディーズの源流—』、渡辺雅男訳、彩流社、一九九九年、二九頁。
（18）Dworkin, Dennis, *Cultural Marxism in Postwar Britain: History, the New Left, and the Origins of Cultural Studies*, Duke University Press, 1997, 16.
（19）リン、四〇頁。
（20）大衆文化という訳語は popular culture と mass culture の両方にあてることができるが、popular culture は、基本的には労働者階級（下層中産階級も含むことがある）の文化というだけで、使われる文脈によってさまざまなニュアンスをもちうる言葉であるのに対し、mass culture は労働者階級に対する軽蔑の意味が非常に強い言葉である。というのは、mass という言葉は、貴族を支持し産業資本家を嫌悪する一部のエリートたちが、勢力を増しつつあった産業プロレタリアートを軽蔑的に呼んだ呼び方だからである。よって、この論文ではなるべく混乱をさけるために、popular culture の場合には「大衆文化」または「労働者階級文化」とし、mass culture の場合には「マス・カルチャー」とすることにする。さらに、民衆文化（folk culture であるが、popular culture と言うこともある）と言った場合は、労働者の中から自発的に生まれた地域性の強い文化であるとされていて、そこに支配者に対する抵抗の要素をみる場合もあり、時にナショナリズムとも結びつく場合もある、かなり理想化された労働者階級文化を指す。

（21） Hoggart, Richard, *The Uses of Literacy*, Transaction Publishers, 2008, 266.

（22） Hoggart, 190.

（23） Hoggart, 192.

（24） 大戦間期における知的少数者の文化とマス・カルチャーに関する議論と、D・H・ロレンスの作品との関係については、拙論「大衆文化・エリート文化・ロレンス─一九二〇年代の作品について─」（『D・H・ロレンス研究』第九号、一九九九年）を参照のこと。

（25） Leavis, Q. D., *Fiction and the Reading Public*, Chatto & Windus, 1932, 64–67.

（26） Turner, Graeme, *British Cultural Studies : An Introduction* (Media and Popular Culture 7), Routledge, 1992, 49.

（27） Turner, 53.

（28） Williams, Raymond, *Culture and Society*, Penguin Books, 1984, 250–251.

（29） Williams, 289.

（30） Williams, 307–308.

（31） Williams, Raymond, *The Long Revolution*, The Hogarth Press, 1992, 336–337.

(32) Williams, *Culture and Society*, 297.
(33) 英国製の安い紙巻きタバコの商品名。
(34) イングランド北西部にある、庶民に人気の海岸リゾート地。特に二〇世紀最初から中頃にかけて、イングランド北部の工場労働者の団体が年に一度の休暇を過ごす場所として繁栄した。
(35) Alan Sillitoe, *Saturday Night & Sunday Morning*, Harper Perennial, 2008, 26–27.
(36) *Saturday Night & Sunday Morning*, 27–28.
(37) *Saturday Night & Sunday Morning*, 169.
(38) Sandbrook, 442–443.
(39) *Saturday Night & Sunday Morning*, 138.
(40) Fowler, David, *Youth Culture in Modern Britain, c. 1920–c.1970 : From Ivory Tower to Global Movement—A New History*, Palgrave Macmillan, 2008, 116.
(41) *Saturday Night & Sunday Morning*, 9.
(42) Hoggart, 190.
(43) *Saturday Night & Sunday Morning*, 24.
(44) *Saturday Night & Sunday Morning*, 25.
(45) *Saturday Night & Sunday Morning*, 66.
(46) *Saturday Night & Sunday Morning*, 121.
(47) *Saturday Night & Sunday Morning*, 20.
(48) *Saturday Night & Sunday Morning*, 32, 38, 46, 48.
(49) *Saturday Night & Sunday Morning*, 132.
(50) *Saturday Night & Sunday Morning*, 35–36.
(51) Hitchcock, Peter, *Working-Class Fiction in Theory and Practice : A Reading of Alan Sillitoe*, UMI Research

Press, 1989, 68.

(52) *Saturday Night & Sunday Morning*, 118.

(53) プロクター、ジェームズ『スチュアート・ホール』（現代思想ガイドブック）、小笠原博毅訳、青土社、二〇〇六年、一四頁。

(54) *Saturday Night & Sunday Morning*, 42.

(55) *Saturday Night & Sunday Morning*, 145.

(56) ローゼン、一二三頁。

(57) 川北・木畑、二四〇—二四一頁。

(58) *Saturday Night & Sunday Morning*, 211.

フィリップ・ラーキンの小説『ジル』と『冬の女』

森松健介

一　はじめに――ラーキンの文学上の出発

フィリップ・ラーキン（Philip [Arthur] Larkin, 1922–85）は一九四〇年にオクスフォードに入学した。小説『冬の女』の第三部五章に語られるように、やがて女性さえ軍事徴用される時代であったが、一九四二年の、軍部による医療検診によって（視力が弱くて。See Larkin 2002 xi；どもりが酷くて。See Curtis：7）ラーキンはＣ３に分類され、兵役不適格とされた。だがやがて小説『ジル』の主人公ジョン・ケンプ（John Kemp）が出遭うような、ダンケルクからやっと撤退した片目を失った兵士や、爆撃で途方に暮れる郷里の人々、熟考の末、打算によって兵役を志願する恩師など、戦争の影響は周囲に夥しく漂い、若い人々は未来を見失っていた。未来がみえないことも、『ジル』後半でのジョンの暴走の一因とみてもよいはずだが、『冬の女』に較べて、前途不透明のテーマはきわめて曖昧でしかない。不良学生たちの心を、この不透明が冒している風にはまったく描かれない。だが、登場人物に直接の影響は与えていないにせよ、戦争はオクスフォードをすっかり変形させていた（Larkin's Introduction to *Jill*：15–16；Curtis：7–8）。

ラーキンは翌一九四三年に『ジル』を書き始め、さらにその翌年の一九四四年末にこれを完成させている（Larkin *Letters*：xvii–xviii；64）。一九四五年五月にはドイツが降伏して、ヨーロッパでは第二次世界大戦は実質上終焉した（日本の降伏は八月）。その七月、ラーキンの処女詩集『北の船』（*The North Ship*）がフォーチュン・プレス社から出版され、同じ夏、第二小説『冬の女』が書き上げられた（すなわち第二次世界大戦の完全な終結以前に脱稿）。『ジル』の出版は四六年、『冬の女』は四七年であるが、この間四七年末までに、その後多くの出版社に退けられた第二詩集『光に捕らわれて』所収の詩群が書かれている（*In the Grip of Light*. 一九四七年にA. P. Watt に送付されたが出版を拒否され、一九四八年にはFaber & Faber, John Lane, J. M. Dent, Macmillan, Methuen, John Lehman にも退けられ、没後、原稿のまま発見された。See Larkin *Letters*：xviii；Bloomfield：156）。すなわちラーキンの小説への試みと、詩作は同じ時期に始まっている。オクスフォードには当時、詩作を試みる学生が多く（Curtis：14）、同時にまた、『ジル』の副主人公クリスのモデルとなるような勉強嫌いのパブリック・スクール出身者も多かった（Curtis：13）。その中での小説の試みであった。

さらにつけ加えるなら、まだオクスフォードに入学する前の一九三八年には、イギリス中部の都市コヴェントリーにある「ヘンリー八世」校の学生の雑誌（*Coventrian*）に詩を載せ、入学後の四〇年には学生誌ではない「リスナー」に「最後通牒」という詩を載せている。四一年にはオクスフォード大学学部生の雑誌（*Cherewell*）に「ストーリー」と題する詩が掲載され（以上Larkin *Letters*：xvii–xviii）、詩が最初期ラーキンの文筆活動の中心であったようにみえる。だがラーキンは同じ頃から（1941–42. See Larkin 2002：viii）、ブリュネット・コウルマン（Brunette Coleman）という女性にみせかけたペンネームを掲げて、五編の長短あい混じった小説を四三年までに、世に知られないまま、書いていた（私たちが読めるようになったのは二〇〇二年であった）。

このような詩と小説の双方を試みていたラーキンであるから、その前半の大部分が散文的な『ジル』の冒頭数頁に、次に引用する車窓からの風景に始まる、むしろ詩的な文章が交えられていても何ら驚くべきではない。しかし同時に私たちはラーキンが後年、「小説は詩よりも、豊かで幅広くて、より深みをもち、読んでより楽しいもののように〔当時の私には〕思えた」（Larkin *RW*：63）と書いたことも念頭におくべきであろう。そうしてまた同じ後年の著作の中で、「小説は他人のことについて書くものであり、詩はあなた自身についてのものである。ここに問題があった、実際——と私は思っている。私は他の人々については十分に知らなかった。小説に書くほどには、他の人々を好きになれなかった」（Larkin *RW*：49）と小説からの撤退の理由を述べている。しかしさらに小説を試みる気構えをもっていた（Larkin *Letters*：131）。以下にみる二編の小説、特に『冬の女』は、ラーキンが「他の人々について十分に知」る素質をもっていたことを如実に示している。

アンドリュー・モーションは、この二編を性的希求の理想像とそれを破壊する現実の対比として読む（Motion 1982：40–58. この側面をもつ小説としても読めなくはない）。『ジル』の食事の場面が性的連想に満ちているとの指摘（Motion 1982：46ff.）、『冬の女』の第三部二章での「この一日は夢の中のオデュッセイアに似ていた」（179）を、「様々な種類の欺瞞につきまとわれた探索」（Motion1982：57）の一日と解するなど刺激的ではある。しかし筆者はこれに左右されずに、独自の観点から二編を（邦訳のない二作であるから）詳しく読んでみたい。

ところで『冬の女』を扱うに当たって、《イングリシュネス》に触れることになる。ところがラーキンはしばしば、没後になって、書簡類や大部の伝記によって私生活を隈無く曝かれ、イングランドのみを贔屓《ひいき》してアイルランドを貶め、有色人種に偏見を抱いていた人物として非難されてきた。ラーキンに関して《イングリシュネス》という言葉を用いる場合には、それはイングランドのみを優位におく島国根性の代名詞のように響いてきた。トム・ポーリン（Tom Paulin）は、本論筆者にとってはハーディの詩の鑑賞における恩人である。しかし彼のラーキン論は峻烈をきわめる。ラーキンの想像力の奥には「岩のように堅い自国の栄光感覚」があるという。非難の矢面に立たされるのが一九五一年作の短詩「過ぎていったマーチ」('The March Past,' *CP*: 55)である(Paulin: 161; Regan 1992: 81もこれに賛同)。一九五〇年から五五年にはラーキンはベルファーストで司書をしていた。この詩の一九行目「今は終わってしまった事物への驚くべき悔恨」に用いられる悔恨(remorse)という言葉は「変形された」(transposed)ナショナリズムにほかならず「獰猛なばかりの帝国主義賛美で、イェイツの反植民地的抒情詩とは対照的」(同)だとしている。アイルランド出身のポーリンがアイルランド贔屓の見方をしたのは理解できる。しかしラーキンの詩全体を視野におけば、これは過去の大英植民地全盛時代を懐かしむ歌ではなく、過去の個人的な明るい人生観の終焉を歌った作品と感じられる。そのうえ、このマーチをみに来た群衆にラーキンは「騙されやすい」という形容詞 'credulous' を付している(五行目)。政治詩なら、これはマーチへの賛美を風刺していることになるからポーリンの論理自体が覆る。「マーチ」はむしろ、自分も軽々しく信じた(credulous)、過去の楽観的人生観を指すと思われる。

二 『ジル』(*Jill*, 1946)

原典はOverlook Press版、一九七六年刊

一九四五年まで、第二次世界大戦は終わらなかった。しかし一九四〇年一〇月には大学は新入生を迎えた。一八歳のジョン・ケンプは、母が手弁当にと、前夜に作ってくれたサンドイッチ二包みをもってオクスフォードに向かった。車窓からみえる野面では、木々の塊が次々に後ろへ飛んでゆく。

朽ちかかった木の葉は、一葉一葉、異なった色をしている。この上なく薄い黄土色から紫に近い色まで。そのため

木々は春の樹のように、一本一本、個性的に立っていた。生垣はなお緑のままだったが、それを縫うように蔓を伸ばす昼顔は、病み果てた黄色に変じ、遠くからみると遅咲きの花々のようだった。小川がいくつか、腕を伸ばし、牧草地をくねくね流れていた。流れの縁には柳が並び、水面に葉を散らしていた。小川のあちこちに歩道橋が架かっていたが、どの橋にも人影はみえなかった。(21)

——ラーキンの小説『ジル』は、やがてその後一〇〇頁にわたって散文的に大学生活を描写するけれども、その冒頭は詩情のみなぎる描写で読者を惹きつける。詩情は描写の的確さからも生じるが、春の樹のようにみえながら、それは朽ちかかった葉で彩られ、昼顔は病み果て、柳の葉は水面に散り、人影がみえて当然のあちこちの歩道橋のどこにも人影がない——これらに示される、望ましい形からの退嬰的変化という小説自体の主題が、まだストーリーの展開を知らない読者の心に忍び入るように仄めかされていることから、主として生じている。ストーリーは、やがて本論が明らかにするとおり、超一流大学に入りながら一切の勉強を放棄し、他の学生が書いたレポートを丸写ししてパクる学生群に囲まれた素朴な主人公が、本来有していた価値観では彼らに対抗できないことに傷つき、一五歳の美少女をあらたな価値観の中心的存在として獲得しようと夢想する話である。

『ジル』と同じ時期(一九四三—四四年)に書かれた短詩「踊り子」('The Dancer')は、まるでこの『ジル』のストーリーへの注解のように感じられる。

蝶ちょうか
落ちてくる木の葉か
どちらを真似ればいいの?

わたしはどう踊ればいいの?

という、いかにもまだ一〇代らしい踊り子(おそらくはバレリーナ)の独白を斜体で四行示したのち(ここで《蝶》は由緒正しい正統的な舞いの名手、《落葉》は周囲に吹く風のままに落下せざるをえない舞い手を指していると思われる)、五行目からは語り手が詩人自身となる――

そしてもし、自分の両足で織り上げた世界、
これまでの世界が、緑の葉一つない不完全な苦海
でしかないと踊り子が認めねばならないとしたら?
そしてもし、彼女がこれを投げ出さねばならないとしたら?
彼女がやむをえず、ピルエットの軸の正しい踊りを破壊、
そして観衆を踊りの世界から解散させねばならないとしたら?
そのときは月も取り乱して進むだろう、
月は、錨《いかり》をはずされてしまうだろう、
月は、その軌道をすっかりそれて
地球に墜ちるだろう、破滅のキス求め、荒《あら》くれて。

「正しい軸」は一九四一年五月二一日の書簡(See Motion 1993: 38)にも現れる言葉で、ラーキンが重要視するノーマルな原点である。右のバレリーナの位置に、また墜ちる月の位置に、『ジル』の主人公ジョン・ケンプ

をおいてみればよい。この詩のとおりにストーリーは進み、やがて月は軌道に戻る（と筆者は読む）。人間すべてが、若いときには、この踊り子なのだ。自己の信じていた世界――家族の愛情に助けられ、みずからも努力して作りあげてきた世界から、突如脱線し、何とか正常軌道に戻ろうとして、救いのキスを求め、しかし破滅的なキスを求めて暴走する。正しいピルエットの軸、つまり不動だと思われていた価値観をもった若い人が、その価値観を周囲の流行りに煽られるようにして破壊され、何かあらたなピルエットの軸を捜そうとすることが、人生には起こりうる。この小説は、最終的には主人公がきわめて常軌を逸した、現実世界では、些末ではあるが決して許されない行動の連続に陥ってゆく。しかし私たちは、これを常識世界の、文字どおりの受け取り方によって読むわけにはいかない。象徴的な詩歌にあるとおり、語り手や主人公の暴走は、日常生活の写実では描ききれない真実を描こうとするものである。シェリーのレイオン（『イスラムの反乱』、原題は『レイオンとシスナ』）が、圧制者の目の前で変装を脱ぎ、自己の正体を明かすという破滅の道を、どんな写実小説の主人公が選ぶだろうか？　また火山に跳び込むエンペドクレスを、どんな日常小説（自殺志望者を噴火口に誘う高橋たか子氏の『誘惑者』は、人の心の裏にある《悪》を炙り出すむしろ詩的な小説であって日常小説ではない）が描くだろうか？　主人公の暴走を描くのは、彼が達成を目指す新軌道探しの重要性が他のすべての判断を抹殺することを示す。この意味でこの小説自体が、詩の手法で描かれていると言える。ラーキン自身が自分の小説を「むしろ詩的な代物」、「巨大化した詩編」だと述べている（See Motion 1982：39）。

右に引用した風景描写は、どう読んでも小説の語り手の観察を記したのではなく、主人公ジョン・ケンプの眼に映った光景、ジョンが心に感じた《秋》の姿として書かれている。その上で同時に、作家の技法として、小説の主題の暗示を行っている。だがまたこれは、この風景をよく観察する主人公ジョンの人格を表すという、もう一つの役割もはたしている。すなわちジョンはもともと、このような詩人的感性をもった主人公なのだ。やがてこの人格が、突き崩され、変貌を遂げるようにストーリーは発展するけれども、原初の人格が否定され、変貌した人格が良き発展であるとして書かれた一種の《教養小説》などとして分類できないのは言うまでもない。またラーキン自身が後年版の「イントロダクション」冒頭で「(自己の階級から)追い出された労働者階級の主人公」という読みは当を得ていないとやんわり述べているとおり、上下階級の争いが主題ではない。主人公と対立するクリスという男は、せいぜいで新興中流階級の子弟(元女優の息子)であるにすぎない。

こうした読みを否定するように、主人公が原初にもっていたこの詩人的性格は、小説最初の一六頁を費やして克明に描かれる。本論筆者はミルトン、ポウプ、トムソン、グレイ、ブレイク、キーツ、ハーディなどの詩人に心酔してきた。彼らには、共通した一種の誠実さと、その基礎となる確乎たる価値観、善悪美醜の判断について決して妥協しない基準がある。同時に、人間と自然の両世界をこの誠実さと価値観から眺める眼がある。ジョン・ケンプは、この意味で詩人的であったし、のちにもう一度、常識を逸脱した形ではあるが、この意味で詩人的であろうとした。

車中のジョン・ケンプは、ポケットの中の二包みに分けたサンドイッチが、前夜、母が作ってくれたことを意識している。食べたいのだが他の乗客が食べ始めるのを待っている。「彼が知る限りでは、誰もが乗る列車の中で食事をするのは不作法だと思われた」(22)。この考えを彼の幼児性として片付けるのは簡単である。だがどんな場合に何をしてよいか、してはならぬかをつねに考えるのは、一つの文化の中枢を形成すると言っていいほど、重要な生活習慣である。文化は変化するから、今日の日本人は、乗車時間がせいぜい二〇分の電車の中で食事をする人をおおむね許容するようになった。化粧も、電話も、音漏れや絶叫も電車の中で毎日見出される。だが、右記のような些事にかぎらず、従来は絶対にしてはならなかったことへの基準がだんだん緩んでくると、一国の文化活動の中心をなすような場でも、重大な非倫理性が横行するようになる。日本での例を挙げれば、超一流大学出身者の多い日本の官僚の一部、原子力ムラの大多数。国会議員の中にも、《比例》で当選しながら簡単に脱党し再選に有利な方向に赴く超一流大学出が後を絶たない。また超一流大学出の若い男が、他者が苦労して仕上げた重厚長大な準学術書の飜訳の出版社への入稿を待って、原訳者の許可なくその原稿に手を入れ（できあがった訳稿に手を入れるほど簡単なことはない）、自分の名前を表紙に記すように要求する事例も生じている（『ジル』のクリスが行うのと同じパクリ行為）。これと同様に、ラーキンのこの小説は、人間文化のカオス化の可能性を、些末な学生寮の描写から、戦争と爆撃の被害によって変貌する社会を背景に、オクスフォードという超一流大学の内情暴露という形で描き、これが次第に大きな問題を孕むことを示唆する小説になってゆく。すなわち、一方では思春期の男性についての心理小説でありつつ、一九四〇年以降のイギリスの断面図を呈示する、《英国現状小説》の側面も獲得してゆく（『冬の女』は現状呈示小説として通常分類されるが、『ジル』のほうがその側面を濃厚にもつ。ラーキン自身はこの分類を好まないが〔右記の「イントロダクション」：18〕、それは一ポンドで二週間が過ごせるというような卑小な「歴史的文書」として扱われるからであって、一国の文化そのものの退嬰の兆しを予見した文書としてそう扱われるのには、彼は反対しなかったであろう）。

主人公ジョンが生まれてはじめてタクシーに乗り、オクスフォード大学の自室に着いてみると、同室者となる予定の新入生クリス（Christopher Warner）はすでにそこでパーティを行っている。招かれているのはクリスの恋人エリザベスとその兄パトリック、クリスと同じロンドンの二流パブリック・スクール出のエディ、パトリックの友人で「巨大な自信と愚劣さが表情に出ている」（28）ヒューである。ジョンは自分があらかじめ送っておいた荷物に入っているはずの陶器類と同じ柄のカップや皿が使われているのをみて

「知らないでしょうけど――えー――ちょっと面白いことに、僕たち二人とも、同じ柄の食器をもちこんだらしいです

ね――」

この言葉は遮られた、というのは、突然爆発したような笑いの叫びが沸き起こったからだ。不意をつかれてジョンは飛び退き、驚愕して周りをみた。(31)

――ジョンの送った荷物が勝手に解かれて、ジョンの陶器類が勝手に使われていたのだった。誰もが愉快に思ったらしく、エリザベスはハンカチで目を押さえ、からだを揺すって喜び、パトリックは狐のような嘲りの横目でジョンをみた。

クリスが自分用の陶器類を持参しなかったことはやがて明らかになる。ジョンはクリスに対しては、少なくとも当初「嫌悪以外の何も感じなかった」(34)。クリスはジョンに向かって平気でこう言う――「相部屋なんて糞くらえだよ、なぁ」。このときジョンは「もし自分自身がこう言ったのであれば、甚だしく不作法なことをしたと感じただろう」(35)と考える。この時点ではジョンは田舎からもってきた価値観を失ってはいない。陰気な憂鬱に取り憑かれ、「巨大な孤独感」(37)に襲われたジョンは次に、クリスの持ち物の中に避妊具が四個あるのをみつけて、「弾丸が装塡されたピストルをみつけたように仰天した」(38)。この段階でもジョンの善悪の基準は元のままである。彼は両親に手紙を書き、書き終えてから追伸として「サンドイッチはとてもおいしかったです」(40)と書き添えた。これが当初のジョンである。実際のオクスフォード大学学部生の多くは、こうした「少年じみた素朴さ」(unsophisticated boyishness. See Brownjohn：4)を失っていなかった。

だが翌日、オクスフォード学生自治会(the Oxford Club)への入会をうるさく勧める上級生がやってきたとき、クリスが見事に彼を追っ払ったのをみて、ジョンには保護者としてのクリストファーという考えがやって来た。見知らぬ人々には荒々しく吠えたてる大きな番犬としてのクリストファー。ティー・カップの一件がもうすでに記憶の中で消え始めているのは不思議だった。それはクリストファーが深い考えもなくやらかした罪のない行為の一つとして遠方の景色に落下していった。ジョンは、これほどものにこだわらない人物をみたことがなかった。（48）

――これはジョンの変化というより、彼がもともともっていた人の善意を信じる気持ちから来ているのかもしれない。次の頁では彼はなお、あらためて両親に手紙を書き、マンチェスターで小学校の教員をしている姉（Edith）にも手紙を書いているからである。だが小さな変化が、一八歳の彼の心に芽生えたとしてもおかしくはない。本来、学生自治会の主張の善し悪しから追っ払うべきか否かを判断すべきなのに、クリスは知的なものすべてへの嫌悪から上級生を退散させている。このことに気づかずに、クリスの行動様式への是認を感じ始めるところにジョンの、環境適応への願望がみえる。

　クリスにおける基本的な倫理の無視は、悪しき慣習への挑戦とはほど遠い。彼は大学の用務員（食事の時間に遅れないように促すのも彼の役目）を見下《くだ》しながら早起きを話題にして巧みに扱い（35-36；50）、ポーターには競馬と酒を話題に出す（50）。大食堂で着用を義務づけられている礼式ガウンをはやばやと手に入れている（36）。このように完全に体制内的でありながら、個人生活においては《他人のことを考えてふるまう》というイギリス固有の美徳（『冬の女』での主題の一環となる）をまったく欠いているのである。

　のちに「オブザーヴァ」誌のミリアム・グロスからインタビューを受けたとき、ラーキンは「オクスフォードには私は恐れをなした。パブリック・スクール出身者もこわかった。学監（指導教官）も恐ろしかった。用務員もそうだ」（Larkin *RW*: 49）と答えている。中流階級出身のラーキンでさえそう思ったのだから、オクスフォードより北のランカシャーにある架空の小都会の貧しさの中からやってきたジョンには、ロンドンのパブリック・スクールの一つとされる（架空の）ランプリ校出身者クリスやその同窓生に囲まれた生活は恐ろしいものであったに違いない（ランプリはヤツメウナギだが、イギリスではそのある種のものは他の魚に寄生して血を吸うとされる）。これと調和するためには、彼らと考え方を共有してその仲間に入るしかない。パブリック・スクールでは《いじめ》が日常化し、学業よりクリケット試合やフットボール（今日の日本でいうサッカー）のほうを生徒は尊重しなければ仲間はずれになった。出身者は母校を誇りにし（See 56）、出自が劣る学生を話題から遠ざける（同。ジョンは、遙かに堅実な地方グラマー・スクール出身＝54）。ジョンはせっかく自分に相応しい、学業に意味を見出すウィットブレッド（Whitbread）という学友ができたときに、この友から、クリスのような奴はろくでなしだ、部屋を変えてもらうように当局に訴えたらという助言を受けながら「知り合ってみればいい人ですよ。全然悪くなんかない」（51）と答えるようになっている。彼はクリスの機嫌をとることを心がけるようになる——

クリストファーが部屋に入ってくると、ジョンは明るい顔を作り、笑い声をたてざるをえなかった。クリスの仲間に加えてもらうことは期待しなかったが、彼らの話を聞くのを許されていることは、大きな特権であるように感じられた。（60）

——どんな「話」かと言えば、その夜どこで遊ぶかの議論にすぎない。クリスが遊興のための金を貸してくれと言ったとき、ジョンは計画的に倹約している有り金の中から一ポンド（今日の五〇倍以上の価値あり）を差し出す（64）。そしていつまでも返してもらえない。

彼のグラマー・スクール時代の記述は突然始まって二一頁（65–85）続き、唐突さを免れないが、オクスフォード進学が考えられない環境の中から彼は、クラウチ先生（Joseph Crouch）に才能を見抜かれ、年一〇〇ポンドの奨学金を得、それが実現したことを読者は知る。

翌朝（という風に、原著も突如以前の情景に戻る）ジョンは、クリスの母が訪ねてくるので、クリスの試合が終わるまで、どこかの喫茶店へ案内して相手をしてくれと頼まれる。会ってみると母親はクリスと同種の「ものにこだわらない」（91）個性を有していて、ジョンは自分の母親の面影を「はねのけて」（90-91）この中年女性を賛美し、いっしょに歩くのを誇りに感じる――「彼女は気分を爽快にする気候のように感じられた」（96）。

元女優だったこの母親を間近にみたせいか、ジョンは自分の服装がみすぼらしいのを恥じて、蝶ネクタイを買う。結び方もわからないままそれをいい加減に着用して歩いていたときにエリザベス（クリスの恋人＝前出）に出遭い、みとがめられて正しくつけ直してもらう（99）。顎の下で動いた彼女の手の柔らかさに魅せられて、彼女を恋い始めた（100）。次にエリザベスに会ったのは、クリスの留守に彼女が訪ねてきたときだった。蝶ネクタイの結び方を教えてあげると言われ、正面に屈む彼女の尻を引き寄せたい衝動に駆られた（109）。

クリスが帰ってきて、ジョンが座をはずさざるをえなかったとき、ドアを出る前に二人の会話が聞こえてしまった。「上手に調教したわね。まだ彼のカップを使っているの？」とエリザベス。「そこにあるのはあいつのバターさ」。するとエリザベスが笑いこける。「おふくろはあいつのことを縫いぐるみみたいと言ったよ」「縫いぐるみ！　まさしくぴったり！」（111）――この会話を漏れ聞いて、大きな怒りを覚えたことが、クリスの仲間と同化すべきでないというジョンの新しい気持を促したと読めるのである。「彼はこれらの人々の生活の中へ自分を織り込むことが、完全かつ屈辱的に、できなかったと感じた」（114）。

姉からの手紙が来たが、もはや家族に依存することはできない気持ちだった。クリスがその手紙に気づいたとき、ジョンはとっさに「姉からじゃない、妹のジル（Jill）だよ。まだ一五歳なんだ」と嘘をつく（116）。クリスと姉とが親密ではないとわかると、自分と妹がよく似ていて、去年のクリスマスには仲良く二人でロンドン旅行もした、『十二夜』の上演も一緒に観た、文学や詩の好きな妹でね、とまくし立てた。クリスは『十二夜』はどこでもやってなかったはずだが、とは言うが、ジョンの得意げな様子に圧倒されたのか、急に、思い直したように、貸した一ポンドの一部を返してくれた（118–19）。世界が変わった。

マンチェスターから来た姉の手紙は（クリスにみられないように）燃やし、封筒は保存して《ダービーシャの学校寄宿舎に住む妹》からの贋手紙を書き、わざわざ、「思いがけなくコンサートでマンチェスターに行くので、できればそこから投函します」という追伸まで書き添え、クリスがそれをみるようにとマントルピースの上に置いて外出する（122）。クリスが風呂で歌う猥褻な歌など、今はもう輝きを失ったように感じられた（123）。クリスとその仲間に「報復する」（129）ために、ジョンは《妹ジル》への贋手紙を書き、その中に「同室のクリスは、毎週提出するレポートを可哀想にもすっかり僕に頼っている」（130）などと書き、妹の名前をジル・ブラッドリーとして架空の学校宛てに、実際に投函する。

こうして架空の妹に語る形で、ジョンによる小説内の小説が作られてゆく。現実の苦況からこそ理想美の物語ができることの例証である。当初から贋の妹を登場させるのであるから、これはメタフィクションにほかならない。「ジルの顔は、エリザベスの、あらゆる化粧にもかかわらず粗野な顔とは違って、表情も真面目、形も繊細、眠る姿も美しい」、「ジルは無垢《イノセンス》の幻影である」（135）。ジルに宛てた手紙から発展して、やがて三人称を用いた短編小説が誕生する（136–49）。小説内ではジルは学校で疎外され、親友だった少女も、クリスマス休暇のうちに、ジルに何の挨拶もなくアメリカに行ってしまっている。孤立した彼女は、同じように孤立してつねに図書館で勉強しているミナーヴァ（Minerva Strachey）という上級生に遠くから憧れる。学校が半日の休暇となった日、全校生徒が他校とのスポーツの試合を観に行くことになった。ジルはこの決定を受け容れられず、一人、ミナーヴァが現れることを期待して図書館で午後を過ごしていたが、女教師にみつかって校長室に呼ばれる。だが校長からは叱責されはせず、父重病の電報が来たと言い渡される。帰省し、棺桶が地下に沈むのをいたたまれない気持ちでみたあと、駅に着くと思いがけなくミナーヴァが迎えに来てタクシーに乗せてくれる。校長の指示だという。ミナーヴァはジルにチョコレートを勧め、父の死について心から慰めてくれる。「この出遭いについてのジルの狼狽と思いがけなさは、ミナーヴァがあたりに広げる優美さと静けさによって、次第に治まっていった」(147。ちょうどクリスの態度と正反対)。ジルは、思わず知らず父の病が流感から肺炎に悪化した次第を語ってしまう（内心を告白できる相手をもつことが人生で重要な意味をなすテーマは『冬の女』に受け継がれる。これはギャスケルのモーリ〔『妻たち、娘たち』〕も経験したことである）。学校に友達が一人も居ないことを告げ、「みんながわたしを高慢ちきだと思ってます」と言うと「わたしこそ高慢ちきだと思われてます」との答え。ジルがあなたは違う、あなたをよくみて真似ようとしたが、あなたのようにはできない、と言えば「孤独ということは、友達ができたからってすぐに放棄すべきものじゃないわ。孤独はそれ自体で大切にしなくっちゃ」という趣旨の言葉が返ってきた。だがミナーヴァが「何かわたしにできることがあれば知らせてちょうだい」(148) と言いつつタクシーの代金を払っているあいだ、ジルがドアから入るのをためらっていると、微笑んで少し手を振ってくれた。

これは孤立した少女が心の友をついに得る好ましい短編である。クリスやエリザベスとはまったく正反対な価値観をもつジルとミナーヴァがついに知り合う。これを書いたジョンは、当然その価値観を、自己の創造した二人の女と共有している。すなわち一旦はクリスを賛美し、そちらの世界に傾きかけたジョンが、それを否定する局面を迎えたものとしてこれは理解されて当然であろう。しかしジョンは、短編の中で自分の心にあるジルを何ら表現しえていないと感じる。もとはクリスをうらやましがらせるために創案したジルは、ジョンの愛の対象となっていた。ジルに対して親身になっていない、と感じた彼は、今度はジル自身の書く日記を創作し始める。内容は良くない学友への不満の記述に終始する。すべてはジルのイメージを手本として自分自身を表現したにすぎないことにジョンは気づく（152）。

しかし言葉を換えて言えば、自己の行動のあらたな回転軸としてジルのイメージに依存していることになる。自分の想像力をもとに作りあげた、理にかなった正邪の観念をもった少女を求める希求は、キーツ（ジルは日記の中でキーツの用語が古くさいと貶しているが、これは同時にラーキンがキーツを意識してこの小説を書いていることも意味している）のエンディミオン、シェリーの「アラスター」の《詩人》探索によく似ている。エンディミオンは海の底まで月姫を捜し求める。「アラスター」の《詩人》は、死を厭わず、他のすべてをなげうって《自然》の根源である女性を求める。その際には、地上的些事は眼中におかれはしない。ジョンのジル探索は、この意味で非地上的、非日常的なものとなる。

彼がジルへの恋に現実を放擲するようになるには、三つのプロセスを経る。三つ目はやがて生じる故郷の町の、爆撃による激変とそれによる過去の価値の崩壊だが、一つは空想上のジルの周りに世界を打ち立てようとした夢が覚めたことである（このとき再び彼はクリスに対して寛容になる＝155）。二つ目は、現実世界の書店でジルをみたことである――

その少女は見事にもジルに似ていた。おざなりの類似ではなかった。あまりによく似ていたので、一瞬のあいだ、彼の精神は、それが誰だか、このあまりに見慣れた顔が誰だか、思い出すことができなかった。〔中略〕彼女は顔を上げた。灰色の、まったく風変わりな眼が、彼の大きく開かれた眼と出合った。（156）

「アラスター」の《詩人》が、三日月の両の角を捜し求めた女性の両眼だと思うのによく似ている――主観以外には根拠がないからである。声をかけられてぎこちなく動く少女の躯は「何か運命の呼び声のように、恐ろしい希求でジョンを苦しめた」(157)。しかし驚き以上に、「より壮大な感情が波のように押し寄せた。それは感謝の感情だった」(同)。

ロマン派詩人の美や宇宙の根源の追求に似て、ジョンはあらゆる場にジルを探し出そうとする。再び出合うのは不可能かと思われた。現れそうに思える場所にかぎって、その日はがらんとしている。追いかけられないときにかぎって、自転車に乗って蜃気楼のように消えてゆく(167)。やがてジルは永久にこの町を去ったかと思われた(同)。だがそれと同時に

ジルをクリスから引き離しておくことができれば安全であろう。どうしても二人を会わせてはいけない。〔中略〕決して彼女を彼女自身の生活の外へ出してはいけない。そうできればジルを通じて自分も彼女の生活の中へ、彼女が生きているこの無垢なる別世界へ入れる。(170)

とジョンは考える。引用にみるとおり、ジョンはジルを通じて無垢を求めていたのだ。

今夕はエリザベスを誘惑すると意気込むクリスを避けて、彼がバスの二階席に乗ってジルの現れそうな路線を走っていたとき、猛烈な速さで自転車に乗ってくるジルがみえた。気がついたときには、車掌に笑顔をみせながら二階席に登ってくるジルがみえた。誰かとの待ち合わせに遅れまいと懸命だったらしい。バスを降りたジルをジョンは追った。何と彼女は、エリザベスが来ているはずのジョンの部屋へ入った。部屋へは多勢が集まり、クリスが得意げにジョンに人物たちを紹介する。「これはジリアン(Gillian)だ。エリザベスの従妹という不運を背負っているがね」——現実の少女は、不思議にもジルとよく似た名前だった。ジリアンは遅れてきたので食べ

物がない。ジョンは素早く、あの真面目な学生ウィットブレッドの部屋へ入り、半分残してあったケーキを「盗んで」（175）ジリアンに供した。ジリアンを連れて一行が映画に出かけたあと、彼は彼女の唇が触れたはずのカップから飲み残しを啜った。だがジルがエリザベスに保護されていることが気がかりだった。彼は映画館の外で待ったが、女性二人の影も形もない。クリスはその晩、寄宿舎内で賭け事に大損をして朝帰りをし、エリザベスがジルを大急ぎで連れ帰ったことを語った（181）――「このちびの馬鹿者ジリアンには、母親ぶって保護者、純潔気取りなんだから」（182）。

エリザベスの従妹だっていいじゃないか。僕はクリスと同室だが僕は僕だ――だがジルに夢中になって以来、ジョンの人格を作ってきたすべてが、浸蝕された岩のように崩れていた。姉からの手紙も、一ページ目から先は読む気がしなかった（183）。彼のジルへの恋はクリスの仲間に知れ渡り、エディ（クリスの同窓生）は「お前、何かやらかすんじゃねえだろうな。馬鹿なことすんなよ。エリザベスに獲って食われるぞ」と言った（185）。

エディと二人でいた酒場へエリザベスの兄パトリックが入ってきて「クリスへの伝言をもってきたんだ。エリザベスは具合が悪くてジリアンに会えないって」。ジリアンはエリザベスではなく叔母の家に宿泊している。今日彼女は喫茶店でジリアンと落ち合うことにしたらしい。「伝令はジョンでもいいんだ」――こうしてジョンはジリアンに伝言を言い渡す役目を帯び、取り逃がすのを恐れて早めに出かけ、まだ喫茶店へ入る前の彼女に、ある店先で出遭った（190）。彼女は丁寧に礼を言ったが、彼がお茶に誘っても「寄り道しないほうがいいと思うの、有難う。心から感謝しますけど」（191）と、この一五歳は慎ましい。彼は諦めずに彼女の買い物について回る。彼女がバスに乗る直前に彼は、明日四時に自室でのお茶に誘うことに成功した（193）。彼が夢想した架空のジルと同じほど、現実のジリアンは理想的に清らかな一五歳として描かれる。ジョンの性欲をかき立てる妖婦とは正反対の人物像がここにみえる。彼もラーキンもそうみている。だからジルの造形は決して、虚像と現実の女とは異なるという形、理想は現実の前に敗北するという構図（Motion 1982の解釈はこれに近い）ではない。だがウィットブレッドが訪ねてきて泥棒が居るぞと告げたときにも、ジョンはジルに夢中である。世界は翌朝、指揮者が振り上げたバトンの前で静まりかえっているオーケストラのように感じられた（195）。ジルに気に入られるように部屋を整理し、机には学問的な書物を並べ、註釈を密に書き付けたノートも広げた。ノックが聞こえた。「どうぞ」――するとエリザベスが入ってきた。「あの子はまだ子供よ」。保護者はジリアンを来させなかった。

ジョンには、他者たちが自分に敵対していると思う傾向がもとから強かったが、これがさらに強まり、今度は逆にジルの現れそうな場所に近づかなくなった（203）。ちょうどそのとき、故郷の町が爆撃されたニュースが入った。ウイットブレッドが両親の様子を見に帰れと奨めたとき、ジョンはその声に自分を心配してくれる音色が聞こえるのに感動した（205）。ウイットブレッドは自分と同じ価値観をもった友人としてジョンの名を挙げた。そのあと今度はクリスが、エリザベスに割って入られたジョンに同情し、本気でやるんじゃなきゃいいさ、とジリアンへの恋を認め、計画的にやらにゃ、と《忠告》した。『冬の女』の感じの悪いアンスティという男についてもラーキンは「こんな男に対する同情の重要性」を述べている（後述。Larkin *Letters*：129）。対照的な二人の学生にジョンが好意をみせる点が重要だ。

翌日学校側の許可を得てジョンは故郷に向かい、瓦礫の中を「両親の無事を、子供のように熱を籠めて祈りつつ」、「これまでの自分の人生改良の試みはすべて、偽善的自己中心主義のもつれた塊にすぎない――実際自分は両親の愛子、常に両親に頼る人間だった。すべてが無事ならすべてを放棄してもいい」と思いつつ（214）長道を歩く。実家に損傷がなく、両親が疎開していることを知って大学に帰ってくる。途中で見た戦禍の街の風景――

月は、昼間は植物の芯のような色の破片となっていたのに、今は光輝に満ちて空を彩り、屋根という屋根、空白の壁、石の建築素材などが骸骨をなす中へ、光を零していた。屋根も石も、凍てついた海原のように波打ってみえた。これらの瓦礫は、幕が降りて用済みとなった一つの時代の廃墟にみえた。（215）

——最後の一文によって風景がジョンの心の描写となる。描写は帰りの寒い列車の中での思いに連動する。「こう語り聞かされているようだった——過去のすべてがキャンセルされたぞ。〔中略〕今こそお前の新たな出発があるのだ。〔中略〕何事もいかに些事であるかを知れ」。帰着するとエリザベスが「化粧品類の広告のような顔をして」（224）先日は失礼ではなかったかと詫びに来、同時にジョンの家族の安否を尋ねた（つまり、彼女の良さも描かれる）。

一二月には恩師のクラウチ先生が訪ねてきてくれた。だが一〇年間の猛勉強より一〇分間の社会的・社交的上昇のほうが良い職につながるという忠告と、軍務、特に志願兵の経歴が終戦後の職を得るのに役立つから自分は志願兵となるという処世術を聞かされる（229）。

これで陰鬱になってウイットブレッドの部屋へ行くと彼は留守で、彼が、ジョンの指導教官が教えてもくれなかった試験を受けることを示す資料を目にする。衝動的にジョンは、ウイットブレッドのバターを半分に切り、それぞれを彼のスリッパに入れ、ジャケットのポケットには砂糖と茶葉を詰めこむ。一ポンド紙幣も自分の財布に入れる。これが彼の、読者がかならずしも予見できなかった「あらたな出発」である。大学での自己の不甲斐なさを憂え、立派に勉学している友への嫉視であろう。両親からの手紙を手に取りもせず、パブへ出かけてビール、それが苦いのでウィスキーをストレートで飲み続ける。そして部屋に残されたエリザベスの手紙から、今夜でオクスフォードを去るジルがエドウィンのカレッジの一室でのパーティに来ることを見出す。「あらたな出発」

には何が何でもジルが必要なのである。ジョンは酒場から帰るのが遅れて、大学の会食から閉め出され、バーで買った二本のシェリー酒の一本を落としてしまい、もう一本を抱えてジルが居るはずのパーティを探し出たが、部屋へは入れない。ドアが開いてジルとエリザベス、それにクリスが階段を降りてきた。ジルが彼と同じ高さまで降りたとき、ジョンは「静かに両腕の中に彼女を抱き込み、キスをした」（239）。クリスが駈け降りてきてジョンを引き離し、強烈な平手打ちを食らわした。ジリアンは傘を落としてしまい、それを拾おうとしゃがんだときには、本物の泣き声をたて、傘を目にすることもできなかった。ジルは最後の姿まで清純可憐だ、と読者は思うはずだ。直後にジョンは泉水の中に投げ込まれ、喝采を浴びた。

このためジョンは気管支肺炎を病み、大学の医務室に収容される。高熱に浮かされた夢の中、ジルの唇だけが感じとられ、彼女の躯はどこにもないのだった（「アラスター」の詩人が宇宙根源の女神の躯を腕に抱けないのに似る）（241）。彼は「二人が共有した愛」は、成就した、しないにかかわらず終わったと感じた。そして「成就、非成就は混じり合い、両者の相違は消失した」（242）。高熱の頭での彼の考えは――

> 成就した愛、しなかった愛に相違点がないのなら、他の相反物間の違いもなぜありえよう？　生涯を通じて、選択ということから自分は解放されるのではないか？〔中略〕どのみち同じところへ行き着くのなら、どちらの道を辿ったっていいいじゃないか？　（243）

これは、文字どおりに受け取れば、正邪美醜の判断を放棄する危険な思考である。しかしこの引用は、彼が、この先のジルとの恋は不可能と認識しながら、自分はなすべきことはし終えた、これは非成就にみえながら実は一つの成就だと思っていることを表している。してはならない暴走を人もあろうに善良なウイットブレッド相手になしたとは言え、それを間もなく彼は詫びるであろうし、《あらたな出発》の準備はできたのだ。また、ジリアンが最後まで、彼が夢想したジルのままであったことも彼の成就感を支えるであろう。

このあと、彼の故郷訪問に感激した両親が見舞いに来るのに、大学が面会させるのを拒否しようとする。だが両親は医務室を探しあぐねたあと、辿り着く（その直前までが描かれる。面会を拒否されても、これは成就の一種だ）。ジョンの正常な軸が復元することへのラーキンの予告である。また最後の場面では、クリスは慣習的にポーターにチップを渡す。ロンドンに帰ったあとエリザベスが彼の情婦になることも示唆される。こちらは《成就》であるが、ジョンの《非成就》に較べて何と通俗であることか。ラーキンは最後まで、清冽なジルを求めたジョンの非成就が、クリスの世界を凌駕していると表現しているように筆者には思われてならない。

三　『冬の女』(*A Girl in Winter*, 1947)

原典はFaber & Faber版、一九七五年刊。

『ジル』発刊の翌年、一九四七年に出版された第二小説『冬の女』の冒頭も、『ジル』の場合以上に丹誠を籠めた自然描写に飾られている。

夜のあいだに雪はそれ以上降らなかった。だが寒気が居座っていたため、雪は、降ったその場所に吹きだまりとなったたままだった。人々はもっと降りそうだと言いあった。

夜がもっと白んでみると、人々の言ったとおりだった。太陽の姿はなく、野面と森林の上を、一枚の巨大な貝殻のように雲が覆っていた。この雪に較べると、空は褐色にみえた。実際、もし雪がなかったならばこの朝は一月のたそがれに似てみえたことだろう。そこにある光と言えば、雪から舞い登っているようにみえたからである。
雪は溝の中、また野面の窪みの中にも積もり、鳥たちだけがそこを歩んでいた。（第一部一章：11）

ここにはトマス・ハーディの公刊第四長編『はるか群衆を離れて』（*Far from the Madding Crowd*, 1874）の影響がみられる（ハーディは詩人ラーキンにとっては、イェイツの影響を離れたあとの私淑の対象であったことがよく知られている。Gibson, J. & Johnson, T. 189–91参照）。『はるか……』での次の雪景色は、重要な登場人物ファニィ・ロビンが、自分を妊娠させた恋人トロイの兵営を訪れて、何度も彼の部屋らしいところへ雪の玉を投げてみる場面に先立っている。ファニィが世界から孤立している様子が、この雪の描写によって、読者にそれとなく感じられるように仕組まれている。

空いっぱいに混沌として群なすこの雪片から、牧草地も荒野も、刻々と雪の衣を重ねていったが、それによって、ただ刻々といっそう裸体になってゆくようにみえた。上空の巨大な雲のアーチは奇妙に低く垂れ込め、いわば大きな暗い洞窟の天井をなしていた。この天井が、次第に床の上に沈んでくるふうである。なぜなら、この情景を前にしては本能的にこう感じられたからだ——いま天の裏地となっている雪と、大地の外皮となっている雪とは、まもなく接近結合してひとかたまりになり、両者のあいだの空気はなくなってしまうのではないか。（ハーディ、第一一章）

——そして『冬の女』における右にみた外界も、ヒロイン、キャサリン・リンド（Katherine Lind）が、異国から来た女性として孤立していることを暗に示している——第一部第一章は、雪の描写だけから成り立っていて、ここにこの意図が感じられる。これはのちに引用する本小説最後の大浮氷の描写と対をなしていて、個々人の身のまわりに押し寄せる冷気を描き、それにあらがって生気を保ち続ける《冬の女》の背景を形成する。やがて、最後に詳しく引用するとおり、雪片と合流する《寸秒たち＝時》（雪で静まった寝室に時計の秒針の音だけが時を刻んでいる）に対抗する人間の意志と心を信じて人物たちは平穏を得、ようやく眠りに入る。また小説の第二部は六年前の夏の情景を描くけれども、第一部と第三部は隙間なくつながり、雪が何度も描かれる冬の一日の、午前から深夜にいたる約一二時間の出来事を描く。この雪の半日の中に人生のすべてが集約されることになる。

さて『冬の女』第一部に戻れば、その第二章でヒロインのキャサリン・リンドは、一般市民向けの図書館に勤める「助手」（library assistant＝22）である。だが今日の日本で言えば《派遣》あるいは契約吏員であって（戦争終結までの職にすぎない＝182）、優れた能力とは無縁に、上司から軽蔑的に扱われている。こうした図書館には、何らかの大学から図書が取り寄せられることがある。今回、こうした図書の一冊が、帳簿では大学に返却済みとされていながら未返却であることが判明した。扱いは、病欠していたミス・ホロウェイ（Holloway）の代役キャサリンだったので、紛れて公開書架に入っていたこの本をすぐにみつけた彼女は、指定通り返却担当者ホロウェイの机の上にそれを戻したが、臨時的（召集された図書館事務長の軍務が終わるまでの）図書館事務長アンスティ（Mr. Anstey）が彼女を呼びつけて叱りまくる。呼びつけておいたくせに、彼女が部屋に入っても完全に無視して仕事を続ける。声に出して報告したあとでも「聞こえた様子を、ちらりともみせない」（第二章：17）。ようやく大声で叱責を始めたときには、このような言い方をする——

リンド嬢、言っちゃ悪いがこの件で二つ失策を犯しておるぞ。〔中略〕この図書には返却済みのマークを入れてはいけなかった。これが一つ目だ。二つ目には、公開書架に入れてはいけなかった。〔中略〕おわかりか？〔中略〕このどちらの過誤も、われわれイギリス人の言うところの分別、実務感覚をほんの一オンスたりと有しておるどんな人間も、決して犯してはならぬことだぞ。〔中略〕君が受けたような高等教育を身につけたどんな人間も犯してはならぬことだ。われわれは……（*nous . . .*）（第一部二章：17）

「われわれイギリス人の」というところに特に注意して読む必要がある。最後の '*nous . . .*' も、「われわれイギリス人は」と言おうとして、そのあとフランス語を操ることのできなかったことを示している（キャサリンの故国は、Katherine という綴り字にもかかわらず、戦禍に見舞われたフランスであろうと明確に思わせる唯一の箇所である。特定されないこのヨーロッパの国をドイツではないかとする批評〔Paulin：168〕があるが、筆者は採らない。ただし大戦中、外国人が嫌われたという叙述や示唆は小説内で行われている）。

しかも『冬の女』ではむしろ、島国的《イングリシュネス》（トム・ポーリンが痛烈にラーキンを、この悪しき《イングリシュネス》のゆえに批判したことは本論「はじめに」で触れた）自体が、ラーキンによって風刺の対象とされるのである。今も述べたとおり、キャサリン・リンドは、第二次世界大戦中に、より戦禍の激しいヨーロッパのどこかの国からイギリスへやって来た知的な女性（超一流大学出身らしい。六年前の三週間の滞在に次いで、これが二度目の来英、現在地に住んで二年近い＝第一部二章：55–56）である。イングランド以外の目から観察される《イングリシュネス》が主題の一部となる。

キャサリンが六年前に訪英をしたいきさつは、小説の語り手が説明するのではなく、キャサリン自身の口から、自然な形で語られる。アンスティに叱責された朝、見習いの女子職員ミス・グリーン（Green）が歯痛で気分が悪くなり、キャサリンが彼女を自宅へ連れて帰ることになる。歯科医に行くことを怖がり、まっすぐ自宅に帰ると言って聞かないこの少女職員を、無理やり歯科医に送り込み、土曜日で診療時間外だったのに、心の限りを尽くして診療を勝ちとり、その歯科医が操作資格をもたない麻酔ガスを使わせて（定時に職場に戻ることや、慣習で定められたことよりも、人間的に重要なことを優先するのがキャサリンの特徴）歯科医を説得、抜歯に成功し、真っ青になるほど苦しんでいたミス・グリーンの気分を恢復させ、ちょうど近くにあった自分のアパートで休ませているうちに、抜歯以前には口もきけなかった少女が、少しずつうち解けて話すようになり、ミス・グリーンの問いに答えてキャサリンの六年前の経験が明るみに出てくる（この技法はラーキンが小説家として基本的な技法をすでに身につけていることを如実に示している。執筆当時彼は弱冠二一〜二二歳）。

キャサリンが自分のアパートへ少女を連れ込んだのは、六年前に会ったきり今日では手紙のやりとりも途絶えていたロバート・フェンネル（Robert Fennel）から手紙が来ていないかを確かめるためでもあった。彼女は最近、彼の姉ジェーン（Jane Fennel）宛に、自分がイギリスに来ている旨の手紙を出し、ジェーン（愛児の死去のため、返信を母に委ねた）からではなくその母親から、「徴兵されたがまだ英国にいるロバートにも知らせる、彼も手紙を書くだろう」との返信を受け取っていたからだ。案の定、ロバートの手紙は来ていた。少女が抜歯後の苦痛から落ち着くまで、開封も忘れていたのだが、あれこれ訊かれるうちにその手紙の存在も話題になり、ミス・グリーンは好奇心に駆られて次々と質問を発する――

「でもその一家は今でも同じところに住んでいるんでしょう?」

「そうよ。泊まりにいらっしゃいとか何とか、言ってくれることになるんじゃないかと思うけど」

「それってステキじゃゃん」とミス・グリーンは興奮の極みに近づきつつ言った――「ひょっとしたらまた彼と知り合うことになるかもしれないし」（中略）

「まぁそうね。でもわたしなんてご一家に要りようかしら?」笑いながらキャサリンはつけ加えた――「まだ招待してくれたわけではないけど、その人たちのしてくれそうなことね」

「でも、招待してくれるんなら、気にすることないじゃん」

「そのとおりだけど」キャサリンは一瞬、暗い気持になって考えこんだ。「あなたがたイギリスの人って、皆たいへん礼儀正しいからね（all so polite）」（第一部二章：59）

最後の言葉が重要である。イギリス人は礼儀正しい、だから招待はしてくれるだろう、だが……。このイギリス人の表面上の《礼儀正しさ》とは正反対に、キャサリンは本質的に親切であることが、少女グリーンへの態度で描かれてきている。またキャサリンは、あまり知的ではないこの少女を自己と対等に扱い、イギリス人なら口にしないプライベートな事柄（このロマンスの糸口でしかない話を、少女は、あとでその日のうちに図書館全体に、大恋愛事件のように広めてしまう）を話すという、心と心の付き合いをしている。この表面性と本質性の対立がこの作品を、《イングリシュネス》の範疇を越えて、個々人の心の内面の呈示という心理小説へと発展させる。イギリスの外から来た、洞察力の鋭い女を導入してイギリスの実像を立体化し、同時に、表面を繕って生きる人々の内面を炙り出して、イギリス人以外にも当てはまる人間の本質を描き出すという一般性を勝ち得た小説である。プライバシーにこだわるイギリス人も本質的には人間一般と変わることがなく、のちに登場するジェーンは心の内側を顕わにすることによってキャサリンから好意を獲得する。最後の場面のロビンにしても、同じように彼女の好意を獲得して眠るものと本論筆者は感じる。

さて第二部では、この冬の一日から、六年前、キャサリンとロビンがともに一六歳であった夏へと話が舞い戻る。外国語習得の一方法として、キャサリンの高校では他国のペン・パルとの手紙のやりとりを行わせていた。ロビンは彼女の文通相手だった。あるとき彼女はロビン一家から、三週間の泊まりがけでの招待を受けた。ロビンがドーヴァーで彼女を出迎え、列車でロンドンへ出て、ロビンの父の運転する車で緑豊かな田園の邸宅に着いた。ロビンの父母はキャサリンを自由にさせ、めったに顔も合わせない気遣いをみせる。母親は英語のしゃべり方が早すぎないかとさえ尋ねてくれた（第二部一章：83）。あまりの気の遣いようにキャサリンはとまどった（同）。客人に対してもっと形式張らなくなって欲しいと彼女は感じた（これはもちろん良き《イングリシュネス》だと思われるが、他国の女としてこのように英国の国民性はみなされる）。

だがキャサリンがロビンの案内で村のあちこちを見物に訪れるときには、いつも二〇歳を越えているはずの姉ジェーン（実際には二五歳）もいっしょについてきた。ジェーンは顔も青ざめ、いらいらしているようにみえた（同：88）。化粧も、爪の手入れもしていないのである。ロビンのほうは会話の端々まで正確を極め、自然な感じがしない。その裏側でなら「彼の考えも行動動機も、自由に変えられる」ように思われた（同：91）。ロビンは農業国だったイギリスが今では食物を、巨大な大英帝国に依存しているという客観的な解説をしてはくれるが、個人的な心の交流を試みはしないことにキャサリンは気づいた。彼ら三人はテニスをするようになったが、ジェーンは暑すぎるから今日はテニスをしないでおこうと言いだした。

そこでキャサリンは、このことによってジェーンが、自分とロビンから離れてくれればよいと思った。というのは、二人きりになったときにロビンがどのようにふるまうかを目にしたいと思ったからだった。（第二部二章：98）

だが靴を履き替えてキャサリンが降りてくると、ジェーンもテニス・コートに出てくる。テニスをすると、人柄が自然に現れるものだと彼女は知った。ジェーンは、怒りっぽい女性というキャサリンの先入観に反して、テニスにおいては気の弱さを顕わにした。またロビンも、キャサリンが勝負で優勢になると、人格の不透明度を薄くするように思われた（同：100）。だがロビンは、優秀な執事さながらにテニスのあとの「お片付け」をきちんとなし（同：101）、再び心の中を不透明にするのだ。つまり、姉弟ともに、イギリス人らしい表面と内実が異なっていると一六歳の彼女が見抜くのである。人の心の内側を見透す少女を登場させて、内部を不透明に覆い隠すイギリス人の典型を明らかにする点にも、この小説の特徴の一つがある。だがこの特徴は、より大きな小説の主題と大きく関わってくる。心の内側をみせ合う人間関係の重視という主題である（ただしラーキンはどこにもこのことの重要性などという言葉は使っていない）。キャサリンは故国の親友に当てて「今のところ彼は謎ね。なぜわたしを招いたのか理解できないの。だって全然わたしに興味を示さないんだもの。もちろん、たいへんに礼儀正しく、親切だけれど」（同：103）と手紙に書いた。

ジェーンも謎だった。散歩にもサイクリングにもかならずついてくる。キャサリンはとうとう、彼女はお目付役なのだと思った。しかしキャサリンが、祖父が祖母のために作った銀細工のヘアブラシをみせたときに、ジェーンが「まるで新品に見えるわね」（同：108）と褒めたとき、これは一歩前進だと感じられ、この友情を一〇倍にして返してもいいとキャサリンは思った。ジェーンとは、これを境にうち解けた会話を交わすようになった。

だがロビンは相変わらず、彼女が食事につくときには椅子を支えてくれる（同四章：117）という風に親切なだけである。前もってこの種の親切のリハーサルをしていた感じさえする（同）。やがて三人は川で舟遊びをする。カヌーを棹で進めることができるジャック・ストーマロング（Jack Stormalong）という一家の友人がやってくる噂など聞くうちに、ロビンは川沿いにあるレストランへ行こうと言い出す。するとジェーンは、いつもは何事にも無関心なのに「前もって家に知らせておかなきゃ。他人のことも少しは考えなさい」（同：121）と少し怒ったように言う。すべての価値観を失ったようにみえた元気のないジェーンが、それなりの人格を備えていることをみせつけるシーンである。

ロビンは言いつけに従うが、ここでキャサリンは、型どおりの舟の進め方をロビンに教えられて、棹をもって船を進めようとし、危うく身をのけぞらす。このとき、ロビンはすかさず彼女の腰に手を回して支えてくれた（同：125）。

彼女は彼の膝に頭を乗せて休みたい自分を意識していた。彼に慰めてもらいたかった。同時に、これは起こりそうもないこともわかっていた。理由の一つは、彼が彼女に何の興味も抱いていないからであった。もう一つは、それを特に阻止するために、ジェーンがそこにいるからだった。キャサリンは赤面して腰掛けていた。（第二部四章：126）

だがロビンの指導したフォーマルな棹の差し方とは違って、ジェーンの言うとおりに自然に棹を操れば、楽に船を進めることができることがあとでわかった。ロビンはこの日二度の敗北を喫した。ロビンの形式主義を、象徴的に描いた箇所と思われる。

腰に手を回してくれたことが端緒となって、いつの間にかキャサリンはロビンに恋をし始めた。あのとき体内の神経すべてが電撃的に切れるように感じたのである（第二部五章：127）。彼女はもはや彼の言葉だけでは満足できないと感じた。そのあとまた三人でいるときに、ロビンはキャサリンに母国語で毎朝二時間のレッスンをさせようとする。ジェーンは反対である。「でも四六時中英語だなんて、たいへんなストレスだよ」というロビンのことをジェーンは、「この子は完璧なイギリス人なんだから。すべてのことを人様のためにしようとするんだから」と嘆く。ジェーンは英語以外はまったくわからないのである。これはジェーンを仲間から締め出すロビンの策略だとキャサリンには感じられた（同：131）。ジェーンは何を二人が語っているかわからないことに業を煮やして去っていった。

だがそのあとジェーンがいなくなっても、ロビンはまったく変わらなかった。「とうとう二人きりになれたね」とさえ言わなかった（同：135）。キャサリンがどんな謎をかけても彼は一歩も前へ進まなかった。彼女の滞英もあとわずかなので、彼がオクスフォードをみせてくれることになり、その街でしばらく二人並んで休んだ。キャサリンは目をつぶっていた彼の髪を手で整えた。「休息できたら先へ行こうか」――彼の反応はそれだけだった。なぜ二人きりになるように画策したのか？ 彼女は大きな恥辱を感じた。その上、雨避けに彼が着せてくれた古びた雨合羽からは、ジェーンの名前の付いた手袋が出てきた。ロビンが姉を退けて二人だけの機会を作ったのではなかったことが明らかだと彼女は感じた（同：141–42）。四日だけの恋は破れた。より大きな友情を示してくれながら疎んじられたジェーンにこそ、詫びるべきだと彼女は思った（同：142）。

オクスフォードから帰ると、ためらったあと、庭で芍薬の枝を直していたジェーンに「きのうは怒らせるようなことをしてごめんなさい」と言った。ジェーンが詫びの必要はないと言いながら、最後には「じゃ詫び言を頂きますよ（I accept your apology）」と言ったとき、それは詫びを受け容れないという意味に響いた。ロビンそっくり！（ラーキンは明言しないが、キャサリンはこの一句も《イングリシュネス》の一つだと思ったのだ。）

ジェーンが「わたしが邪魔しないようにってあなたが願ったのは今はわかるわ。でもそうは思いつかなかったんだもの、ほんとに」と言うので、キャサリンは、この偽善には言い訳さえ許されないと思い、「どこへ行ってもいっしょにいらしたじゃありませんか。それも退屈そうにしていらしたから、別の理由があるのだと思ったわ」――これに対してジェーンは「もうこの歳で（お目付役の）《未婚の叔母》になっているとは思いもよらなかった。気づかせてくれてありがとう」――二人の会話（同六章：144–46）はこのようにぎすぎすしたものだった。ところがジェーンとの会話は、次のように発展した――

「何もロビンといつも二人だけでいたいと思いません。ロビンだって同じだと思う〔中略〕でもなぜロビンはわたしを招いたのだろう？」〔中略〕
「ご存じないの？」
「何を？」
「わたしがロビンにやらせたからこそ、ロビンが招いたのよ。〔中略〕わたしが弟にそうするように頼んだから、弟があなたを招待したの」〔中略〕
「じゃ、聞くのも悪いけど、実際にはどなたがわたしを招待なさったの？」
「お話ししたとおり〔中略〕わたしだったのよ。だからこそ、そうするつもりもなく、わたしはかくも有能なお目付役になっちゃったというわけ」（第二部六章：146–47）

ジェーンは弟の許しを得て、キャサリンの手紙のすべてを読んで、その内容・その考え方にほれぼれしていたのだ――「ほんとに好きだと思える人、自分の言うことを理解してくれると感じることのできる人にすべてを語ることができたらどんなに素晴らしいかしら――そしてあなたが手紙で書いてきたことは際限なく興味深かった。〔中略〕偶然にもロビンは、わたしジェーンという人間を知ってもらいたいまさしく絶好の人物を射当てていたのよ。〔中略〕（ロビンにあなたを招かせれば）本国にお帰りのあと、わたしが文通できるかも知れないじゃない」（同：147–49）――ロビンを捕獲しようと巧みを凝らしたキャサリンの、文通における知的な言葉の網に、姉が魅惑されて引っかかっていたのだった（同：150）。

そしてここからジェーンは自分について語り始める。一六歳で学校を終え、専門学校で速記術を習い、保険会社で一年近く働き、人員整理に遭い、父の仕事の手伝いをし、そのあいだに父が仕事を探そうとしたがそれも虚しく、仕方なく家事手伝い（'help mother'）になってしまい、やりたいこともなく「実際、何もやっていない〔中略〕それに結婚に何の意味も感じない女を誰が貰うものですか」（同：152–53）。キャサリンは、一〇〇万ポンドもっていたら何がしたいと思うかと、彼女の興味を引き出そうとしたが、答は「月の上に住んでいるんだったら、それで何ができるというの?」（同：153）だった。だが「あなたが来る前、あなたと友達になれたら、こんなこと全部お話しして、意見を聞こうかしらと思ったことがあるの。とにかくお話しすべきだったと今も思うけど」とも話した。キャサリンはジェーンの心の奥を感じとって、すぐにも異国のわが家での長期の滞在を提案しようかと考えたが、まずは両親の賛同を得てからと冷静になり、ジェーンには一〇〇ポンドの貯金があることを聞いて、結婚を奨める。「そうね、でも誰と?」——これに対して「そりゃ外国人ですよ〔中略〕あなたをここから連れ出す人よ」と答える（同：154. ラーキンは、このときキャサリンが《異国での長期滞在》の実現を念頭においているいることを仄めかしている、と読むべきであろう。実現性のないことを「礼儀正しく」語ったりしないのが、この異国の女の特徴である）。

先に噂に聞いたジャック・ストーマロングが客人としてやってくる。一家は大喜びで、キャサリンの影は翳んだ。フェンネル夫人がキャサリンだけの写真を撮ってはと提案したとき、ロビンが「そりゃ駄目だ」と言って出てきて、今しがた集合写真で撮ったフィルムが、残っていた最後の一枚だったという（これは事実だったのだが、わざわざロビンがキャサリンの写真なんか不要だという響きをたてる場面が設定されている）。ロビンはまさしく「真のイギリス的慎みをもって接待役を務めた」（同七章：165）だけだったのだ。キャサリンは滞在の残り少ない時間をうんざりして過ごしたけれども「ジェーンが話してくれたことの背後にみえる感情に敬意を抱いていた。それに、まさに告白した効果であるかのように、ジェーンからは、苛々した倦怠感が滑り落ちていたのであった」（同：163–64）。生気のある女性に戻ったのである。ジャック・ストーマロング氏の接待の際には、口紅までつけて颯爽としていた。

インドから一時帰国しただけあって、ストーマロング氏は虎狩りの話ばかりしている。キャサリンは退屈して、ジェーンに目配せするが、ジェーンは困惑した表情をみせたので、彼女は一人、川まで降りて舟を漕ぎ出そうとした。そこへロビンが現れ、舟に乗り込み、やがてロビンとのあいだの不一致の感情も薄れたとき、ロビンはぎこちなく固い唇のまま彼女にキスをした。そして震えながら彼女のからだをよじ登るような仕草をみせ、最後には無頓着ふうに彼女を放した。

自室に戻ってなお震えていたとき、ドアを激しく叩く音がする。ジェーンだった。「機転をきかして逃げ出したのね。お見事」と言いつつベッドにどすんと座り、「今しがた、ちゃんとした結婚の申し込みをいただいたの！」とキャサリンを睨むように見据えた（この睨み方はあなたのお蔭よ、という意味として読める）。「お受けしますと言ったの」（同：174）。

第二部はこのせりふで終わり、先に書いたとおり、第三部は第一部の終わりと直結している。キャサリンは、ロビンが訪ねてきた場合に備えた、会う機会を示唆するメッセージを何らドアに残さなかった。これを後悔する気持ちと、そもそもジェーンに手紙を書いたことへの後悔が入り混じった。ロビンが会ってくれるというのは、《フェンネル家への招待》と《完全なキャサリンへの無視》との中間を採ったイギリス風の妥協点なのか？　先方で気が進まないのに受け容れられるくらいなら、無視されるほうがましだという気持ちだった（第三部二章：179）。六年も経った今、ロビンにこの道で出あったとしても気づかないだろう。ほとんど他人に近くなっているのである。

キャサリンは、難民同様にイギリスにやって来て、何とか落ち着くまでに時間を要した。だが彼女は、すぐに故国に帰って大学で研究ができるかのように以前は信じていてもう少し頑張りとおしさえすれば、すべてのことが突如として正常に復帰するかのように、四六時中彼女はふるまってきた。〔中略〕これほど馬鹿げたことを信じてきたなんて、彼女にはショックだった。（第三部二章：182）

——だが今は過去の生活への復帰自体を望まなくなった自分を彼女は発見する。なぜなら、

過去においては、自分と他の人々との相互作用を通じて幸せを見出してきたと信じていた。最重要なことは他者を喜ばせ、他者を愛し、異なった果物の味のように彼らの人となりがはっきりするほどに彼らを知ることであった。今では、これらはもはや幸せをもたらさなかった。自己の友情を繊細デリケートに織りなしても、自分が高められたとも、より値打ちのある女になったとも、もはや感じられないからだ。（第三部二章：183）

——価値観の危険な崩壊である。キャサリン自身が、かつてのジェーンのようになったと読むべきであろう。他者からの影響力の終焉が、この精神状況をもたらしたのだ（同：184）。他者を愛することもできなくなったと書かれる（同）のだが、それなのにフェンネル家の人々のことが思われる。これは彼女の矛盾した心のなせる業だが、

彼らを思ったのは、単純には、淋しかったからである。より複雑に言えば、フェンネル一家は、彼女の生活がこれほど取り返しようもなく劣化してしまったと考えるのは間違いだという希望——消えかかったこの希望を支えていてくれるからであった。あの三週間は〔中略〕のちの出来事によって汚されることのない人生唯一の時期であった。〔中略〕そ

れはあたかも、フェンネル家の人々が、ちょうどこの朝キャサリンがミス・グリーンに与えようとしたのと同じ気遣いでもって、今は《凍ってしまった彼女》の一部を、暖めて元に戻してくれるかもしれないと、彼女が望んでいるかのようであった。（第三部二章：185）

――《凍ってしまった彼女》が、この小説のタイトルの意味を明らかにしてくれている。だがのちに書くように、最後にまた彼女が凍ってしまったと読むことは本論筆者にはできない。そして「他者を愛することもできなくなった」という表現が、取り返しのつかない彼女の心の形を示しているのではないことも、この一節は示している。

この間彼女は、ミス・グリーンに服用させるアスピリンを買う際に訪れた薬屋で、抜歯のあいだとそのあとに預かっていたミス・グリーンのハンドバッグを誰かに持ち去られていた。この親切のプロセスで生じた同型のハンドバッグの取り違えを、ミス・グリーンは穏やかながら実質上は咎め、キャサリンに、財布がなくなったからとバス代用の小銭を作るよう要求し、キャサリンはこれに応じる（ここでも両替だけをする失礼を避けて、彼女はミス・グリーン用のうがい薬を買っている）。ハンドバッグの持ち主は、バッグの中味から、ミス・ヴェロニカ・パーベリとわかった（第一部二章：61）。

次にミス・グリーンは自分のハンドバッグをキャサリンに取り戻させる。彼女を自宅に帰したあと、キャサリンが手許に残ったハンドバッグを開いてみると、偶然にもアンスティの筆跡に違いない手紙がそこには入っており、その趣旨は「もう待てない、白か黒か決心できないのなら、この問題にけりをつけたほうがよい」（第三部三章：188）ということであることもわかった。キャサリンは自宅にロビンからの手紙が来ていたのに、今回もドアにメモを貼りつけてこなかった。今は、ロビン（キャサリンは彼があまりにイングリッシュなので、彼の彼女への訪問が表面だけの礼節である可能性が大きいと思っている＝第三部二章：180）が、主体的に彼女を探そうとしないかぎり、すべてを偶然に任せることにしたのである（第三部三章：190）。依然としてミス・グリーンへの親切さは失わずにいながら、みずから幸せを求めようとしなくなったキャサリンの姿がここには浮き彫りにされる。

手紙の宛名からミス・ヴェロニカ・パーベリの住居を探し当ててハンドバッグの交換を済ませると、ヴェロニカはこの親切に対してティーを出してくれる。同じアパートの階上からは異様な声が聞こえる。それはヴェロニカが介護している認知症に陥った母親の発する騒音だった。三〇歳近いと思われるヴェロニカは、《養老施設》の非人間性を指摘し、母親の世話を止めることはできないと嘆く。キャサリンは「あなた一人が苦しむ人になるのは良くない」（同：198）と憤然として叱責する（この叱責は親切から発している）。するとヴェロニカは問わず語りに「カネを出して施設に入れてやるから、その条件で自分と結婚せよ、母親との同居をあくまで主張するなら結婚話を取り消す」という男性がいることをキャサリンに話す（もちろんこの男性がアンスティであることをキャサリンは直ちに確信する＝同：199）。その後キャサリンはヴェロニカのことを「馬鹿だ」と言い続けるけれども、次の一節があることを読者は見逃すべきではない（引用の最初はヴェロニカの言葉）。

「両親が老いてわたしを必要としていたら、面倒をみなきゃいけないと思うの」
するとミス・ヴェロニカ・パーベリの態度は、寡黙さも自己賛美の要素も感じさせなかったために、あらたな優美さを示すように感じられた。それはまるでキャサリンの叱責によって彼女の本性の中で眠っていたある性質が目覚め、静かに絶頂に達したかのようだった。これは攻撃しても無駄だった。わたしがよく理解していなかったから憤然としただけで、そのため彼女の態度を愚劣だと呼んでいたのだ、と知った。（第三部三章：200）

――痴呆の母は娘にさえ猜疑心を抱き、娘が誰だかわからない。こんな母を思うヴェロニカに対して、一定の評価をキャサリンは示しているわけである。このあとヴェロニカがどうしたかは描かれていないけれども、彼女がこのようにキャサリンと話すうちに、より良い結果が生まれたかもしれないと読む人もいようし（ジェーンの先例がある）、アンスティのような男と結婚しても幸福は得られまいとして、ヴェロニカがこのまま不変であることを望む読者もいるだろう。この、ストーリーを未決状態に残す手法もこの小説の特徴である。

この道草（それはミス・グリーンへの親切だったのだが）のために、キャサリンは午後の執務時間に遅れて図書館に戻った。自宅へ帰したはずのミス・グリーンが業務に就いていた。さっそくアンスティに呼びつけられる。遅れた上に、ボーイ・フレンドらしい男から職場へ電話電報（キャサリン不在のときに届いたのを、アパートの管理人が電話で職場に伝えていた）が入ったことを咎められた。電報は「スマヌアエヌロビン」というもので、アンスティはミス・グリーンが館内に流したキャサリンのロマンスに絡めて、長いお説教の末に決定打としてこの電報を持ち出したのだった。彼は彼女に退職するようにと脅しながらも、激怒したキャサリンが退職願いを書こうとすると親切ごかしてまたお説教が始まる。彼女は退職願いを書くのさえ止めて「そんな忠告なんかほかの女向きですよ、ミス・グリーンとか、あんたの愚かなヴェロニカ・パーベリとか」（第三部四章：210）――最後の名前を、わざと、多くのイギリス人に不快感を与えることがわかっている外国人訛りで叫ぶとその場を去った（もちろんヴェロニカのことが他者に知れているとはアンスティは夢にも思っていなかった。恋愛問題でキャサリンを咎めていたアンスティが、自分の恋愛問題を曝かれて、これは「対潜爆雷の効果を挙げた」＝211）。

この結果、キャサリンはせっかくありついた就職先を棒に振るはめになったと自覚する。未来がみえない人物――ますます、かつてのジェーンそのままの境遇に陥るわけである。ロビンのために書き置きをドアに貼らなかった自分のプライドの高さも後悔された。「この一日の、砕けた木材片のまっただ中に自分は見棄てられた」

（同：212）と彼女は感じる。フェンネル家のジェーンに手紙を書いたとき（そしてロビンを想ったとき）には、異郷にある必死のもがき（desperation）のゆえであったことが、ことさらに思い出された（同：217）。

その夕、ハンドバッグをミス・グリーンに届け、仕事が退けたあと、バス停でミス・ホロウェイと二人きりになる。冷静沈着な彼女こそ、話し相手に相応しかった（同：221）。キャサリンはクビになるかも知れないことを打ち明ける。だがミス・ホロウェイの状況分析はこうである――その程度のことで首切りはできない。あなたは有能なのだから大丈夫。それにアンスティには首切りの権限はない。またいずれ女性にも召集令状が来るだろうが、あなたは（外国籍だから）それを逃れ、人手不足で重宝されるだろう。アンスティはかつてある人をクビにしようとしたが、上司の反対に遭い、配置換えにとどまった。問題になるとしても先方に先に手を出させるようにして、あなたの側からは何も言い出してはいけない。そのうちこの一件は立ち消えになるから――

アンスティはそこまでは悪い奴ではないのよ。ほんとはまったく慎み深いの。今は、出世したいと思っていたところまで登りつめたじゃない。戦争のお蔭よ。戦争が終わって今の地位から追い落とされるのが怖くてしょうがないのよ。それで何事にも、どんな人にも神経尖らせて疑ってかかるだけよ。（第三部五章：222）

人物の心理を読む名人だったはずの二二歳のキャサリンも、先輩のこの分析に慰められる。心の内奥を打ち明けて人間的な繋がりを強化し、相手に愛情を感じるという場面の再現（一度目はジェーンの告白）である（しかしそのような説明は原文にはない）。「人を信じない」としていていたキャサリンに心の変化が生じたと読むべきである。またアンスティの人物像がキャサリンの主観以外の立場から立体化されたのである。事実ラーキンは書簡の中で「アンスティのような人物に対する同情の重要性もこの小説の小型の教訓の一つだよ！」と冗談半分に「教訓」という言葉を用い、彼のヴェロニカへの愛は微かながら称賛に値すると述べている（Larkin *Letters*：129）。そしてアンスティ（寡夫）は自己の恋愛を他者に知られてしまった以上、ヴェロニカへの高圧的態度をあらため、ヴェロニカも、キャサリンの叱責を熟慮して、最後にはアンスティを受け容れるのではないかと感じさせる情景でもある（他者にすべてを話すということが行動のきっかけになるという主題を、確かにこの小説は有している）。

いくぶん安堵して宿に辿り着くと、思いもかけなかったことだったが、戸口の近くの闇の中から、酔っぱらったロビンが声をかけた。階段でつまずく彼に、キャサリンは「しっかり」と叱咤せざるをえなかった。ロビンは足もとがふらつくかのように、すでに彼女に抱きついていた。部屋に入るとやにわにキスを始める。みせかけているほど酔っぱらっていないのを彼女はみてとった。「あなただと思えないわ」と言うと、「俺様は幽霊じゃないぞ。うーらめしや（Whooo!）」と両手を広げ、死衣を纏った真似をして、肉体があるぞとばかりに彼女の頬を平手打ちしようとする（第三部六章：227）。会話の途中に何度も、わざと気味の悪い声をたてる。同い年なのに彼が大人っぽくなってはいず、背丈も女の自分よりも低いことをみてとる（同：228）。

ロビンは彼女が知的な職に就いたことを褒め（図書館勤務は日本におけるよりはるかに高く評価される）、自分がケンブリッジに入ったことを語る。大学で身につけたらしい、皮肉で下品な物の言い方ばかりが目だつ。彼女は疲れていて、再会時に感じるべきこと、口にすべきことが心に浮かばない。一つの理由としては、彼がかつての感性をすっかり失っていることである。あの電報のせいで失職しそうになっていること――彼女の目下の最大の不安――を話しても、彼はほとんど取り合わない。彼には今、何の魅力も感じなかった。話し合ってはいるものの、「どこかの待合室で出遭って、話していたも同然だった」（同：230）。

この彼の陽気さはいったいどこから生じているのか？　それにこの落ち着きのなさ、この絶え間のない不安定な様子

（unease）は？　彼女は、女性の群れを前にした少年の姿しか思い浮かべることができなかった。（第三部六章：231）

だが彼女はされるままに、何度も彼にキスはさせる（同：232）。たばこを吸い始めた少年が雅を欠くように、優雅さのないキスで、何の印象も残さなかった――「彼の態度は思い出の中の彼とはあまりにかけ離れていたので、いまなお彼は偶然今知り合った男に近い存在でしかなかった」（同：232）。「食事にありつきたいんなら、わたしを放したほうがいいよ」――彼は自信なげに笑って、キスを止めて彼女を放した。キャサリンは自分を酔わせることができなかった（同：233）。この再会も姉ジェーンが仕組んだものという感触を彼女は感じた（同：234）。ジェーンは夫をインドに残して、安全のために子供たち（その一人は、イギリスで、生まれつきの心臓障害で亡くなったが、ロビンは軍務で葬式にも行けなかった）を連れてイギリスに帰っているという。

ロビンは再びキャサリンを抱こうとしたが「もう酔っぱらってないじゃない」とはねつけられる。これが彼をおおいに傷つけたことを彼女はみてとるが、それ以上に歩み寄ろうとはしない。しかし間もなく列車に乗って帰ると言っている彼が、実際には泊まってゆきたいと願っているのを態度からみてとり、条件に合意させた上、泊まらせることにする。

ロビンはケンブリッジで外国語を専攻し、外交官になるつもりだったと語る（第三部七章：239）。だが今は「何もかにも皆、不確かだ」（同）。そして戦争が始まって、ロビンと姉ジェーンがキャサリン家を訪ねる計画も頓挫し、彼らの交信も途絶えた。キャサリンが、でも戦争が終わったとき、異国の我が家に来てもらう場合もあるじゃないのと言ったのに対して、ロビンは

「どんな計画もたてていないんだよ。《戦争が終わったとき》なんて僕には存在しないんだ。僕は一週間先をみている

だけさ」。こう言いながら彼の眼は、何年も先を見抜けるような表情を浮かべていた。
「ね、僕に手紙を書いてくれない？」あとになって彼は言った。〔中略〕
「ご希望なら、そうするけど」
「音信不通になったら馬鹿げてるからね。何ページもの文学的描写を書く必要はない。ほんの二、三枚でいいんだ。こんな気分になるのは、軍隊にいるからなんだと思うけどね――すっかり切り離されているからね。軍隊にいると手紙が恐ろしいほど大事になるんだ」（第三部七章：240）

「何年も先を見抜けるような表情」は、戦死か、無事復員かの双方をみる眼の表情であろう。ロビンは彼女に駐屯地のアドレスを書いて渡し、実家に遊びに行くように勧める。だがロビンはつけ足す――「そのころまでに僕がイギリスを出て戦地に行ってるのはまず確かだね。でもそうだったとしても実家に行ってくれなきゃ」（同。この形でロビンは彼女と自分のつながりを確保しようとする）。ロビンもまた、かつてのジェーン、現在のキャサリンと同じく、未来のみえない人間となっていることが顕わにされ、その救いは他者の好意である。そしてこの三人の心の風景は連動している（『冬の女』の英文ウェブ・サイトの一つに、匿名で、この連動について書き込んだのは本論筆者である）。

このあと二人の会話は草も生えぬ石ころだけの海岸のようになる。これは心の交流が途絶えたからではなく、戦死というきわめて現実的な恐怖に触れずに会話を続けなければならないからだと解すべきである。その証拠に、このあと、キャサリンは自分の境遇について、この一日、「一本の木の上に最後に残った木の葉のように」風に揺られ、それでいながら「たんに生きているというだけで孤独な歓喜」に満ちるのと同じ気持ちであったと夜になって認識したことが記される（同：241）。

このあとからキャサリンの心の中での、彼女が得意とする他者の心理分析が始まる。次の引用は描出話法と理解して訳した――

何かが絶え間なくロビンを圧迫しているんだ。この圧迫のやつが、格好いい女遊びにみせかけて、わたしのところ、でなきゃどんな女のところにでも彼を来させるんだわ。子供の頃の沈着さを失って、躯ごとの落ち着きのなさに引き渡されたんだわ。こいつがロビンを駆り立てて、それを抑えられないもんだから、それを愉しんでいるように偽って、軍隊で陽気な生活をしてるとか、必要とあらば、わたしを愛しているとまで自分に言い聞かせてるんだ。わたしを愛しているなんて嘘っぱち。これに駆られて《陽気な将校》を演じもしたし、やがて《見棄てられた子》も演じるだろう。でも彼に、そう指摘してあげるのは可哀想ね。だってそう演じなきゃいられないんだし、そうと気づかないほうが彼は幸せよ。（第三部七章：241）

私たち日本人は梅崎春生の「桜島」を思い出すかもしれない。米軍の日本上陸地点の一番手としての駐屯地にいた主人公は、前途の思いにいたたまれず娼家を訪れる。「どんな女のところにでも」赴きたかったのである。相手を務めたのは生まれつき片耳のない障害のある女性で、この障害者しか抱けない主人公の惨めさを中心に梅崎は描き、娼妓に対する主人公の好意や愛着、いや同情心でさえ自分の不幸せと併せ嘆く涙でしか描いていない。戦争中の感覚としては、そのほうがリアルなのかも知れない。キャサリンはこの夜、この分析によって、梅崎で言えば娼妓の位置に自分がいることがわかったから、ロビンへは友情以外の何の情熱も示さない。

ここでアンドリュー・モーションの論評をみておきたい――

キャサリンは、二人の陰惨な性的誘惑の場面でロビンから自己を遠ざけることによって、一般の社会から自己を抹殺（remove）してしまう。彼女は自分自身の雪に覆われた風景への永久の追放をみずから志願し、社会生活のリスクや、そこから生じうる報酬よりも、この風景の低温と性的抑圧のほうを選び取ってしまう。（Motion 1993：165）

——筆者は「はじめに」で述べたようにモーションの二小説の解説（Motion 1982：40–58）にはある程度の理解を感じるものだが、右の引用についてはまったく意見を異にする。戦場に赴く男と夜を過ごすのなら、どんな女も彼に躯を与えるべきだという主張さえここにはみられない（それならそれでキャサリンの冷たさへの賛否両論が生じようが。しかし彼の戦地への出発をさえ、モーションは言及していないし、キャサリンが、全編を通じてたんなる英国的儀礼ではない心の奥と奥の交流によって、社会生活に参与しようとする根本態度をまったく理解していない）。注目すべきなのは、少なくともこの場面にいたるまでは、キャサリンに、再会したロビンを男性として《好き》だと思わせる要素はまったく描かれていないことである。彼への友情を示そうとする彼女の努力が描かれるだけで、ロビンはこの場面まではむしろ、期待を裏切る、心情の醜い男でしかない。右の引用は、権威ある現桂冠詩人の言葉だけに、今後この小説の評価を左右しかねない。標題の《冬の女》の意味を、氷のような薄情女の意味に解するのは、実際に描かれる人間味豊かで親切なキャサリン像に著しく不相応である。「わたしと寝るなんて起こりそうもないチャンスを狙って遠出をしたからって、わたしが喜ぶとでも思っているのかしら」という彼女の問い（七章：235）はロビンの態度から見て当を得ている。その上、ラーキンが詩編「驚異の年」（'Annus Mirabilis,' *CP*, 165；See Rossen：147–48）で謳うように、一九六三年頃までは婚前交渉は英国でも禁忌だったことも私たちは考慮に入れるべきである。むしろ、やがてロビンが無事戦場から帰還さえすれば、先の本小説からの引用に関して触れた《娼妓の位置》はもはやあとかたもなく霧散し、ジェーンの好意も触媒となり、二人が結ばれるのではないかと読者に感じさせる点で、キャサリンのロビン解釈は一抹の希望を内に含む。ジェーンの彼女に対する好意は、次に続く会話から明らかである――《凍りついていた女》にみえた彼女を解凍する場面が生じるのだ。――ロビンが「僕が結婚を申し込んでも断るんだろうね」と言ったのに対してキャサリンが「たぶんね」と答えたあと、二人は何事もなく寝ようとしているが、突如ロビンは

「ちょっとおもろいことになるだろうな、でも」

「まだ眠っていなかったの?」

「ただ、おかしいだろうなって考えていただけだよ。一人キャサリンを失って、も一人キャサリンを手に入れるってのは」

「どういう意味?」

「姪っ子だよ。おおげさだよね、姪なんていうと。ジェーンの娘だよ。キャサリンって名づけたんだよ」

「違うよ。ルーシーって名前よ」〔彼女が地方新聞の出生・死亡欄をみたことは二三五頁に仄めかされている〕

「ルーシーはただのファースト・ネームだよ。ジャック〔ジェーンの夫〕が、死んだお袋さんにちなんで名づけたのさ〔中略〕。セカンド・ネームはキャサリンなんだ。ジェーンが選んだ名前だよ」

「知らなかったわ」

「だからわかるだろ、君はほとんど我が家の一員なんだよ」(第三部七章:247)

こうしてロビンは一家及び自己とキャサリンのつながりを不動なものにしようとし、躯を求めるだけが訪問の

目的ではなかったことを如実に示す。先の音信不通を避けたい願望の中で彼が用いたコンタクトという言葉は、精神的つながりを求める意味であったことが思い起こされる。『きけ、わだつみのこえ』を再読すれば、死を直視する兵士のこの願望が、性欲を凌駕して強いことが実感されよう。

心の底を打ち明けて話すことのできた相手であるキャサリンを、ジェーンがこの引用にみるほど大切に思ってくれていたこと（ただラーキンはそんな説明は一切しない。読者が感じるだけである）をキャサリンはこのときはじめて知る。先の、原著一八三頁からの引用（本書一九三頁）にみられた友情の無効性、他者との交情の無価値性への思いは、ここでキャサリンの胸から払拭され、彼女はもとの人生観に復帰したと読むべきであろう。心に温かいものを感じたに違いないキャサリンはしかし、眠いからもう黙ってと言い（実際この夜の彼女は疲労困憊している）、ロビンはそれに従う。ロビンが温和しく彼女に従い、彼女との精神的つながりを最後まで失うまいとする態度から、彼女は先の「わたしを愛しているなんて嘘っぱち」という分析をあらためる可能性が大きい。このあと、本節冒頭近くに触れた大浮氷の描写となる――

あの雪は降り積む。彼女の腕時計は鳴り続けている（ロビンは先刻、この音が気になって眠れないといっていた。《時》が先へ進む、つまり戦死の可能性が現実化するのを怖れ、それを実感させる秒針の音を聞きたくないのだ）。たくさんの雪の花びら、たくさんの秒の進み。時が進むにつれ、二人の心の中で雪片と秒たちは混じりあうように感じられた。混じり積もって、一つの巨大な姿になる。それは埋葬の塚、あるいは頂上さえみえない氷山の崖であってもおかしくなかった。夢は、この塚と氷山の蔭の中に群れながら入っていった。まるで大浮氷がいくつも、光のない流路に落ちこんでゆくかのように、心の中の寒気の映像（conceptions）と寒気に揺れる心に満ちつつ、蔭の中に入っていった。夢たちは、秩序正しい緩慢な進みで、暗闇の中からさらにその先の暗闇の中へと入っていく。夢たちの進行秩序は、乱されそうになかった。またどんなに長い年月の果てであっても、いつかある日、この暗闇が光に道を譲る兆しさえ入りこませなかった。（第三部七章：248.〔　〕の中の言葉は筆者による注解。シェリー『アドネイス』一八七―九頁参照）

――「秒たち」すなわち《時》と、雪、埋葬の塚、氷山の崖、暗闇に続く暗闇――これらは明らかに二人の未来に起る可能性の高い、いや人生の必然として生じる苦難や死を意味する（ラーキンが病院内部を奥へ奥へと辿れば、次第に重度の病の治療室となり、やがて死のみがみえてくることを描いた「ある建物」（'The Building'）という詩は、今読んだ一節を具体化している）。しかし突然、ここで改行された最後の五行は次のように小説を締めくくっている――

だが彼らの夢の道行きは、彼らを悲しませるものではなかった。確かに不満なままの夢たちは、自分たちの無情な運命（implacability）に激しく抗議しながら、彼らの周りに立ちのぼっては散っていったが、最後にはそのような秩序、そのような運命（destiny）が存在することを喜んだ。この自覚（knowledge）を背景として、心と、意志、そして抗議の源となるすべてのものが、ついに眠りに入ることができた。（第三部七章：248. 全編の結末）

明らかに軽薄なハッピー・エンディングは拒否されている。だが行く手には、万人に平等に秩序正しく、冬と雪に象徴される暗闇と死がやがてやってくることを自覚することによって、かえって生きることに積極性を見出す結末なのである（これも標題『冬の女』の意味するところ）。「心と、意志、そして（万人の運命への）抗議の源となるもの」の力の存在を最後に描くからには、ロビンの温かい言葉とジェーンの好意を心に感じたキャサリンが、翌朝ロビンに対して、どんな好意を示すかを示唆するエンディングと読むべきであろう。

そして、ここに言う人間の夢と希望の「無情な運命（implacability＝どんなに懇願しても《運命》は知らん顔）」

と、カミュの言う「不条理（*absurdité*）」とは何とよく似た概念であることか。最後の引用は、不条理の自覚の中から個人の精神の重要性、心と意志、運命に抗議する人間本能の自由性が生じてくるという一種の悟りである。第二次世界大戦後に勢いを増す実存主義的な人間存在の本来的悲劇性の認識（サルトルの『嘔吐』はその典型）と、それに抗して産み出される人間の主体性が、フランス文学に先駆けてここに疑いもなく表現されている。しかもそれが、哲学臭をともなわず、人物たちの心の裏側の開示の連続という形で人間存在の意味が呈示される点に、この小説の魅力がある。キャサリンとロビン、キャサリンとジェーン間の心の深奥の明示だけではなく、キャサリンとヴェロニカ、キャサリンとミス・ホロウェイ、そしてある程度ミス・グリーンとの心の交流（この場合は特にキャサリン側が内心を仄めかす）でさえ、重要である。それらへの読者の反応の集合体から、この作品は小説としての価値を生みだしている。

引用文献

Bloomfield, B. C. *Philip Larkin : A Bibliography, 1933–1994*. Revised & Enlarged Edition of the original published by Faber & Faber in 1979. London : The British Library and Oak Knoll Press, 2002.

Brownjohn, Alan. *Philip Larkin*. Ed. Alan Scott-Kilbert. Harlow : Longman, 1975.

Curtis, Anthony. 'Larkin's Oxford', in Salwak.

Gibson, J. & Johnson, T. *Thomas Hardy : Poems : A Casebook*. London : Macmillan, 1979.

Larkin, Philip [Arthur]. *Jill*. 1946 ; London : Faber & Faber, 1985.

——. *Jill*. New York : Overlook Press, 1976.（上記一九八五年版と、'Introduction' と pagination は同一）

——. *A Girl in Winter*, 1947 ; London : Faber & Faber, 1975.

——. *Trouble at Willow Gables and Other Fictions*. Ed. James Booth. London : Faber & Faber, 2002.

——. (*CP*) *Collected Poems*. Ed. Anthony Thwaite. London : Faber and Faber, 1988.
——. *Selected Letters of Philip Larkin : 1940–1985*. Ed. Anthony Thwaite. London : Faber & Faber, 1992.
——. (*RW*) *Required Writing*. London : Faber and Faber, 1983.
Motion, Andrew. *Philip Larkin*. Contemporary Writers Series. London : Methuen, 1982.
——. *Philip Larkin : A Writer's Life*. London : Faber & Faber, 1993.
Paulin, Tom. 'Into the Heart of Englishness', in Regan 1997.
Regan, Stephen. *Philip Larkin*. London : Macmillan, 1992.
——, ed. *Philip Larkin : A New Casebook*. London : Macmillan, 1997.
Rossen, Janice. 'Difficulties with Girls', in Regan 1997.
Salwak, Dale, ed. *Philip Larkin : The Man and His Work*. London : Macmillan, 1989.

ローランドが手にしたもの
——A・S・バイアット『抱擁』の塔と地下室——

船水直子

一　はじめに

A・S・バイアット（A. S. Byatt）（一九三六—　）の『抱擁』（*Possession: A Romance*）（一九九〇年）はブッカー賞とエア・リンガス国際小説賞を受けた。[1] 物語は一九世紀のパスティーシュ[2]を織り交ぜながら二〇世紀の研究者が一九世紀詩人の隠された情熱的な恋を明らかにする過程を描く。[3] 一九世紀と二〇世紀の人物は相似形に配され、二つの世紀の物語が絡み合い一つの織地を成す。[4] しかしながら、二〇世紀の物語の評価は一九世紀の物語に比べてかなり低い。

たとえば、リチャード・ジェンキンズは、作品そのものは高く評価しながらも「その〔二〇世紀の物語の〕登場人物は、厚紙でできた人形のようで真実味と説得力に欠け」「ローランドはかすんだままで、モードは一度も生きた人物になっていない」[5]と評した。

作者自身、二〇世紀のモダンな生活、道徳、文学、文学理論より一九世紀の歴史と文学を好み[6]『抱擁』においても一九世紀詩人ランドルフ・ヘンリー・アッシュに自身を重ねたとしさまざまなインタビューの中でこの小説の中心は一九世紀の物語のほうだと述べている。(7)

美的選択として意識的に、二〇世紀の研究者たちのプロットより、一九世紀の詩人たちの物語のほうを鮮やかに描いた〔中略〕現代の人物には、一九世紀の人物に比べれば二次的な興味しかない。(8)

二〇世紀の物語を書くのは、かなり退屈であって〔中略〕モードとローランドがこの先どうなろうとまったく興味がもてない。(9)

現代のプロットについては探偵物語として以上の興味はなく〔中略〕現代の物語はヴィクトリア朝の恋人たちの物語を発見するためにだけ存在している。(10)

このように、バイアットは一九世紀の物語という〈図〉を引き立てるための〈地〉として、二〇世紀の物語を書いたと言う。しかし、『抱擁』を読む時、作者の意図とは逆に、一九世紀の物語が〈地〉となり、二〇世紀の物語を〈図〉として浮き上がらせているようにも思われる。ちょうどエッシャーのだまし絵、ゲシュタルト心理学でいう反転図形のように。

バイアットは作者の意図を述べる一方で「小説は、異説に対して寛容な表現形式だ。――探求し描写するが、作者と読者は作品からさらに多く世界について学ぶのだ」(11)として、開かれた存在である作品に対する読者の積極的な読みをうながす。

本論では、一九世紀の物語を〈地〉とした〈図〉としての二〇世紀の物語、特にローランドの物語に焦点を当てる。

『抱擁』のブッカー賞受賞を機に処女作『太陽の影』（*The Shadow of the Sun*）が再版されたが、彼女はその前書きに「これまでの全作品は女性のイメージを太陽である男性の光を受けて輝く月から、自身が光を放って輝く太陽にしようとするものであった。それが『抱擁』においてはじめて実現し、女性が二人の詩人にとっての太陽となった(12)」と書いた。

二〇世紀に生きる研究者／詩人ローランドを太陽なる女性はどのように照らしたのか。ローランドの住む地下室は何を象徴しているのか。アッシュの手紙の相手を探す旅の意味とその果てにローランドが手にしたものは何か。これらについて、塔と地下室のイメージを主な手がかりに考えてみたい。

二　啓　示

同棲するヴァルが怒って実家に帰ってしまったとき、ローランドは大きな解放感に浸る。

ヴァルが出ていったあと、宗教的な啓示に触れたかのように、ローランドは自分がいままでの生活を続けたがっていないことを悟った。彼はベッドの上でころげまわり、のうのうと手足を伸ばし、窓を開け放った。一人でテイト・ギャラリーに出かけて行き、ターナーの「ノーラム城」のブルーと金色が融け合った朝焼けの風景に見入った。同じ専門分野でしのぎを削っているファーガス・ウルフを部屋に招き、キジ料理でもてなしもした。キジは固く弾のあとだらけだったが、教えられることも多く、刺激的な一夜だった。ローランドはさまざまな計画を立てた。いや、計画というより、一人で動きまわったり、自由に冒険を求めたりといった、今まで経験しえなかったことへの夢想だった。(13)

画家の死後発見された「ブルーと金色が融けあった朝焼けの風景」はターナーが生涯に何度も描いたノーラム城最後のものだと推定されている。(14) ターナー展のポスターを部屋に貼るローランド(19)はこの絵を前に何度もみたことがあるはずだ。しかし、ひとりでなければ一つの絵をいつまでもみつめていることはできない。夜の冷たく静謐な雰囲気の残る城は、柔らかな青の四角い塊《マッス》として早朝の太陽の光に包まれる。そこだけが厚塗りされた淡い金色は、ゆらゆらと次第に輝きを増すようにみえ、(15) みつめる者の日常的な意識の輪郭を溶かし、そのあわいに夢想を滑り込ませる。豊饒の金色(16)が揺らめきながら静かな青に浸透する風景。「期待する力」(17)によってローランドはそこに自身の希求する姿をみる。

また、多数の弾痕のある硬い雉肉でファーガスをもてなす。狩猟を暗示する弾と雉。男の絆で結ばれたライバルが狩猟の獲物を前に刺激し合い切磋琢磨する。ヴァルが去ったことで可能になった男同士の交わりを彼は心から楽しむ。銃、弾丸、狩猟、男同士の絆、刺激、冒険、自由。ローランドは「自由に冒険を求める」男の世界に強く魅かれる。

さらに、ヴァルのいないベッドはローランドが心の奥底で求めていたものを象徴する。手足を伸ばし解放感を味わいながら彼はベッドの上を転げ回り、窓を開け放ち外の空気を思いきり吸う。このとき彼は、今まで不自由な囚われの身であったことにはじめて気づくのだ。

しかし、一週間ほどしてヴァルが戻り「速記とタイプを習うことにしたわ。最低でも自分の生活費ぐらいは稼げるはずだから。とにかくあなたにはわたしが必要なのよ」と声をふるわせ涙を流しながら言ったとき「もちろん、ぼくにはきみが必要だよ」と彼はあっさり彼女を受け入れ、奨学金が切れると大学院の博士課程終了までヴァルに生計を頼り今までと同じ地下室に住み続ける。彼女に対する後ろめたさと苛立ちに気づかぬふりをして。

ローランドは外の世界を垣間みた瞬間に、ヴァルの帰宅によって再び元の世界に引き戻される。彼は二つの世界——ヴァルのいない世界とヴァルのいる世界——にともに魅かれ、きっかけさえあればどちらにでもすぐに傾く状態にあった。彼は結局、自身の心の中やヴァルの涙のわけを精査することなく彼女との生活を惰性で続けることを選択する。

ノーラム城、雑料理、ヴァルのいない空間、それらは「誰もいないベッド」という像に結晶し彼の脳裏の奥深くに刻印される。

「誰もいないベッド」を手に入れるためにローランドは、自身の生の遠い源へ回帰する試みとなる聖杯探求の旅（'Quest' 7, 356）に出発しなければならない。「誰もいないベッド」は彼の聖杯だ。彼はアッシュの手紙の下書きという冒険への鍵を手に、アッシュの手紙の相手と目されるラモットの研究者モードを導き手として、アッシュの恋人を探す知的冒険の旅に出る。それは自身の精神探求の旅でもあった。

三　塔／モード

ラモット研究家モードは、拡張期に新設された冷たく機能的なリンカーン大学に勤める。「白いタイル張りの高層建築」「ところどころに嵌め込まれた華やかな色のタイル」「チェス盤のように整然と広がるキャンパス」「方形の格子」（44–5）「四角い空間」「一定速度で通過」「エレベーターの三方の壁のタイルのように張られた鏡」「輝く照明」（45）「一方の壁がガラス張りの研究室」「合理的に並べられ埃ひとつかぶっていない本」(45)など、モードを取り巻く環境は「強風ではがれるタイル」「大気汚染の歯垢や亀裂でみすぼらしく薄汚れてみえる大学の外壁」(45)などの虚ろさも含め、無機質で人工的な秩序・文化を表している。

この秩序と文化を象徴する塔を住処とするモードは、塔の属性をもつ女性として、ローランドに自身の心を俯瞰させ、映し出し、導き、整理させる。

1．俯瞰させる

ローランドよりモードは背が高い(44)。ローランドは研究助手兼非常勤講師だがモードは大学に自分の研究室をもつ。ローランドは中流下層階級出身だがモードは上流階級出身(459)。ファーガスの手紙にあるようにモードはローランドより学問的地位も社会的階級も上だ(153)。彼らの立ち位置は、ローランドの職場と住居が「地下室」であるのに対しモードの研究室が大学の〈テニスンタワー〉という「塔」の最上階にあることに象徴されている(45)。

ローランドの上に位置するモードは彼に対し塔の属性を発揮する。塔は、地下室の対照物として上に伸びて外界の人々や事物をみはるかす心を表す[18]。彼女とかかわることで、塔の上から眺めるようにローランドにみえてくるのは、彼女の部屋とは対照的な自分の部屋の有様。その部屋は自身の心の風景でもある。たとえば、モードの清潔なバスルームでローランドが鏡に映る自身の顔をみつめるとき、頭に思い浮かぶのは地下室の自分の家のバスルームの情景だ。

ローランドは歯をみがきながら、淡い青緑色の洗面台に映った自分の顔を眺めた。ふと、古びた肌着や、ふたのしていないアイシャドーのびん、ハンガーに吊るされたシャツやストッキング、整髪料のねばつくびん、シェイビング・ク

リームのチューブなどであふれかえったアパートのバスルームが頭にうかんでくる。(63)

「古びた」「ふたのしていない」「吊るされた」「ねばつく」「あふれかえった」などの形容詞は有機的な混沌を指し示す。そしてバスルームは衣服を脱いで裸になる場所。伝説のメリュジーヌは浴槽で水浴びをしているとき、蛇女という正体を知られてしまったことがここで思い出されてよい。バスルームの鏡はローランドの本当の姿を映し出している。

また、モードの部屋では「猫の小便がしみだした天井――見晴らしのきかない〔自分の〕部屋」(63)がローランドの頭をよぎる。「猫の小便」は有機物の象徴であり「見晴らしのきかない」さまは、ローランドが有機的な混沌のエネルギー渦巻く地下の自分の部屋の中では自身の姿がよくみえないことを表す。

物事をみはるかす心を象徴する塔の属性をもつ女性モードとのかかわりは、対峙する二つの異質な空間の構造を顕わにし、対照的な地下室に住むローランドに自身の心の風景をみせる。彼は、見晴らしのない地下室の中で混沌の暗いエネルギーに支配されている。

2. 映し出す

さらに、モードはローランドの姿を映し出す鏡の役割もはたす。

モードの研究室の壁はガラス張りで、エレベーターの壁にはタイルのように鏡が張ってある。彼女はローランドと歩調が揃い(273)「鏡像であるかのように」(282)仕草が同じことがある。そして、何よりも心の奥でローランドと同じイメージを求めている。

「じゃ、ぼくの生、ぼくの生き方と言いかえてもいいけど――それをみつめてみると、僕が求めているのは――ほんとうに求めているのは〈何もない状態（to have nothing）〉なんだということがわかる。誰もいない清潔なベッド。（empty clean bed）ぼくのイメージにあるのは、誰もいない清潔な部屋の、誰もいない清潔なベッド〔中略〕」〔中略〕「〔中略〕強烈な一致。イメージもあなたのと同じ。誰もいない部屋の、誰もいないベッド。真っ白の」（290–1）

「誰もいないベッド」というイメージは、「〔ひとりの〕ベッド」（17）「一人きりになれる場所」（264）「誰もいない清潔なベッド」（290×2回、291）「白いベッド」（294）「白いひとりのベッド」（344）「誰もいないベッド」（356）「誰もいない清潔な白い狭いベッド」（361）など微妙に変化しながら物語に繰り返し現れる。これは表層では、モードにとってはファーガスやレオノーラのいないベッドであり、ローランドにとってはヴァルのいないベッドだ。そして深層ではともに、他者に侵入されることない本来の自分でいられる場所、自己の自立を脅かす者のいない自由な精神の空間を表徴している。

3．導　く

モードは、ローランドにラモットの作品を紹介することで彼の「導き手」ともなる。とりわけ『ガラスの柩』と『妖女メリュジーヌ』は彼の精神の内景を透視してみせる。『ガラスの柩』の主人公、仕立屋はローランドと多くの共通点をもつ。仕立屋は糸を紡ぐこと（＝創造すること）と関連し詩人を表す。[19] アッシュ研究者のローランドも物語の最後で詩人になる。仕立屋は小柄（65）で、ローランドも体が小さい（14）。仕立屋は「善良で凡庸」で、ローランドもファーガスから「あの退屈だけれども、真正直な我が同級生」（153）と評され、モードには「温和で、人を脅かすことのない人間」（153）「温和な人」（156×2回、157）だと思われ、その善良さと凡庸さが強調されている。仕立屋は生計のためではない本物の仕事を求め旅してこれを手にいれた。ローランドも生計のために不本意な研究助手と非常勤講師をしながら旅の最後に専任の職と詩を書く能力を手にする。仕立屋のガラスの鍵は、ローランドが手に入れたアッシュの恋文の下書きにあたり、この「冒険への鍵」（67）はともに扱いに細心の注意が必要で（7, 67）二人ともこれを「分別ではなく冒険心で」（67）選び取る。仕立屋は実用性のない鍵を選び、ローランドは資料を盗む。仕立屋は豊饒をもたらす西風[20]に運ばれ旅に出たが、ローランドの旅も豊饒への旅だ。彼はアッシュの「〔豊饒の女神〕ペルセポネの園」の典拠を探すうちに恋文の下書きという冒険への鍵を手に入れる。また、仕立屋が旅する「地面の下の真っ暗な道」（68）は「暗い、じめじめした通路」で「穴の中の空気は、ひんやりと冷たく、湿気をおび、足もとの地面も、湿って、ぐしゃぐしゃ」（69）。この暗く湿った場所はローランドの住むパトニーの地下室（19, 515）に通底する。仕立屋は西風に空中にもち上げられたのち、地中を探索することで豊饒を手に入れるが、仕立屋にとっての灰色の小人や西風は、ローランドにとってはモードだ。彼女は一緒に調査の旅に出てラモットの作品をローランドに紹介し彼を豊饒へと導く。それぞれの冒険の鍵――仕立屋のガラスの鍵、ローランドのアッシュの恋文の下書き――が、最後には手元から消えてしまう点も同じだ。さらに、仕立屋がお姫様を眠りから目覚めさせたことは、ローランドがモードを男性恐怖症から解放したことと重なる。仕立屋がお姫様と結婚して城に住むようになり生活のためではなく楽しみのために仕立てを続けたというエンディングは、ローランドが生活のための仕事とは別に詩が書けるようになったという結末に重なる。仕立屋と結婚したお姫様は、仕立屋が仕事の間は双子の弟王子と城近くの森で狩りを楽しむのだったとあるが、双子の弟はお姫様のアニムスを表し[21]女性の無意識内に存在する男性的なものも生かすお姫様と結婚することで、仕立屋は自身も十全な存在となり創造を続けることができる。ローランドにとってのお姫様は彼女が一粒の豆にも眠れぬお姫様にたとえられていることからも明らかなようにモードであり、経済的にも精神的にも自立したモードとローランドは物語の最後に結ばれることで、仕立屋の物語を反復している。

ところで、占い師の操る水晶玉のようにローランドの旅の結末を予言するこの物語が、ラモットの『子供のための物語』のうちの一つだということには注目しておきたい。バイアットはおとぎ話について述べた文章の中で児童文学研究者マリア・タターの説を援用し、子供は魅了された傍観者もしくは聞き手としてお話を楽しむのであって自分を閉じた物語の世界の一部と感じることはないと述べている。(22) ローランドは子供ではないが、やはり物語の中に自身の姿をみることはない。彼はアッシュとラモットの恋の証拠をみつけるための研究資料としてこの物語を読んでいるので、自分と物語の仕立屋が似ていることには気づかない。ローランドの読後感について何も記述がないのがその証拠だ。この物語は、そのつもりでみなければ／読まなければ、何もみえない／読めないことを示し、注意深い読者だけが仕立屋の物語にローランドの旅模様を予感する。

一方、ラモットの詩『妖女メリュジーヌ』はローランドに自身の心を認識させる。彼は図書館で発見したアッシュの手紙の下書きにあった「妖女のテーマ」(8) は何なのか「正体不明の女性」(9) とは誰なのかを探求する旅に出て、「妖女」は「メリュジーヌ」であり「女性」は「ラモット」であったことを突き止める。また、ラモットは最後の手紙の中で「此の三〇年間と言うものは、私自身メリュジーヌに他なりませんでした」(544) と述べる。ローランドの探し出した女性、ラモットがメリュジーヌであるのなら、結局ローランドはメリュジーヌを探していたことになる。メリュジーヌについては「女性の不能な欲望」(38)「創造的な精神は本質的に両性具有であることの象徴」(39)「女性の性の自己充足性の象徴」(39) などさまざまな解釈が物語中にも紹介されている。クリスティン・フランケンは、メリュジーヌへの言及が『抱擁』の中に八〇ヶ所以上あることを指摘した上で、バイアットの小説においてメリュジーヌは、シャロット姫、カッサンドラーとともに女性芸術家を表すとする。[23] しかし、ローランドの視点に立つと、一〇人の欠陥のある男の子をもつ蛇女メリュジーヌは、とぐろを巻き強すぎる力で包み込むことで子供の健全な発育を妨げる母性の悪しき側面を表徴していると考えられる。すべてをのみこむ深層の無意識は、女性の形をとって現れる怪物の像に同一化される傾向がある。[24] ローランドは探求の旅を続ける過程で『妖女メリュジーヌ』などラモットの作品を読み、自分の体に巻きつき自由を奪っているものの正体が、蛇女としての母親の悪しき側面であることを徐々に認識していく。ラモットはアッシュへの手紙の中に「私のメリュジーヌは――〔中略〕折り目正しく心の優しい面と、凶暴で残酷な面を併せもった存在――家庭の建設者であると同時に、破壊的な悪魔（その上〔中略〕女性でもある〔中略〕）」（191）と書いた。優しく子供を育てるが時には子供を殺しもするというアンビヴァレントな面をもつ母親の姿がメリュジーヌに重なる。トマシン滝の前でモードは、ラモットがアッシュとここに来たとの確信を深め『メリュジーヌ』の書き出しをローランドに示す。その詩には滝の水と光とともに「湿った洞窟」（289）が歌われているが、これは母親の子宮を連想させずにはおかない。作者であるラモットの墓も「陰気に湿り」（80）子宮につながる。

「暗くて湿っている」（83）シールコート邸も子宮のイメージをもつ。ローランドはここにモードと泊まったとき、彼女が浴室を使っていないか確かめるため鍵穴から中をのぞく。このとき、中から出てきたモードとぶつかった彼は「アッシュが言うところのガルバーニ電流の衝撃」（162）を感じるが、その場を去っていく絹のキモノを着たモードは「中国ふうの竜が長い体をゆらめかせ、淡い色の髪を冷たく輝かせながら、しだいに遠ざかって行く」（163）と描写される。ここには浴室で水浴びをしている姿をのぞかれた蛇／竜女メリュジーヌの物語のエコーが明らかにみられる。ローランドは一時代前の「溢れかえるばかりに豊かなイギリスの花々」（164）の模様のある浴室に目を見張り、その夜夢をみる。「華やかな布と流れる水をより合わせた、みたところ果てしなく続いているロープに巻きつかれ、からみつかれて、身動きもできなくなっていた。ロープには本物と模造の花輪やら花冠やら、風にそよぐさまざまな花の小枝やらが飾られたり、刺繍されたり、描かれたりしており、その下では何かが、つかみかかろうとし、あるいは避けようとし、手をのばしたり、そっと引っ込めたりしている。ローランドがロープにさわろうとすると、そこには何もなく、手や足をうごかそうとすると、ロープは巻きつき、しめつけて彼の動きを封じてしまう。〔中略〕夢の中で、それは湿ったにおいがし、それでいながら同時に豊かで温かな感じがした。何かが、もがきながら抜け出し、その後ろについている帯状のものは、〔中略〕いっそう複雑に曲がりくねり、縮まろうとしつつも、いっそう長さを増して、とぐろを巻き始める。彼の心が、母親の声で、『あれはのたうち濡れている《リンギング・ウエット》』と検閲するように、そのくせ案ずるように言い、彼の心は〈リンギング〉という言葉が一種の語呂あわせらしいことに気づく」(165)。ロープはさわることができずローランドに巻きつき彼の動きを封じ、そのうちに何かが抜け出して母親の声がしたというのは重要だ。蛇女メリュジーヌや臍の緒を連想させるロープは母親を象徴する。そしてそのロープをローランドがつかみ取れないのは、そのときの彼にはまだ母親という存在が捉えきれていないことを示す。花々に飾られ彼に巻きつき動きを封じるロープは、豊饒の面をもちながら子を窒息させる面も併せもつ母性を表し、母性にからめとられているローランドの無意識が夢となったのだ。夢が「すさまじく暴力的で、すさまじく美しく」(165)母親の声が「検閲するように、そのくせ案ずるよう」(165)であったこともアンビヴァレントな母性を表している。「のたうち濡れている」という母親の声を心の中に聞くのは、ローランドが濡れた母親の子宮の暴力的な面を認識し始めたことを示す。'Wring'《のたうつ》は首をひねって殺す意味にも読める。

　モードに導かれ、ローランドは自身の心の中に居座る母性の悪しき面に気づいていく。

4．整理させる

モードは自身の論文のテーマを語りながら、ローランドの混沌とした心の状態に言葉と秩序を与え、これを整理させていく。

わたし〔モード〕は〈周辺的存在と中間領域の詩〉というタイトルで、ヴィクトリア朝の女性の、空間への想像力について論文を書きました。広場恐怖症と閉所恐怖症をとりあげ、さえぎるもののない空間へ、未開の荒野や広々した大地へ出て行きたいと願いながら、同時に、いっそうきゅうくつで、堅牢な小さい空間へ自分を閉じ込めたいと望む、相矛盾する願望を論じたのです。――たとえばエミリー・ディキンソンの自発的な幽閉や、シビュレのびんにみられるような。（61）

ローランドは、ヴァルが出て行ったときに垣間みた冒険に満ちた広い男性的な世界にあこがれながら、同時に安心できる女性的な狭い空間に逃げ込みたくもあるという相矛盾する願望に引き裂かれている。モードの論文のテーマはローランドの心のテーマと重なる。

物語の大団円近く二人は論文について話しながら愛を確かめ合うが、このときふたりは互いの声の中に自身の声を聞き会話は溶けて一つになっている（549–50）。

論文についてモードと話すことで、ローランドは自身の心の中の混沌を整理し秩序立てる言葉を得、自分の心の状態を徐々に認識していく。彼は、自分が「境界をいい加減にぼやかし」（550）「相手の上に自分を刻印する」（550）者に囚われ身動きできない状態にあり、そこからの自立／自律（self-possession／autonomy）を求めていることに気づく。

四　地下室／ヴァル

塔が地下室を対比によって相対化し可視化するように、モードは塔の女として地下室の住人ローランドを対比によって相対化し、彼の不可視だった無意識の領域を炙り出した。

他方、ローランドを巡るもう一人の女性ヴァルは、みずから言い当てたように「老いぼれの魔女」(21)の大家にローランドとともに地下の部屋に引き込まれ、混沌・自然・子宮・母親の憑依した地下室の女となってローランドに彼の意識下の世界を拡大してみせる。

1．混沌・自然・子宮

ローランドとヴァルは傾きかけたヴィクトリア朝建物の地下に住む。(11)

二人が住んでいるのは洞窟のような地下室で、気分を引き立てるために、壁はアンズ色と白のペンキで塗ってある。一間だけの部屋には二人掛けのソファと、渦巻き模様のアームや頭もたせのついた、深紫色の、ほこりをかぶった、おそろしく古い椅子が二脚、ローランドが仕事用に使っている、色のついた中古のカシの事務机、それよりはいくぶん新しい、タイプライターののっているニス塗りのブナの机などが置いてあった。二つの机は部屋の長い横壁にそって背中合わせに並んでおり、椅子は座席の角度が調節できるハビタット社製で、ローランドのは黒、ヴァルのはローズ・ピンクだった。奥の壁には煉瓦と板で造った本棚が、ごく標準的なテクスト(その大半は二人の共有で、複写して綴じたものもあった)の重みで棚板をたわませながら立っていた。コーランの一節を引用した、幾何学模様のいりくんだ大英博物

館のポスターや、テイト・ギャラリーのターナー展のポスターなど、部屋にはさまざまなポスターが貼られていた。(19)

乱雑な部屋には、アンズ色、白、深紫色、黒、ローズ・ピンクなどさまざまな色と「たわみ」(sagging)「渦巻き」(curvaceous rolled)「幾何学模様のいりくんだ」(intricate and geometric)形、曲線が氾濫する。机は生命樹とされるカシやブナの木でできており生命のエネルギーを帯びる。モードの研究室が秩序・文化を表すのとは対照的に、この部屋は混沌・自然を表す。そして部屋が「洞窟のような地下室」(cavernous basement room)(19)「湿った洞窟」(dripping cave)(515)と表現されるのは重要だ。洞窟(cavern, cave)は、子宮、母、生命の源を意味し、人間の心や無意識を表し自己の内面をみつめる心を象徴する。[25] その空間は母性的意識の入りくみ錯綜したものの表現である迷宮に似る。[26] 乱雑な様子は、ローランドがこの自分の無意識の部分をどう考え整理したらよいかわからないでいることを反映する。ローランドは無意識のレベルで母親の子宮に留まり混乱している。「ねばつく」ものが「あふれかえった」浴室(63)、暗く閉ざされ湿った空間(63)、「洞窟」のようなシールコート邸の浴室(163)を使った夜の、ロープが彼を締め付け「湿ったにおいがし、それでいながら同時に豊かで温かな感じがし〔中略〕母親の声」(165)がしたという夢など、この地下室のイメージは旅に出たローランドの脳裏に変奏曲のように繰り返し現れる。その意味がわかるまで彼はこの部屋の呪縛から逃れられない。

地下の部屋に帰る時ローランドはいつも緊張する。それはそこが彼の無意識との対峙を迫る場所だからだ。

腹の膨らんだ、使い古した書類鞄を小わきにかかえて、ローランドはいつものように図書館の建物をあとにした。ピカデリー・サーカスで一四番のバスに乗りこみ、戦利品をしっかりかかえて二階へあがった。ピカデリー・サーカスからパトニーまでの区間を、ローランドは（パトニーの崩れかけたヴィクトリア朝時代の建物の地下室に住んでいるのだ）いつものように半睡状態（somnolence）から、激しい振動による腹立たしい覚醒（sick juddering wakefulness）へ、そしてしだいに高まるヴァルへの気遣い（increasing worry about Val）へと進んで行った。（11）

ローランドの「外」の世界と「内」の世界をつなぐバスの中で、彼は浅い眠りの後、激しい振動で起こされる。彼はバスの中で外の社会生活から切り離され、眠りを経て、内の自己の意識下の世界へと入っていく。彼は地下室に住んでいるので、文字どおり「上」の意識の世界から「下」の意識下の世界へ帰っていく。「外と内」は「上と下」に照応し、バスは橋のように二つの世界を結合しながら分割する両義性をもつ。[27] バスと同じ機能をもつ列車でリンカーンへ行くローランドは「〔本に〕気持を集中するのは困難だった。ミッドランドの平坦な風景が窓の外を流れ去っていく。ビスケット工場、金属の箱の製造会社、畠、生垣、排水溝——心地よい、ありふれた風景」（43）と描写され、車窓から心地よいありふれた景色をぼんやり眺めている。列車の中が気楽なのは自分の住む地下室から離れていくからであり、バスの中で緊張するのは地下室に近づいていくからだ。彼にとって地下室は自己の意識下の世界。そこにヴァルがいることで彼は混乱し強い不安と緊張を覚える。

2. 見　抜　く

ヴァルはローランドの本質を見透かしている。

体は小さく、たいそう柔らかな黒い髪と、考え深そうな濃い褐色の目をし、こぢんまりした目鼻だちは均整がとれている。ヴァルは彼をモグラと呼ぶが、彼はそう呼ばれるのはきらいだった。しかし口に出してそう言ったことは一度も

なかった。（14）

彼は外見に加え、生活圏が地下である点でもモグラだ。パトニーの傾きかけたヴィクトリア朝建物の「地下」の部屋に住み（11）、彼がアッシュ全集編纂中のブラックアダー教授の非常勤リサーチアシスタントとして働く通称アッシュファクトリーは大英博物館の「地下」にある。そして二つの地下は「猫の尿の悪臭」で「感覚のうえでからみ合い」（137）一つにつながっている。地面の下のトンネルでつながるモグラの巣穴のように。

また、目のないモグラのように、ローランドには他人の心がみえない。一緒に暮らすヴァルは、生活のための仕事を「下賤な（menial）仕事」と自嘲ぎみに言い「下賤な」（17）という形容詞を何にでもつけるようになる。自己抑圧に対する彼女の強い嫌悪感の表れだが、ローランドには訳がわからず彼女に生計を頼っていることをただ負担に思うだけだ。さらに、裏方に徹するうちに皮肉な口調が多くなるヴァルに、彼は自分の母親の影をみて内心うんざりするばかりで、人格が分裂するほど彼女の精神が病み始めたことにも気づかない。指導教授のブラックアダーについても彼は、薄給でこき使う悪徳親方のように感じ、最後に外国の大学から常勤の口が来てはじめて教授がどんなに彼のことを親身になって心配してくれていたかに気づく。「大英博物館の地下室の威圧的な恐ろしい悪魔も、あるていどはローランド自身の鬱屈した想像力の産物のように思えてくる」（509）と。自身のこともみえず「自分という人間が生活や学位や仕事を得るための履歴書のよう」（14）だとしか感じられない。

ヴァルと暮らしている頃のローランドは、外見、生活圏（住居と職場）、周りの人や自分をみる目がない点でまさにモグラだった。そして、ヴァルの前では、目ばかりか口も失っていく。ヴァルにモグラと呼ばれるのが嫌いだが彼女には言ったことがない。ヴァルが仕事先で男性の上司にでもさそってもらえばいいのにと内心思うが彼女には言えない。けんかして出て行ったヴァルが帰って来たとき残念に思ったが、彼女には言わない。図書館で思いがけない資料をみつけそれを盗んでしまったことも、ヴァルには話せない。本質を見抜くヴァルと暮らすローランドは萎縮し目も口も失う。

3．母親の役割を振り当てられる

ローランドが、地下室に象徴される意識下における母親の子宮から脱出するためには、まず、そこに充満する母なるものの暗い力をしっかりと見極めなければならない。母なるものを精査することの困難さは「自分のアイディンティティが〔中略〕アッシュの中に溶解してしまった」（110）と自己を見失っている点でローランドと通底しているモーティマー・クロッパーのみる夢によせて次のように述べられている。

> 母親について書くことに、ある種のタブー意識があるからかもしれないと気づいていたが、この意識をどのような形であれ、精査したいとは思わなかった。〔中略〕クロッパー教授の夢の中で、彼女の体はいつも大小のバランスが失われ、二人の家の広々とした玄関ホールほどの巨体で、ぬっと立ちはだかったり、一家の調教用馬場いっぱいに巨大な足をふんばって厳しくそそり立っていたりする。母親はクロッパーに大きな期待をかけていた。クロッパーは母親を一度として失望させたことはなかったが、つねに失望させることを恐れていた。（118）

母親についての意識を精査したくないのは、自分の中の母親に対するアンビヴァレントな気持ちを直視せざるをえなくなるからだ。うとましくも懐かしい存在。逃げ出したくもあるが同時に逃げ込みたくもなる存在。夢の中で、母親の体の大小のバランスが失われているのは、母親に対する矛盾した気持ちが整理のつかぬものであり、母親のことをつきつめて考えるとき、心のバランスがくずれることを示している。また、夢の中の母親の巨体や巨大な足は、それだけ大きな存在であることを表す。

河合隼雄は母性の両義性について次のように述べる。

> 母性はその根源において、死と生の両面性をもっている。つまり、産み育てる肯定的な面と、すべてを呑みこんで死にいたらしめる否定的な面をもつのである、人間の母親も内的にはこのような傾向をもつものである。肯定的な面はすぐ了解できるが、否定的な面は、子どもを抱きしめる力が強すぎるあまり、子どもの自立をさまたげ、結局は子どもを精神的な死に追いやっている状態として認められる。両者に共通な機能として「包含する」ということが考えられるが、これが生につながるときと、死につながるときと両面をもつのである。(28)

ローランドは、とっくに巣立ちの時期を迎えたのに、なお母性に包み込まれその濃密な網の目に絡めとられ精神的窒息死寸前の状態だ。大学の専任講師になれないでいることで教育熱心だった母親の期待と失望に圧倒され、自分を人生の落伍者だと感じている。

母親は度の強い黒ビールをしたたか飲んで〈学校に押しかけ〉ては、ローランドの金属加工の科目をラテン語に変更してもらったり、公民科をフランス語に変えてもらったりした。数学は家庭教師をつけ、その謝礼は息子に新聞配達をさせて支払った。こうして彼は教室の無秩序と教師の人員整理という悪条件のもとで、昔ながらの古典的な教育を身につけることになった。つねに自分にかけられた期待を果たし、上級過程《Aレヴェル》の試験ではAを四つも取ったし、大学は最優秀《ファースト》の成績で卒業し、博士号も取った。今は基本的には失業中で、非常勤の講師や、ブラックアダーの下働き、レストランの皿洗いなどをして、どうにか飢えをしのいでいる。これが拡張期の一九六〇年代だったら、たとえその気がなくても、さっさと専任講師に昇格しているところだが、彼は今、自分が人生の落伍者に思え、漠然とながらその責任は自分にあるような気がしていた。（14）

母親の存在感が大きい分、相対的に父親の存在は小さい。父は州の役所に勤める下級官吏で（14）ヴァルが来たときに一緒に皿洗いを手伝ったとの描写がわずかにあるだけだ。英語英文学科出身の母親は、自分の才能を生かす道を見出せず、自分自身に、夫に、息子に失望した〈失意のかたまりのような〉女性で、ローランドは母親の憤りが充満した父親不在といってもよいような歪な家庭に育った。

大学生になると、ローランドは、母親とは正反対の「柔和で、心もとなげな表情をし」「静謐、闘争心の不在といった気配」（15）を漂わせたヴァルに魅かれ一緒に暮らし始める。しかし、ローランドと暮らすうちに、ヴァルは次第に自分の意見を述べなくなり、彼の裏方に徹して協力を惜しまぬようになる。そして期待どおり成功しない彼に失望し「皮肉な調子」で話す彼の母親そっくりの女性となっていく。谷（valley）の略語でもあり、窪み、洞窟、子宮、母親に連なる名のヴァル（Val）に、ローランドは自身の自我の構造を投影し、彼女を第二の母親にしてしまう。ヴァルに母親の姿を二重映しにみるようになった彼は、まだ失望を知らぬ頃の母はどんな女性だったのだろうと考え（17）希望に満ちた若い女性としての母を想像することで失望した母親の圧倒的な力を減らそうとしたりするがうまくいかない。彼は自分の優秀な成績は母親とヴァルとアッシュのおかげだ（15）と感謝するが、期待に応えられないとき、感謝は重荷に転じる。

部屋の中の三枚のランドルフ・ヘンリー・アッシュの肖像の写真は、「ランドルフ・アッシュに凝視されていたくないの、アッシュと人生を分かち合うなんて、ごめんだわ、少しぐらい自分の人生がほしいじゃないさ」

(19) というヴァルの手で玄関の暗がりへと追いやられている。しかし、マジックナンバーである三枚のアッシュの写真は魔力をもち、暗い部屋の隅からローランドを支配している。[29]「母親が好きだったから」という理由でローランドが研究対象としたアッシュ (62) の写真を暗がりに追いやるときの「少しぐらい自分の人生がほしい」というヴァルの言葉は、母親の役割を振り当てられてしまった彼女の悲痛な叫びだ。

ローランドとヴァルはけんかのあとは必ずセックスで仲直りし、上機嫌か不機嫌のときにヴァルは手の込んだ料理をする。ローランドはいつも彼女の機嫌をうかがっている。太母神につきもののセックスと食事[30]で彼をコントロールするヴァルは太母神の側面ももつ。

ローランドは同棲中のヴァルの変化について「もしこれがヴァルでないとすると——別の女性が何か恐ろしい形でヴァルに入れかわったのだとすると、ほんとうのヴァルは、いったいどこに行ってしまったのだろう? 姿を消し、変容し自分を停止させてしまったヴァル。〔中略〕ヴァルがこうなったのは、なんらかの形でぼくに責任があるのだろうか」(238) と思いをめぐらせるが、このときの彼には答えがみつからない。

ヴァルは、ローランドと暮らすことで彼の母親の役割を振り当てられてしまい人格に分裂をきたす。陰気な色のシャツを左右不揃いにひっかけるヴァルと、不運をかこつ、派手で〈下賤な〉ヴァル。彼女は、生活のためにさまざまな仕事を渡り歩き、狂ったリズムでタイプライターをたたきつけるように打つ。(17–8) 完全に調和を失った彼女は、ローランドから解放されるまで、自分自身の人生を生きることができない。卒業論文では「男性の演じる腹話術——ランドルフ・ヘンリー・アッシュの描く女性たち」というタイトルでアッシュを取り上げローランドの手が大幅に加わっていると言われるようなものを書いてしまったのも、ファーガスをお門違いの男の女性差別主義者達の言葉で侮辱するのも、本来の自分の上に違う役割を押しつけられたことに対するヴァルの違和感の表明に他ならない。彼女の卒業論文「男性の演じる腹話術」には、ローランドに母親の役割を不本意なている。けんかをして一時帰った実家からローランドのもとに戻ったときの「どうしてわたしみたいな人間が必要なのかわからないけど、でも、あなたはわたしを必要としている」（17）というヴァルの言葉も、彼女の戸惑いと憤りから出たものだ。狂うヴァルには、本当の自分を生きることのできない苦しみと、子供が巣立ちの時期を迎えながら巣立たぬことで愛ゆえに次第に精神を病んでいく母親の悲しみが投影されている。

ローランドから離れ、ユーアンというパートナーを得てはじめてヴァルは自分の人生を取り戻す。ヴァルがユーアンと一緒にローランドの前に現れたとき、彼女にはローランドを包み込み精神的に窒息させようとした母親の面影は片鱗もない。「まばゆく輝いているヴァル」「磨きあげられたヴァル」は、「まごうかたなく性的な幸福感と溢れるばかりの満足感」に満ち「すべてバランスがとれ、美しかった」（469）クロッパーの夢に出てくる母親は大小のバランスが崩れていたこと（118）、ローランドと暮らしていた頃のヴァルが「左右不揃いのシャツ」を着ていたこと（17）が思い出されてよい。ローランドから離れたヴァルは健全なバランスを取り戻す。「しあわせそうだね、ヴァル」「わたしだって、しあわせになれるのだと決めたの」「きみを探してたんだ。何度も電話したんだよ。きみがだいじょうぶかと思って」「そんな必要なかったのに。わたしも消えてしまえるはずだ、と思ったのよ。あなたもできるんなら。それでやってみたの」（469）ヴァルは意志をもって、ローランドの母親の役割を脱ぎ捨てた。このときヴァルが身に纏う上等なスーツの玉虫色に光る淡い灰色（putty-coloured glossy suit, shot-silk dove-colours）（469）と彼女に寄り添うユーアンのシャツの金色（golden shirt）（469）は、以前ローランドが一人で見入ったターナーの「ノーラム城」の絵の灰色がかった青と金色に照応する。ローランドは、ターナーの絵にみたのと同じ豊饒の輝きをユーアンと一緒にいるヴァルにみる。一緒に食事をしたときローランドは「キジの肉がかなり固い」のに気づき、ブレッド・ソースに「母親のクリスマス料理」を思い出す（470）。

彼は、以前ファーガスと食べた弾のあとだらけのキジの象徴する男性の世界と、母親のソースに象徴される女性の世界に思いをめぐらせる。精神的に独立した女性となったヴァルは、その後ユーアンとともにローランドの研究者としての探求に手を貸し、みずから輝くことでローランドの精神的成長も助ける。

ローランドの探求の旅は、アッシュの手紙にある謎の女を突き止めるための旅だった。謎の女性がラモットであり、メリュジーヌであり、悪しき母親であったとわかったとき、呪縛が解け、ヴァルは悪しき母親役から、ローランドは母親の悪しき側面から解放される。

五　死と再生

物語の終わり近く、作戦を練る仲間の横でローランドは、自分にはこの世の中にモード以外、家も、仕事も、未来もなく、やがてモードも失うだろうと考え「愛と絶望の思い」で彼女を眺め（468-69）、自分は「余計物の傍観者」（470）だと感じる。意見を求められても「ぼくにはほとんど関係のないことなんだ」（474）と言い「仲間はずれ」「除け者」「この〈探求〉にとりかかり、すべてを失った――」（474）と思う。クロッパーの動きを阻止する計画を立てるときも彼は「自身の非現実的な孤独がいっそう深まった」（477）「今までそっと秘密にしておいた何かが、なくなってしまった」（477）「モードが現れるまでは、ぼくにはランドルフ・アッシュがあり、彼の言葉があった。でも今は、それさえ――とりわけそれが――変質してしまい、取りあげられてしまった」（478）「あの〔アッシュの手紙の〕発見は、一種の喪失だった」（510）と大きな喪失感に苛まれ、彼は精神的な死を経験する。

モードがローランドの部屋に泊まると言ったとき、彼は「ぼくは自分の人生について、よく考える必要があるんだ」「心配しなくていいんだ。一人でいたいだけなんだから、一晩だけ」（479）と彼女を拒否する。「部屋は、みすぼらしい木綿のサラサのカーテンといい、猫の尿の臭いといい、とても彼女に来てもらえるようなところではなかった。それにヴァルとの生活、論文にあけくれた生活の記憶が一面にこびりついている。彼はそこにモードを立たせたくなかった」（478）彼が彼女を拒むのは、地下室が子供を温かく包み込んで育み、やがて時期が来ても巣立たなければ濃厚すぎる愛で窒息死させるという矛盾した属性をもつ母親の子宮を表徴する所であり、彼の無意識にかかわる場所だからだ。

　ローランドが地下室へと階段を下りるとき、エプロンを掛けた大柄な女性が手すりから身をのり出して「そこにはもう誰も住んでないよ、あんた」（505）と声をかけ、大家の女が亡くなりたくさんの猫が外に出て行ったことを教える。猫は大地母神の従者だ[31]。魔力をもつ数字三の五倍の「一五匹の猫」（514）だが今はただの猫となってローランドを見上げる。大地母神の大家も死に、母親の憑依したヴァルも去った。「誰も住んでいない」という女の言葉はここが大地母神の領域ではなくただの物質的空間に戻ったことを告げる。

　「なじみ深い挫折と苦渋の酸っぱいにおいに、さらにあらたな強烈さが加わった」（506）猫の尿の臭いの中、暗い湿ったフラットにおりていった彼は「以前は自分の一部とみなしていた」アッシュの写真が「今はまったく別個の、遠い存在」となっていて「彼はこのときはじめて、アッシュという存在が完全に自分の一部になっていたのを理解し」（507）今や自分の中からこの詩人が抜け落ちているのを知る。アッシュは母親が好きだという理由で研究対象に選んだ詩人であったから、この詩人から離れたことは母親の影響下から抜け出たことも示す。無人の地下のフラットからは完全に母親の子宮の象徴性が消えたのだ。そこでみつける専任職への手紙は新世界への切符であり彼の再生を約束する。文学理論が幅を利かせる中、彼の誠実な論文『一行一行』が評価されたことでその価値を確認し、彼は研究者としても個人としても見失っていた自己を回復する。「みすぼらしい小さな部屋が、〔中略〕彼を閉じ込め窒息させようとする壁ではなく」「世界は開かれた」(508)。母国の外に用意された三つの選択肢は、母親からの巣立ちと三という魔力をもつ数字でローランドを新たな旅へといざなう。『ガラスの柩』の仕立屋は、さいふ、鍋、ガラスの鍵の三つの中から、ガラスの鍵を選んだ。ローランドも、香港、アムステルダム、バルセロナの三つの中から選ばなければならない。彼が英国で手紙の編纂を一緒にというモードの誘いを断るのは、母国から旅立たなければ再び精神的に子宮に留まってしまうかもしれない危険を感じるからだ。ローランドの研究者としての旅は、母親の悪しき側面の呪縛からの出口を探す旅でもあった。出口に達した彼は、論文を認められ専任の職を手に入れることでアカデミックな世界にしっかりとした居場所を確保すると同時に、自分の詩を書く詩人としての自己も手に入れる。彼が最後に用意された三つの選択肢から一つを選ぶとき、彼の新たな物語が始まる。どれを選ぶかでこの先の旅模様が大きく変わるのは言うまでもない。

　ローランドがかつて暮らした地下室へ行くことを述べる第二六章は、第一章のアッシュの詩「ペルセポネの園」の繰り返しで始まり、物語の円環を閉じる。第二六章では第一章の詩に言葉が書き加えられ旅を経てローランドの詩の読みが深まったことが示される。第二六章で書き加えられた「謎解き」「総ての詩人が辿り着く場所があります　其の場所を探し求めて来る詩人もいれば　其処と知らずに来る詩人もいる」などの言葉を詩人となったローランドは自分に向けられた言葉として読み、第一章では詩人アッシュに対する憧れとともに読んだ「今も其処に在る　あの園とあの樹」のある場所に、第二六章では自身も詩人となり足を踏み入れ「フレイの園」の理解にいたる。「園には　緑の果樹園が在り　夏の泡立つ葉が茂り　果実が輝き　アース神が　永遠の若さと力を与える　温かい林檎を食べに来た　近くには　世界樹《アッシュ》が　暗黒の中から　聳えていた　其の生命の根は　舌の先が裂けた暗黒の主《ぬし》ニズヘグがとぐろを巻く洞窟に下ろされ　どんなにニズヘグに齧られても　再生し続けていた」生命の再生し続ける世界樹[32]のある場所に達した詩人は「かつて樹が一本　絶えず光り輝いて立っていたとこ

ろに　様々な物語を創造し」「私達が想像し　創造するのです」と人はそれぞれの物語を想像し創造することにローランドは思いいたる。そして「かの場所は迷路の中央にあり〔中略〕かの場所は砂漠の中に在り、〔中略〕其の場所を目にしながら　真実の場所を見た事に気づかず　喉の渇きで息絶える人間もいる」と求める所にいたることのむずかしさを詩は歌う。「これは総て真実であり　かつ　真実でない　かの場所は其処に在って　われわれが　そう呼ぶもの　かつ　そう呼ぶものでない　それは〈在る〉としか言えない」という言葉で詩は結ばれる。蜃気楼のように、あったと思えば存在せず、ないと思うと現れる「生命樹」を探し求め、それぞれの詩を詠いながら人は旅していく。

「アッシュはローランドをこの探求のたびへと駆り立て、ローランドは必要な手がかりを発見して冒険に旅立った。そして今や、すべてが呪縛から解き放たれたのだ――あの下書きの手紙も、あの往復書簡も、ヴィーゴも、林檎も、彼のリストも」(512) ヴァルや大家の女がいなくなり、ローランドは眺めるだけであった庭に一五匹の猫に先導されて入り「冷たい、湿った、土の匂いのする夜の大気」(514) に包まれ「一人でいられる」(515) 幸せに浸ったとき、詩が「湧水」あるいは「雨のように」「リアルに」(516) 溢れ出る。このときローランドは、精神的に母親の子宮を脱して豊饒の庭に足を踏み入れたのだ。

ローランドがモードと結ばれた翌朝も「世界はすべて、なじみのない新しい匂いに満ちていた。〔中略〕それは死と破壊の匂いであり、みずみずしく、生き生きと、希望に満ちて匂っていた」(551) と彼の死と再生を描く。

この物語には、アッシュやラモットという詩人に加え、エレン (136)、ブラックアダー (32)、サビーヌ・ド・ケルコズ (341)、クロッパー (418) など詩を書きたいと願う人物が多く登場する。ローランドは母性の呪縛から解き放たれ詩が書けるようになった。この物語において詩を書くことは自分自身を生きることと同等だと考えられる。[33]

また、「記録に残らず誰にも知られぬ挿話」の例として語られる――補遺　一八五八年――は議論を呼ぶ。バイアットはこの章の役割について「一つには物語をローランドで始めたので終わりはアッシュにしたかった〔中略〕さらにはアッシュに子供の消息を知らせなければ彼を裏切っていると感じられ〔中略〕熟慮の末に付した」と述べている。[34] しかし、この章は詩人となったローランドの物語を逆照射する。花咲く野原で遊ぶ無邪気なメイは、詩人の父母をもちながらそのことを知らず詩とは無縁の生涯を送る。ローランドには困難な旅の果てに詩が溢れ出る。詩は、大きな悲しみにもがくときの摩擦で飛び散る火花、苦しみを乗り越えた後に与えられる褒美。だから大きな悩みもなくすくすく育つメイのような者には無縁の存在だ。メイは、詩人ローランドのアンチテーゼとして彼の姿を浮かび上がらせ、詩の生まれる秘密を読者に明かす。

六　むすび――成長物語としての『抱擁』――

二〇世紀のローランドの物語に焦点を当てる時、一九世紀の物語を〈地〉として母親からの巣立ちという〈図〉が浮かび上がる。ローランドの研究者としての探求の旅は同時に彼の心の旅でもあった。彼の心の旅には「塔」の女性モードが望遠レンズ、「地下室」の女性ヴァルが拡大レンズとして用意され、彼は研究対象のアッシュの恋人ラモットを探す過程で自分の捕われていた母親の悪しき側面を精査し、最後にその呪縛から解き放たれる。

この視点に立つと『抱擁』（*Possession*）という題名は、子を抱きしめ育てるが、抱きしめすぎると子を窒息死させてしまうという両義性を持つ母親の抱擁を表すと考えられる。

そして、「樹の根元には蛇」「大枝の影に女」「水の流れ」（3, 503）と生命樹なる豊饒の女神を描くアッシュの「ペルセポネの園」の詩で始まり閉じる物語の円環構造は、ローランドの次の旅を暗示する。人は生きていく上でさまざまな状況に包み込まれ（possess され）次々に現れる状況の網を破りながら進み続けねばならない。真の豊饒を求めて。(35)

（1）Richard Todd, *A. S. Byatt*, (Plymouth：Northcote House, 1997), 1. *Possession* のブッカー賞受賞後バイアットは国際的作家となった。また、バイアットの *The Children's Book*, 2009 もブッカー賞最終候補となった。

（2）パスティーシュには賛否両論あり高く評価するものとしては、Steven Connor, *The English Novel in History 1950–1995* (London and New York：Routledge, 1996), 147. および Ann Hulbert, *A. S. Byatt's Possession The Great Ventriloquist*：in *Contemporary British Women Writers*：*Texts and Strategies* edited by Robert E. Hosmer Jr (London：Macmillan, 1993), 60–61. など。一方、アメリカの出版社は、アメリカでの出版に際し最初、パスティーシュの多くをカットしたいと申し入れたが、バイアットは受け入れなかった。Catherine Burgass *A. S. Byatt's Possession：a reader's guide* (New York：Continuum, 2002) 72.

（3）『抱擁』の着想を得たのは執筆の一六年前で、大英図書館《ブリティッシュライブラリー》でコールリッジ学者キャスリーン・コーバンをみかけたときだという。Eleanor Wachtell, interview with A. S. Byatt in *Writers & Company in Conversation with Eleanor Wachtell* (San Diego, New York, and London：Harcourt Brace & Co., 1994) 78–79. Nicolas Tredell, interview with A. S. Byatt in *Conversations with Critics* (Manchester：Carcanet, 1994) 58. Margaret Reynolds and Jonathan Noakes, 'Interview with A. S. Byatt ' in *A. S. Byatt*, (London：Vintage Living Texts, 2003) 20.

（4）『抱擁』は二つの世紀の物語を一つに織り合わせた点で、ファウルズ（John Fowles）の『フランス軍中尉の女』（*The French Lieutenant's Woman*, 1969）の手法を受け継ぐものとして比較されることも多いがバイアット自身はネガティヴモデルだったと述べている。A. S. Byatt, *On Histories and Stories*：*Selected Essays* (London：Vintage, 2001) 79.

'My own intentions, … , were more to do with rescuing the complicated Victorian thinkers from modern diminishing parodies like those of Fowles and Lytton Strachey, and from the disparaging mockery (especially of the poets) of Leavis and T. S. Eliot.'

(5) Richard Jenkyns, '*Disinterring Buried Lives*', TLS (2–8 March 1990) 213–14. その他、モードとローランドを低く評価するものは Peter Kemp, 'An Extravaganza of Victoriana', *The Sunday Times* (4 March 1990) 6, Donna Rifkind, 'Victoria's Secret', *The New Criterion* 9.6 (February 1991) 79, Jackie Buxton, '"What's Love Got To Do With It?" : Postmodernism and *Possession*', *English Studies in Canada* 22.2 (1996) 212, Bo Lunden, (*Re*) *educating the Reader : Fictional Critiques of Poststructuralism in Banville's Dr Copernicus, Coetzee's Foe, and Byatt's Possesion* (Goeteborg, Sweden : Acta Universitatis Gothoburgensis, 1999) 91–94. など。

(6) Christien Franken, *A. S. Byatt : Art, Authorship, Creativity* (New York : Palgrave, 2001) 86.

(7) Franken, 87.

(8) Richard Todd, 'Interview with A. S. Byatt', *NSES : Netherlands Society for English Studies* 1/1 (April 1991) 43. および Nicolas Tredell, 'A. S. Byatt', in *Conversation with Critics* (Manchester : Carcanet, 1994) 58.

(9) Christien Franken, 'Interview with A. S. Byatt'. in *A. S. Byatt : Art, Authorship, Creativity* (New York : Palgrave, 2001) 86.

(10) Margaret Reynolds and Jonathan Noakes, 'Interview with A. S. Byatt' in *A. S. Byatt* (London : Vintage, 2004) 13–14.

(11) Christopher Hope and A. S. Byatt, *Contemporary Writers : A. S. Byatt* (London : Book Trust in conjunction with the British Council, 1990) 1.

(12) A. S. Byatt, *The Shadow of the Sun : A Novel* (London : Harcourt, 1991) xiv.

(13) A. S. Byatt, *Possession* (New York : Vintage International Books of Random House, Inc., 1990) 17. テクストはこの版を使用した。以下この版からの引用は引用末尾の括弧内にその頁数を記す。訳文については『抱擁』栗原行雄訳

（新潮社、一九九六）を参考にさせていただいた。

（14） The display caption September 2004 (http://www.tate.org.uk/servlet/View Work?=14822&searchid=29100). この絵は抽象画の先駆けだとも言われている。

（15） バイアットの作品における絵画の役割については、Michael Worton 'Of Prisms and Prose: Reading Paintings in A. S. Byatt's Work' in *Essays on the Fiction of A. S. Byatt: Imaging the Real* edited by Alexa Alfer and Michael J. Noble (London: Greenwood Press, 2001) 参照。二〇一〇年八月三日筆者はテイト・ギャラリーへこの絵をみに行った。

（16） Ad de Vries, *Dictionary of Symbols and Imagery* (Amsterdam: North-Holland Publishing Company, 1974) 219.

（17） E・H・ゴンブリッチ『芸術と幻影』美術名著選書二一、瀬戸慶久訳（岩崎美術社、一九七九年）三〇六頁。ゴンブリッチに対するバイアットの共感についてはChristien Franken, *A. S. Byatt: Art, Authorship, Creativity*, 130 参照。

（18） Vries 471.

（19） Vries 455–56.

（20） Vries 503.

（21） 河合隼雄『ユング心理学入門』（培風館、一九六七年）一九三―二一七頁。

（22） A. S. Byatt, 'Love in fairytales' in The Guardian, Monday 12 October 2009 (http://www.guardian.co.uk/books/2009/oct/12/fairytales-byatt-abstract-love/print).

（23） Christien Franken, '*Possession*: Melusine or the Writer as Serpent Woman' in *A. S. Byatt: Art, Authorship, Creativity* (New York: Palgrave, 2001) 83–108.

（24） Erich. Neumann, *The Great Mother*, Trans. R. Manheim (Loutledge and Kegan Paul, 1955) 27.

（25） Vries 87–88.

（26） C・G・ユング編『人間と象徴』河合隼雄監訳（河出書房新社、一九七五年）上巻、一九七頁。

（27） ゲオルク・ジンメル『橋と扉』酒田健一他訳（白水社：新装復刻版、一九九八年）三五―三七頁。「橋は二つの世界を結合しながら分割する両義性を持ち〔中略〕人間の意志の領域が空間へと拡張されていく姿を象徴する」

（28）河合隼雄『昔話の深層』（講談社＋α文庫、一九九四年）四八頁。

（29）河合隼雄『昔話の深層』一一〇—一一一頁、『マクベス』松岡和子訳（ちくま文庫、一九九六年）一六頁注。

（30）河合隼雄『昔話の深層』七九頁。

（31）Vries 85.

（32）ジョン・ミシェル『地霊—聖なる大地との対話』荒俣宏訳（平凡社、一九八二年）絵図、四四頁「世界樹イグドラシル—この樹の中心には大地があり、その生命の源であるミドガルドの蛇に周囲を取り巻かれている」四六頁。

（33）A. S. Byatt, *Passions of the Mind* (New York：International Vintage Books, 1993) xv. バイアットは「意識的リアリズム」を擁護し言葉に信頼を置く。一九八—九九頁では、Willa Cather が自身の *O Pioneers!* について述べた言葉を要約して「彼女は自分自身の題材（own material）」をみつけたのだとバイアットは述べているが、ローランドも自分自身の題材をみつけたのだ。批評家であり詩人であることについては A. S. Byatt, *On Histories and Stories* (London：Vintage, 2001) 1 を参照。

（34）Margaret Reynolds and Jonathan Noakes, 'Interview with A. S. Byatt' in *A. S. Byatt*, (London：Vintage Living Texts, 2003) 20. Postscript については、さまざまな解釈がある。ポストモダンの特徴の一つだと考える批評家がいる一方で、ヴィクトリア朝写実主義小説のエンディングに戻ったとする批評家もいる。さらに両方だと考える批評家もいる。Ann Hulbert, 'The Ventriloquist：A. S. Byatt's *Possession：A Romance*', in Robert E. Hostmer Jr, ed., *Contemporary British Women Writers：Texts and Strategies* (London：Macmillan, 1993), 59.

（35）A. S. Byatt, *The Djinn in the Nightingale's Eye：Five Fairy Stories* (London：Vintage, 1995) は、*Possession* 中の 'The Glass Coffin' と 'Gode's Story' を含み、*Possession* の補遺として読むこともできる。'The Glass Coffin' の仕立屋に小人は次のように忠告する。「〔豊饒の〕西風がきたら〔中略〕こわがったり、あがいたりしないで、西風の意のままに運ばれるのだ」'Gode's Story' では、なりゆきまかせの鍛冶屋の娘にたくさんの息子が生まれる。'The Story of the Eldest Princess' の一番上のお姫様は、魔法で緑になった空を青に戻すために旅に出るが結局緑の空をそのまま受け入れる世界に留まる。'Dragon's Breath' においては平凡な生活をありのままいつくしみ生きることの大切さが描かれる。'The Djinn in the Nightingale's Eye' の主人公のペルホルト博士は、瓶の中から出てきた魔人に三五歳の肉体と自分を愛してくれることと魔人自身の願いをかなえることという三つ願いを叶えてもらう。魔人の願いは瓶の中から解放されることだったからどこかへ消える魔人に、彼女はもし気が向いたら戻ってきてねと言うだけで、しなやかに自身の人生を生きていく。これら五つの物語では、運命に逆らわず誠実に生きてこそ豊饒へとつながることが繰り返し述べられているが、これは *Possession* のサブテーマでもある。

『アウト・オブ・ジス・ワールド』
――ビーチ家の人々――

野呂　正

二〇世紀、英国は両大戦はいうにおよばず、世界各地で多くの紛争にかかわった。キプロス、エジプト、北アイルランド、フォークランド……。何らかの形で常に戦争状態にあったと言っても過言ではないであろう。一九八八年に発表されたグレアム・スウィフト（Graham Swift）の『アウト・オブ・ジス・ワールド』（*Out of This World*, 1988）はそのような歴史的現実を背景として、戦争において必要とされる武器弾薬の製造を業とするビーチ一族の三代にわたる生と死、対立と和解、夢と挫折、そして再生を扱った作品である。

ハイフィールドハウス

まず、作品の中程で語られる、あるショッキングな事件からみてゆこう。

一九七二年、四月二三日、英国の守護聖人、聖ジョージの祭日の夜、高名な企業家、ビーチ軍需会社（ＢＭＣ）の会長ロバート・ビーチの邸宅、ハイフィールドハウスにおいて、彼の乗用車、ダイムラー・ニュー・ソヴリンの後部座席にアイルランド共和国軍（ＩＲＡ）のテロリストによって爆弾が仕掛けられた。翌朝、ロンドンのオフィスに出かけるために車に乗り込んだ彼は、お抱え運転手もろとも、その場で爆殺された。家族の目の前においてである。

前夜はビーチ家の人々が久しぶりにハイフィールドハウスに集まっていた。ロバートの息子ハリー、ハリーの娘で、ロバートからすると孫娘になるソフィーである。ソフィーはそこでみずからの懐妊を明かし、祖父と父親はそれをシャンペンで祝ったのである。一族再会の図だが、それが完全なものになるには何人かの人々が欠けている。ソフィーからすれば祖母と母、そして年齢的にみて、ここにいてもおかしくない二人の大伯父である。祖母、ロバートの妻であり、ハリーの母である人は、ハリーを出産すると同時に死亡したのである。第一次世界大戦中、夫ロバートがフランスの最前線で戦っているときのことである。ハリーの妻であり、ソフィーの母であるアナは、一九五三年、ソフィーが五歳のとき、飛行機事故で死亡したのである。彼女はギリシア人で、一九三〇年代、騒乱のギリシアにおいて孤児となった彼女の庇護者になってくれた叔父スピロの危篤の知らせを受け、彼に会いに行く途上、彼女の乗った飛行機が雷雨に遭い、オリンポス山にぶつかったのである。ソフィーの大伯父リチャードとエドワードは、前者はビーチ家の家督を継ぐことになっており、後者はオックスフォードのドンとして古代ギリシア研究家であったが、二人とも第一次世界大戦中にフランスで戦死したのである。それで三男の祖父ロバートがビーチ家を継ぐことになったのである。生と死は背中合わせといわれるが、この夜のビーチ家の集まりには何かそういうことを思わせるものがある。ロバートは孫娘の懐妊の中にみずからの血筋の永続をみて、ことのほか上機嫌であるが、そのとき同時に彼の車に彼の死をもたらす爆弾が仕掛けられていたのである。

事件の現場となったハイフィールドハウスはサリー州にあるカントリーハウスである。一七〇九年に、ニコラス・ハイドなるジェントルマンによって建てられたアン女王様式の建物だが、一九二三年、家業ＢＭＣを継ぐことになったロバートが、社会の上層にのし上がったみずからの社会的地位を意識したものなのか、あるいは時代遅れで、無愛想な一種の郷紳を装うためになのか、そのドライブウェイ、庭園、果樹園、パドックとともに買い取ってみずからの邸宅にしたものである。第一次世界大戦およびその後各地において英国が紛争にかかわり、武器の需要が増す中で、ＢＭＣは産業として急成長し、そのような高価な買い物をすることができるだけの利潤をあげていたのである。

戦争から得られた利益によって獲得されたハイフィールドハウスは、しかしながら戦争とは無縁の世界だった。良きアン女王時代の平和で、美しい田園がそのまま取り残されたかのようだった。少なくとも、ソフィーにとってはそうだった。彼女は幼少期から一八歳まで祖父とそこで過ごしたのである。祖父は、仕事で世界各地を飛び回る父のいわば代理という形だった。彼女は記憶の中にあるハイフィールドハウスを語る。

世界は安全で小さいの。それは次の丘まで広がっているだけなの。空は青い――もちろんそれは青いに決まっているわね！　でもそれはきれいな、すんだ一八世紀の青なの、そしてそこに浮かぶ白い雲はたんなる雲じゃなく、非常にゆっくりと過ぎる時間なの、かつては時間がそのように過ぎていたように。果樹園ではリンゴが熟している。野原に家畜が立っている。イチイの歩道を、腕を組んで、ハイド氏とハイド夫人（でも彼等をビーチと呼びましょう）が散歩している。彼女は金輪のついたドレスにボンネット、彼は三角帽にブリーチズ。そしてすべてはあるべきとおり……（１）

そして彼女は家政婦や召使にかしずかれ、宮殿の王女のように何不自由なく育てられたのである。

しかしハイフィールドハウスは今ではその様相をすっかり変えてしまった。ソフィーが五歳のとき亡くなった母の面影を求めてギリシアへ行き、そこで母ではなく、現在の夫、ギリシアで仕事をしていたイギリス人観光業者ジョー・カーマイケルと出会い、結婚してハイフィールドハウスを出、ロンドンのリッチモンドに住むようになって以来、祖父はそこを会社の司令部のようなところに変えはじめたのである。それは新聞などでは「ビーチ家の家族の家にしてBMCの非公式の司令部（Family home of the Beeches and unofficial headquarters of BMC）」と呼ばれたりしたのである。

ロバートの息子、ソフィーの父親ハリーに言わせれば、そこは最早「兵器庫」であり「要塞」であった。兵器製造という事業の性質上、ロバートは警備ということを強く意識するようになり、屋敷の境界壁には有刺鉄線を張り、新式の警報装置を取りつけたりしたのである。ハリーはフォトジャーナリストである。特に戦争の生々しい現実を伝える写真報道で有名な人物である。もともとは空軍の情報部で写真部門を担当していたのだが、戦後ジャーナリズムの世界に転身したのである。連合軍の激しい爆撃を受け、戦後ただちにナチスに対する軍事裁判が行われたニュルンベルグの取材を皮切りに、アルジェリア、キプロス、スーダン、スタンレーヴィル、北アイルランド、そしてヴェトナムと、世界各地の戦争や紛争の現場に赴き、写真を撮り続けてきたのである。それら、非感情的、没個性的で、むき出しの事実を突きつける写真は『戦争直後』（*Aftermaths*）および『一〇年間の写真』（*Photos of a Decade*）という二冊の写真集にまとめられて出版され、人々の注目を集め、またみずからの生命の危険を顧みず、敢然と戦場に赴く姿勢は六〇年代、七〇年代の若者たちの心に訴えるところがあり、彼は新しい時代の英雄として尊敬されてもいたのである。シカゴのリンカーンパークで、混乱した、怒れる若者たちが集会場の中で「ハッピー・デイズ・アー・ヒア・アゲイン」を歌うところを写真に撮ったとき、彼等は彼を別世代だとは考えず、あれがハリー・ビーチだ、戦地に行ってきたんだ、と言い、何人かは実際にサインを求めてきたほどだったのである。このような仕事の性質上、彼はハイフィールドハウスにいることはめったになく、実際、娘ソフィーの懐妊を祝った翌朝には、北アイルランドで始まった紛争を取材するために、ベルファストに向かうことになっていたのである。だが彼はそこに行く必要はなかった。翌朝、ハイフィールドハウスが正に戦場と化したからである。

ハイフィールドハウスにおけるテロリズムの犠牲者、ロバート・ビーチは、そのような爆弾テロを可能にする爆弾の製造者であるという根源的な矛盾を孕みながらも、マスメディアにおいては、今やBMCは事実上国防省の一機関になっていることを考慮して、もっぱら国防に身をささげた英雄として扱われた。彼の死を報ずるテレビ番組によれば、事件の朝、

ロバート・ビーチは、テロリズムに対してみずからの命を賭するというはっきりとした決意をもって家を出、ダイムラーに乗り込んだかのようである。しかし、実は彼は毎日そうしていたのではないだろうか。武器製造業者として、またとりわけアルスターのわれわれの仲間に対する武器供給者として、彼は危険な最前線につねに身を曝していたのではないだろうか。些細なことでためらったり、重箱の隅をほじくるようなモラルをもち出すのはやめよう。われわれは防衛のために武器が必要なのだ。法と平和の維持のために武器が必要なのだ。(2)


そして彼の国防への尽力を証拠立てるフィルムや写真が画面に写し出される。

一九四一年の珍しい、短いクリップ。ロバート・ビーチがウィンストン・チャーチル氏と工場の中庭にいる。女工たちがヘッドスカーフをかぶり、背景で押し合いながら笑っている。一人が小さなユニオンジャックを振っている。チャーチル氏はボブ・ビーチの生産業績に対して祝いの言葉を述べている。

一九四一年の写真。ロバート・ビーチが砂袋でふさがれた軍需省の外でビーヴァーブルックおよび兵器部の指揮官たちと一緒に立っている。

一八七五年のフォト・ライブラリー資料。ビーチ軍需会社の創設。サリー州、ウォキング近くの最初の工場。

榴散弾の発達における初期の仕事。コルダイト発射火薬とリダイト充填の使用。消火器工学技術における仕事、スーダンおよび南アフリカで使用されたビーチ社製の兵器など。

続けてロバート・ビーチが実は第一次世界大戦においてすでに英雄になっていたことが紹介される。彼は最前線において片腕を失いながらも、味方の命を救うという勇敢な行為によって、ヴィクトリア十字勲章を授けられたのである。今回のことと合わせて、生涯武力をもって国家に身をささげた英雄であるというわけである。

一九一六年頃の陸軍士官学校の生徒の写真。ボブ・ビーチは第二列左にいる。ぼやけて写っている。なんにでも使える西部戦線の写真。「一九一八年……」

さらに番組は、世にあまり知られていない彼の活動をいくつかの写真とともに紹介する。

一九二五年開業の、サリー州、ギルドフォードのキング・ジョージ病院の新棟（ロバート・ビーチ棟）、手足切断患者リハビリセンター。一九二九年設立の西ロンドン、チズイックの義肢研究所の正面。

彼の医学へのかかわりと資金援助は、戦場においてみずからの右腕を失ったという個人的体験を動機とする人工器官および外科的復元の分野からはじまり、産科学から心臓研究にいたるまで、また形成外科から、事実上BMCの子会社である、電動車椅子やその他の補助器具を専門とする会社の設立にいたるまで実に多岐にわたる。彼は武人でもあるが、同時に積極的な慈善活動家でもあったのである。

また、彼は医学ばかりでなく、地元の庇護にも厚い人間だった。一九三〇年代の地方紙の写真資料。ハイフィールドハウスの芝生に村の子供たちが並んで立っている。また同じ芝生に地元の名士たちがロバート・ビーチと並んで立っている。

ハイフィールドハウスの全景。一九七二年四月の爆弾で破壊された正面のフィルムがところどころにさしはさまれる。約五〇年にわたる彼の家である。

そして最後に彼の政治的信条とサイエンスへの信頼を示す映像が流される。

一九三五年の国会議員立候補者としてのロバート・ビーチのショット。ナレーターによる彼の選挙演説からの引用、「国防への人員配置」、「眠れる獅子」、「精神的再軍備」といった言葉が、ボールドウィンやチェンバレンの政府のものの見えなさを示す一続きの画面にかぶさってゆく。

紳士、保守的ではあるが、自分の心を語ること、あるいは時代の風潮に挑戦することを恐れない本当のイギリス人、というわけである。また彼は決して現代的なものを敵視する人間ではない。

一九六九年一一月、彼のテーブルスピーチのフィルム（彼の姿が映っている、知られている最後のフィルム）。彼は前年に自分の体に取りつけたペースメーカーについて、「まもなく私はすべて移植臓器になるだろう」と冗談を言い、「ロマンスの要塞」に侵入するサイエンスの「勇気」について語っている。

> ぶっきらぼうだが、魅力のある老人。七〇歳を過ぎてもいまだ元気な公人。新しいものへの熱中者、しかし彼が英国の「弛緩」と呼ぶものに対する公然たる批判者にして、長い生涯を通して、常に古い行き方を進んで擁護した人間。最終的犠牲を払ってまでも。(3)

番組はロバート・ビーチの人間像をそのようにまとめ上げて終わる。

以上がハイフィールドハウスにおける事件の概要である。しかしそれは『アウト・オブ・ジス・ワールド』の中心的事件ではあるが、物語そのものというわけではない。作品が取り扱っているのは、事件から一〇年後、一九八二年、春のことなのである。それは外面的には、事件というほどのこともない、ごく小さな出来事である。

事件から一〇年後、ハリーはウィルトシアの片田舎、リトルストーヴァーという村のコッテージに住んでいる。事件の六ヶ月後、ロンドンのフラムにあった家とスタジオを売り払って、いわば田舎に隠棲したのである。しかし、戦争の写真は二度と取ることはなかったものの、カメラを完全に捨ててしまったわけではない。たまま村からほんの五マイルのところにしっかりとした民間飛行場があったので、彼はコッテージの屋根裏部屋を暗室と事務所に変えて、航空写真家の工房にし、退役パイロット、マイケルおよび上空からイギリスの古代遺跡を探すことに情熱を燃やす考古学者、ピーターと組んで仕事をしてきたのである。その後、助手として雇ったジェニーという若い女性とたんなる仕事上の関係を越えた関係になり、四〇もの年齢差があるにもかかわらず、結婚することにしたのである。そしてハイフィールドハウスの事件以来、一〇年間音信不通になっている娘ソフィーにそのことを告げ、結婚式に出席してほしい旨の手紙を書くのである。同時に、彼は自分の過去、死んだ父親との関係、フォトジャーナリストとしての活動、死んだ妻アナのことなどを回想する。

ソフィーは事件後、夫のジョーとともにアメリカにわたり、ニューヨークに住んでいる。事件の前夜、みずからの懐妊を祖父と父に告げたときには思いもよらないことだったが、双子を無事出産する。ギリシアの代わりに、今度は古き良き時代のイギリスを売り物にする観光業も当たって、経済的には豊かな暮らしをしている。子供たちも順調に育っている。しかし精神的には事件のショックから脱することができず、突然黙りこくったり、放心状態に陥ったり、その一方で、家の内装工事にやってくる作業員と見境のないセックスに身を任せたりする。夫の勧めで、渋々ながら、ある精神科医の治療を受けている。彼女の精神の不安定は事件の辛い記憶を消し去ろうとする願望に発するものらしく、治療は彼女にその記憶を意識化させ、それと向かい合わせるという方向で進められる。そのような形で彼女は父親同様、自分の過去を振り返っていく。そこに父親から手紙が来る。諸々の思いの中で、彼女は父親の願いを受け入れ、双子を連れてイギリスに帰郷することにする。

作品は全編ほとんどこの二人の交互に並べられたモノローグで構成されている。モノローグの特徴の一つであるが、二人は心に浮かぶことをそのままに語って行くので、時間と場所が飛躍し、一見取り留めもなく、支離滅裂でさえある。また話題も多岐にわたり、写真・映像論や歴史・文明論にまで及ぶ。しかしモノローグはそれをする人の思いをさらけ出すものでもある。表面的にはとりとめがなく、支離滅裂な話の中に、やがて彼等の心が、親の心と子の心がみえて来る。ここではハリーの話に焦点を絞って、彼らの心の断絶とその回復の様相をみてみたい。ハリーは登場人物の中でただ一人、親でも子でもあるからである。

ハリーの話

ハリーの話は、父親の死の三年前の夏の夜のことから始まる。そのとき彼はヴェトナム戦争の取材から久しぶりに帰郷し、短期間ではあるが、彼の実家ハイフィールドハウスに帰ってきていたのである。その夜、二人はウィスキーを飲みながら、アポロ宇宙飛行士が月面を歩くのをテレビでみていたのである。しかしハリーにとって驚きだったのは、その人類史的事件より、二人がその夜はどういうわけか親密で、話をしたということだった。父親は七〇歳になり、ハリーは五〇歳になっていたが、これまで二人がそのように親密だったことは一度もなかったのである。だがなぜ二人のあいだに五〇年もの長いあいだ、親密な心の通い合いがなかったのだろうか？互いに心を開けなかったのだろうか？　また親子が夜を徹して話したこととはなんだったのか？

ハリーと父親の親密な心の通い合いを阻む溝はハリーの誕生と同時にできたものである。ハリーは一九一八年、三月二七日に生まれたが、この誕生は死と背中合わせであった。出産と同時に母親が死んだのである。普通このような状況において選択を迫られる場合、母親より子供を救うのが医者の勤めであるといわれる。そのような一般的で合理的な社会通念からすれば、ハリーの誕生は妥当なものであったといえよう。しかし社会を構成する個々人の感情は必ずしも社会通念に従うものではない。もし父親が選択できる立場にあったとしたら、彼の選択は社会通念とは反対のものであったかもしれない。それは自然な人間感情というもので、非難されるべきものではない。父親は息子をみることもなく、妻と再会していただろう。しかし父親はこのとき選択できる立場にはなかったのである。彼は遠いフランスの最前線の塹壕で戦っていたのである。

しかし戦争が終わり、戦地から帰国して、いわばみず知らずの息子をみたとき、父親は一つの選択をしたのである。死んだ妻の忘れ形見として、妻への愛と重なり合う愛をもって息子に対するという道があったかもしれないが、彼は息子に責めを負わせる道を選んだのである。息子を妻と彼女にともなう可能性、家庭的幸福の夢（彼女はまだ若かったのである）を奪った存在としてみたのである。彼は自分が受け継いだ会社ＢＭＣの成長・発展に没頭し、努めて息子との接触を避け、接触をせざるをえないときには、冷ややかで、厳めしく、さげすむような態度でそうしたのである。彼は誕生日に息子に何かプレゼントを手渡す。息子はそれを罪の象徴であるかのように受け取る。それから父親はその日一日中姿を消してしまう。そのような状態だったのである。

息子はやがて、自分と父親とのそのような関係を理解するようになる。そして彼はそのように頑なに心を閉ざす父親に対して、それに対抗するかのように自分も心を閉ざし、父親をさげすみの目でみるようになり、父親の存在、また思惑など気にせず、自分の道を進んでゆくようになる。しかし幼児期に植えつけられた罪の意識は長く消えずに残り、父親に対する心のわだかまりになっていたのである。三〇年後、父親がはじめて孫のソフィーを抱いて、笑みを浮かべ、目頭を熱くし、彼の頑なな態度が和らぐ兆しがみえたときでさえ、息子は素直に父親と喜びをともにすることはできなかったのである。彼の心の内には、父親の心を解した、自分は借りを返したのだという思いがあったのである。ハリーの記憶の中にこのような親子の心のあり様を写し出す情景が残っている。そこには父親と妻のアナ、そしてソフィーがいる。

私は今でも彼らがハイフィールドハウスの芝生の上で枝編みのいすに坐っているのをみることができる。彼は彼女を笑わせている。彼女は彼を笑わせている。彼女は彼を「完璧な紳士」と呼んでいた。彼女は彼をギリシア語で「パリカーリ」と呼んでいた。そう、五三年の八月くらいだろうが、彼女は三ヶ月後に死ぬことになるのだ、私は家から芝生を横切って歩いてきて、偶然その場に出くわしただけであるかのようにこれらすべてをみている。私が現れると、彼女は瞬間笑いを抑える、まるで私が侵入してくるかのように。ソフィーは芝生に腹ばいになって、本をみている。アナは細い肩ひものついた空色のサマードレスを着ている。彼女は笑い続け、ソフィーは見上げて微笑みを浮かべる、そして私には彼女が自分の母親が美しいと思っているのがわかる。(4)

この場面はソフィーの記憶にも原初の情景として現れ、また色々なことを含んでいて、作品全体のキーイメージになっているが、ハリーと父親の心の隔たりという観点からみると、ハリーが家族の団欒の外にいること、また彼の出現がまるで侵入者のようであることが印象的である。

父親が息子に授けた特権的な教育も二人の心の隔たりを増大させるだけだった。父親は上流階級の例にならって、息子をまずハイフィールドハウスから三〇マイルも離れた寄宿制私立学校に入れる。家と学校との列車での往復の旅の中で、息子は学校に行くのも恐ろしい、家に帰るのも恐ろしいと思うようになり、その二つの恐れが相殺され、一種の麻痺的浮遊状態に落ちいり、その中で自分はどこにも属していない、というよりむしろこの移行領域、この中間的な空間こそ自分が属しているところなのだという意識をもつようになったのである。その後、父親は息子に費用も時間もかかる教育を受けさせる(ウィンチェスター、オックスフォード)。父親の動機ははっきりしないが、恐らくは息子を自分の世界に引き入れるための長期投資だったのかもしれない。父親の世界とはとりもなおさずＢＭＣである。将来ビーチ・アンド・サン（Beech and Son）として会社の栄光をいっそう高めるという夢があったのであろう。だが息子としては、それは恐ろしい世界であり、属したくない世界なのである。

特権的な教育が終わり、息子が兵役につかなければならなくなったとき、父親はＢＭＣの世界と同時に、彼のもう一つの世界、ヴィクトリア十字勲章を授けられた英雄としての世界を、今度は蔑みという形で、突きつけ、息子を自分の世界に引き寄せようとする。息子が英国空軍を選んだことを告げたとき、父親は笑ったのである。かつての歩兵隊将校のがらがら声の笑いだった。空軍など本当の軍隊ではないというわけである。さらに息子が、戦闘員ではなく、情報部の内勤に配属されたことを聞いて父親はいっそうのあざけりを込めて笑ったのである。同時に父親は戦闘員でないのなら、彼のところ、つまりＢＭＣに来ても同じことではないか、軍人としての功績をあげる機会を失うことになるが、より裕福になり、報いも大きいと言って、息子を自分の世界へ引き入れようとするのである。息子としては、これは受け入れがたいことだった。彼は「私は英雄、空の戦車の御者になりたかったわけではない。私の父は英雄だった。私は父を崇拝してはいなかった。しかし私は空を飛んでみたいと思っていたのだ」(5)。それで父親のあざけりと懐柔を撥ねつけて、父親の意に添わぬ道を選び、父親が「みじめな小屋」と呼ぶところのリンカンシアにある情報部の施設で勤務に就いたのである。

この情報部でのハリーの任務は航空写真の分析だった。爆撃機がもち帰る、ドイツの諸施設および諸都市の爆撃の写真記録を分析するのである。爆撃の威力や効果、またその範囲の分析結果が集約され、最終的に上層部において「爆撃の進捗状況」としてまとめられるのである。この情報部での仕事は彼が意識的に選択したものではなく、いわば上から与えられたものだが、彼のフォトジャーナリストとしての将来を切り開くものだった。戦争の終わり近くになって、勝利を確信した上層部はその歴史的な出来事の記録を残す必要を感じて、突然、彼を写真学校に通わせたのである。たぶん履歴書に書いた彼の写真への興味に目をつけたのであろう。彼はそこで写真を撮る技術を身につけたのである。戦後、彼はこの情報部時代に身につけた技術と経験を活かしてフォトジャーナリストになり、ある意味では父親のやっている武器製造がもたらすものを暴き、批判する、戦争の写真を撮るようになったのである。

ハリーが父親の意に反して、父親としては唾棄すべき写真家になったということを二人の親子関係というコンテキストからみると、父親が違う意図のもとに息子に対してやったことの中に、それと裏腹な結果をもたらす要因が含まれていたという人生の皮肉が浮かび上がってくる。息子が子供の頃、彼に素っ気なく与えたプレゼントの中にすでにカメラが含まれていたのである。父親が通せた寄宿学校への往復の列車の中で、車窓を過ぎてゆくサリー州の野原を眺めながら、息子の内には「お前のすべてはお前の眼の中にある。存在するすべてのものはお前の眼の中にあるのだ、お前の視覚の中にある」(6)という意識が生まれ、それが写真の世界への憧れにつながってゆく。兵役の際、息子が内地勤務に配属されたのも、背後で父親が航空省にコネを使ってやったことは明らかである。それは一方では自分の子供を死なせたくないという親の本能的なエゴイズムから出たものだが、他方、将来息子をBMCに引き入れようという意図でやったことである。だがその内地勤務は息子の写真家への道の出発点だったのである。

この情報部時代、ハリーはやがて彼の人生に大きな意味をもつことになる人物に出会うことになる。フランク・アービングである。彼はハリーの後に情報部にやってきた後輩であるが、情報部においては若者は彼ら二人だけという状況の中で、やがて酒と女遊びという、いわゆる青春の放蕩をともにする親しい仲になる。その親しみの中で、ハリーは自分の素性をフランクに打ち明ける。ある暑い六月の午後、二人が爆撃機に爆弾が積み込まれるのをみているとき、彼はフランクに、誰があの爆弾を作っているか知っているかと問う。怪訝な顔をするフランクに対して、自分の父親だと言って、BMCとロバート・ビーチの名前を出す。「誰かがそれを作らなければばならない」という一般的な現実論が彼の答だったが、その後彼のBMCおよびその経営者ロバート・ビーチへの関心の高まりは明らかだった。それで三週間後、二人が外出許可を得たとき、ハリーはフランクをハイフィールドハウスに誘う。父親は忙しい仕事のせいで、疲れて、怒りっぽくなっていたが、ハリーの予想どおり、フランクに一目惚れして、盛んに愛想をふりまき、是非BMCに来るように誘いをかける。父親は戦争によって増大する仕事に対応するため、彼の義肢にひっかけた陳腐な冗談で言えば、「右腕」が欲しかったのである。実際、フランクはBMCに入り、父親の右腕となり、やがてナンバーツゥーの地位まで登りつめ、父親の死後はBMCの会長に就任することになるのである。しかしハリーにとってはこの父親へのフランクの紹介は本来息子である自分の責任を友人に肩代わりさせることであり、父親の願望と要求から自分の世界を守るための策略でもあったのである。

このBMCの継承をめぐる親子の対立と断絶はハリーの情報部時代の最期の頃、父親が心臓発作で倒れたときに明瞭なものとなる。以下このときの親子のやりとりを要約すると次のごとくになる。(7)

父親はまだ四六歳で命そのものの危険はなかったが、死という観念に憑つかれている。知らせを聞いて、急遽、勤務地からロンドンの病院に駆けつけた息子に向かって、父親は、自分はもう長くない、自分が死に、兵役が解除されたときにはBMCにおいて自分のあとを継ぐと約束してほしいと言う。

これに対して息子は答える。その話はすでに終わっている。今では自分のやりたいことははっきりわかっている。自分は写真家になりたい。

父親はほとんど怒鳴るように言う。「写真家!」そして話を忠誠心と忘恩という方向に切り変える。BMCが一族の会社として七〇年間どのようにしてやってきたか、自分がいかにすべてをつぎ込んできたか、などなど。自分は過労から心臓病に襲われ、ここに横たわっている。本当に厳しい仕事、六年にわたる絶え間のない戦時生産からだ。すべての記録を破るものだ。

息子は父親の興奮を抑えるかのように静かに言う。「われわれのあいだにほかにどんなことがあるにせよ、今では主義の問題があります。私は爆弾が何をするかを少しばかりみてきました。私はそれを作るのに生涯を費やしたくありません」。

父親はそれに対して声をあげて笑う。「爆弾を落とさないで、どうやって戦争に勝てると思っているのか？　それともわれわれはそれに勝つべきではないと思っているのか？　そのような考えは臆病だ」。そして「臆病」という言葉で息切れしたかのように、少しのあいだ沈黙する。目だけが獰猛に燃えている。それから彼は静かに、ゆっくりと、驚くべきことを言う。「わしは自分の国を愛している」。

息子はその言葉が、それほど静かに、ゆっくりと言われたのでなかったら、声をあげて笑うところだった。彼には父親が活人劇を演じていて、その言葉は老戦士の戦場での別れの言葉のように思われたのである。だが一瞬ではあるが、彼は父親の目がもはや獰猛でなくなっているのに気づく。その目は「ハリー、わしをここから出してくれ、この人物から出してくれ」と言っていた。まるで父親の唇は何かほかのことを言おうとしているかのようだった（ずっとあとになって、父親は実際にそれを言うのであり、息子はそれに共感することになる）。それで息子は父親の手を取り、静かに言う。「いいよ」。

父親はそれを聞くや否や、獰猛さが稲妻のように素早く戻ってくる。「それでは約束するんだな。約束するんだな」。

息子は言う。「強制しないでよ、父さん。脅迫しないでよ」。

父親は言う。「もしお前がこの部屋を出て行くなら、それは私をみる最後のときだ。そしてお前が約束もせずに、この部屋を出て行くなら、鐚一文もらえない。何ももらえないぞ。聞いているか？　写真家がどのくらい稼げると思っているんだ？　どうなんだ？」

息子は父親の脅しにもかかわらず、部屋を出て行く。

このBMCの継承をめぐる対立と、最初に述べた父親によって息子のうちに植えつけられた罪の意識がこの親子の心の通い合いを阻む溝だったのである。それが乗り越えられるまで、五〇年の歳月とそれぞれの人生経験が必要だった。一九六九年の夏の夜、テレビがアポロ宇宙飛行士の月面歩行を放映する中、二人ははじめて親密に話をしたのである。どうしてそうなったかはわからない。いわゆる齢のせいなのかもしれない。父親は七〇歳で、そろそろ仕事から身を引くことを考えていた。ハリーは五〇歳で、仕事に対して何か倦怠感のようなものを感じていた。いずれにしても、二人は親しくなったのであり、それは月面の宇宙飛行士より重要なことだった。ウイスキーを飲みながら夜通し話をしたのである。だが何を話したのか。これは作品の終わり近くになって明かされることだが、ハリーの妻のことと父親の戦争体験である。

ハリーの妻アナのこと、それは彼女の不義と妊娠、そして死のことなのだが、その深い意味を理解するためには、その事実の背景を知っておく必要がある。ハリーとアナは第二次世界大戦において、連合軍の激しい爆撃によってほとんど廃墟と化したニュルンベルクで知り合った。ハリーはそこで戦後すぐに行われたナチスに対する軍事裁判の取材に来ていたのである。情報部時代、爆撃を記録する航空写真の分析をやっていた彼はすでに空からニュルンベルクをみており、その悲惨な状況は知っていたが、はじめてその現場に立ったのである。アナはマケドニア出身のギリシア人で、翻訳者としてそこにやってきていた。ナチスがギリシアにおいて行った殺人、残虐行為、焼き討ち、また倒壊した小さな白いギリシアの村々に関する証言を翻訳し、書き記す仕事をしていたのである。かつてイギリスに留学したことのある叔父スピロのところに身を寄せていたとき、英語を習い覚えたのである。二人は文字どおり死が充満する廃墟で出会い、恋に落ち、たちまち結ばれ、生きる喜びに浸ったのである。それは当時のニュルンベルクでは考えられないことのように思われるが、市民たちのあいだには失われたものを回復しようという気運が湧き上がってきていたのである。「アルカディア」という小さなダンスホールに集まって踊る人々の顔は皆「もうわれわれ自身の生を送っていいのではないか?」と言っていたのである。死からの生の復活である。ハリーとアナもその中で恍惚として踊りまわったのである。

二人は結婚し、ハリーはアナを連れてイギリスに戻ってくる。彼としては、父親が二人の間の確執ゆえに拒絶するのではないかと心配だったが、勇を鼓して、二人の結婚を報告し、父親のもとを訪れることを申し出たのである。結果は彼の予想とはまったく逆であった。彼は突然、父親にとって反逆者から「放蕩息子」になり、一方アナにとって父親は模範的な義父だった。ハリーのうちにはそれでも父親に対する警戒心、アナをとおして自分にBMCを受け入れさせようと目論んでいるのではないかという疑念が残ってはいた。しかし果樹園を散歩する二人から、アナの笑い声と父親の騒々しい笑いが響いてきたのである。それはハイフィールドハウスにはじめて生気が生まれたかのようだった。あの死の都市ニュルンベルクに生きる喜びが蘇ったように。父親はアナに魅了された。ハリーの目には父親が若返ったようにさええみえたのである。

アナの出現はBMCの仕事に徹し、国家に忠誠を尽くしてきたロバート・ビーチにとってはまさに奇跡と思われたのではないだろうか? 妻の死とともに永遠に葬られた夢が蘇る思いがしたのではないだろうか? 実際アナはソフィーを産み、仕事で不在になりがちなハリーに代わって、父親を務め、あの夏の日のハイフィールドハウスの芝生での家族団欒の光景にみられるような、明るく、生の喜びにあふれる家族の構成員になったのである。彼としては美しい夢を見ている思いだったであろう。彼は幸福だったのである。

しかし生と死が背中合わせであるように、物事にはすべて明暗がある。明るく美しい生もその底に暗い欲情を含んでいる。あの芝生での団欒の陰でアナは密通していたのである。相手はこともあろうに、ハリーが自分の身代わりとしてＢＭＣに入れ、今や父親の片腕にのし上がったフランク・アービングだった。どうしてそういうことになったのかはわからない。ただ彼はいきなりその現場を目撃しただけである。アービング夫妻と家族ぐるみでコーンウォールに海水浴に行ったときのことである。彼はちょっとした事情があって、海岸からホテルに物を取りに行ったとき、ホテルの部屋の少しあいたドアの隙間から、二人が情交しているのをみたのである。一瞬部屋に飛び込もうと思うが、同時に、これは目の前で起こったハプニングだ、あとになったら信じられないだろう、写真にとらなくては駄目だと思って、その場から立ち去り、あまりのことに精神が抜け殻のようになった状態で海岸に戻ってくる。その後アナは妊娠する。ちょうどそのとき、ギリシアの叔父が危篤だとの知らせが来て、彼女はギリシアに旅立ち、飛行機事故で死んだのである。ハリーの心にはアナの死の事実とともに彼女の密通の事実が深い悲しみとして残ったのである。アポロ宇宙飛行士が月面に立ったあの夜、ハリーと父親はこのアナの密通とその結果としての妊娠について話をする。それは隔絶された二人の心が、ハリーに言わせれば、はじめて「交差する」ことだった。互いに生死の悲しみを共有し、それに対して優しい思いやりをもつことだった。親子というよりは友人のように。

私は父がアナについて知っていることを知らなかった。しかしその夜——人間が月におり、アナはオリンパス山上に昇っていた——われわれの心が交差したに違いない。私は言った、「知りたいことがあるんだ」。そして長い間をおいて彼は言った、「アナのことか?」そして私は彼が知っていることを知った。(8)

そしてこのあと、表面的にはきわめて事務的な事実確認の遣り取りが続く。父親はアナのことは知っていた。しかしそれを長いあいだ(一二年間)ハリーには言わなかった。言って欲しくないだろうと思ったからだ。ハリーはどうしてそのことを知ったのか？　アナがギリシアに立つ前に自分に告白したからだ。彼女は泣きながら、「妊娠している」と言ったのだ。父親は「アナが妊娠していること」は知らなかった。しかしアナのことは知っていた。みえるものがみえたということだ。ハリーが写真を撮るために長いあいだ家を不在にするという状況があったのだ。

こうしたやり取りのどこからどうというわけではないが、全体として、真実を言って相手の幸福を傷つけまいとする、相手への優しい思いやりと、互いの喪失の悲しみへの共感が浮かび上がってくる。ハリーはアナと結婚して幸福だったのだ。父親もまたアナによって、失われた生を回復してもらって幸福だったのだ。父親は妻の死によって喪失の悲しみを知っている。それで息子が愛するものを失った気持ちがよくわかるのである。またハリーはアナの死によって、父親が妻を失ったときの気持ちがわかるのである。それで父親と同じように悲しみを秘め、父親が仕事に、ＢＭＣに没頭したように、戦場の写真を撮ることに没頭してきたのである。二人ともそれこそ命がけで。二人のあいだにはじめて心の交流があったのである。

ハリーはこの心のつながりを一つの動作で示そうとする。二人はやがて、当時多くの人がそうしたのではないかと思われるが、テレビの信じがたい映像を自分の目で確かめようと、テレビを消して、ベランダに出て、その端まで行って月を眺めようとする。しかしそこには何もみえず、踵を返して戻ってくるとき、ハリーは珍しいことに父親の腕を取ったのである。だが彼は偶々父親の右側にいて、触れたのは父親の義手だった。本来であれば父親は何も感じないはずだが、たぶん、長年にわたりリプレイスを繰り返してきた義手をとおしてぼんやりとではあるが、接触感があったのであろう、その心の交流に促されたかのように、彼の心を語ろうとするのである。ヴィクトリア十字勲章をつけたＢＭＣの会長という厳めしい外観の背後にある心を。「お前には話していなかったな」と言って、テラスから家の中に入ると、父親はウイスキーを注いで話し出す。

まず、彼は、自分はラッキーな人間だった、BMCの長になりたいとは思わなかった、兄たち、リチャードとエドワードの代わりに自分が死ねばよかったと思った、と言うのである（ハリーも自分が生まれたとき、母が死んだことを知っていたら、代わりに自分が死ねばよかったと思っただろうと言っている）。

一九一八年、彼、ロバート・ビーチはフランス北部ピカルディーの塹壕の中に立っていた。そのとき、手榴弾が彼の近くに落ちた。それは彼から五ヤードほどのところだったが、前の爆発で気絶して、動けなくなって塹壕の床に横たわっている彼の指揮官からは一フィートもないところだった。彼はその手榴弾に向かって走り、それを拾い上げ、投げ捨てようと体をねじった。そのときそれが爆発して、彼の腕を吹き飛ばした。この行動の解釈はさまざまであろうが、大法官国璽部は疑問の余地のない英雄的行為であり、ヴィクトリア十字勲章に値するとしたのである。また彼の行動の動機についてもさまざまなことが想像されるが（ハリーは、彼が腕を失った一九一八年三月三〇日には彼の妻の死の知らせが彼のもとに届いていた可能性もないわけではないと考えているが、確証はない）、それについて彼は何も語らない。ただ、それはごく普通のことだった、しじゅう起こっていたことだ、手榴弾は爆発するのに一〇秒くらいかかるときがあり、普通投げるのが早すぎるもので、自分はヴィクトリア十字勲章をもらうには値しないし、腕を失わなければ、もらえなかっただろうと、言うのである。また彼はそのとき彼の心のうちに起こったことについても何も語らない。無我夢中と言うほかないものであろう。ただ結果として、バーンという音とともに、飛び散って無に帰すかわりに、彼の将来の人生の全パターンが彼を締めつけることになったのだ。

役割が変わったのだと、彼は言う。長男のリチャードは家業の相続人。次男のエドワードは将来有望な学者で、家族の喜び。そして自分はあのお決まりの人物、間抜け（nincompoop）な末っ子だった。彼は間抜けな末っ子であることは気にしなかった。それで結構だった。陸軍士官学校は「この子をどうしましょう？（What-shall-we-do-with-him）」という家族の余計者の刻印を全身に押された間抜けな末っ子でいっぱいだった（ハリーは自分が入れられた寄宿制私立学校、あの幼い子供を、少なくとも次の州まで除去する教育制度を思い出したかもしれない）。野心的になり、鼻もちならない人間になる者もいた。自分が間抜けな末っ子であることを知りさえしないものもいた。彼は自分が間抜けな末っ子であることを知っていて、そこを好いてくれる女性がいた。賢い間抜けな末っ子というわけである。それで二人は結婚した。そして彼は戦地に行く。そこは言語に絶するひどい状況で、休暇で家に帰ってきても、妻にどう言ってよいかわからなかった。「馬にとってよりひどいところ」と言うしかなかった。

彼は一九一八年に戦地から帰ってきた。妻と、二人の兄弟と、片方の腕を失っていた。しかし少佐の地位とヴィクトリア十字勲章と息子を得ていた。最初の一年は腕の治療のための入院で息子に会うことはなかった（特に会いたいという気持ちはなかったろうとハリーは推測している）。彼はまた家業の唯一の相続人になり、父親の死とともにBMCを受け継いだ。そして時代の波に乗って会社が発展し、彼は金持ちになった。彼はハリーに言う。

父親が死の直前にわしに何と言ったか知っているか？　彼は「俺はお前を誇りに思うよ、ボブ」と言ったんだ。そしてその言葉で彼が何を言おうとしたか知っているか。彼はわしは素晴らしいマスコットだと言おうとしたんだ。わしはBMCが手にした最高の広告だった。彼はかつてはわしを馬鹿で、厄介者と考えたかもしれない、しかし今や――ほかのすべては別として――私は歩く財産、ビジネスにすごく有益だろうと思ったのさ。(9)

この夜の父親との親密な会話から、ハリーはヴィクトリア十字勲章受章者、BMCの偉大な経営者としての父親は本当の父親ではないことを知る。それは父親が望んだものではなく、ある日突然与えられたもの、自分の意志や願いとは関係なく、彼にかぶせられた殻であったのだ。父親自身がそのことを知っていること、そしてその殻の奥に生の喪失の悲しみと、その回復への希求があったこと、父親の義手はまさにそれを表すものであること、また自分が避け、逃れようとしてきたのは実はその殼であったことを知るのである。父親の心と息子の心が溝を越えて互いに達し合い、親子のあいだに心の架け橋がかかったのである。

ソフィーの帰還

アポロ宇宙飛行士が月に到達した夜のハリーと父親の親密な会話についてのハリーの話にはもう一つの側面がある。それがソフィーに向けて語られていることである。ハリーの話は「親愛なるソフィー」で始まっているのである。そして語り終わったあとで、彼は父親が残した、失われた生の回復への希求の象徴である何本もの義手を折に触れてみていると言い、「お前はそのことを知っていたか?」とソフィーに問いかけている。

ハリーと娘ソフィーは一〇年間音信不通である。二人のあいだには親子としての心の通い合いを阻む大きな溝があるからである。それはちょうどハリーの父親がBMCに没入することによって二人の間に溝が生じたように、ハリーの写真への没入によってもたらされたものである。ハリーはフォトジャーナリストとして各地の戦場に赴き、長期的に家を不在にする。幼児のときから、ソフィーにとって、ハリーは父親ではあるが、よその人、別な世界に属する人間であった。ほとんど家には不在で、時たまやってきても、前述したあの夏の日の芝生での家族の団欒に象徴される、明るく生の喜びにあふれた幸福な世界に、戦争の写真、死と悲惨の世界をもち込んでくる存在だった。祖父が父親の代理となり、それには満足していたけれど、心の底には自分の生の喜びをともにする父親を求める気持ちがあったのである。ハリーはそれを満たせなかったのである。

この父と娘の関係がはっきりと浮かび上がり、決定的な断絶にいたるのは一〇年前のハイフィールドハウスの事件のときなのである。あの事件の朝ソフィーは父親と話をしようとしたのである。

私は彼と二人きりで話したかった。私はテラスで彼と一緒に坐りたかった、ちょうどおじいさんと坐っていたように、そして話がしたかった。私とジョーについて。そしてアメリカとハイフィールド。家と家族について。彼は飛行機のために出発するまで一時間くらいあった。私は、すぐに荷造りをしてきて、それから話しましょう、と言いさえしたと思うわ。私は彼に言いたかった、私たちが最後に話したのはいつ、ほんとに話したのは、あなたと私で？　ええ、ええ、あなたが、また、出てゆくのは知っている。今度は北アイルランド。それが、私が妊娠したという取るに足りないニュースよりはるかに重要なことであることはわかっている。でも私は母親になるのよ。それはあなたが一人の父親であることを思い出させないかしら？(10)

だが事件が起こる。ソフィーは爆発音を聞いてテラスからポーチに走る。ポーチの惨状をみて呆然自失の状態になるが、その中で家の裏手にある寝室から、ハリーもまた事件をみているのがみえた。

私が最初に彼をみたの。それから彼が私をみたわ。彼は自分のしていることをどうしていいかわからず、夢遊病になったみたいだった。まるでなにか深くしみこんだ反射作用が全部出てきたかのようだった。でも一瞬、私は彼がすごく集中した顔つきをしているのがみえた。彼はほかのところみていたので、私がみえなかったのよ。彼の目はカメラに押しつけられていたのよ。(11)

ソフィーにとっては、ハリーはカメラと化した非人間的な存在になったのである。父親でもなんでもなくなったのである。

しかしハリーのカメラの裏には、ちょうど彼の父親のＢＭＣという殻の奥にあったように、人間の心があったのである。妻、そしてソフィーの母、アナと生の喜びをともにし、また彼女を失った悲しみがあったのである。そしてハリーはそれを語ることによって、またアナによって、自分の父親に失われた生が蘇ったように、今ジェニーによって自分のうちにも奇跡的に失われた生が蘇ってきたことを告げることによって、ソフィーとの心の溝を越えて、親子の心の通い合いを実現しようとしているのである。彼はソフィーに実際に手紙を書き、自分の結婚を告げ、結婚式への出席を求めるのである。そしてソフィーのほうもそれに応えて、双子、ハリーの孫を連れてイギリスに戻ってくるのである。それは二人のあいだに人間的な心の通い合いが生じたことであり、親子ともども、死と悲惨に満ちた「この世を脱け出して（out of this world）」、生の喜びにあふれる「すばらしい（out of this world）」世界に向かおうとすることなのである。

（1） Graham Swift, *Out of this World,* Penguin Books, 1988, 66.
（2） Swift, 89.
（3） Swift, 92.
（4） Swift, 30.
（5） Swift, 46.
（6） Swift, 121.
（7） Swift, 70–74.
（8） Swift, 163.
（9） Swift, 199.
（10） Swift, 110–11.
（11） Swift, 112.

『ダン・リーノとライムハウスのゴーレム』における反復について

永松京子

一　はじめに

ピーター・アクロイド（Peter Ackroyd）の『ダン・リーノとライムハウスのゴーレム』[1]（*Dan Leno and the Limehouse Golem*, 1995）の冒頭の部分には、この小説の特徴が凝縮されていると言ってよいだろう。最初の場面で主人公エリザベス・クリー（Elizabeth Cree）は処刑される。その理由は何も述べられない。物語はいきなりこの女性の人生の最後から始まるのである。

また、この処刑は非常に演劇的である。エリザベスの仕草も語り手の言葉遣いも、芝居がかっているのである。ほかの囚人たちがコーラスのように弔いの声をあげる中、エリザベスは看守長や神父らと処刑台へと向かうが、非公開のこの処刑では、かつての公開処刑のように見物人に囲まれて「晴れがましい演技」（三頁）をすることは許されなかったと語り手は言う。それでも彼女はまるで観客を前にするかのように声高に最後の祈りを唱え、死刑執行人が目隠しをしようとすると大きな身振りでそれをはらいのけ、ロープを首にかけられ落とし戸の下へ落ちていく。最後の叫び声は「またもや、まかりでました！」（四頁）であったとされる。

この言葉は、一八世紀の喜劇役者ジョゼフ・グリマルディ（Joseph Grimaldi）や一九世紀の喜劇役者ダン・リーノ（Dan Leno）が舞台に登場する際の決まり文句であった。死ぬ直前の人間が叫ぶには場違いで滑稽なこの言葉は、実際に何度も使われていたのであり、小説というフィクションの中にノンフィクションが混在しているのがここに感じられる。[2] しかも、「またもや」とは同様のことが何度も起きていることを意味している。つまり、この小説の始まりにおいて反復が表現されているのである。第二章以降エリザベスの人生がその生まれから明らかにされていくが、これは処刑という結末に達した彼女の過ぎ去った人生の最初にもう一度戻ることでもある。ジェレミー・ギブソン（Jeremy Gibson）が指摘するように、[3] この小説をはじめて読む読者は、すでに終わった彼女の人生の再現に立ち会うのである。

二　エリザベスのゴーレム性

このようにこの小説はエリザベスの人生を反復する物語であると言ってよいが、そのエリザベスの人生そのものもこれまた反復で成り立っている。彼女は、昔娼婦であったことを悔いるあまり、狂信的なキリスト教徒になった女性の一人娘であるが、この母の名前は明らかでない。また父は母の夫ではなく、私生児エリザベスの生後すぐに母子を残して姿を消したため、父の名前もわからない。このルーツのあいまいさは、エリザベスがいわば白紙の状態にあり、この後いかようにも変身できる可能性を意味している。彼女はオリジナルのアイデンティティをもたず、他者から与えられた、または奪い取ったアイデンティティを自分のものとすることを繰り返しながら成長していく。その成長の軌跡は、おおざっぱに言えば、「ランベス・マーシュのリジー」（Lambeth Marsh Lizzie）から殺人鬼ゴーレム（the Golem）へいたるというものだが、そのあいだに彼女は数々の変身を遂げ、各変身で他者のアイデンティティを反復するのである。

彼女の最初のアイデンティティ「ランベス・マーシュのリジー」は、母にとっては「身に降りかかる呪い」「悪魔の徴」（五〇頁）を意味する。娘は母の昔の「欲情の証し」「堕落の象徴」（一一頁）「自ら犯した罪の子」（五〇頁）であり、母にとって嫌悪の対象でしかないからである。そのため、エリザベスは虐待され続けて母にまったく愛情をもたず、挙句の果てにはいささかのためらいもなしに母を毒殺する。そして本当に母の「身に降りかかる呪い」になり、この言葉を反復するのである。

「ランベス・マーシュのリジー」と聞けば、すぐにW・サマセット・モーム（W. Somerset Maugham）の『ランベスのライザ』が思い出されるだろう。確かにリジーはライザ（Liza）をもとに作られている面がある。二人とも同じ地域に母と暮らし、その母との関係は良好でないし、また大衆演劇を大変好むことでもよく似ているからである。もっともライザが不義の子を妊娠するのに対し、リジーは自分が私生児であるし、ライザが怪我と流産で瀕死の状態でも母が冷淡であるのに対し、リジーは母を殺して平然としている。死の床にあるライザに母が酒を飲ませたのに対し、リジーは毒の回った母に薬と称してさらに毒を飲ませるのである。このような逆転があるために、リジーはライザの捻くれた反復となっている。

母から自由になった「ランベス・マーシュのリジー」は、次に以前から憧れていたミュージック・ホールに雇われるために、けなげに働く貧しい少女へと変身する。そしてこのときの自分にふさわしい身の上話をでっちあげるが、それは両親亡きあとお針子をしていたという話、火事で両親を失い女中をしていたという話など、いくつかの種類はあるものの、ディケンズ（Dickens）の小説に登場するリトル・ドリット（Little Dorrit）やリトル・ネル（Little Nell）のような哀れな無垢な乙女を連想させるものである。この乙女になりきることで、彼女はダン・リーノが率いる劇団員たちの同情を集め、世話係として雇われることに成功するわけだが、エリザベスの変身が完璧であるために、母を殺した恐ろしいこの少女に劇団員たちがまんまと騙されるところに、再び皮肉な反復が感じられる。

しかも、エリザベスはこの変身にも長くはとどまらない。世話係に飽き足らなくなったころ、彼女が劇団員リトル・ヴィクター（LittleVictor）を転落死にみせかけて殺したのは、次のアイデンティティ、「リトル・ヴィクターの娘」（Little Victor's Daughter）を得るためである。彼の死が公になるや、彼女は彼の娘と名乗り、女でありながら彼の服を着て彼のしゃべり方と仕草を身につけ、彼が十八番としていた戯れ歌を歌い、喜劇界一の人気者である女芸人にのし上がる。彼女はヴィクターの芸を手本とするが、それをまねるだけではない。完全に自分自身のものにしてしまうことで、古い「ランベス・マーシュのリジー」を消し去り、ヴィクターの娘に生まれ変わるのである。

この人気者「リトル・ヴィクターの娘」までは、エリザベスは女という生まれたときの性を保持していたが、「リトル・ヴィクターの娘」に飽きて自分で「抹殺」（一五七頁）し、リトル・ヴィクターの娘の兄、通称「オールダー・ブラザー」（Older Brother）に変身して舞台に上がったときから、男へと変貌していく。男やくざの俗語や身振りを身につけながら、男役としてさらなる人気を獲得するばかりでなく、男の服に身を包み、色男として実際に夜の街をうろつき、いかがわしい女たちに声をかけられることを楽しむようになるという変身ぶりは、エリザベスが舞台上だけではなく、現実の世界でも性別を超えて男になり、それまで内に隠しもっていた悪をいよいよ外に出す段階に達したことを意味している。

それゆえ、この頃エリザベスに女を殺す男の殺人者の役が回ってくるのは偶然ではない。それはハイド氏をジキル博士が制御できなくなるように、母やリトル・ヴィクターを密かに殺していた彼女の中に潜む悪が表に現れ、世間を脅かす殺人を犯すことの予兆なのである。「赤い納屋殺人事件」をもじった劇で、主役マリア

(Maria）を殺し、カミソリで切り裂いて遺体を納屋に隠すという男の恋人役を彼女が演じるのは、もちろんのちのゴーレムへの彼女の変身を予告する。しかも、ある晩彼女がマリア役のリーノの首をあまりにも長く絞めたため、危うく彼を殺しそうになったという出来事は、エリザベスが殺人者を演じているのではなく、殺人者そのものであることをはからずも物語っている。

エリザベスの次の変身は、雑誌記者ジョン・クリー（John Cree）の妻になることである。ここで彼女は喜劇芸人のキャリアを捨て、裕福なジャーナリストの妻におさまるが、その途端、自分の階級にふさわしく、体面や道徳を重視するようになる。読者からみれば、これは母を反復することでもある。夫と女中アヴァリーン(Aveline）のあいだにできた子を、「恥ずべき交わりから生じたものは災いをまき散らす」（二六三頁）とかつて母が言った言葉を使って非難し、堕胎させてその死体を遺棄したり、夫が書いた劇《ミザリー・ジャンクション》の主役を演じたときに、娼婦たちに野次られ嘲笑されたために彼女たちを激しく憎むようになるといったエリザベスの姿は、その昔、娼婦であった自分自身や私生児の我が子を憎悪していた母と重なり合う。

この憎悪がエリザベスのゴーレムへの最終的な変身を引き起こし、数々の殺人へと駆り立てたと思われる。それらの殺人事件は、過去の有名な殺人事件を明らかすぎるほど反復している。娼婦たちを刺殺してから腹を裂き内臓をそばに積み上げるといった手口は、切り裂きジャックを思い出させずにはおかない。またジェラード(Gerrard）一家の殺人は、一八一一年に起きた有名なマー（Marr）一家殺人事件を下敷きにしていることもあからさまである。ジェラード一家はかつてマー一家が住んでいた家に住み、古着屋という同じ商売を営んでいるし、殺人は夜行われ、凶器は木槌であり、家族のうち一人だけ女性が殺人を免れるといった数々の共通点があれば、ゴーレムがマー一家殺人事件の犯人ジョン・ウィリアムズ（John Williams）と瓜二つであると読者は気づかないわけにはいかない。この段階のエリザベスは、歴史に名を残した殺人者たちのパロディになっている。

同時に、ゴーレムとして犯した公にされた殺人のほかに、エリザベスは家庭内、劇団内で私的な殺人も重ねていて、それらも歴史上の殺人事件を材料としていることは明白である。たとえば恋人を殺したとされるマドレイン・スミス（Madeleine Smith）や、夫を殺したとされるフローレンス・メイブリック（Florence Maybrick）は、エリザベスと共通点が多い(4)。マドレインとフローレンスに殺された二人の男性たちは、ジョン・クリーと同じくひどい胃腸障害で亡くなっている。マドレインはネズミ殺しを口実にヒ素を買ったが、エリザベスもそうであったと裁判で述べている。フローレンスは夫に与えるスープに何かを混ぜたと疑われたが、エリザベスが夫に飲ませるリキュールに白い液体を入れたと女中アヴァリーンは証言している。このような類似からエリザベスの裁判の場面は、世間の注目を集めたマドレインやフローレンスの裁判を彷彿とさせるというより、その露骨な利用とわかる。

こうして一九世紀の数々の小説の登場人物たち、この小説の他の登場人物たち、そして実在した殺人犯たちと多種多様な人々を反復しながら、エリザベスは「血の味に飢えた亡霊や悪魔の類とみなされた」「架空の生き物」（五頁）であるゴーレムになっていく。もっともこの小説では、エリザベスがゴーレムであると断言されているわけではなく、ゴーレムであろうと思わせるヒントが与えられるだけなのだが、しかしもともとゴーレムとは「形なきもの」（五頁）を意味するのであるから、年齢、性別、階級、職種といった境界線を自由に超えて変貌を続けるエリザベスが、姿形を自在に変えられるというゴーレムの特性をもっていることは間違いない。そしてエリザベスが他者の表面的な模倣をするのではなく、他者になりきって自分の人生を生き続けたこともまた、「人間の霊魂を摂取して命を永らえる」（七〇頁）というゴーレムと彼女との類似の証明になるだろう。

三　登場人物たちのゴーレム性

以上のようなエリザベスの生涯は、この小説のもう一人の重要人物であり、実在した喜劇役者であるダン・リーノの生涯とよく似ている。なぜなら、性別も年齢も超えてどんな役にでもなりきる能力において、リーノはエリザベスに勝るとも劣らないからである。その体は「骨なし」（一七二頁）と呼ばれるほど柔らかく、その性格表現は「地味でありながら傲慢、威張り散らす一方で哀れっぽく泣きじゃくり、打ちひしがれているかと思えば、ふんぞり返る」（一七六頁）と言われるほど多彩であるとくれば、リーノもエリザベスのように姿形を自由に変えられるゴーレムを連想させるであろう。語り手はリーノとエリザベスが誕生日が同じであり、親の姓を名乗らないという点でも同じであると強調している。実際のリーノの誕生日は一八六〇年であり、この小説ではそれは一〇年早められているのだが、このような不正確さはまったく問題にならない。事実をゆがめるのは、「百万の顔と百万の笑いをもつ」（五一頁）天才リーノと「役者は何でもこなせるのよ」（一八七頁）と言うエリザベスとが、自分をさまざまに変貌させられるというゴーレム性を共有すると感じさせるためなのだから。

また、ゴーレムが殺害した人物たちがすべてリーノとかかわりがあることも、彼がゴーレム的人物であることを考えれば、不思議ではない。殺害された第一の娼婦はリーノのショーを見に行くと言っていたし、第二の娼婦はリーノが舞台で着た乗馬服を身につけていたし、古着屋ジェラードはリーノが使った舞台衣装を自分の商売道具にしていたというように、すべての被害者はリーノとつながりがある。このような露骨なつながりは不自然であるからこそ、かえってリーノのゴーレム性を強める効果をもっている。

だが実は、エリザベスのようにゴーレム性をもつ人物はリーノだけではなくその他にも数多くいたという事実こそが、語り手の言わんとすることなのである。まずそれは、リーノの先輩役者ジョゼフ・グリマルディへの称賛という形で明らかにされる。一八世紀に生まれ一世を風靡したグリマルディは、自分が演じる登場人物になりきったために有名であった。役柄に（特に彼の当たり役であった「マザー・グース」（Mother Goose）に）没入するあまり神経衰弱に悩まされ、命を落とすほどであったのだ。語り手はリーノとグリマルディが誕生日は二日違いであり、生まれた場所も近く、三歳で初舞台に立ったという共通点をもつと述べ、そしてリーノも役作りに（その中には「マザー・グース」も含まれる）打ち込むあまり精神に異常をきたしたうえ、死の床ではグリマルディの引退公演でのスピーチをうわごととして呟いた（二〇五頁）と指摘し、この二人のただならぬ絆を浮き彫りにしている。

おまけにこの小説では、リーノがグリマルディの生家を訪ねたところ、そこにはリーノが「マザー・グース」を演じたとき端役で出演した男と身重の妻が住んでいて、この極貧の夫婦から生まれたのがチャールズ・チャップリン（Charles Chaplin）であったというエピソードが語られている。実際にはチャップリンが生まれたのはこの場が設定されている一八八〇年の九年後なのであるが、この事実を無視して、語り手はこの家の壁にはグリマルディとリーノのポスターが並べて貼ってあったとまで述べ、三人の喜劇役者のつながりを強引に印象づける。それはもちろん、演じるものと自己とが一体化するというエリザベスの特性、言い換えればゴーレム性が、三人の役者にも受け継がれているためなのである。

そのうえ、リーノとのつながりをもつ人物は喜劇役者にかぎらない。彼がグリマルディの人生を詳しく知ったのは、大英博物館読書室でディケンズ編集の『グリマルディ伝』を読んだからだと語り手は言い、ここからリーノとディケンズの関係を語りだす。ディケンズがリーノの芝居をみたあと、彼を激励に訪れた実話を紹介し、リーノが演じる役を見ると、「自分自身の不幸な子供時代が鮮やかに蘇ってくるように〔ディケンズには〕思えた」（二〇三頁）と述べて、リーノが演じる子供をディケンズが自分の人生と重ねていたことを示唆する。

そして、ディケンズと子供という組み合わせには、ギッシング（Gissing）と妻ネルも関連づけられる。ネル・ハリソン（Nell Harrison）というアル中の売春婦にギッシングが夢中になったのは、子供の頃読んだ『骨董店』の「リトル・ネルが不幸な放浪生活を送る筋書を思い出した」（一一六―一一七頁）ゆえの、物語と実生活を重ねてしまった錯覚のせいかもしれないと語り手は指摘し、続けてネルのために盗みを働きカレッジを追放されロンドンへやってきた若き日の彼の人生を長々と説明する。さらに、それは文筆家と少女というこの小説におけるもう一つの組み合わせ、すなわちジョン・クリーとエリザベスの関係との類似を読者に気づかせることにもなる。ジョンも地方からロンドンへ出てきて一旗揚げようと執筆活動に打ち込む点、貧困に強い関心があり、救貧院に収容されている人々を更生させようという熱意をもっている点、「ランベス・マーシュのリジー」を純情な孤児と勘違いして一目惚れし結婚までするが、（おそらくは妻の殺人に気づいたために毒殺されて）妻のために「一生を台無しにされた」（一一六頁）点までギッシングとそっくりに作られている。

しかも、ギッシングとネル、ジョンとエリザベスという関係は、第九章でギッシングが大英博物館読書室で読んでいるという設定になっている評論「ロマン主義と犯罪」の中で触れられるド・クインシー（De Quincey）とある少女の関係の繰り返しでもある。ド・クインシーが一七歳で学校から逃げ出し、ロンドンに流れ着いて空き家に住み着き、そこで哀れな孤児の少女と出会ったという文章を語り手がわざわざ引用するのは、ここにも同じような関係が反復されていることを読者に示すために他ならない。

また、ド・クインシー自身、この小説の中では、主な登場人物たちを結びつけるという重要な役割を担っている。ギッシングは、ド・クインシーがマー一家殺人事件に「華麗なる比喩と心躍る言葉のリズムを駆使して〔中略〕永遠の生命を与えた」（三七頁）と讃え、ゴーレムはジョンが書いたとされる日記の中で、「芸術としての殺人について」を読んで以来、「ド・クインシーは私にとって尽きせぬ喜びと驚嘆の源となった」(三一頁)と述べ、リーノはド・クインシーの道化芝居に関する評論を読み、マルクス(Marx)はウェイル(Weil)の部屋で彼の蔵書であるド・クインシーの本を手に取り、そして最後には、エリザベスが大英博物館読書室を利用するための推薦状を捏造して、ド・クインシーの本を借りて読んでいたことがわかるといった具合に、ド・クインシーを仲立ちとしてありとあらゆる人物たちがかかわりあう。

これほど多くの登場人物たちを巻き込んだ網の目のようなつながりを説明するためには、ウェイルとマルクスが議論したとされる「永遠の輪廻転生説」(九九頁)が役立つであろう。この輪廻転生説によれば、「地上に生きるものは別の場所、別の境遇に果てしなく生まれ変わる」(九九頁)のであり、これはゴーレムの特徴をほぼ言い換えたものと考えられる。しかもこの説では、「下界に住む悪霊は、ときに肉体を去りゆく魂を二、三の「炎」や「輝き」に分割することができ、同じ一人の人間の要素が複数の新生児の体に分散されることがある」(九九頁)とも言われる。無神論者の思想家マルクスとカバラの研究家ウェイルがこの「輪廻転生説」について語り合うという場面自体、同じ要素が複数の人間に分散されることの格好の例に違いない。この二人は対照的にみえるけれども、同じ年同じ月にハンブルクで生まれ、「理論的探求と学問上の難解な議論を好む」(六五頁)という共通点を語り手は抜かりなく指摘している。おまけに、マルクスは「代々続くラビの家の生まれで、ユダヤ教の語彙や先入観が身に染みついていた」(六五頁)ために、ウェイルに会うとすぐに意気投合してドイツ語で親しげに話し出し、二人は無二の親友になったと語り手はつけ加える。こうして、思想面ではまったく正反対であるこの二人でさえ、共有している要素が数々あることを示しながら、語り手はこの小説における登場人物たちが皆ゴーレム的特性をもっていることを読者に印象づけるのである。

四　世界のゴーレム性

ここで、この小説のもう一つの特徴である演劇性に注目してみたい。舞台上で演技をするエリザベスとリーノはもちろんのこと、この小説では登場人物たちが皆しばしば演劇的な言葉を使用する。その一例として、登場人物たちの中で最も役者気取りであるゴーレムをとりあげてみよう。ゴーレムにとって殺人とは世間という観客を相手にした劇であり、彼の犯罪の真の目的は、この劇において有名になることなのである。最初の娼婦殺しでは、ゴーレムは自分を「ほんの駆け出し」（二七頁）で「リハーサルなしでは大舞台に立てぬ代役にすぎない」（二七頁）と自覚していて、この殺人がまったく人々に知られないことを残念がる。そして次に第二の娼婦殺しを決行し、その頭を「プロンプター」（六四頁）のように階段の上に置いてなんとか世間の注意を引こうとする。ここで彼の事件はようやく新聞に載るが、自分が「舞台でよく見る女たらしの伊達男のように」（八七頁）挿絵に描かれ、「低俗な演芸場に似つかわしい安っぽい感傷劇」（八七頁）風の文体で書かれているために腹を立て、彼は「時代の手本となる」（八八頁）ことを目指して、有名なユダヤの傑物を殺すと宣言し、マルクスを殺そうとする。（が、実際は間違えてウェイルを殺すのであるが。）その後ジェラード一家を殺してやっとイギリス中の注目を浴びると、「観客は私の芝居をすみずみまで満喫」（二〇〇頁）し、「国中の新聞が私の芝居に敬意を払って詳細に報道」（二〇〇頁）すると述べて満足を覚えている。こうしてゴーレムは悪の端役から主役へと変化していくが、これは喜劇役者としてのエリザベスが脇役から人気スターへ上り詰めた軌跡の繰り返しであるし、また大衆相手の芸人から本格的で高尚な悲劇女優になりたいという彼女の願望の反復でもある。といっても、このゴーレムに変身した（と思われる）エリザベスは、憧れていたマーー家殺人事件の犯人ジョン・ウィリアムズが、ド・クインシーの筆によって「太古の神のごとき威厳を備えた」（三八頁）英雄として永遠に人々の記憶に残るのとは対照的に、夫殺しの罪で処刑され、安劇場で上演される流血劇のヒロインにされるのが関の山であるところに注目しなければならない。エリザベスはしょせんウィリアムズのパロディでしかならないのである。

このようなパロディは、エリザベスやリーノが活躍したミュージック・ホールの本質でもある。この世界で生きる役者たちは、たとえばリーノが一晩に乳搾り娘からネルソン（Nelson）提督、アメリカインディアンの女まで一人で何役もこなしたように、どんな人物でさえもまね、冷やかし、からかい、同時に観客たちをかついだり、驚かしたりしながら、すべてを茶化してしまうという芸をもったプロフェッショナルであると自負している。

そして彼らが出演する劇も、すべてもじり劇である。たとえばリーノの十八番《青ひげ》は、「大衆受けを狙った作家が《ツチボタル》をもとに書き直したもの」（一七六頁）であり、エリザベスがリーノを絞殺しそうになった幕間劇は、《マリア・マートン・赤い納屋殺人事件》をからかうために改作したものである。しかも「赤い納屋殺人事件」は実際に一八二七年に起きた有名な事件であるから、[5]二重のもじりが仕掛けられていることになる。つまりこの種の劇とは、なにか新しい事件がおきたり新しい劇が上演されると、それらをまねたり利用したりして作られる茶番劇なのである。ちょうど、ジョン・クリーが書きかけた劇《ミザリー・ジャンクション》をエリザベスが勝手に完成し、それを彼女の死後に劇場主ガーティ・ラティマー（Gertie Latimer）が好き放題に潤色して上演し、その上演中に舞台装置の故障という事故が起きて、リーノが即興でこの劇を改変するという経緯に如実に表れているように、どれが真正版か不明なまま、次々と上書きがされ変更が加えられていくものである。そこでは唯一のオリジナルが権威を保つことはありえず、際限のない積み重ねが繰り返されるしかない。

この際限のなさは、この小説の中でギッシングがたびたび言及する数学者チャールズ・バベッジ（Charles Babbage）の大気論に通じるところがある。語り手は以下のようなバベッジのことばを引用している。

「人が声を発してひとたび空気に波動を起こすと、それは無限に続いていく〔中略〕。そう考えると、私たちが呼吸しているこの大気はなんと奇妙な混沌に満ちていることだろう！　ときに善、ときに悪を刻み込まれた原子の一つ一つが、哲学者や賢人が与えた動きを直ちに伝えながら、そこへ無価値で低俗なあらゆるものが様々な形で混じり合い結びついている。大気は広大な図書館であり、そのページにはこれまで男が語り女がささやいたすべてが書きこまれているのだ。」（一二二頁）

「もし大気がほんとうに広大な図書館で、この街の騒音すべてを蓄える巨大な器であるなら、何も失われる必要はないのだ。声も笑いも脅しも、歌も足音も、どれひとつ失われることなく、未来永劫に響きわたるのだ。」（二五四—五五頁）

この大気論をひとたび読んだ読者は、大英博物館読書室という古今東西の本が保管されている場所で、マルクスとウェイルが出会い、ギッシングとジョンが隣り合わせに座り、リーノとエリザベスがド・クインシーの本を借りるというこの小説の設定が、まさにこの大気論を具体化していると気づかないわけにはいかないだろう。ウェイルがマルクスの生涯を、ジョンがギッシングの生涯を、エリザベスがリーノの生涯を上書きして反復するのは、賢人と俗人、善と悪、虚と実などが「混じり合い結びついて」いて、同じものが何度も姿形を変えて生き返る世界を象徴していよう。あるいはウェイルの言葉を借りるなら、「私たちが何を必要とし、期待し、夢見ているかを知って、そうしたものを私たちのために作る」（七二頁）ことを繰り返す世界を示していると言ってもよいかもしれない。ともあれ、語り手があの手この手を使って登場人物たちをこじつけるように結びつけるのは、このような世界を浮かび上がらせるための工夫であると考えられる。

そしてこの世界観は、この小説の中で形を変えてしばしば表現されている。たとえば、この小説の舞台であるロンドンがそれである。前記のバベッジの大気論を読んでいたく感動したディケンズが、『荒涼館』『リトル・ドリット』そしてとくに『エドウィン・ドルードの謎』の中で描き出し、リーノがグリマルディの生家を探し求めてうろつき、ギッシングが行方不明のネルの後を追ってさまようとされるロンドン、つまり「むさ苦しくがさつで、店や路地や安アパート、パブがごたごたと入り組んだ」（二〇五頁）迷路が張り巡らされて無限に続くこの大都市の姿こそ、この大気論を象徴する場所である。またバベッジが生前作ったまま使われずに保管されている、現代のコンピューターの先駆けとも言える巨大な「解析エンジン」（一一九頁）も、もう一つの例である。すべての現象を数値化、記号化して無数の表にまとめ、貧困、困窮、腐敗に満ちたロンドン中に「統計の網の目」（一四三頁）を張り巡らすこの機械（このエンジンも「機織り機の仕組みから発想を得て〔中略〕応用したもの」（一一三頁）という反復である）をみて、ギッシングが「風変わりな怪物」（一一三頁）というゴーレムを思わせる言葉を思いおこすのももっともであろう。なぜならこの機械も「これまで男が語り女がささやいたすべてが書きこまれている」「どれ一つ失われることない」世界、一つの始まり、一つの結末がない世界の象徴だからである。そこには限りない反復、上書き、変形があるのみなのである。その意味で、世界そのものがゴーレムのように姿形を変えて何度も生き返ると言ってよいかもしれない。それゆえ、「この世は巨大なゴーレムなのです」（七一頁）というウェイルの言葉は、確かにこの小説にふさわしいものであろう。

五　ゴーレムとしての小説

最後にこの作品そのもののゴーレム性について検討したい。この小説は、複数の語りによって進められていく。最初の一〇章だけをみても、第一、二、五、六、九章は名前のわからない語り手の三人称の語り、第三、

八、一〇章はエリザベスの夫殺しについての裁判の抄録、第七章はジョン・クリーが書いたとされる日記からの抜粋、第四章はエリザベスが一人称で語る回想という具合である。

スザナ・オネガ（Susana Onega）が指摘するように[6]、この小説がヴィクトリア朝に大流行した、殺人事件等の刺激的な出来事をどぎつく描いた庶民向けの読み物、シリング・ショッカーのもじりであることは間違いない。三人称の語り手やジョンの日記により描きだされる事件、すなわち被害者が喉を切られ、腹を裂かれて、その内臓がこれみよがしに遺体のそばに積みおかれるといった殺人事件は、大衆の好みに迎合した毒々しい読み物にうってつけである。そしてこの小説の中にときどき差し挟まれるエリザベスの裁判記録は、殺人事件が起きるとその裁判に世間の関心が集中し、多くの人々が法廷に押しかけたというこの時代の実際の裁判記録をまねたものである。同時にこの記録は、エリザベスと検事や弁護士との対話がそのまま書かれているという形式から、芝居の脚本のようにもみえる。また、エリザベスの回想もモノローグのようであり、これも芝居の脚本にみえなくはない。そのため、これらの記録や回想は、シリング・ショッカーのような読み物と同じくらい人気があった、おぞましくけばけばしい流血劇の模倣とも思われるのである。第三七章の『モーニング・アドヴァタイザー』紙に載ったとされる新聞記事も、殺人事件を煽情的に書きたてた当時の日刊・週刊新聞のパロディである。これらの新聞が「すべて事実を曲げることも明らかな偏りを見せることも平気でやってのけた」[7]と言われるように、この章では、ゴーレムに出会ったり、襲われそうになったと主張する人物たちの荒唐無稽な体験が大げさに書かれている。日記、回想、裁判記録、新聞記事といったこれらのさまざまな語りは、ちょうどミュージック・ホールの喜劇役者たちが現実の人々をまねて茶化したように、実在した書き物のもじりになっている。

このようなもじりは、三人称の語りの部分にもしばしばみられるものである。語り手は実在する人物、彼らが書いた作品、実際に起きた出来事を、自分が語る物語の中に巧みに織り込むのであり、その意味で彼の話はノンフィクションを自分の都合のよいように利用したフィクションと言えよう。たとえば、ギッシングがネルとともにロンドンに住んでいたことは事実だが、語り手はそれを使いギッシングがゴーレムであると疑われてロンドンで一晩留置された場面を作る。マルクスの父の家系は確かに代々ラビを務めていたし、またマルクスが毎日大英博物館読書室へ通っていたことは有名だが、それらの事実は語り手によって、読書室でマルクスが出会ったウェイルが殺害された際に、彼がその容疑者と間違われて刑事が訪ねてくるという架空の話に結びつけられる。この二人のような主要な登場人物だけでなく、ほんの短いあいだだけ登場する人物たちにも、語り手は同じような操作をしている。マルクスの娘エリナー(Eleanor)は、芝居に強い関心をもち実際舞台にも立ったことが知られているが、語り手がその彼女をこの小説の最後の場面で安っぽい恐怖劇《ミザリー・ジャンクション》の女中役で登場させるのは冗談としか思えない。また、実在した画家ホイッスラー(Whistler)が黒いマントを着て夕方スケッチをしていたので、ゴーレムと間違われて群衆に追いかけられ、慌てて警察に駆け込むというくだりも、読者の笑いを誘う。おまけに自分の絵の数々に「ノクターン」という名をつけたことで有名なこの画家が、ゴーレムに触発されて連作「ライムハウス・ノクターンズ」を描いたなどと語り手は言って、ありもしない絵の名前をでっちあげてもいる。

語り手のもじりのもう一つの方法は、引用である。その一例として、第九章をあげよう。すでに述べたように、この章では、ギッシングが大英博物館読書室で自作の評論を読んでいるという設定になっている。語り手はこの評論を長々と引用するが、その最後の部分は以下のようである。

「殺人とロマン主義運動とのあいだには、もう一つ別の、偶然にして好奇心をそそる関連がある。ド・クインシーの『告白』は当初匿名で出版されたために、著者と偽る者が出てきたが、その一人にトマス・グリフィス・ウェインライト

(Thomas Griffiths Wainewright) がいた。ウェインライトは非常に洗練された批評家であり雑誌寄稿家であった。たとえば、無名だったウィリアム・ブレイク (William Blake) の天才に気づいた者は当時ほとんどいなかったのに、彼の慧眼はそれを見抜いた。〔中略〕ウェインライトはまた、ワーズワス (Wordsworth) や他の「湖畔詩人」たちのことも声高に賞賛したが、彼自身のもう一つの非凡なる才能は、彼をモデルにしたチャールズ・ディケンズの短篇「追いつめられて」やブルワー゠リットン (Bulwer-Lytton) の『ルクレチア』の中で賞賛の的となった。つまりウェインライトは、悪意ある熟達した殺人者であり、密かな毒殺者であった。彼は偶然の知己を標的にする前に、自分の家族を何人も死に追いやっている。」(四〇—四一頁)

この引用の中でギッシングは、ウェインライトがいかに優れた批評家であったかを証明するために、彼のブレイクやワーズワスなどへの賞賛に触れ、また同時にウェインライトが巧みな毒殺者であることを証明するためにディケンズやブルワー゠リットンの作品に言及している。こうしてギッシングは、ウェインライトが文学的才能にも恵まれた天才的殺人者であり、ロマン主義的英雄であることを示すのだが、この一節をこの小説の語り手は自分が語る物語のために再利用している。それは、批評家、雑誌寄稿家であったウェインライトが殺人者であったとは、ジョンの日記から浮かび上がる彼の姿とそっくりであること、『告白』に偽の著者がいたように、ジョンの日記はジョンが書いたものではないこと、そしてウェインライトが家族を死なせた密かな毒殺者であることがエリザベスと似ていることを、この小説の読者に気づかせるという利用なのである。このように第九章では、ギッシングが自分の評論のために他の文人たちや彼らの作品を利用する一節を引用しながら、語り手は自分の物語の伏線となるようにこのギッシングをさらに利用するのであり、そこにある種の重層性が感じられる。これもまた、もじりの一種と言ってよいであろう(8)。

こうして似非裁判記録、似非新聞記事、偽造された日記、平気でうそをつき引用を使う語り手の三人称の語りといったさまざまな語りを取り混ぜて、この小説は成立している。それはまるでエリザベスがあちこちの女優、男優から話し方、歌い方、姿勢、動作、服装まで拝借して人気スターになったようなものである。だが、その一方で、裁判記録や新聞記事や流血劇をまねようが、語り手が事実を都合よく利用しようが、この小説がやはり独自の作品であることは間違いない。ちょうどリーノが、「彼本人に戻る時間もないほどいろいろな役柄を演じたのに、「彼はいつもダン自身だった」（一一三—一一四頁）と言われたのと同じである。

興味深いことに、一つ一つの語りはそれぞれ別のゴーレム像を作り上げているのだが、それらはどれもが不完全であり、互いに矛盾したり、明らかに間違っている場合さえある。しかし、だからと言ってどれが欠けてもゴーレムの全体像は描けない。すべての語りを最後まで読んで、読者はようやくエリザベスがゴーレムであろうという結論に気づくようになるのであるから。その意味では、「あらゆるものがさまざまな形で混じり合い結びついている」というバベッジの大気論を実践した作品ともなっていると言えよう。

もじりというこの小説の手法は、最終章で最高潮に達する。《ミザリー・ジャンクション》はエリザベスの死後、劇場主ガーティ・ラティマー夫妻によって勝手気ままに書き変えられ、マルクス、ギッシング、ネル、オスカー・ワイルド（Oscar Wilde）、キルデア（Kildare）警部等々、これまでこの小説に出てきたほとんどすべての人物に加え、各新聞に批評を書く演劇評論家たちまでが総動員された観客の前で、華々しく上演される。この劇はエリザベスの処刑の場面から始まり、その後彼女の生涯が演じられるという筋書きであるから、この小説のはじめの部分とまったく同じである。すなわち小説が自分自身を反復するのであるが、だがここではすべてがそのまま繰り返されるわけではない。舞台を動かす機械（その名もバベッジの解析エンジンを連想させるかのように原文の英語ではエンジンと呼ばれる）(9)の故障により、エリザベス役の女優は首を括られ本当に死んでしまう。そのため、この劇は筋書き通りに運ぶことができなくなり、即興での変更が必要になる。すると、別の劇のためにフランスの殺人犯マダム・グリュエール（Madame Gruyère）に扮し待機していたリーノが機転を利かせて舞台の下からせりあがり、「またもや、まかりでました！」（二九〇頁）と叫ぶ。ちょうど昔、エリザベスが「リトル・ヴィクターの娘」や「オールダー・ブラザー」に変身して登場したときのように、首を吊られたエリザベスが生き返って再び出てきたと観客は大喜びする。こうしてマダム・グリュエールは「衣装を替えた」（二九〇頁）エリザベスに変身し、リーノとエリザベスは一つに溶け合い、喜劇に吸収される。

この喜劇が「妻に殺されたジョン・クリーの事件」（二八四頁）を題材にし、クリー夫妻の「生涯を綴った実話であるという触れ込みで」（二八四頁）人々の注目を集め、「信憑性を高めるために配役も工夫し」（二八五頁）、「実録と称して」（二八五頁）たくさんの改変がされていると、語り手はこの劇の特徴を並べ立てている。しかし、実はこれらはまさにこの小説がこれまでにしてきたことではないか。すなわち《ミザリー・ジャンクション》とは、この小説自身のパロディにほかならない。この小説は自分をもじって上書きをし、ちょうどゴーレムが姿形を変えて生き返るように、自分の変種を作っているのである。リーノの最後の台詞、そして同時にこの小説の最後の言葉である「またもや、まかりでました！」の「またもや」が強調されているのは、小説を書くこととはゴーレムを作ることと同じであると示すためであろう。

（1）この作品は二〇〇四年に『切り裂き魔ゴーレム』という題名で日本で出版された。本論文中のこの作品の引用は、この池田栄一訳『切り裂き魔ゴーレム』からのものであり、カッコ内にページ数を示している。なお、一部語句を変更したところがある。

（2）そもそもこの小説の題名が「ダン・リーノ」という実在した人物と、「ゴーレム」という架空の生き物から成り立っていることに注意するべきである。

（3） Gibson and Wolfreys, *Peter Ackroyd : The Ludic and Labyrinthine Text*, 119.

（4） マドレインについてはオールティックの『ヴィクトリア朝の緋色の研究』二四九―七二頁に、フローレンスについては三五七―六六頁に詳しい説明がある。

（5）「赤い納屋殺人事件」については、前掲書三八―四二頁を参照されたい。

（6） Onega, *Peter Ackroyd*, 66.

（7） オールティック、前掲書、八八頁。

（8） このような操作をする語り手を作り出している作者アクロイドも、この小説において、現実にあった事件に手を加えている一例を挙げておきたい。一九九二年にフローレンス・メイブリックの夫ジェイムズ（James）の日記なるものが発見され、その中で彼が切り裂きジャックであると告白していたので真偽を巡って騒ぎになったが、アクロイドは自分の小説のためにこの偽造事件を見事に利用している。エリザベスによれば、ジョンが切り裂きジャック風の殺人事件について記している日記は、彼女がジョンに成りすまして偽造したものである。そのため、この贋作の作者であり、事情を知る唯一の人物エリザベスが刑死したあとは、日記は本物と思われ、ジョンがゴーレムであるという濡れ衣を着せられたまま、エリザベスのジョン殺しは正当化されるというからくりになっている。アクロイドは現実の事件に上書きをして、複雑化しているのである。

（9） Ackroyd, *Dan Leno and the Limehouse Golem*, 279.

参考文献

Ackroyd, Peter. *Dan Leno and the Limehouse Golem*. 1994 ; London : Minerva, 1995.

Gibson, Jeremy and Wolfreys, Julian. *Peter Ackroyd : The Ludic and Labyrinthine Text*. London : Macmillan, 2000.

Lewis, Barry. *My Words Echo Thus : Possessing the Past in Peter Ackroyd*. The University of South Carolina Press, 2007.

Maugham, W. Somerset. *Liza of Lambeth*. London : Heinemann, 1951.
Mergenthal, Silvia. "Whose City?" Contested Spaces and Contesting Spatialities in Contemporary London'. *London in Literature : Visionary Mappings of the Metropolis*. Susana Onega ed. Heidelberg : Universitätverlag C. Winter, 2002. 123–39.
Onega, Susana. *Peter Ackroyd*. Plymouth : Northcote House, 1998.
アクロイド、ピーター　池田栄一訳『切り裂き魔ゴーレム』白水社、二〇〇四年。
オールティック、リチャード・D　村田靖子訳『ヴィクトリア朝の緋色の研究』国書刊行会、一九八八年。

カズオ・イシグロの『遠い山なみの光』小論
――曖昧さの考察――

安藤和弘

カズオ・イシグロ（Kazuo Ishiguro）の作品を形容して「曖昧さ」という言葉がよく使われる。長篇デビュー作の『遠い山なみの光』（*A Pale View of Hills*）も曖昧だとよく言われる。作品全体の印象の表現としては、これ以上に的を得た言葉はおそらくあるまい。しかし、曖昧と言ってもそのあり様は一とおりではなく、たとえば、『充たされざる者』（*The Unconsoled*）のようにプロット展開が明らかに混乱している作品を読んで感じる曖昧さとは、この作品の曖昧さは性質が異なる。この作品の場合、プロット展開にはそれなりに整合性があり、物語の筋と呼べるものがある。原爆投下により壊滅した長崎で生き延びたエツコという日本人女が、イギリス人のジャーナリストと結婚をしてイングランドへ移住した。移住のおよそ二〇年後、物語をしている現在も、最近夫に先立たれたが、イングランドで暮らしている。長崎時代、彼女には日本人の夫がいて、その夫とのあいだにケイコという名の子供をもうけた。しかし、その結婚は破綻し、エツコはケイコをイングランドへ連れて来た。ケイコは異国での生活に慣れることができず、自殺をしてしまう。その責任は自分にあるのではないかとエツコは思い、罪悪感に苛まれる。その罪悪感に駆られて、エツコは、長崎時代のある夏の回想を始める。その回想は、アメリカ行きを願望していたサチコという寡婦とその娘マリコとの出逢いを主に巡るものである。雑ではあるが、物語の骨格はだいたいそんなところである。最近のイングランドでの暮らしの描写と二〇年ほど前の過去の回想が交互に配置されているという物語の時制の二重の構成にも、特にわかりづらいものはない。『遠い山なみの光』の曖昧さは、もっと微妙なあり方をしている。物語の筋は大局的には形を成しているのだが、その形の輪郭がどこかぼやけていて、どこがどのようにぼやけているのかがすぐにはわからないというようなあり方で、それはある。[1] もちろん、それは主人公かつ語り手であるエツコの語り口に淵源するのであるが、イシグロがこれまでの彼の長篇小説すべてで活用してきている「信頼できない語り手」（エツコもその一人）という装置そのものを再検証するのではなく、エツコの語りが結果的に生み出している曖昧さの性質のほうを、本論では考えてみたい。

この小説の題名そのものが、この作品特有の曖昧さを考える際、示唆に富んでいる。原題 *A Pale View of Hills* で、まず注目したいのは、明白に視覚に言及しているという点である。山なみがみえるのだが、そのみえ方はぼんやりとしており（'pale'）、くっきりではない。山の裏側がみえないという含意もあるかもしれず、そのことも念頭に置いておきたいが、ここで着目したいのは、明らかにみえないものは何かということではなくて、みえはするのだが、おぼろげにしかみえない、半ば平板化した山なみ全体の輪郭である。およその輪郭だけが絵に描かれたかのようにみえる。このことが重要なのは、実は、そういう視覚のあり方は、この作品全篇を通じて、一つの基底パターンになっているからである。日が翳り、風景の輪郭がおぼろげになっていく夕刻を描くことを好むイシグロだが、この作品では、夕刻にくわえて、日の出前の灰色の光が事物の輪郭をかすかに照らし始める早朝も、重要な時間帯として設定されている。一日の始まりと終わりのそうした時間帯に特有の薄暗がりをここまでフィーチャーした作品は、他にはないと言えるほどである。そして、これは重要なポイントだが、この作品に特有の曖昧さは、そうした薄暗がりを背景として、そこに影絵のように浮かび上がる効果として構想されている節がある。他の作品において以上に、端的に、登場人物のアイデンティティがぼやける（曖昧になる）ということが、この作品では頻発する。そして、この作品に限っては、そのぼやけは他の作品にはない程度まで視覚的、光学的に特定の局面で発生する。十分な光源があってある登場人物の正体が視覚的に特定できる状態から、光源が弱化し、次第にその人物の輪郭だけしかみえなくなる状態へ移行する場面は、その逆の流れが描かれる場面も重要であるが、それ以上に、この作品においては、大事な位置に配置されている。長崎時代を回想するとき、エツコは自分をサチコに重ね合わせているのではないかとよく言われる。そのような解釈を裏づけしようとするとき、決定的に重要な場面は、エツコが回想の中でサチコの姿を最後に描く第十章の最後のところにある。

念願のアメリカ行きが、紆余曲折を経たあと、ようやく実現しかけているらしいサチコは、それに向けて荷造りをしていて、エツコは彼女が仮住まいとした荒廃地にある小屋を訪れている。サチコの娘マリコは、自分が可愛がっていた仔猫たちを母親が川に投じてしまったため、動揺し、小屋に戻って来ない。荷造りに専心するサチコを脇目に、エツコは独りでマリコをさがしに出かけようとしている。時刻は夕闇が降りようとしている頃である。日がまだ残っているが十分な光源を取るためにと灯していた提灯をエツコは手にし、サチコの小屋を出ようと玄関へ向かう。そのとき、部屋の明かりのあり方が不安定になる。注意を十分に払いたいのは、エツコの目にサチコの姿がどのように映ったか、その見え方である。

それを持って玄関のほうへ歩きだすと、家中をいろいろな影が動いた。外へ出ようとして、わたしは佐知子をふりかえった。見えたのは、もう夜と言ってもいい空を背に、襖の敷居の前に座っている彼女のシルエットだけだった。（二四三頁）(2)

みえるのは彼女の姿の輪郭だけであり、それは影と似てもいるのだが、人物の正体がそこでは曖昧になる。この直後に、エツコの記憶の混濁が創出したなどと言われる奇妙な場面、エツコが橋の上でみつけたのはマリコではなく自分の娘ケイコであり、これから海外へ行こうとしているのはサチコとマリコではなくエツコとケイコだとしか読みようがない場面が続く。そこではマリコがケイコにすり替わってしまっており、海外行きを娘に説得しようとするエツコはサチコが現在おかれた立場に立っている。この場面は作品全体の解釈を左右するほどに重要なのだが、ここで確認しておきたいのは、人物のアイデンティティのぼやけには視覚的な曖昧さが絡んでいるということである。まずはサチコのアイデンティティが視覚的に曖昧にされた上で、それにともない自分じしんのアイデンティティも曖昧になった状態で、エツコはマリコ／ケイコをさがしに出かけるからである。橋の上でエツコがマリコ／ケイコをみつけるときの描写も似ていて、エツコは「女の子」（二四四頁）の姿をはじめ認め、それからその正体を明らかにしようとするかのように、その子の上に提灯をかざすのである。

橋の上でのこの場面を回想するときにだけエツコの記憶が混濁し、人物の正体があやふやになるという読みかたもできないことはないが、それでは不足があると言わざるをえない。作品全体を通じて人物の姿が、薄暗闇において、あるいは過剰な光のためにというケースもあるが、輪郭から、あるいは輪郭のみで捉えられる場面が多くあり、そういう場面においては人物の正体がしばしば問題になるというパターンがあるのであって、この場面はそのパターンの延長線上にあることを押さえなければならないからである。直前のサチコの荷造りの場面から、先にみたように、すでに人の姿のおぼろげな輪郭化が起こっていて、その流れでこの問題の場面は出てくるわけだし、物語全体を見渡せば、第二章の終わりから第三章のはじめにかけてエツコとサチコが、失踪したマリコを夕闇の中、さがし回り、川の土手でようやくみつける場面でのマリコの姿の描かれ方も同じである。サチコが先にみつけ、あれは「万里子よ」（五四頁）と言うが、エツコはすぐにその判断はしていない。エツコはこう言っている。

佐知子はわたしの腕をつかんで引きとめた。その視線の先をたどると、土手のすこし下手になる川っぷちぎりぎりの草の上に、荷物のようなものが転がっていた。周囲の地面よりわずかに黒っぽいので、闇の中でもかろうじて見分けがついたのだった。（五三―五四頁）

「周囲の地面よりわずかに黒っぽい」、つまり、シルエットとしてエッコはマリコの姿を捉えている。そのシルエットを指してエッコは「もの」（五五頁）とも言っているが、英語原文で彼女が使っている単語は'shape'(3)（「かたち」）である。結局、それはマリコだと判明するのだが、重要なのは、薄暗がりの中、シルエットだけがみえてそのものの正体が不定になる瞬間である。そういう瞬間がこの作品においては相当数あるのであって、個別の場面においては、ほとんどの場合、誰だか特定されるにしても、作品全体の印象としては、どこかしら、登場人物たちのアイデンティティが揺らいでいるような感じがする。誰が誰なのかはおよそ確定できるように思えるが、腑に落ちない何かが残るような、座りの良くない感じ。どうしてこの作品はそういう効果を生むのかと言うと、厳密に言えば、よく言われるようにエッコの記憶そのものが曖昧であるからというよりも、彼女が人物を描くときの描き方のためであろうと思われる。そこで問題になるのは、記憶よりも、言葉の使い方のほうだということである。

エッコの記憶の曖昧さという案件について、少し考えておこう。「記憶」は、言うまでもなく、イシグロ文学の最大のテーマの一つであり、彼のすべての小説作品において大きくフィーチャーされている。しかし、ここでは、話をエッコの記憶と彼女じしんのそれについての言い分に限定する。エッコ・シェリンガムが「信頼できない語り手」だと言われるとき、そうだと言える根拠は二つある。まずは、彼女にとって長崎時代は二〇年ほども昔であり、「わたしはひょっとすると過去を思い出したくないという身勝手な気持ち」（七頁）があったのだとすればなおのこと、当然のことながら回想には不精確さが出てしまう。二つ目は、彼女は、語りの現在時制において、ある欲望なり衝動なりに駆られて物語をしている節があり、その欲望なり衝動なりに沿うように物語内容を変形しているようであるから。問題になるのは、もちろん、後者のほうである。彼女に物語をさせているものが何であるのかは、それは別件なのでここでは掘り下げないが、大雑把に言えばケイコの自殺に関しての自責の念である。彼女じしんの記憶とその不確かさについての言い分を見直しておく。「こういう記憶もいずれはあいまいになって、いま思い出せることは事実と違っていたということになる時が来るかもしれない」（五五頁）。これは誤訳で、正しくは、「これらの出来事のわたしの記憶は時の経過とともにおぼろげになっていて、自分が今思い出せるように起こったわけではない、ということはありうる」。そして、物語終わり近くではこうも言っている。「記憶というのは、たしかに当てにならないものだ。思い出すときの事情しだいで、ひどく彩りが変わってしまうことはめずらしくなくて、わたしが語ってきた思い出の中にも、そういうところがあるにちがいない」（二一一頁）。過去を回想する語り手がよくする、陳腐な弁明である。実は、エツコじしんが言うところの自分の記憶の曖昧さ、そしてそこから生じる物語内容のありうる不精確さと、この作品の読者が作品全体についてもつ感想としての曖昧さのあいだには径庭がある。彼女の言い分は、あまりにも当たり前であるがゆえに、それは何か別のことへの間接的な言及あるいはその何か別のことの隠蔽の言い訳なのではないかという疑念が湧いてくる。時が経てば記憶が精確さを欠くのは自明であり、記憶は現在の欲望や衝動によって変形されるものだというのも自明である。エツコは、読者の注意を「記憶」というテーマそのものに、わかりやすい説明をつけて惹きつけようとしているが、作品全体が醸し出す曖昧な感触は、それが精確であるか不精確であるかということとは関係なく、彼女が登場人物たちを描くときの言葉遣いのほうに、むしろ、起因しているように思われる。その言葉遣いとは、端的に、光と闇、あるいはそのあいだにある薄暗がりといった視覚的、光学的状況についてまずは一言し、そうした状況において、登場人物たちがどのような姿をとってみえるかについて、過剰なまでに解説を加えるような言葉遣いである。それは、時を経ると必然的に薄れていくという意味での記憶の曖昧さとは、基本的には関係がない事柄だ。

記憶じたいの曖昧さが、この作品を読み解くにあたり、問題にならないわけでは、もちろん、ない。しかし、記憶一般に付随する曖昧さは、このことについてはあとで考察するが、語り手としてのエッツコの語り口、言葉遣いよりも、たとえば、夢の記憶の不精確さや精神の乱れが生じさせる記憶の狂いなどといった事柄と、より緊密に関係している。あるいは、語りの現在時制において、エツコを突き動かしている、物語をしたいという衝動の根底にある（おそらくは無意識の）欲望などとも。しかし、そうした事柄から発生する曖昧さが、この作品にどうしようもなく漂う曖昧さの雰囲気の直の原因だとは考え難いのである。それよりも、彼女の語りにおける視覚にかかわる人物描写の技法のほうが、より大きくかかわっているように思われる。彼女が、そのような技法を駆使することによって狙う効果は、まずはとにもかくにも、光学的、視覚的な条件のために、人物の特定にぶれを生じさせるというものである。人物アイデンティティにかかわる同様の曖昧さは、記憶じたいの曖昧さにも起因しうると論じることは、もちろん、できるが、この作品に関するかぎり、視覚へのこだわりがエツコの語りには過剰に顕在化しているため、そちらをまず検証しなければならない。エツコが、人物の特定をしようとするとき、あるいはそれを回避しようとするとき、過剰なまでに、みたところの様子、おぼろげな輪郭などに多言を弄する様子を、ゆえに、検証しなければならない。

エツコは‘figure’（「姿」）という語を多用する。物語の冒頭、第一章のはじめで、鳴っている電話をとりにニキが部屋を大股で横切る様子を描写するとき、「タイトな服にきっちりつつんだ体」（八頁）を娘はしていると言う。「体」は原文では'figure'(4)である。自分が住む団地の脇の荒廃地にある小屋に移り住んできたと噂では聞いていたサチコに実際に会い、はじめて直に話をする場面で、エツコは、「前を歩いている彼女の姿を見つけた」（一四頁）と言う。ここでも「姿」は原文では'figure'(5)である。小屋がある荒廃地で他の子供たちと喧嘩をしていたマリコをみかけていたエツコは、そのことをサチコに話してもサチコはまるで気にかけないので、自分でマリコの安否を確かめに戻り、この子供とはじめて直に会い、話をするのだが、そのときの描写はこうである。「女の子の姿が見えないので家へ帰ろうかと思ったとき、川岸で何かが動くのが見えた。万里子はそれまでしゃがんでいたのにちがいない。こんどはぬかるみの向こうに、その小さな体がはっきり見えたのだから」（一七頁）。「体」と訳されている原文の単語は'figure'(6)である。あるいは、エツコが、（今では亡き）母親の友人であったフジワラさんのうどん屋で働くことになったサチコの様子をみるためにその店に行き、通行人たちの往来の中にマリコの姿を認める場面。「わたしはふと、人でごったがえす表の日向に小さな子が立っているのを見つけた」（三一―二頁）と訳されているが、「子」に相当する原文の単語は'figure'(7)。ニキ、サチコ、マリコら重要な登場人物が実質上はじめてエツコの物語に登場する場面で、彼女は一貫して'figure'という語を使っているのである。

エツコは人物を描くときにまずはその「姿」（'figure'）を捉える傾向があるというパターンに、読者はそうして物語の早い段階から慣らされることになる。ここで確認をしておきたいのは、これは重要だが、物語の流れからしてその語が誰を指しているのかわかる場合でも、その人物を固有名で名指しにせず、潜在的には別の人物を指し示しうるこの語が使われることによって、その人物のアイデンティティに、瞬時、微妙な揺さぶりがかけられることである。その揺さぶりは、写真のピントがほんの少しだけぶれるようなもので、微細であり、物語を読み進める上で何らの支障にもならないのだが、大事なのは、それにもかかわらず、人物の特定に、薄い皮膜がかけられるように妙な曖昧さが感触的に生じることである。そのことの意味合いは、同じ語が、正体がにわかには判然としない人物の描写中に出て来ると、俄然、顕在化してくる。物語終盤、念願のアメリカ行きが決まったらしいサチコの出発の前日の午後、団地の窓から外をみているエツコの目にある人物の姿がとまる。誰かが荒廃地を横切って、サチコの小屋へ向かって歩いている。

人影が空地を横切って佐知子の家のほうへ歩いていくのを見たのは、一時間かそこらしてからだった。よく見ようと額に手をかざしてみると、それは女だった。一歩一歩ゆっくりと踏みしめるように歩いていったその痩せた影は家の外でしばらく佇んでいたと思うと、やがて傾斜した屋根の陰に消えた。（二二二―二二三頁）

この人物は、サチコがときどきエツコに話をしてはいたが、物語にはこれまで一度も登場してはいない、彼女の伯父（実際には血縁ではなくサチコの亡夫の親戚の一人）の娘、ヤスコ・カワダなのだが、その人物の正体は次章まで明かされず、この時点ではおそらくエツコじしん、まったく見当さえついていない。そういう正体不明の人物の姿を興味と不安をもってみつめながらエツコが描いているこの引用の箇所で、邦訳では訳語が「人影」と「影」とにばらけており、二回しか訳されていないが、原文では 'figure' という単語が実は三回も使われている。

興味深いことに、その三回の同じ言葉を使ってのこの人物への言及の最初のとき、エツコは原文では定冠詞をつけて「その姿」と言っている。その理由は、もちろん、その人物の正体は、回想中の時制の現在においては不明だが、エツコが物語をしている現在においては彼女には知れているからだと、とりあえず説明できるが、結果的に奇妙な、少々不気味でさえある効果が生み出されている。読者にもこの人物の正体の推理は容易ではないはずだが、わからないにもかかわらず、どこかしら、この人物の正体はそれほどには不確定ではないかのような錯覚が生じるのである。それは、ある種の既視感と呼んでも良いような錯覚かもしれない。ただ一度の定冠詞の使用だけからでは、それは発生する効果ではない。これまでの人物が特定できる場面でのこの単語（'figure'）、あるいはそれに類した単語の執拗なまでの反復使用という伏線があってはじめて、発生している効果でそれはある。実際にはそれが誰だかを特定することは困難なのだが、何となく自分でも気がつかずにわかってしまっているのではないかと言い換えても良いようなその不思議な感覚は、先に指摘をした、人物の特定ができるにもかかわらずその人物のアイデンティティに微妙にかかる揺さぶり効果が反転した形の産物なのではなかろうか。そう言える根拠として、いずれの場合にも言える、認識と言語のつなぎ方にかかわるあるパターンを指摘することができる。

まずは、実質的には、人物の特定はほぼ間違いなく確定できるか、困難であるかのいずれかだという状況の前提がある。共通している第一点は、その判定のそれなりの確実性である。念のため、これは、あくまでも、視界にある人物が入って来たときの、その人物の正体の特定可能性の話であって、たとえば、サチコはエツコの分身であるだとか想像の産物であるだとかいうような思弁的なレヴェルの話ではない。ここで問題にしたいのは、認識にはまずそれなりの確実性があり、そこに疑義を挟む余地はほとんどないにもかかわらず、視覚認識に言及する特定の表現をエツコが選択的に使用するために、確実さが完全なものにはならないという状況であり、それがまさに、共通している第二点である。当たり前のことだが、「姿」（'figure'）あるいはそれに類する単語は、人物の特定が可能であろうが不可能であろうが、使用できる。この単語のそのような柔軟性を、エツコは、ある種の曖昧さの効果を達成するために活用しているのである。わかっていることはほぼ確実であるようでありながら、一抹の不定性が残ったり、わからないことはほぼ確実でありながら、説明不可能な確定性の印象が生じたりする。小説の題名について本論の冒頭で指摘をした「山なみ」の曖昧さには、これと類型的な曖昧さが、実は、織り込まれている。稲佐の山なみが稲佐の山なみであって、他の何物でもないことは、事実レヴェルでは、確実である。しかし、その稲佐の山なみは遠望されたものであって、視覚的に捉えられた印象にすぎないとも言える。その意味で、稲佐の山なみの自己同一性にはかすかな揺さぶりがかかっている。さらにまた、同時に、その山なみの正体は、実は物語半ばまでは伏せられており、読み始める前に題名をみただけではどの山なみのことだかわからないというひねりが効かされている。そもそも、その山なみへの言及が物語半ばまでない。なので、題名にある山なみの正体は、はじめは不明でもある。にもかかわらず、読者は、固有名こそ与えられていないものの、物語中で重要な役割をはたす山なみでそれはあるはずだと考えて、おぼろげな確定性を感じる。

もちろん、この作品に横溢する曖昧さは、そのようなエツコの言語表現の選択と配置だけに帰することはできない。たとえば、上で触れたエツコとサチコのアイデンティティが交錯するというような、より思弁的な曖昧さなど、言語から離れて人間を考えるのであれば、より重要と言わざるをえない別種の曖昧さをも、この作品は孕んでいる。しかし、これから考察をすることになるそうした曖昧さが発生する素地として、エツコが、過剰なまでに視覚にこだわる人物描写をし、そしてそれは、いかなる文学作品を論じる上でもつねに出発点とすべき言語表現の操作であるということを、この作品のつかみどころのない曖昧さを解題する上で、まずは最初に押さえておくべきだということを、再度確認しておく。「記憶の曖昧さ」という、それこそつかみどころがない問題設定に最初から直入してしまうことは、この作品を読み解くにあたっては、あまり生産的ではない。具体的な言語の使用法において、エツコは、ある程度までは明確に特定できる技法を、最終的にはより広汎な規模での曖昧さの効果を達成すべく、駆使している。それを出発点とし、かつそれをつねに念頭におきながら、この作品が孕むより広汎な曖昧さの問題へと、徐々に考察を進めたい。

エツコの視覚への執着にはいささか過剰なものがある。視線が向かう先は、多くの場合、人間だが、事物や風景であることもしばしばである。エツコじしんがよくみていたものとして、作品の題名にある山なみがまずある。その山なみとは、サチコ、マリコと一緒に遊山をし、楽しいときを過ごした稲佐の山なみそのものである。エツコは、プロット展開に直接関係がない長崎時代の自分の普段の生活それじたいにはほとんど触れていないのだが、そうしている数少ない箇所の一つで、こう言っている。

わたしは——それからも毎年同じことをくりかえすようになったのだが——しじゅうアパートの窓からぼんやりと外を眺めていた。晴れている日には、川の向こう岸の木立よりもっと遠くに、雲を背にしたほの白い山々の形が見えた。なかなか美しい眺めで、時にはそうしていると、めずらしくアパート暮らしのうつろな午後の長さも忘れて、ほっとすることもあった。（一四〇頁）

その「山々」が稲佐であることを、エツコはこのほんの数ページ後、まるでそのことにはさほどの意味はないといわんばかりのさり気ない口調で、「実はアパートの窓から見えたのも稲佐の山々だった」（一四四頁）と明らかにしている。ここにはちょっとしたトリックが仕掛けられている。このくだりは物語の半ばあたりで出てくるのだが、エツコの回想全体においてその中心にあるとさえ言って良いほどに重要な意味をもつ稲佐の山なみが自分が当時住んでいた団地の部屋からみえていたことを読者に伝えるのを、彼女はどうしてこれほど遅らせるのか。また、なぜ、ただ一度さり気なく触れるだけなのか。狙われている効果は、彼女が語る一連の出来事を「図」として、その背景の「地」の一部として稲佐の山なみの風景がつねにあったという印象を強める、といったあたりであろう。また、エツコは、物語の最初のほう（一三頁）で、団地での生活において自分は孤立していたことを仄めかしているので、そうであれば、部屋にこもってかなりな時間をその山なみの風景を眺めて過ごしたのではなかろうか、という印象も強まるのである。

さんさんと陽が照る夏の日の稲佐への遊山は、総じて薄暗く何か読者の不安をかき立てる場面が多いエツコの回想中でもっとも明るい雰囲気に満ちた記憶である。団地の窓から遠望される稲佐の山なみはかすんでおぼろだが、実際にその山へ出かけた日の描写は、日光が横溢し、まぶしいほどである。エツコは光と陰のコントラストを場面描写に際して巧妙に利用する語り手である。次は、そのことを考えてみたい。エツコは、個別の場面においてだけではなく、彼女の物語全体が与える印象という大きな枠においても、同様のコントラストを効果的に用いている。たとえば、エツコがする物語は主にケイコについての物語だと考えることができる。ケイコへの直の言及は少ないのだが、彼女の存在感は重たく大きい。するとそこには、稲佐の山へ遊山に行ったときの少女時代のケイコの明るい姿（光）と、イングランドへの移住後、マンチェスターでの孤独な暮らしの末に首を吊って自殺をした彼女の姿（陰）の対照があることに気がつく。（稲佐の山にエツコが一緒に行ったのはマリコだったのかケイコだったのか判然としない問題については、あとで触れる。ここでは、ケイコであったと想定して考えてみる。）読者の意識はつい薄暗がりや闇のほうにばかり向きがちであろうが、そうなるとき、薄暗がりの不気味な曖昧さや暗闇が喚起する恐怖を増幅するために、エツコは、光に満ちた明るい側面をも自分の物語に巧妙に添えているのである。だから、エツコがオガタさんと一緒に平和公園へ出かける日の朝の、一見取るに足らないかに思われる次のような描写も、細心の注意を払いながら読まなければならない。「緒方さんは、まだ外の景色を見ていた。朝のつよい陽射しのせいで、わたしにはその頭も肩もまぶしくてよく見えない。〔中略〕まぶしいのであいかわらず彼の顔はよく見えなかったが、その声では笑っているようだった」（一九一頁）。オガタさんは当時の彼女の夫ジロウの父であり、戦禍で（おそらく）身寄りのすべてを失ったエツコを庇護してくれた恩人でもある。夫ジロウとの夫婦仲は良いとは言えないのとは対照的に、エツコと義父との関係は睦まじく、この描写が出てくる場面も、ジロウが出勤して二人きりになったばかりのときのもので、雰囲気は楽観的で明るい。その明るさは陽射しの強さに象徴されているのだが、その同じ陽射しがエツコの視覚を制約してしまっている点にも注意したい。光がありすぎてみえないということもあるのだと、この場面でエツコは暗に言っているのである。闇と対照の関係にある光が、闇と同じ効果を生むこともあるのだと。

このような光輝溢れる場面がところどころに配されているために、物語の闇は対照の効果でいっそう深まる。物語の深奥で闇に不気味に沈む箇所の一つに、長崎へやって来る前に、戦禍にみまわれた東京で瓦礫と化した建物に避難をしていたサチコが、夜中にマリコが目を覚まして扉のない戸口を凝視しているのに気づく場面がある。物語のはじめからマリコは奇妙な子供として描かれてきているが、もっとも奇妙なのは、彼女が、存在するのだかしないのだかさえわからないある女について、つじつまが合わないことを言い続けることである。東京でのその晩、マリコは、扉口にその女が立っているのをみたとサチコに言ったのであった。

「夜中に目をさましたら、万里子が起き上がって戸口のほうをじっと見てるじゃない。戸なんかなくてただの戸口なんだけど、万里子が起き上がってそっちを見ているの。こわかったわ。誰かに入ってこられても、どうしようもなかったでしょ？　どうしたのって訊いてみると、誰か女の人があそこに立ってこっちを見てたって言うの。どんな女の人？って訊いたら、こないだの朝見た女の人だって言うじゃない。戸口からこっちを見てたって。わたし、起きてって探したんだけど、誰もいなかったわ」（一〇四―〇五頁）

「こないだの朝見た女の人」というのは、サチコによれば、それよりも一ヶ月ほど前に掘割で赤ん坊を水に浸して殺しているところをサチコとマリコが一緒に目撃し、その後、噂では自殺をしたらしい、ある見知らぬ女のことである。母親じしんの手による赤子殺しのその光景がマリコの心に衝撃を与え、その後、マリコはその母親について妄想をするようになったらしい。しかし、それはサチコがそう考えているにすぎないことであって、長崎にやって来てからもまだマリコがその女のことを言い立てる頃にいたっては、その女の正体と掘割で目撃した女とのつながりは薄弱になっており、それはマリコの純然たる妄想の産物としての色彩が濃く、潜在的には他のどの女の投影でもありえる状態になっている。はじめてマリコがその女の話をエツコにするとき、エツコはそれは自分のことではないのかと思う。しかし、マリコは違うと言う。

「おばさんじゃないわ。別の人よ。川の向こうの人。ゆうべ家へ来たの。お母さんがいないときに」
「ゆうべ？　お母さんがいないときに？」
「あたしを家へ連れてくって言ったけど、あたし行かなかったの。暗かったから。おばさんは提灯を持ってけばいいって言ったけど」――万里子は壁にさがっている提灯のほうを指さした――「でも、あたし行かなかったの。暗かったから」（二一一頁）

マリコが言い続けるこの女の正体は、物語の最後にいたってもなお特定することができない謎のままであり続ける。

その女の正体は誰でありうるのかを読者は詮索したくなる。しかし、その問題はあとで取り上げることにして、ここでは、マリコがその女について話すときの、視覚的状況についてだけを確認しておきたい。東京でマリコがこの女の幻影をみたのは夜中であり、おそらく明かりはほとんどなかった。マリコが幻視したのは、戸口に立っているその女のシルエットのみであったことだろう。暗闇の中に、その女の姿がおぼろげにみえたのである。長崎で、エツコに対してその女と同じ女とおぼしき女の話をするときには、マリコは、先の引用からわかるとおり、時は夜であって、「暗かった」のでその女について行くことはしなかったということを強調する。いずれの場合も、光源が薄弱な状況下でその女をマリコは幻視したということになる。そこから推論できることとして、マリコが幻視するこの女の正体の不確定性は、マリコの不安定な精神状態だけから生起するのではなく、光源が十分にないために視覚が十分に機能しないということとも関係があるのではないかという可能性がある。そしてさらに、仮にマリコがその女の姿をみるというのは純然たる幻視だとすると、光源はまったくなく、闇は完全な暗闇であって、マリコの目には実際には何もみえていなくても良いということになる。すると、薄暗がりに誰かの姿がかろうじてみえるのと、真っ暗闇で何もみえないのとでは、視覚のあり方は微妙ながら決定的に違うはずだが、マリコにとってはその違いはどうもないのではないかという可能性が疑われてくる。

マリコは表情がない子だというのはエツコが繰り返し言っていることだが、この子供の奇妙なもう一つの点として、一見無意味に暗闇をじっとみつめる奇妙な習性がある。第五章で、サチコが姿をくらましたアメリカ人ボーイフレンドのフランクをさがしに夜の長崎の歓楽街に行くと言うので、マリコの身の安全を心配するエツコは、サチコが帰るまでマリコの子守りをすることにする。サチコの小屋の中は、提灯が一つあるだけで、薄暗い。マリコは、壁の蜘蛛をいじったり、飼っている仔猫を撫でたりしながら、窓のところへ繰り返し行き、エツコによればそこには何もみえない夜の闇を凝視する。その所作が気になるエツコは、一度、マリコがみている窓をみやり、こう言う。「万里子はまだ外を見ている。何が見えるのだろうと思って、わたしも外をすかして見たが、座っているところからでは闇しか見えなかった」（一一二頁）。マリコの幻視癖を巡って、ここでエツコはある一つの大事な曖昧さに知らずと言及していると考えることはできないだろうか。ここでエツコには厳密に言って何がみえていないのかというと、外の闇の中にあってひょっとするとマリコにはみえているかもしれない何（者）かではない。そうではなくて、マリコがみつめている闇と自分がちらりとみた闇が、同じ闇なのか、あるいは何らかの意味で違う闇なのかの違いがみえていない、と言い換えても良い。自分の視覚のあり方とマリコのそれは同じなのか、それとも違うのかの違いがみえていないのである。その区別がエッコにはつかないところに、曖昧さが生じている。もちろん、真っ暗闇の中でも何かをみる（幻視する）マリコが案件になっているかぎりにおいてのみ、そのような解釈が可能になるのだが。さらに言えば、微妙に間接的にだが、エッコにも潜在的にはマリコと同様な幻視が起こりうるという可能性が示唆されてもいると考えることができるのではないか。

と言うのも、マリコとエッコのあいだには凝視をよくするという点で類似があるからである。次女ニキの訪問の話から始まる第一章、しかもその始まり直後、「同じ日の晩、わたしが窓ぎわに立って外の暗闇を見つめていると」（九頁）という記述が早々に出てくる。長崎時代は団地の窓から稲佐の山なみをよく眺めていたエッコだが、語りの現在、イングランドの田園地帯の邸宅で彼女がまず最初にみつめるのは、外の夜の闇なのである。また、第六章、ニキの滞在の五日目の様子を描いているくだりに、このような記述もある。

> 窓に並べた鉢植えの剪定をしていたわたしは、ニキがばかにひっそりしているのに気がついた。ふりむいて見ると、彼女は暖炉の前に立って、わたしなど目に入らないように庭を見ている。わたしはその視線をたどって、庭のほうを眺めてみた。窓ガラスは曇っていたが、外が見えないほどではない。（一二九頁）

このときのエッコの目線の動きは、先にみた、窓の外の闇をみつめるマリコの視線を追いかけたときのそれと同型である。長崎時代の回想の中で、エッコのマリコへの関心の度合いが尋常ではないことは自明であろう。しばし長崎時代の回想を離れてイングランドの最近へ戻っているこの場面で、マリコを相手にとった象徴的な視線行動を反復していることは、ゆえに示唆的である。エツコがマリコに過剰な関心を示すもっともわかりやすい理由は、彼女はマリコに自殺をした自分の娘ケイコを重ね合わせてみている節があるからだが、ここでは、エツコとマリコをつなぐ別の事柄について考えてみる。エツコは、回想の中で、稲佐の山への遊山の日だけは例外であるが、それ以外の場面では、マリコを一貫して相当に変な子供として描いている。特に、正体不明の女についてつじつまが合わないことを口走るあたり、あるいは、これは象徴的な場面だが、第五章の終わりのところで、蜘蛛をつかまえてエツコに近づき、その蜘蛛を自分の口に入れようとするかのような振る舞いをするあたりでは、精神に異常をきたしているかのようにマリコを描き出している。しかし、このエツコの物語の中でただ一人、さり気なくではあるが、精神に異常をきたしていると直に形容されている人物がいるのだが、それはマリコではなくエツコじしんなのである。


「でも、ほかのご家族の方に。わたし、頭が変だと思われたんじゃないかしら」

「そんなに悪く思うはずがない。けっきょく、あんたは二郎と結婚することになったじゃないか。さあ、悦子さん、その話はもういい。何か聴かせなさい」

「あのころのわたしはどんな娘でした？　頭が変に見えまして？」（八〇頁）

エツコは二回も「頭が変」という表現を使っている。原爆投下直後の頃について、エツコがかつて弾いていたヴァイオリンの話題がきっかけとなって、エツコとオガタさんが明るい雰囲気の中で懐古談をしている場面からの引用である。

邦訳で「頭が変」と訳されている原文の単語は'mad'(8)であって、要は精神錯乱ということである。この話題はここでしか出てこないので、原爆投下がどれだけエツコの頭を乱したのか、その詳細はわからない。しかし、この場面以外に、その頃のエツコの精神がいかに不安定であったかを示唆するくだりが、やはり彼女とオガタさんが懐古談をしているところで、もう一つある。オガタさんの息子ジロウとの結婚が決まりかけていた頃、エツコはオガタさんに、結婚の条件としてある要求を突きつけた。

「でもな、悦子さん、あんたに頼まれたんだよ」彼はまたわたしのほうを向いた。「それどころか、門のところへ植えろとわたしに言いつけたんだ」

「まさか」――わたしは笑った――「言いつけるだなんて」

「いや、命令したんだ。まるでお抱えの植木屋に言いつけるみたいにね。おぼえていないかい。これでやっと話がきまった、あんたもとうとう息子の嫁になると思ったときに、あんたがもうひとつ条件がある、門のところにつつじがない家には住まないと言いだしたのさ。わたしがすぐにつつじを植えなければ、この話は全部ご破算だとね。だから、仕方がない、わたしはすぐつつじを植えたよ」（一九二頁）

和気あいあいとした雰囲気の中、オガタさんは冗談口調で話をしているので、読者は含意を考えることなく読み流してしまいそうなくだりである。オガタさんは戦禍で身寄りをなくしたエツコにとって、言うなれば命の恩人であり、また地元の名士でもある。本当にエツコが上のような要求を彼に真剣に突きつけたとすると、それは相当に奇矯な言動ではあるまいか。さらに、何かその頃のエツコは異常な精神状態にあったのではないかと思わせる徴候として、そのような要求を自分はオガタさんにしたことじたいを、どうもエツコは完全に忘れてしまっていて、なおかつ、これは重要だが、オガタさんに言われてもすぐには思い出すことができなかったという点も挙げられる。エツコは、読者に与えようとしている印象よりもはるかに乱れた、錯乱と呼んでも良いような精神状態に、当時、あったのではあるまいか。

『遠い山なみの光』というこの作品には、一定量の狂気が含まれている。そのような印象を読者に与えることに、エツコは躊躇していない。回想の物語の背景には原爆投下があったことを思い出せば、当時の長崎の人々は総じて半狂乱状態になっていたのかもしれないと読者は考えるはずなので、狂気じみた人物が登場してきても、比較的に自然と受け容れてしまうことだろう。しかし、穿って読んでみるならば、エツコが語る物語においては、狂気が存していた位置がずれているようにも思われる。(9) 物語中の狂気のほぼすべては、主要登場人物中では、マリコに凝集している。しかし、特にマリコはエツコの記憶の中においてケイコの分身的な存在であり、アイデンティティが不確定で、読み方次第ではその実在性さえも怪しい人物であることを思い起こすと、別様の解釈が説得力をもって浮上してくる。狂気は、マリコ（としてエツコが描いている人物）を中心として、それ以外は断片的に、自殺をしたケイコや、サチコが戦禍の東京で目撃した赤子を殺す若い母親などに散在する形で、一見、配置されている。しかし、それらすべての隠された中心にいて、そこにある狂気の大半を抱えていたのは、長崎時代のエツコじしんだったのではないだろうか。もちろん、それは、エツコが語る物語の枠内での話であるが。(10)

エツコが語る長崎物語において、エツコがマリコの姿に過剰に凝集している狂気のあり方に曖昧さが発生するのは、だとするならば、構造的に当然だということになる。エツコがマリコに描きこむ狂気のすべてはマリコじしんに内発しておらず、誰か別の人物の狂気の転位であるということである。仮にその誰かとはとにもかくにもまずはエツコじしんであると考えるならば、そこにはさらなる転位の構造があることがみえてくる。マリコの狂気には象徴的な中心が与えられている。幻視されるあの謎の女、川向こうに住んでいて夜中にやって来るとマリコが言い張るあの女である。その女の正体は、マリコがサチコと一緒に東京で目撃した、掘割で自分の赤ん坊を殺している若い母親であるとの一応の説明が、物語中、サチコの口からなされている。マリコが幻視する女の正体はその若い母親であると断定することはもちろんできないが、しかし、エツコがサチコの口を借りて、その赤子殺しの光景を自分の物語に取り込んでいることには、どうも含みがある。この光景における母親の姿に、ケイコの自殺の責任は自分にあるのではないかと感じているエツコは自分を投影しているのではないかということ以上の含みが、である。サチコによれば、その若い母親の様子は以下のようであった。

「若い女でね、とても痩せていたわ。見たとたんに、何かあるなってことはわかったんだけど、その女がふりかえって、万里子ににっこり笑ったの。わたしも変だなって思ったんだけど、万里子にもわかったんじゃないかしら、立ちどまったところをみると。初めはその女の人、目が見えないのかと思ったわ。そういう顔をしてたのよ。ほんとうは目が何も見えないみたいな。ところがその人、両腕を持ち上げて、水の中に浸けていたものを見せたのよ。それが赤ん坊でね」(一〇三―〇四頁)

二つのことを確認しておきたい。まずは、この女は発狂していたようであること。そして、視覚を失ってしまっているようにみえたこと。

狂気の笑みを表情にたたえ、何もみえていないような目つきをした女が、夜半、独りで小屋にいるマリコを訪れ、川向こうの自分の家へ行かないかと誘う。その女を恐れるマリコの狂気は、相当に、まさにその女の狂気が転位したものなのではなかろうか。そしてさらに、その女の狂気とは、エツコじしんの狂気の投影で多分にありうる。つまり、マリコの狂気には、掘割で赤子殺しをする女の狂気を介して増幅されながら、エツコの狂気が重ね合わされているという転位の構造がそこにはあるのではないか、ということである。そのためにマリコの狂気は、どこかしら過剰で曖昧な印象を与えるのではないか。物語中では、夜中に訪れて来る女はエツコではない別の誰かだとマリコはエツコに言うが、エツコの物語をする想像力の中では、やはりそれはエツコじしんであるように思われる。そこで参考になるのが、赤子殺しの母親について先ほど確認をしておいた二つ目のポイント、視覚の喪失という案件である。エツコが視覚に敏感な人物であることは、光と闇、あるいは薄暗がり、そこで起こる視覚の曖昧さをめぐる本論の前半での考察からも明らかであろう。エツコじしんは視覚の喪失ということについて何も明言はしていないが、彼女はそのことに関して何らかの恐怖心を抱いており、それが赤子殺しの母親の目の表情の描写に投影されている節がある。(11) そう考えることができる根拠として、夢というものは聴覚よりも圧倒的に視覚で構成されるものであり、エツコが長崎時代を振り返ってする物語は、多分に彼女がみた夢であるらしいという事情がある。

エツコは、長崎でのあの夏の自分の回想は夢でみたものだとは言っていない。ニキが自分の家に滞在していた春先には繰り返しみたし、その後もときどきみ続けているある夢があると、しかし、彼女は言っていて（六四頁）、その夢について彼女が言うことには奇妙な曖昧さがあり、また、その夢のことをニキに繰り返し話そうとしたのであるが、そのし方にも奇妙なところがある。理由はこれから考察するが、エツコが回想と称してする長崎時代の物語はひょっとすると彼女がみた夢なのかもしれない可能性を示唆するような曖昧さ、奇妙さでそれはあるように思われる。まずは、彼女がその夢についてニキに話をしようとするときの奇妙さをみておこう。不眠を訴えると同時に自分は悪夢をみ続けているというニキとのやり取りである。

「このごろあまりよく眠れないの。どうも嫌な夢を見るらしいんだけど、目がさめてみるとちゃんと思い出せないの」

「わたしもゆうべ夢を見たわ」

「静かなせいじゃないかしら。夜、こんなに静かなのには慣れていないのよ」

「わたし、小さな女の子の夢を見たのよ。昨日わたしたちが見た子。公園に小さな女の子がいたでしょう」

「車の音がするところなら眠れるんだけど、静かなところで眠る感じっていうのを忘れちゃったのね」（七六頁）

二人の話は噛み合っていない。ニキはエッコの家の周辺が静かすぎるとばかり言い立て、エッコは自分はある夢をみたとだけ言い、二人の台詞は互いに相手への返事になっていない。これはエッコがその少女の夢をはじめてみた翌日のことであった。その翌日、また、エッコはその夢についてニキに話をしようとする。


「じつは、今朝別なことに気がついたの。あの夢について、ちょっと別なことに」

娘は聞いていないらしい。

「じつはね、その女の子はブランコになんかのってないの。初めはのってるみたいな気がしたんだけど。でも、のってるのはブランコじゃないの」

ニキは何かつぶやいたきりで、新聞を読みつづけていた。（一三六頁）

こちらの場面で気になるのは、前の場面でも起こっていたことだが、エッコが、娘が自分の話を聞いていようがいまいが話し続けるそのし方である。自分がみた夢について何らかのし方で興奮してしまっていて、このような一方的な話し方にこのときだけたまたまなってしまったのではないかと考えることには、作品全体を通じてこれ以外の場面ではエッコは娘の様子を仔細に観察し、話には注意深く耳を傾け、噛み合う会話をしていることを思い出すと、無理があるように思われる。ニキが滞在中のときのことを語るエッコの語りは冷静だが、ここではその冷静さにほつれが生じているような観がある。普段のエッコではないみたいなのだ。それにくわえて、実は、二つ目の引用の場面でエッコが言っていることには、作品を読み終えてもなお残るある謎が埋め込まれており、そのために、単にこの場面で説明されていないという意味においてだけではなく、より広い文脈に照らしても、曖昧さがある。その謎とは何かというと、その女の子が乗っていたのはブランコではないならば、では何であったのか、である[12]。

夢、あるいは悪夢をめぐって、エッコがニキと交わしたやり取りには、どこかしらおかしなところがある。二〇年も前の長崎時代とは違って、ニキの滞在はほんの数ヶ月前のことであったが、そのときのことを振り返るエッコの記憶は信頼できるのであろうか。長崎時代の回想においては、終わりのほうでマリコと子供時代のケイコのアイデンティティが混ざり合うという混乱が起こるのだが、それとは対照的に、ニキの訪問のときのことを振り返るときのエッコの語りには、一見したところ、明らかな混乱はない。しかし、本論の前半で提示をした視覚の曖昧さを巡っての考察を、ここで思い出したい。およその輪郭は間違いなくみてとれるのだが、良くみてみると境界線がおぼろげであって、その微細な視覚のぶれには大事な意味があるのかもしれない。曖昧であるものは、ここでは、視覚ではなく記憶、あるいは言語でのその再現だが、同じことが言えるのではあるまいか[13]。明らかな混乱にではなく、微細な混乱、読み方次第では混乱ではないと思えもするような微視的な混乱には大事な意味があり、ひょっとするとそこにはこの謎めいた作品を読み解く鍵がありさえするのではなかろうか。先に引用したニキとやり取りをする二つの場面でのエッコは、微妙にエッコらしくない。興奮し、正気を少々失っているのではと疑ってみると、そのように思えてもくる。それが記憶の混濁の原因になっているということはありえないか。たとえば、悪夢をみたのはニキだったとエツコは言っているが、実はそれはエツコじしんのことなのではないか。不眠症であったのも、それもまた特にエツコじしんであったのかもしれない。あるいは、先の引用にある、ニキに帰されている「どうも嫌な夢を見るらしいんだけど、目がさめてみるとちゃんと思い出せないの」(七六頁)という台詞は、エツコじしんが自分で体験したことの述懐なのかもしれない。

エツコが眠りから目覚める場面が作品中に二つある。どちらも、エツコと夢、あるいは夢をみることの関係を考える上で、示唆に富んだ場面である。どちらの目覚めも早朝のことであり、目が覚めた理由も、エツコによれば、同じであったらしい。かつてケイコが使っていた部屋から物音が聴こえたような気が、エツコはしたらしい。しかし、それら二つの場面が示唆しているように思われる事柄は、ケイコとは直接の関係はない。まずは第六章、ニキの滞在五日目の早朝の目覚めの場面だが、エツコがある奇妙なことをしていることに着目したい。

毛布にくるまったまま、夜明けの光にうかびあがっているものをつぎつぎに眺めていると、そのうちに何となく落ちついてきて、また目を閉じてしまった。でも、眠りはしなかった。思い出したのは下宿の女主人のこと――景子の下宿だった――マンチェスターの部屋のドアを、そこの女主人がついに開けたときの様子だった。
わたしは目をあけてもう一度室内を見まわすと、やっと起き上がってガウンを着た。(一二五頁)

自殺以来、ケイコのことはいつでもエツコの頭にあるので、ここでまた首を吊った娘のことを彼女が思い出していることに特別の意味はない。何か含みがあるのではと気になるのは、部屋の中の事物を次々と眺めるという行為のほうである。それらの事物がみえると、エツコは安堵感をおぼえるのだが、それはなぜか。早朝ながら部屋の様子をみてとるのに十分なだけの光は窓から入って来ていて、エツコは自分の視覚が機能することを確認できるからである。このとき、彼女は明らかに闇、視覚が機能しなくなる状況としての闇を恐怖している。なぜか。長崎時代の回想中に出てくるマリコの幻視を思い出したい。マリコは暗闇の中にあの謎の女の姿を幻視する。エツコにも、マリコと同様、暗闇が降りると幻視してしまうものがあるのではないか。あるとすれば、それは彼女がみる夢であろう。エツコは、この場面で、そうだとは自分では言っていないが、悪夢から目覚めたのである。「そのうちに何となく落ちついてきて」と言っているのは、みた悪夢のために相当に動揺していたからであろう。

次は作品最終章の冒頭、ニキの滞在の最後の日の早朝のエツコの目覚めの場面だが、ここでもエツコはおそらく悪夢から目覚めている。その悪夢とは、前章の最後で描かれている、長崎時代の、橋の上でのマリコなのだかケイコなのだか正体が判然としない少女とのやり取りの場面そのものであったのではなかろうか。長崎時代の回想の最後の部分、かつ最悪の部分、記憶が明らかに混濁する場面の直後に目覚めの場面が配置されていることは、エツコが長崎時代のある夏の回想と称して語ってきた物語は、少なくともそのいくつかの部分は彼女がみた夢であるか、あるいはその全体が彼女がみた夢である可能性さえをも示唆している。あるいは、昼間には回想をし、夜には夢をみて、それらの区別がつかないような精神状態にまでエツコは追い込まれているのかもしれない。そう考えるならば、昼間の回想のほうは物語の形へと昇華させることで、ケイコの自殺について彼女を苛む自責の気持ちを和らげることに資してはいるが、最終的には彼女は制御できない悪夢に屈し、回想物語は最後のところで支離滅裂になり崩壊してしまっているということになるであろう。

であるとするならば、長崎時代の回想部分だけではなく、彼女の物語の総体の信憑性が怪しくなる。記憶が狂っているのは、だとすると、第十章最後の支離滅裂な場面にかぎられず、潜在的には、物語全体のどの箇所でもありうるということになる。[14] 不眠と夢を巡ってのニキとのやり取りの場面について先にした解釈を施してみた理由は、そのように、エツコの物語は全体の信憑性が疑われる可能性があるからである。その特定の意味においてという限定をつければ、語り手としてのエツコは精神錯乱をきたしているというのは、言えないことではない。彼女の記憶は、そのために、総じて乱れているのだ、とも。しかし、本論の冒頭でみておいたように、エツコの物語は全体としてプロット展開に整合性があり、形をなした物語としても十分に読めるのであって、崩壊などしていないとも同時に言わなければならない。支離滅裂な場面、あるいは微妙に奇妙な場面があるとしても、それは物語構成上の仕掛けの一つにすぎず、エツコの語り手としての正気に疑義を挟むことはできないと考えざるをえない次元も、この作品のテクストには仕組まれているのである。そのどちらが「正しい」読み方なのかを一義的に決定しにかかる企ては無為に終わるように、このテクストは作られていると言い換えても良い。曖昧さこそがこの作品の最大の特徴ではなかったか。遠望される稲佐の山なみの見え方と同じで、エツコの精神状態像はおぼろげにしか捉えることはできないように、はじめからこのテクストは書かれているのである。

そうしたことは、この作品はリアリズム小説なのか、それともリアリズム小説のふりをしながら、実はのちにイシグロが物することになる『充たされざる者』のような反（非）リアリズム小説の先駆で根底ではあるのかという問題を考える際に、大事なヒントを与えてくれるはずである。エツコは精神錯乱をきたしているという解釈と、きたしてなどいないという解釈は、同等に有効である。きたしているのであればリアリズム小説ではなくなり、きたしていないのであればリアリズム小説ということになるのであれば、ここには二つの小説、二つの物語があると結論せざるをえない。二つの物語が同時に進行しているということである。では、その二つのカテゴリーの中間で、リアリズムでもなく反（非）リアリズムでもないような第三のカテゴリーをなしているのかと言えば、それは言えないことである。そのような捉え方をしてしまうと、イシグロが仕掛けた「曖昧さ」の小説の構成技法としての意義と価値が、不当な還元を被ることになってしまう。二つに割れてしまっているものは、割れてしまったままに放置しておかなければ、この作品の深みを探索することはできない。マリコと子供時代のケイコの姿はときに重なり合いもするが、融合することはない。サチコなる人物は、エツコの想像力が創り出した架空の存在、エツコじしんの分身的な存在なのかもしれないが、しかし、エツコとは截然と区別されるべきでもあって、二人が融合してより立体的な人物像が構成されるわけではない。分身をめぐる曖昧さは、この作品に横溢する、夢あるいは夢想に特有の曖昧さの中核をなすものであって、言うなれば、サチコが、伯父の家から盗んできた「精巧な白い茶器のセット」(二三〇頁)をアメリカ行きに向けて荷造りをする際に丁寧に梱包するのと同じように、慎重に扱わなければならない、このテクストの繊細で貴重な特性である。

二人の登場人物のあいだの分身関係はこの作品のいたるところに埋め込まれている。そのうちのいくつかは比較的にみてとりやすいが、分身と考えればそう解釈できないこともないという程度の、微妙でおぼろげなものもある。エツコとサチコの分身関係はもっともみてとりやすいものの一つだが、イシグロがおそらくもっとも見事に二人が分身関係にあることを描き出している箇所をみておこう。それは、サチコがアメリカ行きに向けて荷造りをしながらエツコと話をしている場面にある。まずは、サチコがアメリカ行きについて、そして娘マリコの将来をどれだけ気にかけているかについて、それまで言い続けてきたことと反対のことを急に言い出すという伏線が敷かれる。「わたしにだって、けっきょくアメリカへ行けないかもしれないということは、わかっているのよ。また、仮に行けたとしても、どんなに大変かということも。そんなことがわからないと思った?」(二四二頁)。これまでは、虚勢からでもあろうが、アメリカ行きに関してサチコは楽観的なことばかりを、一度ボーイフレンドのフランクに逃げられたとき以外は、一貫して言い続けてきた。アメリカへ行ったらマリコはどうなるのかが心配なエツコの問いかけに対しても、サチコは、自分の子供の将来への考慮を最優先事項とするのは母親として当然の義務だと言い、アメリカへ行けばマリコには明るい将来が開けると答え続けてきた。しかし、ここでは、それを完全に否定するようなことを言っている。「『万里子? あの子はちゃんとやっていくわよ。やっていくしかないの』佐知子は暗がりの中から、半分陰になった顔でじっとわたしを見ていた。『わたしが自分をいい母親だと思うことがあるなんて、考えられないでしょう?』」(二四二頁)。サチコはこれまで心にもないことを言い続けてきて、ここで本音をさらけ出しているのか、それともここで急に考えかたが変わったのかは、判然としない。しかし、大事なのはそのことではない。サチコが急に別人になったかのように話していることと、ここでサチコが言っていることはエツコがケイコを連れて長崎を離れてイングランドへ向かおうとしているときに考えていたことと同一である可能性が強く疑われることのほうに、この場面を読み解く鍵はおそらくある。要するに、このような発言をするサチコは、エツコの分身と化しているらしいということである。

右の引用部分中にある「半分陰になった顔」という表現は、示唆に富んでいる。サチコの顔が、片側だけ光に照らされてみえ、もう片側は暗がりに沈んでみえないという描写は、この場面で実は複数回なされている。注目したいのは、エツコの視点から、サチコの顔と手がどうみえたとエツコは言っているかである。「佐知子は荷造りをつづけていた。その顔の半分には外の薄暗い光があたっていたが、両手と袂は提灯の赤みをおびた光を浴びていた。それが異様だった」(二四〇頁)。サチコの顔のみえないほうのもう片側は、エツコじしんの顔なのではないか。そう考えると、手のほうは両方ともみえるという描写には、隠された意味があることになる。この場面の直前の場面で、サチコはマリコの仔猫を両手で引っつかんで川の水に沈めて殺そうとした。その場面が、まず、ここで想起される。すると、手は殺しの道具だとイメージされる。[15] 仔猫たちはマリコにとって自分の子供のような存在であったので、それは、サチコとマリコが東京でみかけた若い母親がしていたこと、つまり子殺しのイメージでもある。サチコの顔は片側しかみえないのに手のほうは両方ともみえるということは、子殺しにはサチコだけでなくエツコも密かに加担していることを意味する。薄暗がりの中で荷造りをするサチコのこの姿はエツコの記憶の中で生じた幻視に違いないが、そうであればこそ、エツコがここで殺そうとしているのは、もちろん、ケイコであるということになる。そのことを、語り手エツコは、「異様」という簡潔な一言で表現しているようである。エツコは自分が子殺しの主体であることを自分に対して認めることができない。しかし、自分の分身が象徴的に子殺しをしている姿であれば想像の中で描くことができる。それがここでのサチコの姿である。それは実は自分の姿でも同時にあるのだが、どういうわけか別人の姿がそこにはある。エツコが異様と感じているのは、その転位に他ならない。もちろん、転位が起こっていることに自分では気がついていないからこそ、彼女は異様さを感じるわけだが。しかし、何よりもここで鑑賞しておきたいのは、イシグロがエツコとサチコの分身関係を、光と闇、顔と手の描写のみで簡潔に描き切っている見事な手際である。

回想をしながらエツコは、そうして自分が、長崎時代の最後の頃、自分の娘ケイコをどうみていたかを無意識に思い出し、そのときにすでに感じていた罪悪感を自分に向けて再現させ、恐怖する。「笑ってよ、悦子さん。けっきょくうまくいくことになったんだから」（二四一頁）というサチコの台詞は、ゆえに、ほとんどエツコじしんの内語のように聞こえる。このあたりで、エツコとサチコの区別が急速に曖昧になっていき、二人のアイデンティティの重なり合いの度合いは臨界点に達しつつある。そのアイデンティティ区分の不明瞭さは、たとえば、エツコが荷造りをしているサチコをみながら、「薄暗いので、わたしには彼女が何を畳んでいるのか見えなかった。よほどむずかしいものらしく、何度もひろげては畳みなおしている」（二四〇頁）と言っているあたりにも、転位した形で、みてとることができる。サチコの荷造りを困難にしているそのものとは一体に何なのか。そのものの正体は、端的に、不明瞭なのであり、物語の結末にいたってもそれが何であったのかが明かされることはない。この物体の正体の曖昧さは、この場合、エツコにそれをサチコと共有することを許す。視覚的に、エツコの目には暗すぎてそれが何であるのかがみえないというのがその曖昧さのありかただが、視覚が重要であるこの作品においては、この種の謎には意外な重みがあるように感じられる。細部の謎を明かさないことによって解釈の多重性を増すというこうした技法はイシグロが得手とするところであり[16]、それがここでも見事に活かされている。そのような手法は総じて解釈の多重性は増すとはいえ、しかし、ここでは一つの解釈が凝縮されて結晶する効果を生んでいる。サチコは相当に純然にエッコの分身であるという解釈である。同じ章（第十章）の最後の箇所、エツコがマリコ／ケイコをさがしに出て、橋の上でその子供をみつけるという場面での、エツコが空を眺めたときの月のみえ方が、その証左となっている。「川の上に、半月が出ていた」（二四六頁）。言うまでもなく、「月」はエツコの精神錯乱を示唆し[17]、「半月」というのは、エツコ／サチコの分身関係の象徴である。

最後に、稲佐の山に出かけた日のマリコの描かれたに漂うある奇妙さについて考えておきたい。その奇妙さとは、総じてエツコはマリコを非常に変わっていて不気味な子供、精神錯乱さえ起こしているかもしれない子供として、物語をとおして描いているにもかかわらず、この日のマリコはごく普通の子供として描かれていることである。山の上からの眺望に興奮して、あるいは山登りをしながら、はしゃいでいるかにみえる姿さえ描かれていて、普段のマリコとは様子がかなり違うのだ。別の子供であるかのような印象がそこにはある。その別の子供とは、もちろん、ケイコであろう。普段のマリコの不気味な姿にもエツコは子供時代のケイコを投影しているはずだが、フェリーで稲佐へ渡ってから夕方に市街地へ戻ってのくじ引きの場面までのマリコには、エツコは他の場面ではしていないケイコの姿の投影をどうもしているみたいなのである。そのことにどのような意味があるのかを考えるのであれば、まずはエツコは稲佐の山に何回行ったのか、そしてどちらの子供と行ったのかという問題をみておかなければならない。ヒントになるのは、最終章終わり近くでのニキとの以下のやり取りである。

「今朝あげたカレンダーね、あれは長崎の港の風景なの。わたしは今朝、一度あそこへ遊びに行ったときのことを思い出していたのよ、日帰りで。港の上の山はとてもきれいなの」

〈中略〉

「何か、とくべつなことがあったの?」

「とくべつなこと?」

「港に行った日に」

「ああ、何もとくべつなことはなかったのよ。ただ思い出したという、それだけ。あの時は景子も幸せだったのよ。みんなでケーブルカーに乗ったの」わたしは笑ってニキをふりかえった。「そう、何もとくべつなことはなかったの。ただの幸せな思い出、それだけだわ」(二五九—六〇頁)

エツコは稲佐へ行ったのは一度きりであり、一緒に行ったのはケイコだったと言っている。そして、これは重要なことだが、エツコは「あの時は景子も幸せだったのよ」と言っているが、長崎時代であってもイングランドへ来て以降であっても、エツコがケイコは「幸せ」であったと言うのは、作品全体においてここだけなのである。「何もとくべつなことはなかったの」と上のやり取りでエツコは二度も否定しているが、それは肯定の徴であろう。長崎時代のケイコを振り返るとき、エツコにとって稲佐への遊山の日は特別な日だったのだ。

しかし、ケイコは当時妊娠していたエツコの腹の中にまだいたのであって、その日の回想に登場してくるのは間違いなくマリコなのだとも言える。結局、その日のマリコの正体は曖昧だと結論せざるをえないのだが、にもかかわらず、その曖昧さを衝いて、エツコがその日の思い出、その日のケイコの思い出に過剰な特別さを感じている徴候が秘められているように思われる、別の場面がある。その場面とは、稲佐で楽しいときを過ごしたあと、帰路、路面電車の中で、物語の終わりにいたっても結局その正体が明かされることのないある女が登場するときのこと。

あとはまた、二人とも黙りこんでしまった。それからすこしたって、ちょうど市電がある停留所に停まりかけたとき、わたしは佐知子がはっとしたのに気がついた。彼女は二、三人の乗客が降りようとしてかたまっている、出口の辺りを見ている。そこに立っている一人の女が万里子を見ていた。三十くらいだろうか。痩せて、疲れた顔をしていた。あるいはただ何気なく万里子を見ていただけだったのかもしれない。もし佐知子が妙なそぶりを見せなかったら、わたしも気づかずに終わったかもしれなかった。万里子はそのあいだも、この女にはまったく気づかずに窓の外を見ていた。

女は佐知子の視線に気がつくと顔をそむけた。やがて市電が停まり、ドアがあいて、女は降りた。

「お知合い？」わたしはそっと尋ねた。

佐知子はかすかに笑った。「いいえ、人違いだったわ」

「誰かとまちがえたのね？」

「初めだけよ。ぜんぜん似てもいなかったわ」彼女はまた笑うと、ちらりと外を見て停留所をたしかめた。（一七六―一七七頁）

いったいこれは誰なのか。サチコは顔見知りだが、エツコはまったく知らない人物のようである。仮にこの女はその正体を読者にまったく知らされず、この場面だけに出てくるランダムな登場人物であるとすると、謎めいていて、何か重要なことが起こっているという印象を明らかに与えるこの場面をエツコが自分の物語に取り込んでいる理由が説明できなくなる。それでは、この女の存在が重要なのはその正体が曖昧であるからだが、その曖昧さはさほど意味のない類のものになってしまう。この女は、読者にとって既知の誰かであるはずである。この女の正体を読み解くヒントは、マリコをみつめているということと、エツコにはみ覚えがないということに求められるように思われる。

この場面には伏線がある。それは、くじ引きのあと、路面電車内へ場面が移るときのエツコの次の言葉である。

わたしはその夜家へ帰る市電の中で見た万里子の顔を、よく思い出す。万里子はおでこをガラスにくっつけて、窓の外をじっと見ていた。その男の子のような顔を、通りすぎて行く市街のさまざまな明かりが照らしていた。万里子は家へ帰るまでずっと黙っていた。（一七五頁）

「さまざまな明かりが照らしていた」というのは、光源のあり方が人物の正体と密接に絡んでいるこの作品においては、意味深であろう。アイデンティティの交錯がここで激しく起こっているのではなかろうか。それも、乱れながらである。エツコは、このときのマリコの顔をよく思い出すと言う。それは、マリコの顔ではなく、ケイコの顔なのではないか。稲佐でのマリコはやはりケイコであったのであって、帰路途中の路面電車の中で、ケイコはマリコに戻りつつあると考えてみてはどうか。子供時代のケイコの記憶の中心を、稲佐の山で陽がさんさんと降り注ぐ中での幸せそうな姿に固定したいエツコは、どうしてもそれができないもどかしさで心が乱れている。それが、一瞬、彼女の物語の構成にほつれを生じさせてしまっていて、語り手のエツコじしんが路面電車内に姿を現してしまった。サチコと一緒にいるほうの回想中の登場人物としてのエツコにはこの女はまったく見覚えがないというのは、物語構成のそのほつれに、一瞬、語り手のエツコが撹乱されているからである。そのために、自分じしんの姿をみているということに気がついていない。それは、語り手のエツコが、このときのことを回想するとき、自分じしんを見失っていることの徴候と考えることができる。サチコのほうはその女の正体を知っているらしいのは、ここでは、彼女はエツコの分身、エツコが見失ってしまっている自分じしんの他者の姿を借りた現れとして機能しているからである。サチコにみられていることに気づくとその女は顔をそむけ、次の停留所で電車から降りてしまうのは、語り手のエツコが自分の物語のはからぬほつれに気がついたからである。

そうだと断じることは、もちろん、できない。これは複数ありうる解釈の一つにすぎない。その女の姿もまた、きっと、おぼろげであったに違いないので。路面電車の中でだけでなく、エツコの乱れた記憶の中においても。あるいは、その区別さえもおぼろげにしかできないのかもしれない。

（1）本論で扱う話題の圏外であるが、この作品の曖昧さの一つとして時々議論の対象となる事柄に、作品内で描かれる戦後の長崎の描写は歴史的に精確であるかどうかというものがある。そのことについて、念のため、一つ確認をしておくべきことがある。そのような議論においては、作者イシグロが日本を離れた五歳のときまでの記憶がどれだけ当てになるかという問題であるとか、その後イングランドに渡ってからみた日本映画を彼は参考にしたのであろうであるとか、総じて、彼の出自と経歴が取り沙汰されがちであるが、日本の現代史について特に深い理解があるわけではない英国人読者にとっては、舞台が現代の日本である作品を読む際に、それが何であっても、規定値として、ある曖昧さがつきまとう。「サムライ」のような前近代的日本文化あるいはその精神性の残滓と、「マンガ」や「カラオケ」のような現代日本特有の文化とのあいだにある溝を彼らは埋めることができず、まずはその二極分化により物語の風景のイメージが定まらない。イシグロの出自と経歴が独特のものであるだけに、彼が描く日本はどれだけ精確であるのかという案件がもち上がると、彼一個人についてばかりを巡っての議論になりがちである。それはそれで探索に値する案件であるが、それ以前に、英国の読者（あるいは日本文化に通暁しているわけではない外国人読者一般）が否応なく直面するそのような曖昧さを、この作品を評するときにまずは考慮に入れるべきであると指摘したのは、バリー・ルイスである。議論の骨子は精神分析的な解釈や原爆文学としてのこの作品の意義の解題など別のところにある論考の冒頭で、彼は、さり気なく簡潔にそのことを指摘している（Lewis, Barry, *Kazuo Ishiguro*, Manchester University Press, 2000, 18）。

（2）本論では作品からの引用は日本語で行い、早川書房文庫版の小野寺健訳『遠い山なみの光』（二〇〇一年）を使用する。なお、本文中では登場人物名の表記は、漢字表記にすると生じてしまう原典にはないニュアンスを排除するため、カタカナ表記とする。その他、本文中では、邦訳ではエツコの長崎時代の住居は「アパート」だが「団地」とし、「市電」は「路面電車」とした。

（3）Ishiguro, Kazuo, *A Pale View of Hills*, Faber and Faber, 1982, 41。原書に参照する場合には原書の頁番号を付する。

（4）Ishiguro, Kazuo, *A Pale View of Hills*, 9.

（5）Ishiguro, Kazuo, *A Pale View of Hills*, 13.

（6）Ishiguro, Kazuo, *A Pale View of Hills*, 15.

（7）Ishiguro, Kazuo, *A Pale View of Hills*, 25.

（8）Ishiguro, Kazuo, *A Pale View of Hills*, 58.

（9）より具体的なレヴェルで、この作品は「（位置の）ずれ」、「（位置の）ずらし」、「移動」、あるいは「転位」に満ちていることをバリー・ルイスはみてとっている。彼が挙げている例として、「エツコの日本からイングランドへの移動、エツコの記憶が惹き起こしている認識のずれ、エツコじしんとサチコのあいだの心理的な転位、ケイコの自殺による家族関係内のずれ」などがある（Lewis, Barry, *Kazuo Ishiguro*, 27）。そのことを論じるときにルイスが使用している語は 'displacement' である。上記注釈（1）に記したとおりルイスの論考は、部分、精神分析に依拠しており、その分野においてはこの語は特定の意味をもつが、この語を彼はしかしここでは平易な意味でも用いている。雑な言い換えだが、「あるものがそれが本来あるべきところにはない」ということを、彼は言いたいようである。本論のトピックである「曖昧さ」をイシグロが効果的にこの作品において演出する上で、一見舞台道具にすぎないように見えるそうした具体的な設定は、意外に重要なのかもしれない。

（10）一部の批評家たちは、この作品は主に戦後に復興の過程にある長崎あるいは日本についての物語であると解釈する。そのようなアプローチのこれまでの批評の概要はマシュー・ビーダムによる総括を参照されたい（Beedham, Matthew, *The Novels of Kazuo Ishiguro*, Palgrave Macmillan, 2010, 9–11）。本論では、この作品は、リアリズム小説としても読める可能性は否定しないものの、同時に、エツコの歪んだ記憶と彼女がみる夢の混淆が織り成すある種の空想物語でもあるという立場をとるので、そのような方向性の批評からは一定の距離をとることになる。ここで「エツコが語る物語」と言うとき、それはこの作品を後者（エツコの空想物語）のようなものとして捉えてのことである。

(11) このことは、ヤスコ・カワダの父親が盲人であるらしいことを、ヤスコの口を借りてエツコは物語に取り込んでいることにも、間接的にみてとることができる。

(12) このことを謎とみなす批評家は少数のようである。それはケイコが首吊りに使ったロープ状のものと想定する解釈が一般的であるようだ。しかし、稲佐の山でのケーブルカーに乗っている子供時代のケイコの姿はエツコの記憶に鮮明に焼きつけられており、ケーブルカーはロープに吊るされたものであることを思い起こすと、ここにも曖昧さがあると考えるべきではなかろうか。エツコが繰り返しみる少女の夢はいずれ悪夢へと変容していくにしても、その夢をみ始めた当初は、エツコはそれは公園で楽しそうに遊ぶ少女の夢だと思っていたことも思い起こしたい。エツコがみた夢は純然たる悪夢だと言い切れないあたりにも、曖昧さがあるのである。エツコの悪夢はおそらく重層化しており、ケイコがマンチェスターのフラットで首を吊ってぶら下がっている想像の光景というのは、エツコの悪夢の表層にすぎないとも言える。稲佐への遊山の日に幸せであったエツコの記憶の中の子供時代のケイコの明るい姿が雲に隠された太陽のごとくその背後にあり、それとの対照において、その後にケイコが辿った暗い道のりはよりその暗さを増すのではなかろうか。

(13) この作品の題名にある視覚に言及する‘pale’という語が含意する曖昧さは、視覚にかぎらず記憶のあり方への言及でもあるということは、ブライアン・W・シェイファをはじめとして一部の批評家たちが指摘している（Shaffer, Brian W., *Understanding Kazuo Ishiguro*, University of South Carolina Press, 1998, 17）。

(14) バリー・ルイスは、エツコが語る「内側の物語」（長崎時代の回想部分）と「外側の物語」（最近のニキの訪問を巡っての回想）のあいだにある「転位」‘displacement’（右、注釈（9）を参照）こそが、この作品の解釈を不安定なものにしていると指摘している（Lewis, Barry, *Kazuo Ishiguro*, 36）。炯眼である。（その指摘を彼がしているのはこの作品を幽霊物語として評価しているくだりにおいてであるが、そのことは本論の関心の圏外なので、掘り下げることはここではしない。）ルイスは、それら二つの物語の曖昧な相互への関わり方を論じるとき、'displacement' という語以外に、'coiling'（「ヘビなどがとぐろを巻く」）や 'seepage'（「浸潤」）といった表現も使っている。ルイスのこの優れた指摘の真価は、「内側の物語」はエツコの記憶の曖昧さのために相当な歪曲を被っているにしても、「外側の物語」を語るエツコには記憶の狂いはなく、それゆえ、「外側の物語」でエツコが言うことは「内側の物語」の曖昧さを解消する際に信頼に足る参考になる、という方向の読み方に釘を刺すことである。ルイスが論じるように、「内側の物語」と「外側の物語」のあいだにエツコの記憶の精確さという点でさほどの違いがないとするならば、たとえば、ワイ・チュウ・シムによる、ニキは 'the focus of narrative wisdom'（「語りの知恵の焦点」）であって、エツコの語りに充満する不精確さを補正する役割をニキははたしているというような解釈（Sim, Wai-chew, *Kazuo Ishiguro*, Routledge, 2010, 34）の意義は、減じられることになる。「外側の物語」に登場するニキは、「内側の物語」に登場するすべての人物たちと同じ程度に、エツコの回想中の人物としてその言動の信憑性は怪しいとするならば、彼女がエツコの物語中で言っていることに特段の正当性を認めることには無理があるということになる。外側の比較的な精確さをもってして内側の比較的な曖昧さを説明しにかかるという企ては、この作品を十全に評価する方法としては、おそらく、妥当ではない。ルイスはそこまでは極論してはいないが、エツコの記憶の不安定なあり方と物語全体に通底している語りの狂いに焦点を絞って作品全体を見直すならば、人物造型の架空性という点で、ニキとたとえばマリコのあいだにはさほどの違いはないという議論は有効であろう。平井杏子もまた、論証のための着眼点は異なるが、ルイスが言うところの「内側の物語」と「外側の物語」のあいだに明確な境界線を引くことはできないという議論を提示している。「外枠の物語」とは言ってもそれも数ヶ月前に起こったことの回想であるという点に彼女はまず着眼し、それゆえに、「つまり、エツコの現況という外枠にも、じつは〈記憶の曖昧性〉が滲み出しているのである」（平井杏子『カズオ・イシグロ：境界のない世界』水声社、二〇一一年、二四頁）と論じる。さらに、「女性としての自立の歩み」（平井杏子『カズオ・イシグロ：境界のない世界』、三六頁）というモチーフに参照してサチコとニキのあいだに平井は分身関係を見出し、「サチコを主人公とする未完の物語が、こうしてエツコの語りの中からじわりと滲み出してくるとき、それは記憶の内部にとどまるべき非現実的な世界が、リアリズムの枠組みを成す外枠のほうにはみ出してくることにほかならず、そのために『遠い山なみの光』は、後年のイシグロ作品へのより着実な道筋を示しているのである」（平井杏子『カズオ・イシグロ：境界のない世界』、三六―三七頁）とも論じている。

(15) サチコとマリコが自分の手をしげしげとみつめる様子をエツコが物語に描きこんでいる理由は、このこととおそらく関係がある。次のような描写のことである。「万里子は自分の手の指を見ていて、藤原さんの顔は見ようとはしない」（三二頁）、「万里子はまだ手を見つめている」（三二頁）、サチコは「やがて茶碗を置いてからも、しばらく両手の甲を見つめていた」（一〇二―一〇三頁）、「彼女［サチコ］はまだ手の甲を見つめていた」（一〇三頁）、「佐知子は手をうらがえして、こんどは比較するように両方の掌をながめはじめた」（一〇三頁）。こうした描写がある場面においては、彼女たちが自分の手をみなければならない理由は特になく、そうするのは彼女たちの癖であるかのように描かれている。しかし、この作品においては手は子殺しを強く連想させることを思い起こすと、こうした描写はエツコの幻視なのではないかと疑われてくるのである。

(16) その典型的な例はイシグロの最新長篇作『わたしを離さないで』中の、キャシーがなくしてしまうカセット・テープであろうか（カズオ・イシグロ、土屋政雄訳『わたしを離さないで』早川書房、二〇〇六年）。作品のタイトルでも言及されているほどの重要な小道具でそのカセット・テープはあり、なくなった理由をどう考えるか次第で作品全体の解釈が大きく左右されるにもかかわらず、なぜそれが消失したのかはついに明らかにされることなく謎のままで物語は終わる。言わば、物語の中核部分が空白のまま放置されているのである。そして、その空白を回転軸として、物語全体が構築されている。本論では取り上げる余裕はなかったが、実は、この作品、『遠い山なみの光』にも、同様に、中心部分に空隙、説明されていない謎があり、物語全体がその謎を巡って展開しているという解釈を施すことができる。その謎とは、エツコとシェリンガムの出逢いと、彼女がジロウと別れてシェリンガムとともにイングランドへ渡った経緯である。エツコは、その件に関しては、ジロウとのあいだに「危機」（一七八頁）があったという間接的な言及をする以外にはほとんど何も言っていない。「わたしが日本を棄てたのはまちがってはいなかった」（一二九頁）とも言ってはいるが、それは自分がなぜそうしようという判断をしたのかの説明にはならない。結局、読者は、エツコが日本を離れた理由をエツコじしんから聞くことはできないのである。それがこの作品のおそらく最大の謎であるが、しかし、細部にも説明がなされていない謎がそここに配置されていて、それらが共鳴し合って作品全体の謎めき度を増しているとするならば、小さな謎にも十分な注意を払うべきであろう。たとえば、ジロウが仕事で大事な商談をしに出かける日の朝、ネクタイのありかについてエツコとジロウのあいだで話が通じていない場面（一八六―八七頁）。エツコはあるはずだと言うネクタイをジロウはみつけることができないのだが、なぜそういうことになったのかは説明されないまま、この場面は流れてしまう。ネクタイは首に巻くもので、ケイコの首吊りを想起させるという点で、この小さな謎はあながち軽視すべきではないのかもしれないということも、併せて指摘しておく。

（17）橋の上でケイコを見つけ、イングランド行きを説得するこの場面でのエツコの平静さは、エツコの回想が、精神錯乱状態においてなされたか、あるいは夢との混淆であることを示唆している。心配と不安に駆られて子供をさがしに出たはずなのに、「そのとき橋の上で、ふしぎな静かな気持ちに襲われたことは今でも忘れられない」（二四四頁）のはなぜなのか。エツコの語りは総じて静謐であるかのようにみえるにもかかわらず、それはみせかけで、実は、シェイファが言うように、この作品は 'emotionally and psychologically explosive'（「感情的かつ心理的に爆発性が高い」）（Shaffer, Brian W., *Understanding Kazuo Ishiguro*, 12）。最も心理的緊張度が高まるこの場面でエツコが、急に「ふしぎな静かな気持ちに襲われた」のは、明らかに不自然であり、不気味でさえある。

参考文献

Beedham, Matthew, *The Novels of Kazuo Ishiguro*, Palgrave Macmillan, 2010.
Ishiguro, Kazuo, *A Pale View of Hills*, Faber and Faber, 1982.
Lewis, Barry, *Kazuo Ishiguro*, Manchester University Press, 2000.
Shaffer, Brian W., *Understanding Kazuo Ishiguro*, University of South Carolina Press, 1998.
Sim, Wai-chew, *Kazuo Ishiguro*, Routledge, 2010.

カズオ・イシグロ『充たされざる者』（古賀林幸訳）中央公論社、一九九七年。

カズオ・イシグロ『遠い山なみの光』（小野寺健訳）ハヤカワepi文庫、早川書房、二〇〇一年。

カズオ・イシグロ『わたしを離さないで』（土屋政雄訳）早川書房、二〇〇六年。

平井杏子『カズオ・イシグロ：境界のない世界』水声社、二〇一一年。

傷ついた物語の語り手によるメタ自伝
――ジャネット・ウィンターソンの『オレンジだけが果物じゃない』と『普通になれるなら幸せにならなくていいじゃない？』――

川崎明子

一　はじめに

ジャネット・ウィンターソン（Jeanette Winterson, 1959– ）は、自伝的要素と創作を大胆に織り交ぜた『オレンジだけが果物じゃない』（*Oranges Are Not the Only Fruit*, 1985）で作家としてデビューし、その一六年後である二〇一一年に自伝『普通になれるなら幸せにならなくていいじゃない？』（*Why Be Happy When You Could Be Normal?*, 2011）を出版した。(1) ウィットブレッド賞を獲得し、ＢＢＣによりドラマ化されこちらも高い評価を受けた『オレンジ』は、いまだにウィンターソンの代表作であり続けている。本論文は、二〇代半ばで創造的な自伝的小説をすでに書き、その後も様々な物語の形式を試みてきたウィンターソンが、五〇歳を過ぎてノンフィクションの形の自伝を出版した理由を考え、ライフ・ライティングの一つの形について考察するものである。その際ウィンターソンを、医療社会学・人類学の研究者であるアーサー・W・フランクの提唱する概念である「傷ついた物語の語り手（wounded storyteller）」であると仮定し、『普通になれるなら』の倫理的側面を探ることで、これまであまり論じられることのなかったウィンターソンの作品の社会的な意味を吟味したい。

処女作『オレンジ』は、ランカシャーの労働者階級の家庭に養子としてもらわれたジャネットの一人称により語られる。ペンテコステ派の熱心な信者である母親に異様とも言える育てられ方をし、学校では皆になじめず、思春期に入ると教義的な禁忌である同性愛に目覚め、そのため母と教会から弾劾され、家出して働いたのち、故郷を離れ、クリスマス休暇に帰省する。以上の人生が、創世記からルツ記まで旧約聖書の書の名をつけた八つの章で線的に並べられ、そこにオレンジの悪魔との対話、ウィネットという分身的存在の物語、アーサー王伝説のパーシヴァル卿の物語などが断片的に挿入される。

『普通になれるなら』は、一章から一一章、休止（Intermission）、一二章から一五章、終章（Coda）という構成だ。休止を挟んだ前半部分は、その後半部分のほぼ倍の長さである。第一章では、ジャネットという実名入りで『オレンジ』を書いたことに立腹した養母に命じられ、ウィンターソンが電話ボックスから電話をかける様子が描写される。第二章から一一章までは、途中に多くの思索的断片や作家になって以降の回想を挟みながら、基本的に『オレンジ』と同じ範囲を扱い、幼児期から大学進学のため離郷し最初のクリスマス休暇に帰省するところまでを含む。二頁から成る短い「休止」では、線的ではない全き時間について見解を述べ、『オレンジ』発表後の二五年間を省略すると告げる。後半部分では精神的な危機に陥り自殺未遂したこと、生母を捜しついに再会をはたす様子が描かれる。「終章」で生母と再会後の所感を述べて自伝は終わる。

二　『オレンジ』の後と外を書く

自伝小説出版から一六年後に自伝を発表する動機の一つとしてまず考えられるのは、『オレンジ』発表以降の人生を書くことである。一六年のうちにウィンターソンの人生において、生死にかかわる、その存在のはじめと終わりを決定するような出来事が複数あり、これを「休止」の後の章で扱っている。この出来事の一つ目は、死んだと思い込んでいた生母との再会である。二〇〇七年春に養父が再婚したリリアンが急死する。父を老人ホームに入れることにしたウィンターソンは、父がこの継母と暮らしていたバンガローの整理をし、自分の養子縁組の書類を偶然発見する。それまでも愛の喪失を作品で吟味してきたウィンターソンであったが、これを機に生母への思慕と養子としての悲しみが募り、間もなく「狂い始めた」(一六一頁)。この精神の危機は、恋人に去られた衝撃も加わって、二〇〇八年二月の自殺未遂にまで彼女を追い詰める。飼い猫に顔を引っ掻かれ一命を取り留めるが、その後も自分の他にもう一人自分がいる感覚に苦しむ。ウィンターソンは治療は行わず、一日に一時間この分身を散歩に連れ出して対話する。「彼女」は時に幼児や赤子になり、話は全くかみ合わず、生母に捨てられたウィンターソンは無価値であると言い放つ。しかし交流を重ねたある日、和解の時が訪れる。

数ヵ月後、私たちがいつもの午後の散歩に行った時、私はいった。どうして誰も幼い私たちを抱っこしてくれなかったんだろう。私は「あなた」ではなく「私たち」といった。彼女は私の手を取った。こんなことははじめてだった。いつも私の後ろからついてきて、いいたいことをいうだけだったから。

私たちは共に座り込んで泣いた。

私はいった。「これから人の愛し方を学びましょう」(一七七頁)

こうしてかろうじて危機を脱したとはいえ、蓄積された喪失感と自己否定感が引き起こした「狂気」は完全に消滅したわけではない。ゆっくり時間をかけて狂ったのと同様に、正気に戻るにも時間がかかるのであり、現在も幻聴がある。

継母の死、同性の恋人との別れ、生母への思慕、これら母的存在の喪失を契機として精神的危機に陥ったウィンターソンであるが、テクストであまり描写されない重要な喪失がもう一つある。養母のウィンターソン夫人の死である。養母の死は、『普通になれるなら』の第五章で「ウィンターソン夫人はウォーター通りの同じ家に一九四七年から一九九〇年に死ぬまで住んだ」(六二頁)という、「住んだ・生きた(lived)」という生を示す動詞を中心とする文で、軽く示される。死の原因、死にいたる過程、死後の出来事は描写されず、ウィンターソンの感情や考えも不明である。養母の死に関する記述の欠落は、養父の死の直前の様子や葬儀の描写の細やかさと比較するといっそう際立つ。

『オレンジ』とその並行テクストである『普通になれるなら』の前半部分のいずれにおいても、養母はジャネットをしのぐほどの強烈な存在感をもち、その独特な行動や性格が不可抗力としてジャネットの人生の方向を決定する。この点において、『オレンジ』と『普通になれるなら』の前半部分の真の主役は、この養母であるといっても過言ではない。(2) また『オレンジだけが果物じゃない』という題は養母の発した「果物はオレンジに限る」という言葉を否定形にしたものであり、『普通になれるなら幸せにならなくていいじゃない?』は同性愛を認めるジャネットに養母が放った言葉であり、ウィンターソンはそれを養母の無理解を表す言葉として題に選んだのであろう。しかし、いかに否定すべき存在であろうと、否定すべき存在だからこそ逆説的に、養母はウィンターソンの自伝的小説と自伝の、すなわちウィンターソンの人生そのものの代表的主題なのだ。実際、生母を捜索する過程において明らかになるのは、生母のみならず、養母の人生でもある。養母は、本当は男の子の養子を希望していた。そして憶測にすぎないが、養母その人にも同性愛の傾向があったかもしれない。このように生母の発見は養母の発見でもあった。

ウィンターソンは『普通になれるなら』の第一章で早々に、書かれない事柄が書かれた事柄と同じくらい重要であると述べる。

真実は誰にとってもとても複雑なもの。作家にとっては、書かなかったことの方が、書き含めたことと同じくらいものを語っている。テクストの余白の彼方には何がある? 写真家は写真のフレームを定め、作家は描く世界のフレームを定める。（八頁）

自伝における養母の死の欠落は、書かれなかったからこそ、特別な地位を与えられる。『普通になれるなら』の表紙と裏表紙は、おそらくウィンターソン一家が一年で唯一の休暇中に訪れていたブラックプールで撮影された写真である。表紙では、広い海岸で六歳くらいのウィンターソンが水着姿でビーチボールをもって立ち、カメラに向かってほほ笑んでいる。裏表紙では、同じ海岸の少し違う背景を背に、ウィンターソンが座って足元をみ、隣で養父がビーチボールを手にしゃがみカメラに向かってほほ笑む。二枚の写真に養母の姿はない。しかしこの写真を撮ったのは高い可能性で養母である。このように、表象において欠落していても、養母は不在ではない。むしろ表象において欠落していることは、養母の存在が不可欠であることを表す。ウィンターソンの視線が向かう先と、ウィンターソンを捉える視点の持ち主は、養母だからである。実際にウィンターソンにとって、養母は大きく感じられる。冒頭の電話の場面で、養母は「電話ボックスを満たし」、「実物より大きな存在」で「大きく気味悪く現れて」くる（三頁）。この存在の大きさは、その死後も生母との再会後も不変であり、結末近くの第一五章で、電話ボックスで聞いた養母の台詞が反復される。養母が自伝の前半で鮮明に描かれ、後半においてもその死の描写の欠落という形で重要な存在として扱われるという点で、ウィンターソンの自伝執筆の一つの動機は、生母との再会にくわえ、生母との再会後も変わらぬ養母の存在を書くことであると言えるだろう。母の死が自伝執筆の契機になることはよくある(3)。石川は、ロラン・バルトの自伝執筆には母の死の喪の中で新生に向かう目的があると考える(4)。しかしウィンターソンの自伝には、明らかな生への希望はみてとれない。そして後述するように、この解決のない結末こそが、この自伝の個性であり、倫理的側面とも関連するものである。

『普通になれるなら』を書いたもう一つの理由として、『オレンジ』で書かなかったことを書くことがある。ウィンターソンが、労働者階級出身かつ女性という当時は異例の条件でオックスフォード大学の英文科に進んだことは有名であるが、『オレンジ』には、そもそも大学に進学したことがはっきりと書かれていない。ウィンターソンという人物の印象は、主にデビュー後の作者の経歴紹介により広まったものなのである。しかし『普通になれるなら』では、大学受験、不合格、再受験、入学、在学中に購読した作品など、『オレンジ』で欠如していた情報が、固有名詞とともに詳述される。逆に『オレンジ』で十分ドラマ化された事柄、たとえば難聴による入院ついては『普通になれるなら』では軽く触れられるのみである。このように『普通になれるなら』は『オレンジ』の補足的役割をはたす。この補足が内容にとどまらず、制作過程についても行われることは、四で論じる。

三　自伝を書く、アイデンティティを作る

そもそもなぜウィンターソンは、自伝的文章を書いたのだろうか。『普通になれるなら』では、男性は文学で大胆な形式的実験を行うのに比べ女性は狭い範囲の経験を書くことが多いという固定観念を回避したかったと述べている（三頁）。またヴィタ・サックヴィル＝ウェストの写真付きで発表されたヴァージニア・ウルフの『オーランドー』や、秘書が書いた自伝と称して間接的に自己表象をしたガートルード・スタインの『アリス・

B・トクラスの自伝』に触れ、フィクションとノンフィクションの境界を超越する試みを称賛する。

アイデンティティや自分が自分をどう定義するかということに魅了されている私にとって、この二冊の本は決定的なものだった。自分を一つの事実であると同時に一つのフィクションとして読むことは、語りを開いておくための唯一の方法だ。それが、ストーリーが自身の持つ勢いのもと、しばしば誰も欲しないような結末へ流れ出ることを止める唯一の方法なのだ。(一一九頁)

自伝が事実と創作の両方によって構成されることを認識し肯定するウィンターソンは、『オレンジ』でそれを実践した。一九九一年に付け加えた序文で、「『オレンジ』は自伝小説か? 全然違う。そして、もちろんそう」(*Oranges*, xiv)と書くのはこのためである。

引用からわかるもう一つ重要なことは、ウィンターソンがアイデンティティと創作されたストーリーを同一視していることだ。この物語としての自己という考えは、ジェローム・ブルーナーを先駆者とする心理学の考え方と一致する。物語を重視する心理学では、個人のアイデンティティ形成において語りが不可欠であり、そもそも経験を語り以外の形式で表象することは不可能であると考える。自伝執筆とは、既に存在する自己を言語で再現することではなく、経験を語ることにより自己を構築する作業である。自己とは、自己制作した物語、すなわちフィクションなのだ。この自己物語は固定的で恒常的なものではなく、変化する現在の状況に従い、さらに過去の記憶と未来への思いに影響され、更新される。(5) そして自己物語の構成には、聴き手の視点が関与する。自己物語は聴き手の共感と承認により、正当なものとみなされるからだ。(6) 物語を作ることは、自己を形成し、その自己を他者に差し出すことである。

ウィンターソンにとってストーリーを作ることは、生き延びるための手段である。子供の頃は、たとえば外に閉め出された際に寒さや暗さなどのつらい現実に耐えるためにストーリーを作った（二一頁）。ウィンターソンは、エクリチュールには、自分が書くものと自分が書きこまれるものの二種類があり、後者は危険であるという（五四頁）。小説を読むことを禁じられ、密かに購入した本を養母に焼かれ、ついに自分で物語を作ればよいのだと気づくが、それは同時に、養母によって書きこまれる人生を拒否し、人生を自分で開拓することを思いついた瞬間でもあった[7]。夏休みの出来事を事実どおりに作文にして発表し、教師に疎まれた少女は、『オレンジ』で事実と創作を混ぜることで受容可能なアイデンティティを構築し、職業として創作活動を行う作家となった。それは同時に、養女を伝道師にしようという養母の企てを退け、みずから職業を選択することであった。このようにウィンターソンの人生には、心理的にも社会的にも物語制作が不可欠であり、事実と創作の融合こそが彼女の生を支えていると言える。先述した分身との統合も、生き延びるための、フィクションとの統合の別の例と言えるのではないだろうか。

『普通になれるなら』の「休止」では、自分の誕生から墓場まで（womb to tomb）を書くことは、『オレンジ』でもこの自伝においてもできない、自分を事実でなくフィクションとして読みたいと述べた上で、クリスマス休暇中の帰省の後の二五年間を省略する。その欠落を埋め合わせるかのように、後半部分の冒頭で、出版した小説の代表的な文を一つずつ紹介する。ウィンターソンは自分の書いた小説を一種の自伝＝アイデンティティと考えているのである。それらの小説は、形式こそ多様であるが、一貫して愛とその不在による喪失感という同一の主題を追求している。

私はずっと愛の語りと喪失の語りを書いてきた。憧れと所属のストーリーだ。ウィンターソン的な愛と喪失と憧れへ

の強迫観念 —— それがはっきりしたと思う。それはお母さんなんだ。お母さんなんだ。お母さんなんだ。でも母親は、人の最初の恋愛対象だ。その両腕。目。胸。体全体。大人になり母親を憎むようになると、私たちはその怒りを恋人にぶつけることになる。もし私たちが一度母親を失ったら、どこでまた見つけられるというのか。（一六〇頁）

ウィンターソンにとって愛はすなわち母である。ちなみに、最後の段落で主語が「私たち」になっていることは、六で述べる読者への働きかけに関係する。

四 『オレンジ』について書く、『オレンジ』を書きなおす

自己物語がアイデンティティであることを踏まえると、ウィンターソンが『普通になれるなら』において、自作のうちでもっとも自伝的な小説である『オレンジ』について頻繁に語るのは、自分について語りたいからであるという、自伝作成のもう一つの理由が明らかになる。『オレンジ』はウィンターソンの代表作かつ代名詞であり、象徴かつ換喩である。『普通になれるなら』の表紙の筆者名の下には「『オレンジだけが果物じゃない』の作者」と記される。生母に再会する前に、『オレンジ』のドラマ版をあらかじめ渡して自分がどういう人生を歩んだかを知ってもらう。父の葬儀で支払いをめぐり問題が発生した際、偶然もっていた一冊の『オレンジ』をみせて信頼を得る。フランクは、みずからの病いの経験を本にした際、経験と、経験を語ることの相互作用を認識したという。編集者の助言を組み込むうちに誰が語っていたのかが曖昧となり、本が自分の経験になったのか、自分の経験が本になったのか、区別できなくなった。そして物語の真実とは、経験されたことのみならず、語って

聴いてもらう中で経験となったものも同様に含むという結論にいたる。[8] 自伝研究者ポール・ジョン・イーキンも、自己と物語は互いに補足的で、アイデンティティ形成において相互的に構成し合うと指摘する。[9] このような物語、経験、自己の関係を考えると、経験に創作を施して『オレンジ』を書きアイデンティティを構築したウィンターソンは、心理的真実となった『オレンジ』そのものを生きてきたと言える。

しかしなぜ『オレンジ』が自伝小説で、『普通になれるなら』はノンフィクションの自伝なのか。それは後者で自伝作成行為そのものの意味を伝えるためである。イーキンも言うように、フィクションとしての自己を作るその行為自体が一つの経験であり事実であるからだ。[10] ウィンターソンは『普通になれるなら』の冒頭近くで、『オレンジ』に登場するエルシーが架空の人物であったと明かす。エルシーは孤立無援のジャネットの味方であり続け、終盤近くで死に、その葬儀がドラマ化される人物だ。

私は彼女を書き入れた。彼女を除外することには耐えられなかったから。私は彼女を書き入れた。本当にこんな人にいてほしかったから。孤独な子供は、想像上の友達を見つけるものだ。

エルシーという人はいなかった。エルシーに似た人は一人もいなかった。本当は、ずっと孤独だった。（六―七頁）

フランクは、人が人生を語る際の、実際とは違う修正部分にこそ、その人の欲望が明らかになると指摘する。[11] ウィンターソンは、愛に溢れた年長の理解者を欲していた。そのような人物を挿入することなしには、自己物語を受容できなかったのである。『オレンジ』出版後、どこまでが事実でどこからが創作かという質問をたくさん受けたというが（六頁）、『普通になれるなら』は、『オレンジ』の創作部分を明らかにする告白や暴露の機能もはたす。すなわち『普通になれるなら』は、『オレンジ』という自伝的書きものを書く経験自体について語った、いわばメタ自伝なのだ。ウィンターソンは『パワー・ブック』(*The. PowerBook*, 2000)や、主人公が修行の末物語作者となる点で自伝的とも言える『灯台守の話』(*Lighthousekeeping*, 2004)で、一つの物語が作り手側の選択によりいかようにも変容するという物語のフィクション性を、小説という形式ですでに吟味している。[12] しかし『普通になれるなら』では、自己物語の生成についてノンフィクションの形で語りたかった。その理由は六で論じるように、読者を直接励ますためである。

『普通になれるなら』執筆のさらなる理由として、『オレンジ』を書きなおすことがある。先述したように、自己物語は現在の環境の要求や未来への思いに従い更新される。ウィンターソンは『普通になれるなら』で、『オレンジ』という自伝的書きものを更新し、アイデンティティを再構成しようとしているのである。イーキンは、自伝作成が個人的神話の創造であり自己捏造の技術であると指摘する。[13] ウィンターソンは、社会においてつねに『オレンジ』とともに語られるうち、いわばこの自己神話をアイデンティティそのものとして生きてきたと言えるが、その後の出来事により別のヴァージョンに書き換える必要に迫られた。再会した生母に同性愛を気にしないと言われたとき、ウィンターソンはこの生母のもとで人生を送っていたら結婚して子供をもうけていたかもしれないと、自分のもう一つの人生を想像する。変えようもない性向に思えたものは、養母の養育の産物であったかもしれないのだ。このように生母との再会は、固定的と思われた事柄を再解釈することを要求した。

『普通になれるなら』は、先述したように半分以上の枚数の頁を使って『オレンジ』と同じ範囲を扱っている。『オレンジ』執筆がアイデンティティの構築に他ならなかったこと、自伝作成自体が人生における大きな出来事であったこと、その後一度作った自伝=アイデンティティの書き換えを迫る出来事があったことを伝えるために、『普通になれるなら』は、『オレンジ』を主要な構成要素とする形式になったのである。

五　ヴァージョンと結末

ウィンターソンは、どの物語も一つのヴァージョンにすぎず決定版はないという（八頁）。そのヴァージョンの違いをもっとも大きく決定するのは結末である。『オレンジ』には、『ジェイン・エア』の真の結末を知ったとき、養子縁組の書類をみつけたときのような衝撃を受けたとある（*Orange*, 73）。シン・ジョン・リヴァースという伝道師を目指す聖職者が登場する『ジェイン・エア』は、養母が認める数少ない小説の一つであったが、養母はジェインがシン・ジョンと結婚する結末に勝手に変更して読み聞かせていたのである。結末がヴァージョンを決定することを、ウィンターソンは『永遠を背負う男』（*Weight*, 2005）でドラマ化している。地球を担ぎ続けるアトラスが、結末でその重荷から解放されることで、ギリシア神話を書き換えたのだ。

しかし人生最大の「失われた始まり」（一九八頁）である生母の発見も、解決的な結末をもたらさなかった。「終章」は、やっと再会をはたした生母と、三回目の面会で口論したことを明らかにし、次のように終わる。

愛。難しい言葉。すべてが始まり、すべてが帰るところ。愛。愛の欠如。愛の可能性。

次に何が起こるのかは全くわからない。（二三〇頁）

『普通になれるなら』がオープン・エンディングで終わる理由の一つは、解決的な始まりがないせいである。出生と養子縁組に関しては、赤子であったウィンターソンに選択権はなかった。所属していた教会では、教義を理解してから洗礼を受けるのが通例で、生物学的誕生を一度目の誕生とすると、洗礼は霊的な二度目の誕生である（六七）。しかしウィンターソンは一三歳で洗礼を受けても、生まれ変わるどころか、間もなく同性愛の罪で罰を受ける。自殺を試みても死にきれず、再生にもいたらない。自殺未遂した夜に、「ヨハネによる福音書」の「おまえは生まれ変わらなければならない」という言葉を聞くが、例の狂気はその後も完治しない。生母を捜索中に幼児に退行し尿を漏らすが、再会後も成長するわけではない。あれほど求めた失われた愛を獲得することはできなかったからである。そして養母と過ごした長い時間を簡単に否定することもできない。このように解放的で解決的な結末にいたれないウィンターソンは、待ち焦がれた終末をみることなしに死んだ養母の不幸を反復している。その結果、「ハッピー・エンドは一瞬のこと」（二二五頁）であり、「私は自分の始まりのストーリーを知る必要があったけれど、これもヴァージョンに過ぎないと認めなくてはいけない」（二二九頁）という見解にいたる。

始まりも結末も決定的なものでないという考えは、ウィンターソンがみずからの小説で表現してきたことである。彼女はもともと「始まり、真ん中、終りのあるストーリーを書けない」（一五六頁）作家であり、物語作りの恣意性や創造性をドラマ化してきた。『灯台守の話』は孤児シルバーが灯台守見習いとなり、聞き知ったさまざまな物語を結びつけ、物語の語り手になるまでを描く。語り手であるシルバーが、物語内部の対立概念が均衡を得た瞬間に語りを閉じることで、ハッピー・エンドが成立する。(14)『灯台守の話』は物語作りの可能性と物語作者の特権を強調したが、『普通になれるなら』は、ウィンターソンが自己物語の更新を迫られながら新しい物語を提示できないまま終わることで、物語を作らなければならないという語り手の義務と、それに必然的にともなう苦しみをみせている。

少女時代にアルファベット順という偶然の秩序に従い英文学の本を読んでいったウィンターソンは、今や自分の物語にもう一度あらたな秩序を与えねばならない。自伝の結論を出すためには、養母の死の意味をみつける必要がある。『普通になれるなら』で養母の死の描写が欠落しているのは、ウィンターソンがそれを解釈しきれていないからである。いまだ終わらぬ養母の存在は、これまでと同様、ウィンターソンの今後の物語でもさまざまな形で語られるだろう。養母は否定すべき対象である。しかし養母との関係において自分を語ることが、ウィンターソンの創作の主な原動力となってきた。養母の存在に暫定的な解釈を下して整理してしまうより、痛みの源である傷として未解決のまま抱えていたほうが、より大きな物語ができると期待できないだろうか。

六　自伝の倫理

物語がすべてヴァージョンであるとすると、同じテーマを含む物語は互いのインターテクストでもあると言える。『普通になれるなら』にはウィンターソン自身の作品をはじめ、多くの先行物語が登場するが、中でも聖杯物語が倫理的側面において重要である。アーサー王伝説はこれまでもウィンターソンが書き入れてきた重要なインターテクストであり、さまざまなヴァージョンがあるという点でそのあり方自体がウィンターソンの物語の見解に一致する。『普通になれるなら』では、特にパーシヴァルが聖杯を見ても必要な質問をしなかったために、その後二〇年聖杯探求を続けることが触れられる。

> 私はこれまでの人生でずっと聖杯物語に取り組み続けてきた。それは喪失、忠誠、失敗、気づき、二度目のチャンスの物語だ。〔中略〕
> 後で、仕事で困難に出くわして、はっきりと正体の突き止められないものを失ったり、それからそれてしまったと思う時、パーシヴァルの話が希望を与えてくれた。きっとまたチャンスがくる……

実際、チャンスは二度ではなく何度もある。五十年たった今わかる。見つけることと失うこと、忘れることと思いだすこと、去ることと戻ること、これらは永遠に続くのだ。人生そのものが、またくるチャンスに関わっている。そして私たちが生きているかぎり、死ぬ直前まで、いつだってチャンスはまたくる。（三七―三八頁）

このようにアーサー王伝説のような有名なインターテクストを挿入することは、『オレンジ』で旧約聖書の形式を使用したり、『永遠を背負う男』でギリシア神話を改作することと同様、共通の物語を介して読者とつながるために有効な手段である。その上、ウィンターソンは「私たち」という代名詞を使い、またチャンスがくると直接読者を励ましている。

さらに他者とのつながりを促すものとして重要なのが、語り手のもつ傷である。終章の前の第一五章は「傷（The Wound）」と題されている。ウィンターソンは、アーサー王伝説の漁人《すなどり》の王をはじめ、傷をもつ人物の登場する神話や小説を列挙した上で、傷が恵みである可能性を指摘する。

傷というのは象徴的なもので、唯一絶対の解釈に還元することはできない。でも傷つくことは人間であることの手掛かりや鍵となると思う。苦しみと同時にそこには価値がある。

今紹介したストーリーの中で私たちが気づくのは、傷が贈り物に近いということ。傷つけられた人は、他の人と区別される。その傷によって、文字通りにも比喩的にも。傷は違いのしるしなのだ。ハリー・ポッターにさえ傷跡がある。（二二一―二二二頁）

フランクは現代特有の病いの語りにおける傷に注目する。医療が高度に発達した現代において、病いとは罹患か完治かという明確に区別された現象ではない。癌を切り抜けた人、糖尿病の人、アレルギーをもち食事制限をしている人、義眼や義足などを装着している人、慢性患者、障害者、依存症からの回復過程にある人などは、社会生活を送ることができる程度には健康だが完治はしていない寛解状態（remission）にある。これまでの患者は治ることだけに専念する、医療従事者により医学的な語りを書きこまれる受動的な存在であった。他方、寛解社会（remission society）の人々は、自分たちの病いの語りをプロに譲り渡さず、自分の人生における病いの意味を探求する責任を引き受ける。[15]

フランクによると、寛解社会の人々の病いの物語群には、「探求の物語（quest narrative）」の型がみられる。治療が中心で患者は積極的な行為者とならない「回復の物語（restitution stories）」や、苦しみが大きすぎるために明確な声を確立できない「混沌の物語（chaos stories）」と違い、探求の物語では患者が主体的にみずからの声を発する。病いの旅から帰還した人は、病いのしるしをつけられ、経験から他者に伝えるべき洞察を得る。物語がアイデンティティを形成し、物語生成自体が重要な出来事であるという認識のもと、フランクはこのような「傷ついた物語の語り手」の物語は、自己の変容を確認しアイデンティティの再構築を行うのみならず、その物語によって他者を励ます倫理をもつと考える。その励ましを可能にするのが、苦しみを物語る傷である。[16] 病いの物語を語る人は、たんなる生存者である以上に、他者にそれを語る証人として、そして傷をもつ身体そのものを証人として、倫理的責任を果たす。[17] イーキンは、病いの語りにかぎらず、ライフ・ライティング全般において、自己物語の提示が執筆行為の課題であり、他者の自伝を読む者は、読みながら自分自身の問題の解答を探す「隠れた自伝作成者（crypto-autobiographers）」であると論じている。[18] 自己を語ることは、物語の形で経験を他者に差し出し、他者に働きかけることなのである。

ウィンターソンはフランクのいう寛解社会の住人の一人であると言える。養子であるという事実に苦しみ、生母と再会してもなお、愛とその喪失の問題を解決できない。自殺未遂にいたるほどの精神的危機を経験し、分身との統合をはたしたが、完治はしていない。ウィンターソンは終わりのない苦しみを抱えながら生きる「傷ついた物語の語り手」であり、『普通になれるなら』は傷のついた身体を通して語られる自己物語である。ウィンターソンがパーシヴァルの聖杯探求の物語を意識するのは、みずからも探求物語の主人公だからである。すでに小説において聖杯物語に取り組んできたというウィンターソンだが、これまでと違うのは、聖杯物語が彼女にとって意味するところのものを、フィクションにおいて比喩的に語るのでなく、自伝で直接読者に伝えようとしていることだ。

私はフィクションやストーリーの力を信じている。そうやって私たちは舌を使って話すから。私たちは沈黙させられてはいない。私たちはみな、深いトラウマを受けた時、自分たちがためらいどもるのを感じる。話しているあいだに、何度も黙りこむ。言葉につまる。私たちは、他者の言葉を通して、自分たちの言葉を取り戻す。詩に向かってもいいし、本を開いてもいい。誰かがすでに、私たちのために、深く潜って言葉をひろってきてくれている。（九頁）

個人的な物語は、模範やたとえ話になる時、他の人々にも効果がある。強烈な物語――例えば『オレンジ』――はそれが現実の時空間に占めていたよりも、もっと大きな宇宙に放たれる。その物語は私の世界の敷居を越えて、あなたの世界に入って行く。私たちは物語の入口の階段の上で出会う。（六一頁）

ウィンターソンは、「私たち」という言葉を使い、物語が傷ついた人々を助けることをみずからの経験から主張し、「あなた」と呼びかけながら、他者の物語が自分の物語になるとして、読者を励ます。その強烈な物語の例として自作『オレンジ』をもち出すことを、彼女の自意識過剰の表れとして批判するべきではない。確かにウィンターソンは『オレンジ』で自分の半生を語り、その後も自伝的要素の強い作品を書き、テレビやラジオで自分の生涯や自分の見解を語り、さらに自伝を出版するなどして、自分に過剰な興味があるように思える。[19]

しかしウィンターソンの場合にかぎらず、フランクやイーキンがいう物語の倫理は、自己言及なしには成立しない。自分が身をもって苦しんだ経験を言語化するからこそ、その物語は力をもち、他者への励ましとなるからである。傷ついた物語の語り手であるからこそ、傷ついた物語の聴き手を助けられる。つまり自分というものが存在しない物語の倫理はありえない。この点で『普通になれるなら』は、生母の発見と養母の喪失という人生の大きな出来事を経験し苦しみ続けるウィンターソンが、その傷をもった身体でアイデンティティを語り直そうともがく姿を提示し、読者に直接語りかけることで、同様に苦しむ読者に倫理的な働きかけをする作品なのだ。「私」について語り続けてきたウィンターソンは、『オレンジ』から四半世紀経ち、メタ自伝の形で自分の経験を語ることで、逆説的にこれまでになく社会的な場を創出した。精神的危機の中で分身と統合したときのように、「私たち」という言葉を使って自伝作成という個人的な出来事に読者を巻き込むことで、自分の物語を自己完結させるのでなく他者の物語と結ぼうとしているのである。

（1）ウィンターソン自身が『普通になれるなら』の冒頭で『オレンジ』を半自伝的（semi-autobiographical）と称している。また『普通になれるなら』の背表紙のＩＳＢＮ番号の上には自伝（Autobiography）とその種類が記されている。

（2）人のアイデンティティが人間関係の中で考えられることの多い近年、自伝は伝記的になっているという。Eakin, *The Ethics of Life Writing*, 9.

（3）Anderson, 113.
（4）石川、五七頁。
（5）物語としての自己についてはBruner, 'Life as Narrative', esp. 12; Bruner, *Making Stories*, Chapter 3 'The Narrative Creation of Self', esp. 64.
（6）榎本、第四章「フィクションとしての自己物語」、特に一八七―八九頁。物語と自己、聴き手に関しては次の拙論でも扱った。「二重の孤独―アニータ・ブルックナーの『家を出る』の一人称の語り」四四頁。
（7）主人公が自分の人生の作者となることにビルドゥンウスロマンの構造を見ることもできる。Ellam, 19.
（8）Frank, 21–22.
（9）Eakin, *How Our Lives Become Stories*, 100；Eakin, *Toucing the World*, 198.
（10）Eakin, *Touching the World*, 64.
（11）Frank, 22.
（12）『灯台守の話』における物語制作行為については拙論「ジャネット・ウィンターソンの『灯台守の話』における間テクスト性―薬を飲まなかったトリスタンとイゾルデ―」参照。
（13）Eakin, *Touching the World*, 63.
（14）*Lighthousekeeping*, 23, 49, 109. 物語の輪郭の画定が作者の選択に依存すること、出来上がった物語のみならず物語を生成する過程こそが重要であることについては拙論「ジャネット・ウィンターソンの『灯台守の話』における間テクスト性―薬を飲まなかったトリスタンとイゾルデ―」参照。
（15）Frank, Chapter 1 'When Bodies Need Voices', esp. 8, 13.
（16）Frank, Chapter 6 'The Quest Narrative：Illness and the Communicative Body', esp. 115–18, 131–33.
（17）Frank, Chapter 7 'Testimony', esp. 137, 144.
（18）Eakin, *The Ethics of Life Writing*, esp. 6, 14.
（19）ウィンターソン自身の公式ウェブサイトからテレビ番組のインタビュー映像等をみることができる。

Anderson, Linda. *Autobiography*. London : Routledge, 2001.

Bruner, Jerome. 'Life as Narrative' *Social Research* 54.1 (1987) : 11–32.

———. *Making Stories : Law, Literature, Life*. Cambridge, Mass. & London : Harvard UP, 2002.

Eakin, Paul John, ed. *The Ethics of Life Writing*. Ithaca & London : Cornell UP, 2004.

———. *How Our Lives Become Stories : Making Selves*. Ithaca & London : Cornell UP, 1999.

———. *Touching the World : Reference in Autobiography*. Princeton : Princeton UP, 1992.

Ellam, Julie, *Love in Jeanette Winterson's Novels*. Amsterdam & New York : Rodopi, 2010.

Frank, Arthur W. *The Wounded Storyteller : Body, Illness, and Ethics*. Chicago & London : U of Chicago Press, 1995.（アーサー・W・フランク『傷ついた物語の語り手　身体・病い・倫理』鈴木智之訳、ゆみる出版、二〇〇二年）

Winterson, Jeanette. *Lighthousekeeping*. London : Harper Perennial, 2005 [2004].（ジャネット・ウィンターソン『灯台守の話』岸本佐知子訳、白水社、二〇一一年）

———. *Oranges are Not the Only Fruit*. London : Vintage, 2011.（ジャネット・ウィンターソン『オレンジだけが果物じゃない』岸本佐知子訳、白水社、二〇一一年）

———. *Why Be Happy When You Could Be Normal?* London : Jonathan Cape, 2011.

石川美子『自伝の時間　ひとはなぜ自伝を書くのか』中央公論社、一九九七年。

榎本博明『〈私〉の心理学的探求　物語としての自己の視点から』有斐閣、一九九九年。

川崎明子「ジャネット・ウィンターソンの『灯台守の話』における間テクスト性—薬を飲まなかったトリスタンとイゾルデ—」『英国小説研究』第二四冊、英宝社、二〇一二年、一六〇—八〇頁。

———「二重の孤独—アニータ・ブルックナーの『家を出る』の一人称の語り」『テクスト研究』第六号、二〇一〇年、三六—四八頁。

あとがき

小説家は、何を書くべきなのか。どう描いたらよいのか。大航海時代の世界の広がりを語り、一九世紀の発展と矛盾のドラマを描き、意識や深層心理に沈潜しようとの宣言を実践した先達たちを眺めながら、現代の小説家は現代にふさわしい小説を模索しているように思われる。現代世界はますます複雑となり、価値観は多様化し、作家個人にとらえられる認識の度合いも、社会なり世界なりに占める個人の比重も小さくなってしまった。

社会の勢いが旺盛な場合には、社会の動きとの共鳴や緊張感から、小説家の想像力は活発になる。中産階級の成長と比例する形で発展したと言われるイギリスの小説は、勃興期には権力をもった上流階級に太刀打ちできるだけの個人を小説化できたのだし、辺境の地で敗北したスコットランド人を描いてイングランド人を感動させることも、小説世界では可能だった。ジェイン・オースティンのように身辺の観察に終始するような小説では、安定した社会があってはじめて人間性を掘り下げる風刺とユーモアが効いてくる。悪がはびこる矛盾した社会と向きあうことで、ディケンズの主人公は最後に幸せになろうが、悲しみをかみしめようが、個人の生き方をまっとうしたし、トマス・ハーディのように時代の状況や社会が悪くなったときですら、敗退した主人公にかえって個人の重みが表現されたりした。

しかし、これら一九世紀までの小説家たちとは違って、現代の小説家にとって充実した個人や社会は描きにくいものであるらしい。一九一九年にヴァージニア・ウルフが、「現代小説」は外的な事象ではなく人間の意識にこそ表現の場を求めるべきものとしたとき、ウルフの革新的な意欲の陰に、もはや外的な事象を意味あるものに描けなくなった小説家の苦悩もみてとれる。ウルフの時代には人間の生命を前面に押し出して、社会のシステムを破壊してでも突き進むことを悲願としたD・H・ロレンスもいたが、その姿勢はどこまで持ちこたえたのだろうか？　この強烈な個性は、その後の作家たちにあまり引き継がれない。現代は個性そのもの、人格そのものが、カフカの作中人物のように、あるいは本書で扱われたベケットの作中人物のように崩壊の危機にすらあるからだ。作家は自分の立ち位置をどこに求めたらよいのだろう。

だが、崩壊しつつある人間像を探求することも、現代の小説家の興味の対象ではある。ひたすら自己を語ることでウィンターソンは、現代の状況を表現しようとした。現代生活の他の分野と同じで、小説の方法は深まる一方で狭くなっていった。同性愛者を描くことで、マードックは現代の人間の実存を探りあてようとする。かつて人間は神の似姿として、神の恩寵によくしていると考えられたし、高貴なものを宿しているという期待もあった。しかし、これはもはや気休めですらない。そうは言うものの、人間の内面は底が深いものである。たとえて言うならば、ゴシック建築の奥底にもたとえられる。ゴールディングはソールズベリの有名はゴシック大聖堂をヒントに、歴史的時間と壮大な空間を作品に組み込む形で、普遍的人間像を描こうとした。一九世紀の小説にあこがれるバイアットは、この状況からも再生を模索する。

第二次世界大戦後しばらくのあいだ、イギリスは全体的に貧しくなったとは言え、福祉国家としてある程度の成功をみた。これは、一九世紀の労働者階級の悲惨な状況からは考えられないことだ。だが、この労働者階級にも、小説家にはいろいろな問題がみえる。この階層のシリトーは労働者階級の連帯とは違って、差別化もあることを告発する。また知的エリートからすれば、福祉国家の副作用として文化が大衆化し、俗悪化しているという危機感も生まれる。

　小説家たちにとって第二次世界大戦が大きな問題であったことは、言うまでもない。グレアム・スウィフトはある一家の年代記を描くことで、戦争によるさまざまな悲劇や強烈な体験を描いている。詩人として有名なラーキンが描いた小説にも、時代を映すかのように不安な人物の心理があり、行動がある。本書では「イングリシュネス」がらみで作品が論じられるが、ラーキンが過去のイギリスに愛着をもっていたこと自体は、素直に受けとめてよいと思われる。戦後のイギリスでは、大英帝国時代の植民地政策に反省の心が強く、ラーキンは不当に批判もされた。これはドイツでナチス時代への反省が強いのと、呼応しているところもある。ユダヤ人音楽指揮者のバレンボイムは、この過度の反省がドイツ文化を弱めていると残念がってもいるが、このような傾向は戦後のイギリス小説の雰囲気にも認められることだろう。

　不安定さを感じさせるイギリスの現状からすれば、かつての安定したイギリスに思いが行くのは当然だろう。この安定さはかならずしも物的豊かさを表すものではない。質素だがイギリスらしかった時代のイギリスも、ときに「現代の風潮に合わない」と言われたピムの題材となる。ジェイン・オースティン的な日常生活の細かな描写は、この種の表現にまだ記録すべき価値の残っていることを感じさせてくれる。そして、戦争による不安定さはイギリスを離れた日本を舞台にしても、描かれることになる。長崎生まれの作家カズオ・イシグロは、戦争による変化と不安定な時代を、曖昧になりつつある記憶の舞台である日本をとおして、情緒豊かに描く。ここに描かれた不安定さが、イギリスの現状と微妙な呼応をして、イギリス小説の枠を広げている。

　現代の小説家には、文学研究者として業績を挙げている人も多いのだが、ピーター・アクロイドが実在の喜劇役者を扱った『ダン・リーノとライムハウスのゴーレム』やら、デイヴィッド・ロッジがヘンリー・ジェイムズとドュ・モーリェを扱った『作者だ、作者!』など、イギリスの過去のある時期を綿密に再現して、小説としての存在感を味わわせてくれるものがある。現代のイギリスではなくとも、過去に描くべき対象はあるのだし、今の視点から過去を描き直すのも現代の小説家の活動領域に入っている。現代のイギリス小説は、多様なのだ。

本書は「二〇世紀英文学の思想と方法」研究会チームの、最近五年間の研究成果としてまとめたものである。第二次世界大戦後の多くの作家のうちから、それぞれの興味に応じて選んで論じることになったが、結果的に小説家に絞られることになった。この小説論、小説家論から、今なお決して捨てたものではない現代イギリスの文化状況の一端が浮かび上がってくることを期待している。

二〇一三年一月

深澤　俊

索　　引

ア　行

アクロイド，ピーター
Peter Ackroyd　*265–84, 351*
『ダン・リーノとライムハウスのゴーレム』 *Dan Leno and the Limehouse Golem* *265–84, 351*
アトリー，クレメント
Clement Attlee　*130*
アーノルド，マシュー
Matthew Arnold　*165*
『エンペドクレス』 *Empedocles on Etna* *165*
アン女王
Queen Anne　*242, 243*
イェイツ，ウイリアム・バトラー
William Butler Yeats　*162, 181*
イーキン，ポール・ジョン
Paul John Eakin　*338, 339, 344, 346, 347*
石川美子　*334, 347*
イシグロ，カズオ
Kazuo Ishiguro　*iv, 287–326, 351*
『遠い山なみの光』 *A Pale View of Hills* *287–326*
『日の名残り』 *The Remains of the Day* *iv*
『充たされざる者』 *The Unconsoled* *287, 313, 326*
『わたしを離さないで』 *Never Let Me Go* *325, 327*
ウィリアムズ，ジョン
John Williams　*269, 275–76*
ウィリアムズ，レイモンド
Raymond Williams　*134, 139–40, 147, 151, 152, 156, 157*
『長い革命』 *The Long Revolution* *139, 156*
『文化と社会』 *Culture and Society* *134, 139, 140, 156, 157*
ウィルソン，アンガス
Angus Wilson　*ii*
ウィンターソン，ジャネット
Jeanette Winterson　*iii, iv, 329–47, 350*
『永遠を背負う男』 *Weight*　*340, 343*
『オレンジだけが果物じゃない』 *Oranges Are Not the Only Fruit*　*329, 330–32, 334–40, 346*
『灯台守の話』 *Lighthousekeeping*　*339, 341, 347*
『パワー・ブック』 *The. PowerBook*　*339*
『普通になれるなら幸せにならなくていいじゃない？』 *Why Be Happy When You Could Be Normal?*　*329, 330, 332–34, 336–43, 345–46*
ウェインライト，トマス・グリフィス
Thomas Griffiths Wainewright　*281*
ウェルズ，H. G.
H. G. Wells　*116*
ウェルドン，フェイ
Fay Weldon　*iii*
ウォー，イーヴリン
Evelyn Waugh　*ii*
ウォルフェンデン，ジョン
John Wolfenden　*74, 75, 76, 81*
梅崎春生　*201*
「桜島」　*201*
ウルフ，ヴァージニア
Virginia Woolf　*i, 107–08, 113, 120, 334, 350*
『オーランドー』 *Orlando*　*334*
「現代小説論」 'Modern Fiction'　*107*
『ダロウェイ夫人』 *Mrs Dalloway*　*i*
エイミス，キングズリー
Kingsley Amis　*ii*
エイミス，マーティン
Martin Amis　*iii*
『エッセイズ・アンド・レヴューズ』 *Essays and Reviews*　*110*
エリオット，T. S.
T. S. Eliot　*i*
『荒地』 *The Waste Land*　*i*
オースティン，ジェイン
Jane Austen　*53, 54, 63, 66, 71, 109, 349, 351*
『エマ』 *Emma*　*63*
『説得』 *Persuasion*　*109*
『高慢と偏見』 *Pride and Prejudice*　*66*
オズボーン，ジョン
John Osborne　*153*
『怒りをこめてふりかえれ』 *Look Back in Anger*　*153*
オネガ，スザナ
Susana Onega　*279, 284*

カ　行

カーター，アンジェラ
Angela Carter　*iii*
カマロータ，リチャード・S.
Richard S. Cammarota　*48*
カミュ，アルベール
Albert Camus　*206*
河合隼雄　*227, 238, 239*
『きけ、わだつみのこえ：日本戦没学生の手記』　*204*
キーツ，ジョン
John Keats　*166, 174*
『エンディミオン』 *Endymion*　*174*
ギッシング，ジョージ
George Gissing　*273, 276–78, 280–82*
ギブソン，ジェレミー
Jeremy Gibson　*266, 284*
ギャスケル，エリザベス
Mrs Elizabeth Cleghorn Gaskell　*173*
『妻たち、娘たち』 *Wives and Daughters*　*173*
切り裂きジャック
Jack the Ripper　*269, 284*
キンケッド＝ウィークス，マーク
Mark Kinkead-Weekes　*49, 50*
グリマルディ，ジョゼフ
Joseph Grimaldi　*266, 272, 278*
（マダム）グリュエール
Madame Gruyère　*283*
グリーン，グレアム
Graham Greene　*ii*
グレイ，トマス
Thomas Gray　*166*
グレガー，イアン
Ian Gregor　*49, 50*
グロス，ミリアム
Miriam Gross　*169*
クロンプトン，ドン
Don Crompton　*50*
コウルマン，ブリュネット（ラーキンの女性に擬した筆名）
Brunette Coleman　*160*
ゴールディング，ウィリアム
William Golding　*iii, 25–50, 350*
『後継者たち』 *The Inheritors*　*25, 26*
『自由な転落』 *Free Fall*　*25, 26*
『尖塔』 *The Spire*　*25–50*
『蝿の王』 *Lord of the Flies*　*25, 26*
『ピンチャー・マーティン』 *Pincher Martin*　*25, 26*
コルリッジ，サミュエル・テイラー
Samuel Taylor Coleridge　*60*
コルリッジ＝テイラー，サミュエル
Samuel Coleridge-Taylor　*59, 60*

サ　行

サックヴィル＝ウェスト，ヴィタ
Vita Sackville-West　*334*
サッチャー，マーガレット
Margaret Thatcher　*95, 130*
サルトル，ジャン＝ポール
Jean-Paul Sartre　*206*
『嘔吐』 *La Nausée (Nausea)*　*206*
シェイクスピア，ウィリアム
William Shakespeare　*108*
『十二夜』 *Twelfth Night*　*172*
シェイファ，ブライアン・W.
Brian W. Shaffer　*323, 326, 327*
シェリー，パーシィ・ビッシュ
Percy Bysshe Shelley　*165, 174, 205*
『アドネイス』 *Adonais*　*205*
「アラスター」 'Alastor'　*174, 179*
『イスラムの反乱』 *The Revolt of Islam*　*165*
『レイオンとシスナ』 *Laon and Cythna*　*165*
ジェンキンズ，リチャード
Richard Jenkyns　*209, 237*
『ジェントルマンズ・マガジン』 *The Gentleman's Magazine*　*113, 114*
シム，ワイ・チュウ
Wai-chew Sim　*324*
シュタンツェル，F. K.
F. K. Stanzel　*27*
ジョイス，ジェイムズ
James Joyce　*i, 21, 23, 27*
『フィネガンズ・ウエイク』 *Finnegans Wake*　*23*
『ユリシーズ』 *Ulysses*　*i*
『若い芸術家の肖像』 *A Portrait of the Artist as a Young Man*　*27*

ジョンソン，B. S.
B. S. Johnson *iii*
シリトー，アラン
Alan Sillitoe *ii, 125–58, 350*
「長距離走者の孤独」 'The Loneliness of the Long-Distance Runner' *126*
『土曜の夜と日曜の朝』 *Saturday Night and Sunday Morning* *125–58*
スウィフト，グレアム
Graham Swift *ii, 241–64*
『アウト・オブ・ジス・ワールド』 *Out of This World* *241–64*
スウィフト，ジョナサン
Jonathan Swift *116*
スキルトン，デイヴィッド
David Skilton *49*
スタイン，ガートルード
Gertrude Stein *334*
『アリス・B・トクラスの自伝』 *The Autobiography of Alice B. Toklas* *334*
スターリン，ヨシフ
Joseph Stalin *132, 133, 148*
ストーリー，デイヴィッド
David Storey *ii*
スパーク，ミュリエル
Muriel Spark *iii*
スミス，ゼイディー
Zadie Smith *iv*
スミス，マドレイン
Madeleine Smith *270*
セシル，デイヴィッド
David Cecil *70*
セルヴォン，サミュエル
Samuel Selvon *iv*

タ　行

タイガー，ヴァージニア
Virginia Tiger *28, 49*
ダーウィン，チャールズ
Charles Darwin *110*
『種の起源』 *On the Origin of Species* *110*
高橋たか子 *165*
『誘惑者』 *165*
ターター，マリア
Maria Tatar *218*
ターナー，グレアム
Graeme Turner *138, 156*
ターナー，J. M. W.
J. M. W. Turner *211, 212, 223, 230*
ダレル，ロレンス
Lawrence Durrell *iii*
チャーチル，ウィンストン
Winston Churchill *130, 245*
チャップリン、チャールズ
Charles Chaplin *272*
ディアギレフ，セルゲイ
Sergei Diaghilev *107*
ディクソン，M. E.
M. E. Dixon *50*
ディケンズ，チャールズ
Charles Dickens *267, 272, 273, 278, 281*
『エドウィン・ドルードの謎』 *The Mystery of Edwin Drood* *278*
「追いつめられて」 'Hunted Down' *281*
『グリマルディ伝』 *Memoirs of Joseph Grimaldi* *272*
『荒涼館』 *Bleak House* *278*
『骨董店』 *The Old Curiosity Shop* *273*
『リトル・ドリット』 *Little Dorrit* *278*
テナント，エマ
Emma Tennant *iv*
デフォー，ダニエル
Daniel Defoe *113, 114*
ド・クインシー，トマス
Thomas De Quincey *273–74, 275, 277, 280–81*
『阿片服用者の告白』 *Confessions of an English Opium Eater* *281*
「芸術としての殺人について」 'On Murder Considered as One of the Fine Arts' *273–74*
トムソン，ジェイムズ
James Thomson *166*
ドラブル，マーガレット
Margaret Drabble *ii, 54, 108*
トロロープ，ジョアンナ
Joanna Trollope *54*
トンプソン，デニス
Dennis Thompson *137*

ナ　行

ナイポール，V. S.
V. S. Naipaul　*iv*
ナセル，ガマール・アブドゥル
Gamal Abdel Nasser　*132*
ネルソン提督（ネルソン，ホレイショ）
Horatio Nelson　*276*
ノリス，デイヴィッド
David Norris　*90*

ハ　行

バイアット，A. S.
A. S. Byatt　*ii, 209–40, 350*
『太陽の影』 *The Shadow of the Sun* *211, 237*
『抱擁』 *Possession : A Romance*　*209–40*
ハクスリー，ジュリアン
Julian Huxley　*133*
バージェス，ガイ
Guy Burgess　*74*
ハーディ，トマス
Thomas Hardy　*109, 110, 111, 116, 117, 122, 181*
『はるか群衆を離れて』 *Far from the Madding Crowd*　*181*
『日陰者ジュード』 *Jude the Obscure* *111, 122*
バフキン，E. C.
E. C. Bufkin　*49, 50*
バベッジ，チャールズ
Charles Babbage　*276–77, 278, 282*
ハリソン、トム
Tom Harrison　*72*
ハリソン，ネル
Nell Harrison　*273, 278, 280, 282*
バルト，ロラン
Roland Barthes　*334*
バーンズ，ジュリアン
Julian Barnes　*iii*
ハンプル，W. S.
W. S. Hampl　*100, 105*
ビーダム，マシュー
Matthew Beedham　*323*
ヒッチコック，ピーター
Peter Hitchcock　*148, 157*
ヒトラー，アドルフ
Adolf Hitler　*21*
『わが闘争』 *Mein Kampf*　*21*
ピム，バーバラ
Barbara Pym　*ii, 53–72, 351*
『愛は返されず』 *No Fond Return of Love* *55, 65–66, 72*
『アカデミックな問題』 *An Academic Question*　*71*
『秋の四重奏』 *Quartet in Autumn*　*67–71, 72*
『恩恵の盃』 *A Glass of Blessings*　*55, 61–67, 72*
『ジェインとプリューデンス』 *Jane and Prudence*　*55*
『数枚の緑の葉』 *A Few Green Leaves*　*71*
『天使に及ばざる者たち』 *Less Than Angels* *55, 59, 72*
『馴れたガゼル』 *Some Tame Gazelle* *53, 55, 66*
『不適切な恋愛』 *An Unsuitable Attachment*　*55, 59, 66, 71*
『優しいハトは死んだ』 *The Sweet Dove Died*　*70–71*
『立派なご婦人がた』 *Excellent Women* *55, 56–58, 72*
平井杏子　*105, 324–25, 327*
ヒル，スーザン
Susan Hill　*ii*
ファウラー，デイヴィッド
David Fowler　*143*
ファウルズ，ジョン
John Fowles　*iii, 107–23, 236*
『黒檀の塔』 *The Ebony Tower*　*111–12, 118, 122*
『コレクター』 *The Collector*　*114, 119*
『フランス副船長の女』（『フランス軍中尉の女』） *The French Lieutenant's Woman* *109–11, 112, 117, 122, 236*
『マゴット』 *A Maggot*　*108, 113–17, 119–22, 123*
『マンティッサ』 *Mantissa*　*112–13, 118–19*
フォレット，ケン
Ken Follett　*28–29*
『大聖堂』 *The Pillars of the Earth*　*28–*

29
プラトン
Plato *81, 104*
フランク，アーサー・W.
Arthur W. Frank *329, 337–38, 343–44, 346, 347, 348*
フランケン，クリスティン
Christien Franken *218, 237, 238*
フルシチョフ，ニキータ
Nikita Khrushchev *132*
ブルックナー，アニータ
Anita Brookner *iii, 54, 347*
ブルーナー，ジェローム
Jerome Bruner *335, 347*
ブルワー＝リットン，エドワード
Edward Bulwer-Lytton *281*
『ルクレチア』 *Lucretia* *281*
ブレイク，ウィリアム
William Blake *166, 281*
ブレイン，ジョン
John Braine *ii, 153*
『年上の女』 *Room at the Top* *153*
ブロンテ，シャーロット
Charlotte Brontë *53–54, 340*
『ジェイン・エア』 *Jane Eyre* *340*
ベインブリッジ，ベリル
Beryl Bainbridge *iv*
ベヴァリッジ，ウィリアム
William Beveridge *129–30, 153*
『社会保障および関連サーヴィス』（通称『ベヴァリッジ報告書』） *Report on Social Insurance and Allied Service* *129, 153*
ベケット，サミュエル
Samuel Beckett *iii, iv, 3–24, 350*
『モロイ』 *Molloy* *3–24*
『ワット』 *Watt* *9–11, 20, 22–24*
ペロン，アルフレッド
Alfred Péron *21*
ホイッスラー，ジェイムズ・マクニール
James McNeill Whistler *280*
ボイド，ウィリアム
William Boyd *ii*
ポウプ，アレグザンダー
Alexander Pope *166*
ホガート，リチャード
Richard Hoggart *134–37, 138, 143, 144, 145, 147, 149, 151, 152, 153, 156, 157*
『読み書き能力の効能』 *The Uses of Literacy* *134–35, 138, 143, 156, 157*
保坂和志 *107, 122*
ポーリン，トム
Tom Paulin *161–62, 183*
ホール，スチュアート
Stuart Hall *149, 158*
ホルト，ヘイゼル
Hazel Holt *54, 72*
『多くの要求―バーバラ・ピムの生涯―』 *A Lot to Ask : A Life of Barbara Pym* *54, 72*
ポロック，ジャクソン
Jackson Pollock *112*

マ　行

マクリーン，ドナルド
Donald Maclean *74*
マキューアン，イアン
Ian McEwan *ii*
マクミラン，ハロルド
Harold Macmillan *131*
マードック，ジーン・アイリス
Jean Iris Murdoch *ii, 73–105, 108, 350*
『網の中』 *Under the Net* *74*
『かなり名誉ある敗北』 *A Fairly Honourable Defeat* *82–90, 104*
『鐘』 *The Bell* *76–82, 103*
「形而上学と倫理学」 'Metaphysics and Ethics' *80*
『ジャクソンのジレンマ』 *Jackson's Dilemma* *101, 105*
『ついてない男』 *An Accidental Man* *74, 103*
『哲学者の教え子』 *The Philosopher's Pupil* *91–95, 101, 104*
「同性愛に関する道徳的判断」 'The Moral Decision about Homosexuality' *82, 84, 104*
『道徳への指針としての形而上学』 *Metaphysics as a Guide to Morals* *94, 104*
『火と太陽』 *The Fire and the Sun* *81, 104*
『ヘンリーとケイトー』 *Henry and Cato* *90, 104*
『緑の騎士』 *The Green Knight* *95–99,*

105
マルクス，エリナー
Eleanor Marx　*280*
マルクス，カール
Karl Marx　*274, 275, 277, 280, 282*
マン，ジェシカ
Jessica Mann　*58, 72*
『五〇年代という神秘』 *The Fifties Mystique*　*58, 72*
宮原一成　*50*
ミルトン，ジョン
John Milton　*166*
メイブリック，フロレンス
Florence Maybrick　*270, 284*
メイヤーズ，ジェフリー
Jeffrey Meyers　*100*
モーション，アンドリュー
Andrew Motion　*161, 201–02*
モーム，W. サマセット
W. Somerset Maugham　*267*
『ランベスのライザ』 *Lisa of Lambeth* *267*

ヤ　行

吉田徹夫　*50, 51*

ラ　行

ラウントリー，B. S.
B. S. Rowntree　*130*
『貧困——都市生活の研究』 *Poverty: A Study of Town Life*　*130*
ラーキン，フィリップ
Philip [Arthur] Larkin　*ii, 70, 159–207, 351*
「ある建物」 'The Building'　*205*
「踊り子」 'The Dancer'　*163–64*
『北の船』 *The North Ship*　*160*
「最後通牒」 'Ultimatum'　*160*
『ジル』 *Jill*　*159–61, 162–80, 206*
「過ぎていったマーチ」 'The March Past' *162*
「ストーリー」 'Story'　*160*
『光に捕らわれて』 *In the Grip of Light* *160*
『冬の女』 *A Girl in Winter*　*159–61, 173, 180–206*
ラシュディ，サルマン
Salman Rushdie　*iii, iv*
『真夜中の子供たち』 *Midnight Children* *iv*
ラッセル，バートランド
Bertrand Russell　*133*
リー，アン
Ann Lee　*113, 122*
リーヴィス，F. R.
F. R. Leavis　*137–40, 153*
リーヴィス，Q. D.
Q. D. Leavis　*137–40, 153, 156*
『フィクションと読者』 *Fiction and the Reading Public*　*137, 156*
リース，ジーン
Jean Rhys　*iv*
リーノ，ダン
Dan Leno　*266, 267, 271–73, 276, 277, 278, 282, 283, 284*
ルイス，G. H.
G. H. Lewis　*54*
ルイス，バリー
Barry Lewis　*321–22, 323–24*
レッシング，ドリス
Doris Lessing　*iii*
レッドパス，フィリップ
Philip Redpath　*49*
ロッジ，デイヴィッド
David Lodge　*ii, 351*
ロングフェロー，ヘンリー・ワズワース
Henry Wadsworth Longfellow　*60*

ワ　行

ワイルド，オスカー
Oscar Wilde　*113, 282*
ワーズワス，ウィリアム
William Wordsworth　*281*

執筆者紹介（執筆順）

鈴《すず》木《き》邦《くに》成《のり》　客員研究員　文化ファッション大学院大学ファッションビジネス研究科准教授

丹《たん》治《じ》竜《たつ》郎《ろう》　研究員　中央大学文学部教授

新《あら》井《い》潤《めぐ》美《み》　研究員　中央大学法学部教授

大《おお》道《みち》千《ち》穂《ほ》　客員研究員　青山学院大学経営学部准教授

深《ふか》澤《さわ》俊《すぐる》　客員研究員　中央大学名誉教授

糸《いと》多《だ》郁《いく》子《こ》　客員研究員　桜美林大学人文学系教授

森《もり》松《まつ》健《けん》介《すけ》　客員研究員　中央大学名誉教授

船《ふな》水《みず》直《なお》子《こ》　客員研究員　中央大学法学部兼任講師

野《の》呂《ろ》正《ただし》　研究員　中央大学理工学部教授

永《なが》松《まつ》京《きょう》子《こ》　研究員　中央大学総合政策学部教授

安《あん》藤《どう》和《かず》弘《ひろ》　客員研究員　中央大学文学部兼任講師

川《かわ》崎《さき》明《あき》子《こ》　客員研究員　駒澤大学文学部准教授

第二次世界大戦後のイギリス小説

中央大学人文科学研究所研究叢書　56

2013年3月5日　第1刷発行

編　者　中央大学人文科学研究所

発行者　中央大学出版部

代表者　遠山　曉

〒192-0393　東京都八王子市東中野742-1

発行所　中央大学出版部

電話 042(674)2351　FAX 042(674)2354

http://www2.chuo-u.ac.jp/up/

© 中央大学人文科学研究所　2013

藤原印刷㈱

ISBN978-4-8057-5341-5

中央大学人文科学研究所研究叢書

1 五・四運動史像の再検討

A5判　五六四頁
（品切）

2 希望と幻滅の軌跡　反ファシズム文化運動

様々な軌跡を描き、歴史の壁に刻み込まれた抵抗運動の中から新たな抵抗と創造の可能性を探る。

A5判　四三四頁
定価　三六七五円

3 英国十八世紀の詩人と文化

A5判　三六八頁
（品切）

4 イギリス・ルネサンスの諸相　演劇・文化・思想の展開

A5判　五一四頁
（品切）

5 民衆文化の構成と展開　遠野物語から民衆的イベントへ

全国にわたって民衆社会のイベントを分析し、その源流を辿って遠野に至る。巻末に子息が語る柳田國男像を紹介。

A5判　四三四頁
定価　三六七〇円

6 二〇世紀後半のヨーロッパ文学

第二次大戦直後から八〇年代に至る現代ヨーロッパ文学の個別作家と作品を論考しつつ、その全体像を探り今後の動向をも展望する。

A5判　四七八頁
定価　三九九〇円

7 近代日本文学論　大正から昭和へ

時代の潮流の中でわが国の文学はいかに変容したか、詩歌論・作品論・作家論の視点から近代文学の実相に迫る。

A5判　三六〇頁
定価　二九四〇円

8 ケルト　伝統と民俗の想像力

古代のドイツから現代のシングにいたるまで、ケルト文化とその稟質を、文学・宗教・芸術などのさまざまな視野から説き語る。

A5判　四九六頁
定価　四二〇〇円

9 近代日本の形成と宗教問題〔改訂版〕

外圧の中で、国家の統一と独立を目指して西欧化をはかる近代日本と、宗教とのかかわりを、多方面から模索し、問題を提示する。

A5判　三三〇頁
定価　三一五〇円

10 日中戦争　日本・中国・アメリカ

日中戦争の真実を上海事変・三光作戦・毒ガス・七三一細菌部隊・占領地経済・国民党訓政・パナイ号撃沈事件などについて検討する。

A5判　四八八頁
定価　四四一〇円

11 陽気な黙示録　オーストリア文化研究

世紀転換期の華麗なるウィーン文化を中心に二〇世紀末までのオーストリア文化の根底に新たな光を照射し、その特質を探る。巻末に詳細な文化史年表を付す。

A5判　五九六頁
定価　五九八五円

12 批評理論とアメリカ文学　検証と読解

一九七〇年代以降の批評理論の隆盛を踏まえた方法・問題意識によって、アメリカ文学のテキストと批評理論を多彩に読み解き、かつ犀利に検証する。

A5判　二八八頁
定価　三〇四五円

13 風習喜劇の変容　王政復古期からジェイン・オースティンまで

王政復古期のイギリス風習喜劇の発生から、一八世紀感傷喜劇との相克を経て、ジェイン・オースティンの小説に一つの集約を見る、もう一つのイギリス文学史。

A5判　二六八頁
定価　二八三五円

中央大学人文科学研究所研究叢書

14
演劇の「近代」　近代劇の成立と展開
イプセンから始まる近代劇は世界各国でどのように受容展開されていったか、イプセン、チェーホフの近代性を論じ、仏、独、英米、中国、日本の近代劇を検討する。
A5判　五三六頁
定価　五六七〇円

15
現代ヨーロッパ文学の動向　中心と周縁
際だって変貌しようとする二〇世紀末ヨーロッパ文学は、中心と周縁という視座を据えることで、特色が鮮明に浮かび上がってくる。
A5判　三九六頁
定価　四二〇〇円

16
ケルト　生と死の変容
ケルトの死生観を、アイルランド古代／中世の航海・冒険譚や修道院文化、またウェールズの『マビノーギ』などから浮かび上がらせる。
A5判　三六八頁
定価　三八八五円

17
ヴィジョンと現実　十九世紀英国の詩と批評
ロマン派詩人たちによって創出された生のヴィジョンはヴィクトリア時代の文化の中で多様な変貌を遂げる、英国十九世紀文学精神の全体像に迫る試み。
A5判　六八八頁
定価　七一四〇円

18
英国ルネサンスの演劇と文化
演劇を中心とする英国ルネサンスの豊饒な文化を、当時の思想・宗教・政治・市民生活その他の諸相において多角的に捉えた論文集。
A5判　四六六頁
定価　五二五〇円

19
ツェラーン研究の現在　詩集『息の転回』第一部注釈
二〇世紀ヨーロッパを代表する詩人の一人パウル・ツェラーンの詩の、最新の研究成果に基づいた注釈の試み、研究史、研究・書簡紹介、年譜を含む。
A5判　四四八頁
定価　四九三五円

中央大学人文科学研究所研究叢書

20

近代ヨーロッパ芸術思想

価値転換の荒波にさらされた近代ヨーロッパの社会現象を文化・芸術面から読み解き、その内的構造を様々なカテゴリーへのアプローチを通して、解明する。

A5判　三二〇頁
定価　三九九〇円

21

民国前期中国と東アジアの変動

近代国家形成への様々な模索が展開された中華民国前期（一九一二〜二八）を、日・中・台・韓の専門家が、未発掘の資料を駆使し検討した国際共同研究の成果。

A5判　六〇〇頁
定価　六九三〇円

22

ウィーン　その知られざる諸相
もうひとつのオーストリア

二〇世紀全般に亙るウィーン文化に、文学、哲学、民俗音楽、映画、歴史など多彩な面から新たな光を照射し、世紀末ウィーンと全く異質の文化世界を開示する。

A5判　四二四頁
定価　五〇四〇円

23

アジア史における法と国家

中国・朝鮮・チベット・インド・イスラム等における古代から近代に至る政治・法律・軍事などの諸制度を多角的に分析し、「国家」システムを検証解明する。

A5判　四四四頁
定価　五三五五円

24

イデオロギーとアメリカン・テクスト

アメリカン・イデオロギーないしその方法を剔抉、検証、批判することによって、多様なアメリカン・テクストに新しい読みを与える試み。

A5判　三二〇頁
定価　三八八五円

25

ケルト復興

一九世紀後半から二〇世紀前半にかけての「ケルト復興」に社会史的観点と文学史的観点の双方からメスを入れ、複雑多様な実相と歴史的な意味を考察する。

A5判　五七六頁
定価　六九三〇円

中央大学人文科学研究所研究叢書

26
近代劇の変貌　「モダン」から「ポストモダン」へ
ポストモダンの演劇とは？　その関心と表現法は？　英米、ドイツ、ロシア、中国の近代劇の成立を論じた論者たちが、再度、近代劇以降の演劇状況を鋭く論じる。
A5判　四二四頁
定価　四九三五円

27
喪失と覚醒　19世紀後半から20世紀への英文学
伝統的価値の喪失を真摯に受けとめ、新たな価値の創造に目覚めた、文学活動の軌跡を探る。
A5判　四八〇頁
定価　五五六五円

28
民族問題とアイデンティティ
冷戦の終結、ソ連社会主義体制の解体後に、再び歴史の表舞台に登場した民族の問題を、歴史・理論・現象等さまざまな側面から考察する。
A5判　三四八頁
定価　四四一〇円

29
ツァロートの道　ユダヤ歴史・文化研究
一八世紀ユダヤ解放令以降、ユダヤ人社会は西欧への同化と伝統の保持の間で動揺する。その葛藤の諸相を思想や歴史、文学や芸術の中に追求する。
A5判　四九六頁
定価　五九八五円

30
埋もれた風景たちの発見　ヴィクトリア朝の文芸と文化
ヴィクトリア朝の時代に大きな役割と影響力をもちながら、その後顧みられることの少なくなった文学作品と芸術思潮を掘り起こし、新たな照明を当てる。
A5判　六六〇頁
定価　七六六五円

31
近代作家論
鴎外・茂吉・『荒地』等、近代日本文学を代表する作家や詩人、文学集団といった多彩な対象を懇到に検証、その実相に迫る。
A5判　四三二頁
定価　四九三五円

32 ハプスブルク帝国のビーダーマイヤー

ハプスブルク神話の核であるビーダーマイヤー文化を多方面からあぶり出し、そこに生きたウィーン市民の日常生活を通して、彼らのしたたかな生き様に迫る。

A5判 四四八頁
定価 五二五〇円

33 芸術のイノヴェーション モード、アイロニー、パロディ

技術革新が芸術におよぼす影響を、産業革命時代から現代まで、文学、絵画、音楽など、さまざまな角度から研究・追求している。

A5判 五二八頁
定価 六〇九〇円

34 剣と愛と 中世ロマニアの文学

一二世紀、南仏に叙情詩、十字軍から叙事詩、ケルトの森からロマンスが誕生。ヨーロッパ文学の揺籃期をロマニアという視点から再構築する。

A5判 二八八頁
定価 三二五五円

35 民国後期中国国民党政権の研究

中華民国後期（一九二八～四九）に中国を統治した国民党政権の支配構造、統治理念、国民統合、地域社会の対応、対外関係・辺疆問題を実証的に解明する。

A5判 六五六頁
定価 七三五〇円

36 現代中国文化の軌跡

文学や語学といった単一の領域にとどまらず、時間的にも領域的にも相互に隣接する複数の視点から、変貌著しい現代中国文化の混沌とした諸相を捉える。

A5判 三四四頁
定価 三九九〇円

37 アジア史における社会と国家

国家とは何か？ 社会とは何か？ 人間の活動を「国家」と「社会」という形で表現させてゆく史的システムの構造を、アジアを対象に分析する。

A5判 三五四頁
定価 三九九〇円

中央大学人文科学研究所研究叢書

38 ケルト　口承文化の水脈

アイルランド、ウェールズ、ブルターニュの中世に源流を持つケルト口承文化——その持続的にして豊穣な水脈を追う共同研究の成果。

A5判　五二八頁
定価　六〇九〇円

39 ツェラーンを読むということ
詩集『誰でもない者の薔薇』研究と注釈

現代ヨーロッパの代表的詩人の代表的詩集全篇に注釈を施し、詩集全体を論じた日本で最初の試み。

A5判　五六八頁
定価　六三〇〇円

40 続 剣と愛と　中世ロマニアの文学

聖杯、アーサー王、武勲詩、中世ヨーロッパ文学を、ロマニアという共通の文学空間に解放する。

A5判　四八八頁
定価　五五六五円

41 モダニズム時代再考

ジョイス、ウルフなどにより、一九二〇年代に頂点に達した英国モダニズムとその周辺を再検討する。

A5判　二八〇頁
定価　三一五〇円

42 アルス・イノヴァティーヴァ
レッシングからミュージック・ヴィデォまで

科学技術や社会体制の変化がどのようなイノヴェーションを芸術に発生させてきたのかを近代以降の芸術の歴史において検証、近現代の芸術状況を再考する試み。

A5判　二五六頁
定価　二九四〇円

43 メルヴィル後期を読む

複雑・難解であることが知られる後期メルヴィルに新旧二世代の論者六人が取り組んだもので、得がたいユニークな論集となっている。

A5判　二四八頁
定価　二八三五円

44

カトリックと文化　出会い・受容・変容

インカルチュレーションの諸相を、多様なジャンル、文化圏から通時的に剔抉、学際的協力により可能となった変奏曲（カトリシズム（普遍性））の総合的研究。

A5判　五二〇頁
定価　五九八五円

45

「語りの諸相」　演劇・小説・文化とナラティヴ

「語り」「ナラティヴ」をキイワードに演劇、小説、祭儀、教育の専門家が取り組んだ先駆的な研究成果を集大成した力作。

A5判　二五六頁
定価　二九四〇円

46

档案の世界

近年新出の貴重史料を綿密に読み解き、埋もれた歴史を掘り起こし、新たな地平の可能性を予示する最新の成果を収載した論集。

A5判　二七二頁
定価　三〇四五円

47

伝統と変革　一七世紀英国の詩泉をさぐる

一七世紀英国詩人の注目すべき作品を詳細に分析し、詩人がいかに伝統を継承しつつ独自の世界観を提示しているかを解明する。

A5判　六八〇頁
定価　七八七五円

48

中華民国の模索と苦境　１９２８～１９４９

二〇世紀前半の中国において試みられた憲政の確立は、戦争、外交、革命といった困難な内外環境によって挫折を余儀なくされた。

A5判　四二〇頁
定価　四八三〇円

49

現代中国文化の光芒

文字学、文法学、方言学、詩、小説、茶文化、俗信、演劇、音楽、写真などを切り口に現代中国の文化状況を分析した論考を多数収録する。

A5判　三八八頁
定価　四五一五円

中央大学人文科学研究所研究叢書

50

アフロ・ユーラシア大陸の都市と宗教

アフロ・ユーラシア大陸の都市と宗教の歴史が明らかにする、地域の固有性と世界の普遍性。都市と宗教の時代の新しい歴史学の試み。

A5判　二九八頁
定価　三四六五円

51

映像表現の地平

無声映画から最新の公開作まで様々な作品を分析しながら、未知の快楽に溢れる映像表現の果てしない地平へ人々を誘う気鋭の映像論集。

A5判　三三六頁
定価　三七八〇円

52

情報の歴史学

「個人情報」「情報漏洩」等々、情報に関わる用語がマスメディアをにぎわす今、情報のもつ意義を前近代の歴史から学ぶ。

A5判　三四八頁
定価　三九九〇円

53

フランス十七世紀の劇作家たち

フランス十七世紀の三大作家コルネイユ、モリエール、ラシーヌの陰に隠れて忘れられた劇作家たちの生涯と作品について論じる。

A5判　四七二頁
定価　五四六〇円

54

文法記述の諸相

中央大学人文科学研究所・「文法記述の諸相」研究チーム十一名による、日本語・中国語・英語を対象に考察した言語研究論集。

A5判　三六八頁
定価　四二〇〇円

55

英雄詩とは何か

古来、いかなる文明であれ、例外なくその揺籃期に、英雄詩という文学形式を擁す。『ギルガメシュ叙事詩』から『ベーオウルフ』まで。

A5判　二六四頁
定価　三〇四五円

定価に消費税５％含みます。